古典文藝研究輯刊

九　編

曾　永　義　主編

第 23 冊

諸葛亮民間造型之研究（第一冊）

張　谷　良　著

國家圖書館出版品預行編目資料

諸葛亮民間造型之研究（第一冊）／張谷良 著―初版―新
北市：花木蘭文化出版社，2014〔民 103〕
目 6+216 面；19×26 公分
（古典文學研究輯刊　九編；第 23 冊）
ISBN：978-986-322-555-3（精裝）
1. 民間文學　2. 文學評論
820.8　　　　　　　　　　　　　　　103000764

ISBN-978-986-322-555-3

9 789863 225553

古典文學研究輯刊
九　編　第二三冊　　　　　　ISBN：978-986-322-555-3

諸葛亮民間造型之研究（第一冊）

作　　　者	張谷良
主　　　編	曾永義
總 編 輯	杜潔祥
副總編輯	楊嘉樂
編　　　輯	許郁翎
出　　　版	花木蘭文化出版社
社　　　長	高小娟
聯絡地址	235 新北市中和區中安街七二號十三樓
	電話：02-2923-1455／傳眞：02-2923-1452
網　　　址	http://www.huamulan.tw 信箱 hml810518@gmail.com
印　　　刷	普羅文化出版廣告事業
初　　　版	2014 年 3 月
定　　　價	九編 27 冊（精裝）新台幣 48,000 元

諸葛亮民間造型之研究（第一冊）

張谷良　著

作者簡介

張谷良，筆名：慕谿，1972 年生，天蠍座 B 型，台灣省雲林縣人，一個簡單樸實的文化自耕農。國立台灣大學中文系學士、碩士，國立東華大學中文系博士。學術專長領域為：通俗文學、古典小說、古期戲曲、三國魏晉人物；並偶有現代文學創作。現為國立台北商業技術學院通識教育中心專任助理教授、國立台灣大學中文系兼任助理教授。

提　　要

　　三國名相諸葛亮，是個家喻戶曉、膾炙人口的歷史人物。其聲名遠播的程度，恐怕就連堯、舜、禹、湯、文、武、周公、孔子、孟子等，這些被標舉為儒家「聖人」之儔者，都要望塵莫及，尤其是就廣大的庶民百姓而言，他的知名度與形象更是深刻地烙印在民間，而廣泛流傳、難以抹滅。歷史人物之能夠深入民間，造成廣大影響者，除同時期的關羽外，恐怕就再也難能尋得他人，可與之相抗衡。關羽以其「勇冠三軍」、「義薄雲天」，而威震八荒；諸葛亮則因「智絕千古」、「忠烈星空」，而名垂宇宙。一文一武，一智一勇，咸得民心，各臻其趣，率皆為不同類型的典範性代表人物，而萬古流芳，亙世永存。然而，當今世人心目中普遍所知所想的諸葛亮形象，卻絕難等同於歷史人物中諸葛亮的客觀真實面貌，而多半是經過一番渲染、創造、重塑等歷程後，「再現」出來的藝術形象。

　　本文乃是以諸葛亮整體的民間造型，作為主要的研究對象，其主旨將側重於爬梳「正史」之外，諸葛亮生平事蹟的形象，及其經由各種文藝體類所表現出來的人物造型方法與意涵。所謂的「正史」之外，包括了傳說、詩歌、小說、戲曲等，各方面以諸葛亮為題材的作品。其創造者，包含了文人雅士與庶民百姓；其流傳與影響的層面，更是「全民」的，遠超過史書對於諸葛亮這個人物的刻劃與評價。正因為「諸葛亮」是我國「民族故事」中，極具代表性的主題人物，而且，又是一個相當豐富的「文化現象」，所以，任何層面的考察，都只能得其一端，必須以整體的觀念來作統合，方能凸顯出「諸葛亮」在民間的深刻意涵。

　　文中經過質性與量化分析，雙管齊下的研究方法，除已將諸葛亮藝術形象的淵源、形成、發展、演變與流播的情形，給客觀地概述出來之外；同時，也把各文藝體類中諸葛亮的外在形貌特徵與性情品格及其精神內蘊的呈顯，都全盤地托陳點出來；並且，更揭露出了其藝術表現的造型方法與內涵意義。相信藉此論述，當能對諸葛亮民間造型之研究，有一個完整性的認識與了解，並提供學界若干參考之用。

致 謝 辭

　　自從離開台大，負笈東華，再歸返家鄉雲林，轉瞬間，已過了六個年頭。在這六個年頭的春夏秋冬裡，我試圖要突破三九之歲的哀嘆，努力朝向諸葛亮「淡泊明志，寧靜致遠」的理想情境邁進，過著耕讀式的研習生活。

　　花蓮是個好山好水的地方，有聳拔矗立的中央山脈可供瞻仰；有吞吐太平洋之水的七星潭好作眺望；而設若更想親臨山水的自然懷抱，則投身於依傍木瓜山坳間的鯉魚潭，以踏浪擺舟，或環步欣賞那滿坑滿谷的螢火流光，便是最為美好的事情了。如此的山水美景，於縱谷間的東華幅員裡，確實都可盡收腳底，徜徉其間，也能怡情養性，而忘懷得失，誠足以快慰人心。我想，其間所蘊涵的美好情趣，當絕不下孔明於南陽修身養性、韜光養晦的諸葛廬吧。

　　但在東華旅居的三年生活裡，花蓮自然山水的美景對我的影響，卻遠不及於良師益友對我的細心教導與愛護。想想，自己當初橫跨山頭，顛簸而至後山，內心確實難掩一份失落與惆悵感觸，畢竟離開了久居的台大，而其距離與家鄉間也更行更遠了。所幸，系上的老師們不唯學識豐富，涵養亦佳，對學生也都能夠提攜照顧，師生間和諧一片，氣氛十分融洽。其中，除原先早已認識的幾位學長姊，如：子漢、宗蓉、明陽等人之外，對我最為關懷備至的，便是鄭師清茂先生了。他就跟永義師一樣，不只是在課業上能予我啟迪，就連在生活上也時常幫助我，使我縱然流浪異鄉，經歷過冷冽寒冬的侵襲，而仍覺溫暖。「爺爺」，是系裡頭稱呼清茂師的親密語，我覺得十分貼切，因那確實吻合他老人家慈眉善目、和藹可親的人格形象，於是，私底下也總是跟著學弟妹們這麼地喚著他；這就如同我在背地裡也會稱永義師作

「曾佬」般，用來形容他的豪邁瀟灑、飛揚跋扈與磅礡盛壯的大氣象。

　　鄭師清茂與曾師永義二位先生，以其博學廣識，深厚涵養，屈尊擔任我的論文指導教授，長期以來，對於個人治學態度與方法的培養、訓練，均悉心傳授，多所誨正，啓悟甚大。平時遇有問題向其求教，每能代爲之解除困惑與指點迷津，就以此本論文的撰作爲例，舉凡：題目的擬定、綱要的架構、論點的詮釋、資料的彙編等等，都曾勞煩二位恩師，費心思量，用力督導，提供建言，實在感謝。而王國良、洪淑苓、鹿憶鹿、曾子良、丁肇琴等多位教授，在論文初審與口考時所惠賜的意見，對於拙作的修改，多有助益，但礙於個人的資質駑鈍，加上辦理畢業離校的程序在急，或未能將其寶貴的意見，在短期間內妥善處理，致仍存有些許缺失，必須再作檢討與改進，此誠屬於後學之過，當無損於諸位先生對拙作匡正之功，自然得銘謝感激。

　　此外，個人曾於民國九十年十二月，獲得財團法人趙廷箴文教基金會「第十二屆中文系所特優研究生獎學金」的獎勵；並在隔年六月，又獲得行政院大陸委員會中華發展基金管理委員會獎助研究生赴大陸地區研究獎助，前往湖北武漢、襄樊、四川成都與長江三峽等地，進行爲期一個半月的資料蒐集與學人訪談工作。期間，承蒙二單位與黃惠賢、齊民友、郭齊勇、陳國燦；丁寶齋、晉宏忠、余鵬飛、周達斌、鄒演存、陳文道、張曉春；譚良嘯、羅開玉、李兆成、賀游等多位先生的獎勵及協助幫忙，感激之情，溢於言表，也得一併誌謝。

　　再者，於這六年的研習生活裡，向來孤癖成習的我，卻也不乏有許多朋儕的情誼交流，他（她）們對於拙作的完成，或多或少，都產生了推波助瀾的力量與功效。其中，京恩與州恩兄弟二人，多年來提供中和宿所，讓我自由棲息，免於遭遇南北奔波，無處落腳的窘境，可以安頓身心，眞如我的有巢氏哥倆般，教人感恩。而相美、佳蓮、怡菁等師妹們，則時常幫忙尋繹資料，處理雜事，贈送面膜，試用保養，並代爲寒暄照顧二位恩師，更有如我的自家姊妹般，讓人倍覺溫馨。又郁迢的贈書及其翻閱《全宋詩》後所得三國詩詞，以及閒話談談八卦傳聞，也讓我在枯燥煩悶的撰作中，增添些趣味的活力，確不失爲提振精神的康貝特。而陪我在大陸內地共同度過一個半月短期研究生活的文華，則像是我蠻牛般的難兄難弟，咱彼此一起揮灑與記錄的辛苦汗水與千里足跡，所得的這份行旅經驗，著實教人永難磨滅。又我兩

位穿褲子一起長大的布拉德：炳文與璟芸，及其賢夫人餅嫂與錢嫂，這四人或出錢贊助我批西、諾布殼、數碼相機的購置與使用，或準備新居廂房待我出遊玩樂，或幫忙翻譯論文摘要等等，對我意欲早日擺脫掩關束縛的誘因，自然貢獻匪淺。至於，近年來結識的戴玉珍老師，則有如我的妙手神醫般，在個人愁容滿面，青春浮現，病痛蓬生之際，曾特地為我把脈診治，惠賜秘方良藥，使我的暗沈淡怯，身體平適。還有，曾經讓我春心搔動、春情盪漾，想要重修戀愛學分的官小姐，也對我「亂石崩雲，捲起千堆雪」的木雞風情，注入了一股澎湃洶湧的鬱勃氣息。諸此感懷，實在是一言難盡，姑且就以流水帳目載記，聊表箇中情義。

最後，我當然得感謝我的父母親與姊妹們，沒有你（妳）們無怨無悔、默默地付出親情的關愛，照料我日常生活的衣著居食，使這個家成為我精神的支柱與後盾，我想，我這本需要瘦身的肥胖論文，恐將難以誕生。雖然，面對現下困窘的時局，畢業或可能等同於失業，但我已調適好心情，作足準備了，就待良機遇合，即將乘風而起，再度出遊，馳騁江湖了。只是，倚時仰望的貧乏生活，恐又得委屈我逐漸年邁的雙親，仍要勞累身軀，無能福報早來，接受獨子的實質孝養，這真是教人頗感無奈之事呀！不過，人事已盡，就得聽任天命，否則，徒增煩惱，卻也無益於民生經濟與智慧啟迪。失業而導致物質的匱乏，縱有礙於生活品質的改善與提升，但清心寡欲、居處簡樸，卻正可奉行諸葛亮的生前遺訓，好修養自身良善的情志與品德。如此想來，倒也不失為安貧取樂之道。

大塊假我以文章，人間遍地是福田，我以樸拙的筆硯為犁鋤，耕耘著自身貧瘠的心田，接收各方溫情的滋養與暖照，將其結果轉化為具體的雛型，乃有這本論文的呈現。謹以此書，向我親愛的諸位良師益友與家人們，致上我由衷的謝意，甚願大家都能夠平安幸福，愉快自在。

我有一畝鄉野方田，仍將以自耕農的身分，持續躬耕、墾殖，期能有天結實收割，反饋於諸位大德。如今，但就「棄捐勿復道，努力加餐飯」吧！

慕谿　丙戌歲小暑於雲林斗南不好囚齋

諸葛亮像

清·南薰殿本

緒　論

第一節　本文的研究動機與目的

　　中國的歷史綿延悠久，地大物博，文化發達，自然出現過許多優秀的歷史人物，而對中國幾千年來的歷史進程發生著深遠的影響。三秦出版社所出版的「中國十大系列叢書」中，便曾特別針對帝王將相、謀士文豪、名官奸臣、高僧宦佞等不同性質身分的人物，歸納出了十個類型，並且據之各推選出十名最具代表性的歷史人物，藉由他們生平事蹟的表現，來剖析其人的成因敗果，提供給世人當作行為的參考或借鑑。〔註1〕在這些傑出的歷史人物當中，就其聲名的深、廣度而言，被歸為「中國十大名相」之一的諸葛亮（西元 181～234 年），可以說是最為煊赫有名，而備受尊崇的。杜甫（西元 712～770 年）〈詠懷古跡五首〉（之五）詩云：「諸葛大名垂宇宙，忠臣遺像肅清高。」即是對其歷史聲名最大的肯定與禮讚。

　　三國名相諸葛亮，是個家喻戶曉、膾炙人口的歷史人物。其聲名遠播的程度，恐怕就連堯、舜、禹、湯、文、武、周公〔註2〕、孔子（西元前 551～479 年）、孟子（西元前 372～289 年）等，這些被標舉為儒家「聖人」之儔者，

〔註 1〕　三秦出版社所出版的「中國十大系列叢書」，計有：《中國十大皇帝》、《中國十大名相》、《中國十大將帥》、《中國十大謀略家》、《中國十大陰謀家》、《中國十大名臣》、《中國十大奸臣》、《中國十大宦官》、《中國十大文豪》、《中國十大高僧》等十書。其中，《中國十大名相》乃由劉杰等編著，1996 年 1 月出版。

〔註 2〕　堯、舜、禹、湯、文、武、周公等人的生卒年都無得考證。

都要望塵莫及，尤其是就廣大的黎民百姓而言，他的知名度與形象更是深刻地烙印在民間，而廣泛流傳、難以抹滅。歷史人物之能夠深入民間，造成廣大影響者，除同時期的關羽外，恐怕就再也難能尋得他人，可與之相抗衡。關羽（西元？～219 年）以其「勇冠三軍」、「義薄雲天」，而威震八荒；諸葛亮則因「智絕千古」、「忠烈星空」，而名垂宇宙。一文一武，一智一勇，咸得民心，各臻其趣，率皆為不同類型的典範性代表人物，而萬古流芳，亙世永存。然而，當今世人心目中普遍所知所想的諸葛亮形象，卻絕難等同於歷史人物中諸葛亮的客觀真實面貌，而多半是經過一番渲染、創造、重塑等歷程後，「再現」出來的藝術形象。

　　諸葛亮，字孔明，在歷史上的確「實有其人」，而根據《三國志‧諸葛亮傳》的記載，其「於治戎為長，奇謀為短，理民之幹，優於將略。」又「應變將略，非其所長」，可見史家陳壽（西元 233～297 年）對於諸葛亮善於治戎理民的政治才能，除給予高度的評價之外，並且能客觀地指出其人短於應變將略等作戰能力的缺點；又「亮性長於巧思，損益連弩，木牛流馬，皆出其意；推演兵法，作八陳圖，咸得其要云。」也可得知，諸葛亮除了擁有治國的長才外，更獨具有智慧巧思的特質。然而，後來所流傳開來的諸葛亮故事，表現在傳說、詩歌、小說、戲曲等等文藝體類的造型敷演上，卻大多未見有史傳的記載，而乃是基於其歷史「原型」的人格形象，所作的鋪陳與渲染；甚且還有反其道而行，以企圖彌補諸葛亮生平憾事的情形發生。即此可知，歷史人物在告別歷史舞台之後，往往可能因其性情襟抱、為人處世、忠奸善惡，乃至是非功過等等特質，由於備受人民的喜愛或厭惡，而流傳民間，並且隨著時、空的推衍，不斷地藉由各種文學體類加以堆砌、塑造與再現其藝術生命的人格形象。

　　諸葛亮已不再是歷史上的諸葛亮，而是經過文學、藝術的重新塑造後，展現出全新價值認定後的諸葛亮形象，而這正是一般人心目中所熟知的諸葛亮。雖然說「藝術形象」不能等同於「歷史真相」〔註3〕，不過，藝術形象的

〔註 3〕 歷史學家向來都是以追求歷史事件與人物客觀的真實面貌為職志，雖然所建構出的史學人物形象，或由資料的闕如、詮釋的角度、政治的忌諱等制約因素的影響，可能導致其結果未必完全等同於歷史真相。但為突顯出「歷史形象」貴「真」求「實」，以與「藝術形象」尚「美」重「善」的特質，本文姑且採用「歷史真相」，來方便解說陳壽《三國志》與裴注所建構的諸葛亮形象。

塑造，卻也得以歷史眞相作爲基礎，方能運生得宜，充分展現出人物的主要性格特質與意涵。就諸葛亮此一主題人物而言，陳壽《三國志》與裴松之（西元 372～451 年）注所敍述者，乃是歷史眞相的諸葛亮；而羅貫中（西元 1330？～1400 年？）《三國演義》所描繪者，則爲藝術形象的諸葛亮。二者之間，確實有其承續、衍化的關係存在，而且後者更是順應時勢、民心，在汲取前代相關題材的藝術積澱與滋養下，溶入創作者的思想情感與文藝素養所塑造出來的藝術形象。

　　若是以「書承系統」的角度，來審視諸葛亮形象的流布情況，則其歷史眞相顯然遠不及其藝術形象來得普遍。因爲世之讀《三國演義》者，實遠勝於陳壽《三國志》與裴注，加以「口承系統」的流通性，又極爲發達與便捷，經由《演義》所相轉衍、生成的掌故事蹟，更是爲人所熟知，因此，所謂的家喻戶曉、膾炙人口，能夠深得民心、影響廣遠者，實則乃是由羅貫中所精心塑造出來的諸葛亮藝術形象，而非諸葛亮的歷史眞相。魯迅所言《三國演義》「狀諸葛之多智而近妖」〔註 4〕，誠乃諸葛亮的藝術形象，而非其歷史眞相，所以，不能盡以史學的角度來作核實，而當以藝術形象的塑造來作分析，視其爲造型藝術創作歷程中的一種階段性成果的展現，方稱允當。

　　經由羅貫中《三國演義》的塑造，諸葛亮典型的藝術形象，始得以確立，從而也使得自古及今，無論階級、地域，若是道及「智慧」與「忠貞」兼而備之，且能夠將之發揮得淋漓盡致者，殆無作第二人想，人必稱諸葛，諸葛亮遂成爲中華文化中，集合「智慧」與「忠貞」於一身的「箭垛式」人物。非僅如此，各時、地的人民更常挾己浪漫的思想情感，群起而塑造之，使其形象得以再現於世，而益發活樣鮮明，傳誦不已。諸葛亮雖死猶生，儼然已成爲我國文化中特殊的存在現象之一，十足引人興味與發想。故而，舉凡與之相關的趣聞逸事及風土名物等傳說，便層出不窮；而對其歌頌詠懷或引以爲創作題材的對象者，更是從未斷歇，從而也使得諸葛亮故事成爲我國極富特色與著名的「民族故事」。

　　「民族故事」一詞，乃是曾師永義在台大教授「俗文學槪論」時，於課堂上所提出來的觀念。其定義爲：「凡能夠傳達一個民族所具有的共同思想、

〔註 4〕　參見魯迅（西元 1881～1936 年）：《中國小說史略》第十四篇「元明傳來之講史」（上）（台北：唐山出版社，1989 年），頁 135。

情感、意識、文化，而其流播空間遍及全國，時間逾千年的民間故事，就是民族故事。」〔註5〕在眾多民間故事中，諸葛亮的故事，由於源遠流長，內容豐富，富有深廣的民族文化意涵，因此，具有相當的代表性。又其「智慧」與「忠貞」（「竭智效忠」）的精神，最爲後人崇敬與愛戴，也顯示了我民族共同的道德倫理與是非觀念，所以，相當能夠彰顯民族文化的特質，並召喚民族情感。且其業已經歷了長遠廣闊的時、空流布，不唯對於中華民族造成深遠的影響，更風靡了日本、韓國與東南亞等地，即此可見其所代表的重要價值與意義。茲此，也正是諸葛亮這一人物主題之所以值得我們研究的最大原因。

民族故事的淵源、形成與發展的徑路，必經過「基型」（含有多方「觸發」的「基因」，一經「觸發」，便自然會有進一步的「緣飾」和「附會」，新「基因」，再「觸發」，再「緣飾」再「附會」）、「發展」（孳乳展延的因素：兩個來源與四條線索）、「成熟」（典型）三個過程。觸發、聯想、附會，是其發展的原動力，而民族意識、民族思想和民族情感，則是其主要內容。民族故事一旦發展成熟，則其故事的主人翁，便成了典型人物，凡屬於「正面的」，便莫不受人崇拜敬仰，而「俎豆千秋」。人們所膜拜的，並非一個「偶像」，而乃是經由人們共同提煉出來的，那維繫人心、與生民休戚與共的「精神」。

諸葛亮，即是集聚「智慧」與「忠貞」兩大中國文化特質於一身，位居「賢相」類型的「箭垛式」人物。其藝術生命深深地吸引著千百年來廣大民眾的心；而其主要的造型來源，不外有二，一爲庶民的說唱誇飾（畫手裝腳），另則乃是文人的議論賦詠（加料添椒）。也因此，其創造者，包含了各時、地的文人雅士與庶民百姓；其表現體類，包括有傳說、詩歌、小說、戲曲等各方面以之爲題材的作品；且其流傳與影響的層面更是「全民」的，遠超過史書對於諸葛亮這個人物的刻劃與評價；又其造型內蘊所潛藏的意涵，大抵可以由民族的共同性、時代的意義、地方的色彩、文學間的感染與合流等等，這四條線索來作分析與探討。〔註6〕

〔註5〕 詳參曾師永義：《俗文學概論》（台北：三民書局，2003年），頁411～413。
〔註6〕 有關中國歷史人物的造型徑路，曾師永義嘗提出民間故事有基型、發展、成熟三個過程；而其孳乳展延則有賴於「兩個來源」與「四條線索」等說法，已初步爲其理論奠立了研究的根基。詳參氏著〈從西施說到梁祝〉（原載於民國六十九年一月八日中國時報人間副刊，現已收入《說俗文學》一書）。

　　本題乃是以諸葛亮整體的民間造型，作爲主要的研究對象，其主旨將側重於爬梳「正史」之外，諸葛亮生平事蹟的形象，及其經由各種文藝體類所表現出來的人物造型方法與意涵。所謂的「正史」之外，包括了傳說、詩歌、小說、戲曲等，各方面以諸葛亮爲題材的作品。其創造者，包含了文人雅士與庶民百姓；其流傳與影響的層面，更是「全民」的，遠超過史書對於諸葛亮這個人物的刻劃與評價。正因爲「諸葛亮」是我國民族故事中，極具代表性的主題人物，而且又是一個相當豐富的「文化現象」，所以，任何層面的考察，都只能得其一端，必須以整體的觀念來作統合，方能凸顯出「諸葛亮」在民間的深刻意涵。也因此，爲了表示這是「正史」之外的諸葛亮，乃以「民間造型」總名之。

　　以歷史人物的「民間造型」，作爲主題學研究的概念，乃是曾師永義受到顧頡剛先生對孟姜女故事研究的文章啓發後，所開創與提出的論題；而將此概念化作具體的研究成果，首位完成博士論文的學者，則爲筆者的同門師姊——洪淑苓教授，茲觀其所撰成《關公民間造型之研究》（台北：國立台灣大學中國文學研究所博士論文，1994 年），除率先爲「民間造型」立下總題定義外，並能爬梳史傳、小說與戲曲等方面的關公形象，再以關公傳說作爲論題的主要敘述重心，從事極爲精密嚴謹，且深入獨到的考察與辨析，無論是設章分節，引證闡釋，皆井然有序，條理分明，言之有物，不落空談，眞可謂爲歷史人物「民間造型」研究方面的典範，從而，也引發了日後其他學者的群起效法，而陸續有：曹操、包公、岳飛、鄭成功、朱元璋等等相似題目的博、碩士論文的撰作與提出，尤其是對於拙作本題的架構與立論，更有重大的影響與助益。筆者「民間造型」的定義，即是參考其說，而以之爲基礎，再進一步予以修飾、補充與發揮的。

　　關於諸葛亮的研究工作，前人業已從各個方面著手，且也各有成果；而其研究的動機與目的，無非都是爲了要還原或呈顯出諸葛亮客觀、完整的人物形象，並嘗試揭示其背後所蘊涵的深刻價值與意義。然而，茲因此項研究工作的規模與體制，極爲龐大與複雜，並非單純一、二個主題，或是少數的人力與時日，即可概括完成；加以又受諸資料的採集與研究方法所限。也因此，本題自須於前人研究的基礎上，更求適切、周密的研究方法與態度，並且盡量蒐羅相關的研究資料，方能在眾說成果中別有建樹，而能對「諸葛亮」全面觀照下意義的彰顯，有所助益。

　　筆者初以「諸葛亮民間造型」整體研究的體制過於龐大，絕非短期時日所可企及，倘若好高騖遠，未能循序漸進，則定然少有佳績為由，因此，在撰寫碩士論文時，便以「諸葛亮戲曲造型之研究」為題，先行考述，來作為本題研究的前聲。現在，碩士論文既已撰寫完畢，便該接續前製的作業工作，努力地朝向建構完整的「諸葛亮民間造型」，及其理論體系，積極邁進才是。筆者私忖才力，雖知生性資質駑鈍，遠不及諸葛亮萬分智慧之一，不過，誠實感佩於其人崇高的品格節操，舉凡與之相關的文物事蹟，都覺得特別有興趣，因此，乃無畏於此題研究的艱難，決意勇敢嘗試看看，但願能為諸葛亮相關主題的研究，略盡一己棉薄之力。

第二節　本文的研究旨趣與方法

　　諸葛亮是一個歷史名人，自然有其存活歷史的真實形象，不過，作為文化現象的諸葛亮，卻因其為名人，更曾闡發出其有限生命的優良品格與精神，而感人肺腑，影響深遠，遂開啟了其藝術形象創造之機，得以擁有不死之軀與永恆的生命力，進而日益豐富其藝術生命的內涵，表現在各個文藝體類的諸葛亮，分別就有：「傳說諸葛亮」、「詩歌諸葛亮」、「小說諸葛亮」、「戲曲諸葛亮」等等，各種千姿百態的諸葛亮藝術形象。這些諸葛亮藝術形象的造型，雖然都有其共通性，但彼此之間，卻也有些異趣，且都與「歷史諸葛亮」的原始風貌（即其「基型」），不盡相同。

　　「歷史諸葛亮」加上「文化諸葛亮」（包括：傳說、詩歌、小說、戲曲等文藝體類中的諸葛亮），便是構成諸葛亮主題研究的整體範疇，而後者更是奠基於前者，以其為文化創造的「基型」，遂開啟了另類藝術生命的展延，不斷地有各種文藝造型溶注其中，如：傳說、詩歌、小說、戲曲等；直至元末明初，羅貫中的《三國演義》小說問世之後，諸葛亮整體的藝術形象典型，始得以宣告完成；並依此典型而持續地流傳於後世，進而影響了民族文化的各個層面。諸葛亮此一文化現象，儼然有其藝術形象的獨特時、空江流，就彷彿是長江大河般，在溶匯了其他支流之水之後，正綿延浩蕩地流向未知的盡頭，且永無止息〔註7〕。

〔註7〕　筆者「諸葛亮藝術形象之獨特時空江流」的概念，乃是源自曾師永義對於中國古典戲劇源流的研究，所提出的「長江大河說」觀念而來。詳見《中國古典戲劇的認識與欣賞》（台北：正中書局，1994年），頁1～2。

今若以簡圖來略陳諸葛亮藝術形象的獨特時、空江流，則其概貌應該為：

圖一：　　　　　　　　　　　　　　圖二：
諸葛亮藝術形象的獨特時空江流簡圖　　　G 點的內涵成份構造圖

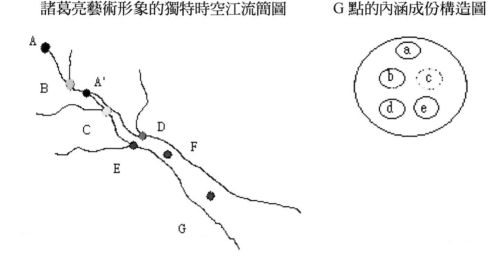

圖（一）中，A 為「歷史諸葛亮」的出生點，A' 為「歷史諸葛亮」的完成點；
$\overline{AA'}$ 則為「歷史諸葛亮」有限生命的形象，即為諸葛亮藝術形象的「基型」源頭。B 為「傳說」文藝表現體類的源頭，或可能為「文化諸葛亮」的出生點。C 為「詩歌」文藝表現體類的源頭。D 為「小說」文藝表現體類的源頭。E 為「戲曲」文藝表現體類的源頭。F 為諸葛亮整體文藝形象的完成點，即小說《三國演義》所建構的文藝典型。G 為近現代所見的諸葛亮形象。$\overline{BF}$ 為「文化諸葛亮」形象的形成與演變期；$\overrightarrow{FG}$ 則為「文化諸葛亮」形象的發展與流播期；$\overrightarrow{BG}$ 即為「文化諸葛亮」永恆無限的生命形象。而正處於 G 階段時空停頓點上的人們，倘若試取 G 點之水而飲，則定然即飲進了由 A、B、C、D、E 等源頭，所溶匯變化得來的滋味，因當中自然也包括 a、b、c、d、e 等與其相對應的各別成份。如圖（二）所示。

　　因此，如欲研究「歷史諸葛亮」的真相，則除當以 $\overline{AA'}$ 為研究重心外，並得兼顧 $\overrightarrow{A'a}$ 所衍生的歷史變相；而前者所引據的史料，不外乎有：諸葛遺文與壽志裴注及時人評論等等；後者則多半根據前引史料，加以考辨與評傳。又如欲研究「文化諸葛亮」的形象，則自當於溯源 $\overline{AA'}$ 後，更以 $\overrightarrow{BG}$ 為研究重心，並得兼顧 $\overrightarrow{Bb}$、$\overrightarrow{Cc}$、$\overrightarrow{Dd}$、$\overrightarrow{Ee}$ 等所呈現出來的異同，及其交互影響的關係與

所反映的意義。

　　民國以來，已有不少學者評比過「歷史諸葛亮」與「文化諸葛亮」的異同，繼而，更有學者對諸葛亮藝術形象的獨特時、空江流，作過廣泛的研究，如：陳翔華《諸葛亮形象史研究》一書，便可爲此方面的代表作。該書文凡三十餘萬言，略分上、下兩篇，上編乃論諸葛亮藝術形象的形成與演變，而下篇則論諸葛亮故事的流傳與影響；全書重點著力於人物形象史的鋪陳剖析，從歷史到傳說，由詩歌、小說、戲曲而至說唱藝術，幾可謂鉅細靡遺，面面俱到；而觀其研究方法，無疑地，便是承順著諸葛亮藝術形象的時、空江流，推舟而下所作成的各方考述，取之得宜，用之得當，自然宏肆大方，蔚然可觀。即使如此，陳氏所著，仍有不足的地方，值得再作補述。如文中雖能鉤勒與鋪陳出各時、空點上，人物形象異同所呈現的意義；且也有提及到各文藝體類間塑造人物的用意；但有關其文藝方法與體類特色，卻較少申明、辨述。茲此看似不足處，絕非作者功夫不到、眼光未明所致，而實乃因其主題限制的緣故，使得此一面向，並不宜多作論述。質言之，即「形象」與「造型」之差池耳，而各有專務處。

　　所謂「形象」，原是指人物的形狀、相貌。語見《尙書・說命》：「得諸傳巖。」（漢）孔安國（西元？～？年）傳：「使百官以所夢之形象，經營求之於外野，得之於傅巖之谿。」後則多用於文學藝術的創作上，而成爲藝術界的專用語，意謂由文藝手段所刻鏤出的作品形象，而尤以人物形象爲主。又所謂「造型」，或本作「造形」，乃造設形體之意。語出鍾嶸《詩品・序》：「五言居文辭之要，是眾作之有滋味者也。故云會於流俗，豈不以指事造形，窮情寫物，最爲詳切者邪？」〔註8〕原是指以文字描摹事物的形象，後來也多用於文學藝術的創作上，而成爲藝術界的專用語，意謂雕塑、描繪人物的形象。

　　由此可知，「形象」與「造型」之別，乃在於前者當爲後者「營造」所得之「型」（形象），就漢語詞彙結構而言，一爲詞組，屬並列（連合）結構形式（cordinate construction）；而另爲子句，屬動賓結構形式（Verb-object）。又設若當「造型」作名詞（N）用時，則或可等同於「形象」所指的意涵；而若不純作名詞用時，則亦需強調由主詞（S）所以動（V）賓（O）的動作與過程，及其所以然的因由。故而，「造型」可有廣、狹二義，廣義的「造型」，

〔註8〕　參見古直：《鍾記室詩品箋》（台北：廣文書局，1968年），頁8。

包括文藝作品塑造的動作、過程及其形象與內涵等；而狹義的「造型」，則等同於「形象」。且無論廣、狹二義，均需注重人物的外在形貌特徵，並得講究其精神內蘊的呈顯，誠於中而形於外，完整地展示出人物所蘊含的生命內涵才可。

諸葛亮藝術形象的源流，包括了：傳說、詩歌、小說、戲曲等，各方面以諸葛亮爲題材的創作。由於各種文藝體類，其塑造人物形象的材料與手段不同，作品形象的構成與特點，自然也不盡相同。如：文學以語言、文字來塑造形象，音樂則用音響、旋律來作表現，其特點乃是具有間接性；而戲曲則除具備上述二者的特性外，猶與舞蹈般須藉助形體的動作來作表演，至於，繪畫與雕刻則是運用色彩、線條以求表現，故其形象特點乃具有直觀性。

因此，今設若擬以「諸葛亮形象」爲研究主題，則章節的結構內容，便應著重於鉤勒與鋪陳人物的外在形貌特徵、性情品格，及其精神內蘊的呈顯；加以「史」題，則須致力於判析人物形象的淵源、形成、發展與演變的過程，及其各階段異同表現的旨趣；而倘使擬以「諸葛亮造型」爲研究主題，則除需兼顧前題的內容構思外，也必須揭露出營造形象過程的用意與方法。所以，上述陳翔華《諸葛亮形象史研究》一書中，看似不足的地方，實在是因爲作者訂題的關係使然，導致其必須在主從與輕重之間，有所偏廢與取捨，誠非關乎功夫事耳。也正由此，方留「諸葛亮民間造型之研究」一題，猶有可議與發揮的餘地。

有鑑於過去以諸葛亮的民間造型，作爲主題對象，來從事學術性的研究，尚不多見，如果能夠從其整個文藝體類的造型過程，加以考察，亦即以整體的觀念來作統合，觀察其作者（含傳播者）、造型文類（傳說、詩歌、小說、戲曲等）、形象內容（作品）、閱聽人（含讀者、觀眾或聽眾），及其效果之間的相互作用與相互依賴的關係，當更能掌握其形象發展的造型模式。

也因此，本文的研究旨趣，乃在於爬梳「正史」之外的諸葛亮事蹟與形象，及其經由各種文藝體類所再現的人物造型方法與意涵。至於，在研究方法的運用上，筆者除採取傳統的研究方法，對於諸葛亮的民間造型進行統整與考述外；並嘗試配合以社會科學的方法論述，透過「量化與質化」分析，雙管齊下的研究途徑，對於「實證資料」的數量成果，進行質性的內容分析，以求得到「定型模式」的建構，作爲後續或其他相關主題研究的資料庫

索引，或者理論依據。

　　雖然，「質性研究」的基本假設與預設立場，較之於「量化」的研究，大異其趣，因為前者具有主觀演繹的意味，有助於探討形成社會現象背後的結構性因素，以重建事件的眞相典型；而後者則是偏向於實證的「量化分析」，其目的是減少主觀偏見的誤差；不過，若從方法論的角度來看，則「質性研究」與「量化研究」，卻正可互取所長，以補所短。因此，本研究乃兼容兩者，以試圖探討諸葛亮的民間造型，在「作者、作品、讀者」三方面的結構關係中，所反映出來的藝術形象偏好，及其社會價值體系。

第一章　民國以來諸葛亮研究成果概述

小　引

　　爲能充分掌握諸葛亮研究的發展脈動，本章乃就民國以來學術界對諸葛亮的相關研究成果，作個總體的定量與定性分析，期望透過下面概要的介紹，能夠對此一人物主題的研究，有著更深且廣的全面性認識與了解。

第一節　諸葛亮研究成果的定量分析

　　民國以來，關於諸葛亮研究的成果極爲豐富，尤其是自 1980 年代之後，時值中國大陸改革開放初期，以諸葛亮此一人物主題作爲相關研究的論著，即如雨後春筍般地蓬勃興起，大陸各地更紛紛成立「諸葛亮研究會」，每年定期召開諸葛亮學術論文研討會，使得諸葛亮的研究成果，不唯在「量的方面」快速累積，而且在「質的方面」也不斷提升，諸此，都爲諸葛亮此一人物主題的研究工作，創造出良好的學術氛圍。

　　截至目前爲止，海峽兩岸對於諸葛亮研究所累積的豐富成果，已有學者從不同的角度進行過總結與評述，如：譚良嘯、陳紹乾〈近年來諸葛亮研究綜述〉（1977～1983 年）〔註 1〕；馬強、馮述芳〈近年來國內諸葛亮研究綜述〉

〔註 1〕　成都市諸葛亮研究會編：《諸葛亮研究》（成都：巴蜀書社，1985 年），頁 320
　　　　～335。

〔註2〕；拙作〈民國以來諸葛亮研究概述〉〔註3〕；賀游〈近年來諸葛亮研究專著介紹〉〔註4〕；以及歷屆「諸葛亮學術研討會」後由專人所撰作的會議綜述〔註5〕等等。然觀其內容，大多是採取「定性分析」（Qualitative Analysis Method，亦稱「質性分析」）的方法評述，而對於「定量分析」（Quantitative Analysis Method，亦稱「量化分析」）的方法運用則少，這對於該主題研究領域發展的整體認識與了解，實在有所欠缺。因為只作定性分析的切塊掃描，固然能夠深入問題的本質，揭示出其內在的核心價值；但是對於有些問題的解決，還是不夠的，仍有賴於定量分析的歸納統計，才能夠有效地揭示出該領域的研究情況。畢竟定性分析與定量分析是研究方法上的兩個階段，這兩個階段不是割裂的，而是連續的與相為互補反饋的，必須搭配起來使用，方能總體顯現出該主題研究的實貌，以提供後續發展的努力方向。

本節即利用統計學的方法，針對民國以來迄至 2003 年間，國內外學術界公開發表的諸葛亮主題研究的相關論文篇章，進行蒐羅、比對、歸納與交叉分析。蒐羅的結果，在陳紹乾、譚良嘯〈諸葛亮研究資料目錄索引〉（1926～1983 年）〔註6〕；李洪〈《三國演義》研究論著索引〉（1950～1992 年）〔註7〕；王瑞功〈民國以來諸葛亮研究著作論文目錄〉〔註8〕；拙作〈諸葛亮與《三國演義》研究著作目錄初編〉〔註9〕；張大可〈建國以來三國史研究論著書目論文篇目索引〉（1952～2002 年）〔註10〕等目錄索引的基礎上；配合以「中國期

〔註2〕 《中國史研究動態》（2）/《文史知識》（3），1986 年。

〔註3〕 張谷良：《諸葛亮戲曲造型之研究》（台北：台灣大學中國文學研究所碩士論文，2000 年），頁 3～9。

〔註4〕 丁寶齋主編：《諸葛亮成才之路》（武漢：武漢大學出版社，2000 年），頁 511～516。

〔註5〕 關於歷屆諸葛亮學術研討會綜述目錄，可詳參〔附錄一〕之六：「諸葛亮主題研究的論題分布篇目索引・其他方面之研究動態」。

〔註6〕 成都市諸葛亮研究會編：《諸葛亮研究》，頁 336～365。

〔註7〕 沈伯俊、譚良嘯主編：《三國演義辭典》（增訂本）「續補」（成都：巴蜀書社，1993 年），頁 943～1015。

〔註8〕 王瑞功主編：《諸葛亮研究集成》（下）「附錄」（濟南：齊魯書社，1997 年），頁 1756～1816。

〔註9〕 張谷良：《諸葛亮戲曲造型之研究》「附錄四」，頁 217～272。

〔註10〕 張大可：《三國史研究》「附錄三」（北京：華文出版社，2003 年），頁 460～588。其「註腳 1」云：「本索引以司馬朝軍在 2002 年 10 月 "《三國志》國際學術討論會" 提供的《（1978～2001）三國史與〈三國志〉論著目錄》為基礎，增補分類而成。」可知其所撰作彙編，也有相當根據。

刊網」（簡稱 TJN）、「中華民國期刊論文索引系統 WWW 版」等近年來出版的電子期刊光碟資料庫〔註11〕，彙集而成「附錄一」〈民國以來諸葛亮研究「專著」與「論文」索引初編〉（下簡稱〈索引初編〉）。本編雖已盡求全面性的蒐羅，然其結果或由條件欠足，畢竟有限，援以分析亦自有其誤差值存在，不過，就統計學的方法操作而言，其信度與效度已高，故以此作爲本節定量分析的依據，仍能藉之以客觀說明諸葛亮研究的概況。

一、論文總量與分布

根據筆者所彙集而成的〈索引初編〉，自 1922 年以迄 2003 年，這 82 年間，國內外學術界公開發表的諸葛亮主題研究的相關論文篇章，總計有 1568 篇。其數量之多，實遠超過其他三國人物的研究，就連曾經被郭沫若等人作爲歷史人物翻案運動，而掀起論述風潮的主要對象——曹操，其所受到的禮遇與重視程度，比之都猶有不及，而難望項背。〔註 12〕爲方便定量分析的解說，茲將 1568 篇關於諸葛亮的研究論文略分作 8 個年期階段，以見其研究變化的分布情況。統計的結果如下表所示：

諸葛亮主題研究的論文目錄 1568 種（1922～2003 年）年期分布比率圖表

年　　期	數　　量	比率（數量／總量）
1922～1940	11	0.7%
1941～1950	26	1.7%
1951～1960	39	2.5%
1961～1970	53	3.4%
1971～1980	168	10.7%

〔註11〕 此外，拙作〈索引初編〉資料的蒐羅與建置，尚有利用國家圖書館網頁所能操作的各種資料庫查詢系統，如：「國家圖書館館藏目錄系統・館藏目錄查詢系統」、「全國圖書書目資訊網・圖書聯合目錄、大陸出版品（民38～86年）書目」、「期刊文獻資訊網・中文期刊篇目索引影像系統、中國文化研究論文目錄（1946～1979）瀏覽查詢子系統」、「全國博碩士論文資訊網」等等，進行蒐集、比對；並且，也曾透過「google 搜尋引擎」，盡求能全面性地網羅編目所需。

〔註12〕 根據張大可：《三國史研究》「建國以來三國史研究述評」及其「附錄一」與「附錄三」，可知：在 1952～2001 年間，研究三國史的 3314 篇學術論文中，關於曹操的研究論文有 397 篇，而關於諸葛亮的研究論文則有 582 篇，總計 979 篇，約佔其總量的 1／3。頁 406～588。

1981～1990	517	33%
1991～2000	639	40.8%
2001～2003	115	7.3%

總計：有 8 個年期階段，82 年，1568 篇論文，年期平均 196 篇，年平均 19.1 篇。

　　由上表可知，關於諸葛亮的研究曲線是逐步攀升的，而其研究熱潮，則始於 1980 年後。在此之前的 59 年間，關於諸葛亮的研究論文只有 297 篇，佔約總量的 1／5 弱（即 18.9%）；除遠不及 1981～1990 年（517 篇）與 1991～2000 年（639 篇）單期階段的發文量外，更難與之後的 23 年間，合計發表了 1271 篇，佔足總量的 4／5 強（即 81.1%），相提並論。

　　綜觀此一研究趨勢的變化傾向，之所以會出現上述的情形，自有其多重客觀的因素使然。

　　首先，就學術研究發展的自然態勢而言，某一專題領域的研究曲線，自其初期開始都是緩步築底，然後逐步攀升，乃至於創造高峰，而後轉趨於谷底滑落，大抵上是呈現「峰型」（∩）的狀態；倘若此一研究領域尚有其發展性可言，則或可由谷底再逐步攀升，以至於另創一個高峰，形成週期性的循環發展。以此觀之，上述關於諸葛亮的研究曲線，適可以「前半峰型」（ ⌒↗ ）的發展狀態視之。正因為諸葛亮研究的初期階段，相關的資料比較缺乏，取得不易，又無系統性的整理；再加上人物本身所涉及的歷史相當複雜，梳理起來比較費時費力，以致研究者難建其功。

　　其次，就學術研究發展的潮流風氣而言，意識形態的介入與民族情感的鼓動，往往也會對某一專題領域的研究造成相當程度的干擾或影響。這兩種因素力量的介入或鼓動愈是深遠，該專題領域的研究即可能形成一股熱潮；反之，則必然空疏冷淡，而乏人問津，除非被研究的對象本身即具有豐富的題材價值。比如在三國史人物領域的專題研究中，曹操與諸葛亮二人堪稱為學術界研究的主要核心對象，因為其名氣大、功業多、品性明、題材豐，所以，本身即具有高度的研究價值，單此二人的相關研究論文，在 1952～2001 年間，即有 979 篇之多，約佔研究三國史論文總量（3314 篇）的 1／3。不過，若對照其研究熱潮出現的時機點以觀，則很清楚地可以知道：大陸地區有關曹操與諸葛亮的研究，實深受意識形態與民族情感兩種因素力量的影響，而呈現出前操後亮，輪番熱潮的情形，並且此一潮勢消長的轉折點，即是以 1980 年來作為分水嶺的。

　　對此，張大可在〈建國以來三國史研究述評〉中，即指出：關於曹操的研究熱潮發生於 1978 年以前，尤其是集中發表在 1959 年（148 篇），這顯然是由於翻案運動所造成的；而關於諸葛亮的研究情形，則恰好與之相反，是在 1980 年以後才變成熱潮的。究其緣由，與大陸地區在受到極左政治思潮的影響，經歷了十年文革浩劫的衝擊後，轉而施行改革開放的政策，讓傳統的民族心理情感得以恢復，遂使得諸葛亮研究的風氣大開，從而形成熱潮。曹操（權詐雄略）與諸葛亮（智慧賢明），二人品性對立，自然會在不同的政治形勢下登上學術舞台，而受人研究探討；至於後者在實事求是的學術氛圍下，產生了褒貶互見的多向思維觀照，也是合理的結果。〔註13〕

　　張氏所言，對照筆者上表所統計的數據以觀，大抵相為謀合，故可印見：自 1980 年後，諸葛亮研究的熱潮已然形成，而其累積的成果也愈來愈加豐碩的發展實況。至於促成諸葛亮研究熱潮之因，與大陸各地紛紛成立「諸葛亮研究會」也有密切的關連。該會乃是於 1983 年 3 月時，由湖北襄樊、陝西漢中、四川成都三地的文物館處，集合相關領域的專家學者所發起而創立的。研究會成立後，在同年的 10 月 24 日，隨即於成都舉行了第一屆的諸葛亮學術討論會，與會的專家學者計有 90 餘人，並發表有 50 多篇相關的學術論文，會後更出版有論文集，藉以闡揚諸葛亮文化現象所蘊含的價值意義。此後，每年即定期由三地研究會擇一輪流承辦此項盛會，不久，更陸續有山東臨沂、浙江蘭溪、河南南陽、甘肅天水、雲南昆明等地成立的研究會加入此一陣容，使得諸葛亮研究會由區域性的聯誼，進而發展成為全國性的聯盟。為方便了解該會的研究情況，茲將其歷屆所舉辦的學術研討會，表解如下：

「諸葛亮研究會」所舉辦歷屆學術研討會簡表〔註14〕

屆次	時　間	地　點	會議名稱	出版集名	載文量	諸葛亮論文量	出版年
1	1983.10	四川成都	首屆諸葛亮學術討論會	諸葛亮研究	29	28	1985.10
2	1984.10	陝西漢中	諸葛亮研究會漢中聯會	諸葛亮研究文集	22	19	1985.03
3	1985.10	湖北襄樊	諸葛亮研究會襄樊聯會	諸葛亮研究新編	31	31	1986.12

〔註13〕同前註，頁 413。
〔註14〕詳表，請參見〔附錄一〕之三：「『諸葛亮研究會』所舉辦歷屆學術研討會一覽表」。

4	1987.09	山東臨沂	諸葛亮研究會臨沂聯會	諸葛亮研究三編	31	31	1988.11
5	1990.10	湖北襄樊		未出版論文集			
6	1992.10	四川成都	'92 年成都諸葛亮研究會	諸葛亮與三國文化	37	20	1993.09
7	1993.10	浙江蘭溪	全國第七次諸葛亮學術討論會	諸葛亮及其後裔研究	27	25	1994.08
8	1994.10	山東沂南	全國第八次諸葛亮研討會	金秋陽都論諸葛	46	42	1995.08
9	1996.09	甘肅天水	全國第九次諸葛亮研討會	羲皇故里論孔明	48	39	1997.09
10	1997.10	浙江蘭溪	全國第十次諸葛亮學術討論會	十論武侯在蘭溪	56	52	1998.08
11	1998.10	湖北襄樊	全國第十一次諸葛亮學術研討會	諸葛亮成才之路	57	51	2000.08
12	2000.09	四川成都	全國第十二屆諸葛亮學術研討會	諸葛亮與三國文化（一）	49	29	2001.07
13	2002.09	陝西漢中	全國第十三屆諸葛亮學術研討會	論諸葛亮文化	48	46	2003.01

＊ 共舉辦 13 次諸葛亮學術研討會，出版 11 本論文集，累計 459 篇論文。其中，諸葛亮主題研究的論文有 394 篇，佔 394／459＝85.8%；394／509＝77.4%；394／1568＝25.1%。

＊ 第 2 屆漢中聯會結束後所發行的論文集《諸葛亮研究文集》，爲內部流通物，並未對外出版，故不計入累計載文量。

　　截至 2003 年爲止，諸葛亮研究會共舉行了 13 次的學術研討會，並出版有 11 本的論文集〔註15〕。諸此，對於諸葛亮研究的推展，無疑地，起了深遠的影響與作用，助益甚大，同時，也引起了國內外學術界的傾目關注。該會逐年所累積的論文集篇數總計有 459 篇（不含發表而未收入者），其中，與諸葛亮相關的論文更高達有 394 篇之多，佔收文總量的 4／5 強（即 85.8%），如此豐富的研究成果，反映於筆者上表所統計的數據，也獲得了相對的印證。不過，就其「量的方面」而言，雖然誠實可觀；以「質的方面」來看，則恐怕未必有相應的進展表現，而這也正是我們後輩所該引以爲鑑，好自努力的地方。

二、作者分布

　　諸葛亮研究熱潮的盛況，絕非憑空自來，其背後定然有廣大專家學者的辛勤努力，方能促成其功。爲了解從事諸葛亮主題研究的作者，其參與投入

〔註15〕　第 2 屆漢中聯會結束後所發行的論文集《諸葛亮研究文集》，爲內部流通物，並未對外出版，故不計入。

的性質與情況，筆者於〈索引初編〉的基礎上，拙作「諸葛亮主題研究相關論文的作者分布表」、「諸葛亮研究主題的核心作者比率圖表」、「諸葛亮主題研究高被摘錄率的作者一覽表」等 3 表，以有效地觀知諸葛亮研究的作者群生態。

　　根據國際的學術慣例，對於單篇多人合撰的論文，雖然是以只取第一作者採計的方式呈現，不過，為求統計資料更能反映出研究者所投入的真實情況，凡「單篇多人合撰」者，筆者仍分別累記該作者的發文數；「同人異名」者（或省姓、化名、易名），也合歸同一作者計量；至於，可能存在「同名異人」以及「訊息源刊錄錯誤」者，則因難以判別，並不作進一步的釐正，故表中所統計的作者發文量與其實際的發文量之間，或可能存在有些許的誤差。統計的結果，茲以定量分析的方法，分別表解說明如下：

諸葛亮主題研究相關論文的作者分布表

作 者 性 質	人數比率	人數計量		發文量	篇數計量		篇數比率
客串作者 （含 14 篇無名氏）	78.6%	853	853	1	853	853	54.4%
一般作者 （2～4 篇）	17.1%	185	119	2	238	459	29.3%
			43	3	129		
			23	4	92		
核心作者 （5 篇以上）	4.3%	47	17	5	85	355	22.6%
			8	6	48		
			8	7	56		
			4	8	32		
			3	9	27		
			1	10	10		
			3	11	33		
			1	12	12		
			1	13	13		
			1	39	39		
總　　　計	100%	1085 人		1667 篇（1568＋99 篇）			100＋6.3%

＊作者 1085 人，總共發表 1568 篇論文；單篇多人合撰者有 99 篇。

諸葛亮主題研究的核心作者比率圖簡表

作　者	篇　數	比率 1（篇數／核心總量）	比率 2（篇數／總量）
譚良嘯	35／36／39〔註16〕	10.99%	2.49%
李兆成	13	3.66%	0.83%
丁寶齋	8／10／12	3.38%	0.77%
晉宏忠	11	3.10%	0.70%
張曉剛	11	3.10%	0.70%
王汝濤	10／11	3.10%	0.70%
徐國平	9／10	2.82%	0.64%
余鵬飛	9	2.54%	0.57%
李興斌	6／9	2.54%	0.57%
張崇琛	6／9	2.54%	0.57%
陳　學	8	2.25%	0.51%
吳潔生	7／8	2.25%	0.51%
黃惠賢	7／8	2.25%	0.51%
劉京華	7／8	2.25%	0.51%
王瑞功	7	1.97%	0.45%
周達斌	7	1.97%	0.45%
陳玉屏	7	1.97%	0.45%
陳翔華	7	1.97%	0.45%
李兆鈞	6／7	1.97%	0.45%
張孝元	6／7	1.97%	0.45%
黃曉陽	6／7	1.97%	0.45%
馬　強	4／7	1.97%	0.45%
王彥俊	6	1.69%	0.38%
朱大渭	6	1.69%	0.38%

〔註16〕 此處篇數標示為「35／36／39」，乃指譚氏所發表的 39 篇論文中，包含有 3 篇一文多刊與 1 篇化名「談梁笑」的作品，故於 39 前註記 35／36，以進一步了解作者發文的情況。表中其他的類似標示，意義同此。

張曉春	6	1.69%	0.38%
賀　游	6	1.69%	0.38%
楊德炳	6	1.69%	0.38%
徐日輝	5／6	1.69%	0.38%
郭榮章	5／6	1.69%	0.38%
張大可	4／6	1.69%	0.38%
白亦奠	5	1.41%	0.32%
吳天畏	5	1.41%	0.32%
李恩來	5	1.41%	0.32%
祝秀俠	5	1.41%	0.32%
陳　星	5	1.41%	0.32%
劉隆有	5	1.41%	0.32%
糕夢庵	5	1.41%	0.32%
戴惠英	5	1.41%	0.32%
余明俠	4／5	1.41%	0.32%
肖　伍	4／5	1.41%	0.32%
梅錚錚	4／5	1.41%	0.32%
陳顯遠	4／5	1.41%	0.32%
彭建平	4／5	1.41%	0.32%
葉哲明	4／5	1.41%	0.32%
繆　鉞	4／5	1.41%	0.32%
李伯勛	3／5	1.41%	0.32%
馮述芳	3／5	1.41%	0.32%

＊總計：有核心作者 47 人，共發表 355 篇（315／318），佔總發文量 22.6%。

　　由上 2 表的數據可知，1922～2003 年間，學術界所發表的 1568 篇有關諸葛亮主題研究的論文篇章，如此豐碩的研究成果，乃是集合 1085 人之力，所努力貢獻出來的。其中，自然不乏有一人發表多篇，或者一文多刊，以及單篇多人合撰的情形發生。統計的結果，發文量超過 10 篇的作者有：譚良嘯、

李兆成、丁寶齋、晉宏忠、張曉剛、王汝濤、徐國平等 7 人；發文量 5 篇以上的作者有 47 人（包含前述譚良嘯等 7 人）；發文量 2～4 篇的作者有 185 人；發文量 1 篇的作者有 853 人。

發文量爲 1 篇的作者，就其參與研究的性質而言，通常稱爲「客串作者」。其中，包含 14 篇的無名氏，共計有 853 人，約佔總發文作者 1085 人的 4／5 弱（即 78.6%）；發文量有 853 篇，則約佔總發文量 1568 篇的 1／2 強（即 54.4%）。這些作者，除存在可能的新銳學者外，其所抱持的態度便大都是牛刀小試，偶爾發表一篇相關的學術論文後，即不再繼續撰作，就諸葛亮主題研究的成果與立場以觀，雖不無助益，但形同散沙，並非研究的主力群。

發文量在 2～4 篇的作者，就其參與研究的性質而言，通常稱爲「一般作者」。其中，發表 2 篇的有 119 人，3 篇的有 43 人，4 篇的有 23 人，共計有 185 人，約佔總發文作者 1085 人的 1／5 弱（即 17.1%）；發文量有 459 篇，則約佔總發文量 1568 篇的 1／4 強（即 29.3%）。這些作者，對於從事諸葛亮主題研究所抱持的態度，可能有二：一是由於學術興趣的轉移，導致研究主題或對象，甚至領域，也隨之改變，故難能繼續撰作相關的論文；另則因是後起的新銳學者，研究工作尚屬初期階段，仍在蘊蓄能量，故成果有限，假以時日，或可能成爲諸葛亮主題研究的主力。

發文量在 5 篇以上的作者有 47 人，佔總發文作者數的 4.3%；共發表有 355（315／318）篇論文，則佔總發文量的 22.6%。換言之，1／5 強的論文篇數乃是由 1／25 的作者所完成，而這些作者即是諸葛亮主題研究的「核心作者」。當中，除少數人是台灣地區或者老一輩的專家學者外，其他人多是屬於大陸各地「諸葛亮研究會」的重要成員。若就「量的方面」而言，尤以譚良嘯爲主要的代表性作者，因爲單其個人的發文量即有 39 篇之多，佔總量的 2.49%，也是總發文作者 1085 人中，唯一超過發文總量 1%的作者，於此，更可見該會與譚氏對諸葛亮研究所作出的努力及貢獻。

至於，單篇多人合撰的論文，計有 99 篇，佔發文總量的 6.3%，則顯示：有些論文或因研究主題所關涉的層面較廣；或者在發文的時效上具有立即性；或者由於其性質本屬於團隊編責制，必須借助 2 人以上的力量合作，方能促成其功，所以，才有如此情形發生。茲觀 99 篇論文中，其內容大多是有關諸葛亮的研究現狀或學術研討會的會議綜述，即可證知。

諸葛亮主題研究高被摘錄率的作者一覽簡表

人大複印資料轉載				一文多刊							
作者姓名	性質	收錄量	能見量	作者姓名	性質	發文量	能見量	作者姓名	性質	發文量	能見量
楊德炳	核心	3	6	譚良嘯	核心	4	8	唐明邦	一般	1	2
吳潔生	核心	2	4	✳馬　強	核心	3	6	唐明禮	一般	1	2
余明俠	核心	2	4	張崇琛	核心	3	6	唐嘉弘	一般	1	2
黎　虎	一般	2	4	⑮李興斌	核心	2	6	夏日新	一般	1	2
李伯勛	核心	1	2	丁寶齋	核心	2	4	孫文青	一般	1	2
張大可	核心	1	2	張大可	核心	2	4	徐澄清	一般	1	2
#張曉剛	核心	1	2	李伯勛	核心	2	4	殷克勤	一般	1	2
葉哲明	核心	1	2	✳馮述芳	核心	2	4	特　力	一般	1	2
#白萬獻	一般	1	2	王汝濤	核心	1	2	馬　曜	一般	1	2
※丘振聲	一般	1	2	徐國平	核心	1	2	馬大英	一般	1	2
※劉名濤	一般	1	2	吳潔生	核心	1	2	崔春華	一般	1	2
王曉眞	一般	1	2	黃惠賢	核心	1	2	常崇宜	一般	1	2
田餘慶	一般	1	2	劉京華	核心	1	2	張　強	一般	1	2
朱維權	一般	1	2	#李兆鈞	核心	1	2	張仁鏡	一般	1	2
房日晰	一般	1	2	張孝元	核心	1	2	張思恩	一般	1	2
梁中效	一般	1	2	黃曉陽	核心	1	2	張華松	一般	1	2
程有爲	一般	1	2	徐日輝	核心	1	2	張雲軒	一般	1	2
◎于朝貴	客串	1	2	郭榮章	核心	1	2	梁中效	一般	1	2
◎曹　音	客串	1	2	余明俠	核心	1	2	許　輝	一般	1	2
山　石	客串	1	2	肖　伍	核心	1	2	陳啓智	一般	1	2
方詩銘	客串	1	2	陳顯遠	核心	1	2	陸雲龍	一般	1	2
王延武	客串	1	2	彭建平	核心	1	2	陶喻之	一般	1	2
王枝忠	客串	1	2	葉哲明	核心	1	2	傅克輝	一般	1	2
⑮馬宇輝	客串	1	2	梅錚錚	核心	1	2	程有爲	一般	1	2
⑮陳　洪	客串	1	2	繆　鉞	核心	1	2	程忠元	一般	1	2
李　泮	客串	1	2	臧　振	一般	2	4	閔　宜	一般	1	2
李之勤	客串	1	2	◎簡修煒	一般	2	4	#黃婉峰	一般	1	2
張嘯虎	客串	1	2	史念海	一般	1	3	黃劍華	一般	1	2

許峰	客串	1	2	孟明漢	一般	1	3	楊耀坤	一般	1	2
雷勇	客串	1	2	方北辰	一般	1	2	⑮溫玉川	一般	1	2
寧超	客串	1	2	方國瑜	一般	1	2	◎葛壯	一般	1	2
漆澤邦	客串	1	2	王利器	一般	1	2	趙蘊	一般	1	2
趙山林	客串	1	2	王炳仁	一般	1	2	□趙運古	一般	1	2
趙慶元	客串	1	2	□王德峰	一般	1	2	※劉名濤	一般	1	2
鄭宛	客串	1	2	※丘振聲	一般	1	2	劉存祥	一般	1	2
羅秉英	客串	1	2	左湯泉	一般	1	2	劉志剛	一般	1	2
羅榮泉	客串		2	江應梁	一般	1	2	黎虎	一般	1	2
				吳春山	一般	1	2	韓新明	一般	1	2
				林成西	一般	1	2	龐德謙	一般	1	2
				范奇龍	一般	1	2	譚宗義	一般	1	2
				唐天佑	一般	1	2				
＊ 計37人，核心作者7人，一般作者10人，客串作者20人，收錄38篇，能見量76。				＊ 計81人，核心作者25人，一般作者56人，共發文89篇，能見量128。							

※ 單篇多人合撰者，茲於其姓名前以相同符號作記，並不累計篇數與能見量；而同見於上列二種不同統計中的9人，則將其姓名以網底標示，作為辨識。

　　從作者的發文量及其分布情形，固然可以看出學術界參與諸葛亮主題研究的概況，以及各個專家學者在此領域所累積的成果表現，並藉以評鑑其學術研究的能力水平。不過，學術研究水平的評鑑，除可透過「量的多寡」，予以鑑別外；在「質的優劣」上，也必須作個觀照，方能總體檢視出此一主題研究，在作者方面的表現成果。

　　就「質的方面」而言，學術界用來評鑑某一專家學者的研究成果時，通常會以「被引用率」與「被摘錄率」二項指標，來作為其優劣表現的鑑別依據。所謂的「被引用率」，即是指研究者發表的論文被人引用的頻率；而「被摘錄率」，則是指研究者在重要的期刊檢索上被摘錄的論文數量。這二項指標，因為對於學術界的影響甚大，廣受重視，所以，往往被認為較能客觀檢核出研究者論文的品質標的。依此所建立起來的評判慣例與規範，在自然科學的研究領域當中，已然成熟、完整，而且普遍地被學術界所認可與運用。不過，由於在中國（包含海峽兩岸三地）社會與人文科學的研究領域當中，學術界至今仍未形成類似自然科學的學術研究的引用規範；以致不唯缺少三

國學研究論文的引文數據外，就連其引用的行為也不足規範，所以，目前並無任何有關諸葛亮研究成果，在質量方面的評鑑指標。

　　為此，筆者統計了「中國人民大學書報資料中心」《複印報刊資料專題目錄索引》；以及拙作〈索引初編〉的作者數據，而有上列「諸葛亮主題研究高被摘錄率的作者一覽表」，以嘗試作為該主題領域作者研究論文的品質評鑑依據。人大複印中心的《目錄索引》，所收錄的是《複印報刊資料》轉載過的文章，因為該系列刊物在大陸地區的社會科學界頗有影響力，被其複印報導過的文章，通常會被認為具有比較高的學術水平或者資料價值，所以，這項數據或可與「被摘錄率」一樣，在某種程度上反映出諸葛亮研究成果的作者論文品質。又拙作〈索引初編〉中時有「一文多刊」的情形，透過多種刊物發行同文的結果，致其曝光率與能見度相對較高，重要性隨之也有所提升，故藉以用來檢核作者論文的研究品質，在某種程度上或可達成類似「被引用率」及「被摘錄率」的指標性效果。

　　初步統計的結果，在「人大複印資料轉載」方面的情形，「被摘錄率」較高的作者，包括核心作者 7 人、一般作者 10 人、客串作者 20 人，共有 37 人；總收錄論文 38 篇，包括有 4 篇為 2 人合撰的作品，總能見量為 76；其中，以楊德炳的收錄量 3 篇、能見量 6，質量表現最優。至於，在〈索引初編〉「一文多刊」方面的情形，「被摘錄率」較高的作者，包括核心作者 25 人，一般作者 56 人，共有 81 人；總發表論文 89 篇，包括有 6 篇 2 人合撰的作品，總能見量為為 128；其中，以譚良嘯的發文量 4、能見量 8，質量表現最佳。另外，同時並見於上列二種不同統計中的作者，有：吳潔生、余明俠、李伯勛、張大可、葉哲明、丘振聲、劉名濤、梁中效、程有為等 9 人。前 5 人為核心作者；後 4 人則屬一般作者。這 8 人所發表的上列學術論文，在某種程度上或可被視為研究品質的一種保證。

三、報刊分布

　　諸葛亮研究熱潮盛況的湧現，除與大量專家學者的積極參與有關外，其能見度的廣為擴張，還是有賴於各類報刊論集的登載或發行，方能有效地將其研究成果具體呈現給世人知道，否則，閉門造車，實難見其功。

　　報刊既是研究者學術成果展示的主要載體，則透過載體刊文的分布情形，也能檢視出哪些報刊為某一主題研究的核心載體，以作為該學術領域的研究與參考指標。核心載體以報刊的方式表現出來的，通常稱之為「核心報

刊」。乃是指登載某一專題領域研究篇章較多的報刊，包括各類學報、報紙、期刊等不同性質的刊物，以其數量所呈現的能見度而言，並非意指報刊的品質等級。當然，由其不同性質的報刊載體以觀，則各類報刊因其讀者對象的差異，也自有其撰文或載文相應的趨向與取向，以致文章內容的深淺與議題的專泛，或稍可辨識；不過，報刊載文的品質鑑別，還是難以依其數量多寡，即獲得檢證。

　　諸葛亮主題研究的「核心報刊」，對於研究者而言，除提供了一個良善的學術發文平臺外；更是其前行研究作業的最佳資料庫來源。因為這類核心報刊，對於諸葛亮主題研究文章的容受度最大；其所刊載的相關文章，也是研究者充分掌握學術訊息與成果最為便捷的管道。為此，筆者於〈索引初編〉的基礎上，拙作「諸葛亮主題研究的中文核心報刊一覽表」，以有效地觀知諸葛亮研究成果的刊載情形。統計的結果，如下表所示：

諸葛亮主題研究的中文核心報刊一覽簡表

排名	性質	地位	刊　　名	累計載文量	作者人數	重　點　作　者
1	學報	主	成都大學學報	37	26	黃曉陽 6 篇 / 李伯勛 3 篇 / 守野直禎 2 篇 / 徐淑彬 2 篇 / 馬強 2 篇 / 劉耀輝 2 篇
2	學報	主	臨沂師專學報	19	17	王汝濤 2 篇 / 王曉真 2 篇 / 唐士文 2 篇 / 許峰 2 篇
3	學報	主	漢中師院學報	12 / 16〔註17〕	13	
4	期刊	主	社會科學研究	13	12	譚良嘯 4 篇
5	期刊	主	史學月刊	12	15	
6	期刊	主	甘肅社會科學	11	7	吳潔生 3 篇 / 楊柄 2 篇 / 譚良嘯 2 篇
6	期刊	主	地名知識	11	11	
6	期刊	主	歷史知識	11	9	譚良嘯 3 篇
9	報紙	主	中國時報	10	3	陳學 8 篇
9	報紙	主	光明日報	10	11	
9	報紙	主	成都晚報	10	8	繆鉞 3 篇
12	期刊	次	中國史研究動態	9	9	馬強、馮述芳 2 篇

〔註17〕此處標示為 12 / 16，意指其中有 4 篇論文重複，應為紀年錯誤所致。

12	期刊	次	天府新論	9	5	譚良嘯 5 篇
12	報紙	次	臺灣新生報	9	4	學之 3 篇／經離 3 篇／萬綸 2 篇
15	報紙	次	中央日報	8	8	
15	報紙	次	成都日報	8	6	張思俊 2 篇／章映閣 2 篇
15	學報	次	武漢大學學報	8	6	楊德炳 3 篇
15	期刊	次	旅遊天府	8	8	海潮 2 篇
15	期刊	次	貴州文史叢刊	8	8	
20	報紙	次	人民日報	7	8	
20	期刊	次	四川文物	7	8	
20	期刊	次	旅遊	7	6	惠全義 2 篇
20	期刊	次	商業周刊	7	7	
20	期刊	次	歷史月刊	7	6	王榮祖 2 篇
25	期刊	次	中華文化論壇	6	6	
25	期刊	次	文史知識	6	7	
25	期刊	次	文物	6	7	成都武侯祠文物保管所 2 篇
25	學報	次	北京師大學報	6	6	
25	期刊	次	國文天地	6	6	
25	學報	次	許昌師專學報	6	6	
25	期刊	次	諸葛亮新論	6	5	祝秀俠 2 篇
25	學報	次	寶雞師院學報	6	4	梁福義 2 篇／龐德謙 2 篇
33	期刊	次	孔孟月刊	5	2	楊鴻銘 4 篇
33	期刊	次	文化與生活	5	5	
33	報紙	次	文匯報	5	5	
33	學報	次	四川大學學報	5	6	
33	學報	次	四川師院學報	5	5	
33	期刊	次	江漢論壇	5	5	
33	報紙	次	自由報	5	4	周燕謀 2 篇
33	期刊	次	東方雜誌	5	4	蔣君章 2 篇
33	期刊	次	南都學壇	5	5	
33	學報	次	海南大學學報	5	3	霍雨佳 3 篇

33	報紙	次	湖北日報	5	5	
33	學報	次	臺州師專學報	5	2	葉哲明 4 篇
33	期刊	次	學術月刊	5	4	盛巽昌 2 篇

由上表可知，刊載諸葛亮主題研究論文數量超過 5 篇以上的「核心報刊」，就其載文數量的多寡而言，略可再細分為主、次，包括有 11 種「主核心報刊」（10 篇以上），累計載文 160 篇，132 參與人次；34 種「次核心報刊」（5～9 篇），累計載文 215 篇，191 參與人次。就其刊物性質的類別而言，則包括有「學報」11 種，累計載文 118 篇，94 參與人次、「報紙」10 種，累計載文 77 篇，62 參與人次；「期刊」24 種，累計載文 180 篇，167 參與人次。總計有 45 種「核心報刊」，共刊載了 375 篇論文，佔總發文量 1568 篇的23.92%；有 323 參與人次，含 35 位重點作者（同刊物發文 2 篇以上），累積有 103 篇刊文，佔總載文量 375 篇的 27.47%。其中，以譚良嘯有 4 處重點作者，累積 14 篇刊文；馬強有 2 處重點作者，累積 4 篇刊文，參與度相度較高且廣。

除了上述 45 種「核心報刊」，足以檢視諸葛亮主題研究的載文情形外，經由與諸葛亮相關議題的學術研討會所集結出版的論文集，更是此一主題研究成果最具指標性的參考輯著。因其論文品質相對較高，所以，筆者特將拙作〈索引初編〉所輯的 509 篇「學術交流論集論文」，統計成「諸葛亮主題研究的中文核心論集一覽表」，以有利於諸葛亮研究成果刊載情形的定量分析。

諸葛亮主題研究的中文核心論集一覽簡表

排名	屆次	集　　名	載文量	作者人數	重　點　作　者
1	10	十論武侯在蘭溪	52	53	徐國平 3 篇 / 丁寶齋 2 篇 / 陳建亮 2 篇 / 陳星 2 篇 / 諸葛城 2 篇
2	11	諸葛亮成才之路	51	53	夏日新 2 篇 / 晉宏忠 2 篇 / 朱鴻儒 2 篇
3	13	論諸葛亮文化	46	48	晉宏忠 3 篇 / 白亦奠 2 篇
4	8	金秋陽都論諸葛	42	47	
5	9	羲皇故里論孔明	39	39	
6		諸葛亮躬耕地望論文集	32	33	

7	3	諸葛亮研究新編	31	33	
7	4	諸葛亮研究三編	31	31	王汝濤 2 篇
9		諸葛亮躬耕地新考	30	33	李兆鈞 3 篇／張曉剛 3 篇／王建中 2 篇
10	12	諸葛亮與三國文化(一)	29	30	
11	1	諸葛亮研究	28	33	譚良嘯 3 篇（陳紹乾 2 篇）
12	7	諸葛亮及其後裔研究	25	27	徐國平、陳星 2 篇／陶喻之 2 篇
13	6	諸葛亮與三國文化	20	22	
14		諸葛亮與三國(1)	19	18	范吉升 2 篇
15		諸葛亮與三國(3)	18	18	王復忱 2 篇
16		諸葛亮與三國(2)	16	15	郭榮章 2 篇

　　由上表可知，刊載諸葛亮主題研究論文數量超過 16 篇以上的「核心論集」，總計有 16 種，共收入諸葛亮主題研究論文 509 篇，佔總發文量 1568 篇的 32.46%；其中，包括「諸葛亮研究會」所辦 13 次研討會出版發行的 11 本論文集，及所累積的 394 篇論文，佔核心論集總量的 77.4%。在 16 種「核心論集」計 509 篇論文中，共有 533 個參與人次，包含 19 位重點作者，累積有 44 篇收文，佔總載文量 509 篇的 8.64%；其中，以晉宏忠（5 篇）、徐國平（5 篇）、陳星（4 篇）各 2 處重點作者，參與度相對較高。不過，若就作者個人累積的載文量以觀，則達 5 篇以上的核心作者，也都是「諸葛亮研究會」的重要成員，依序分別為：譚良嘯 14 ／晉宏忠 11 ／李兆成 9 ／徐國平 9 ／王汝濤 8 ／丁寶齋 7 ／黃惠賢 7 ／周達斌 7 ／張曉剛 7 ／余鵬飛 6 ／張曉春 6 ／張孝元 5 ／王彥俊 5 ／白亦奠 5 ／陳星 5。如此，譚良嘯應可被視為參與度最高的代表性學者；而該會對諸葛亮主題研究所做出的努力與貢獻，也可得以證見。

　　觀察報刊與論集載文的分布情形，既然能作為某學術領域的研究與參考指標，因此，統計與建置一個諸葛亮主題研究的「核心報刊與論集」資料庫，實在有其必要。但礙於個人心力的限制，筆者暫時只能做到初步的統計工作；至於完整資料庫的建置，則有待日後，或留給專門的研究單位及圖書館，予以整建完成。如此，透過一個為數不多的核心期刊與論集，即能集中大批相關主題研究的論文成果，這對於擬欲從事諸葛亮主題研究的工作者而言，無疑地助益匪淺。

四、論題分布

在表述民國以來，諸葛亮主題研究的論文總量、作者與報刊等三方面的分布情形後，緊接著便須就其論題作番考察，方能更進一步地了解學術界對此人物所關注的種種面向，及其研究實況。畢竟千餘名作者在通過各式的發文平臺，將其研究心得給公諸於世，累積如此豐富的成果，主要的即是為闡發諸葛亮主題研究所蘊涵的價值與意義。略此不論，則諸葛亮研究料也沒有再談的必要。

大凡研究論題的內容分類，每常因其分類基準的不同，而各有差異，未足定論。為總體觀照諸葛亮此一人物的研究實況，以權宜解說，筆者在〈索引初編〉的基礎上，拙作「諸葛亮主題研究的論題分布圖表」，統計 1922～2003 年間，諸葛亮主題意涵被研究、開發的分布與變化情形。表中論題的分類原則，乃採「文藝學創作與批評理論」的雙向研究徑路，將諸葛亮主題研究分成：蘊生（家世背景）、養成（思想情志）、實踐（政治作為、外交運作、人事關係、經濟措施、民族策略、軍事戰略）、完成（人物評論、文物遺蹟、文獻考詮）、影響（懿行風教、社會文化、藝術形象）等 5 個階段，加上其他（研究動態與其他）1 個方面，計 16 個論題，來考察 1922～2003 年間 7 個時期的變化情形。其結果如下所示：

（內圈指向為創作論的研究徑路；外圈指向為批評論的研究徑路）

諸葛亮主題研究的論題分布圖表

時期 \ 數量	蘊生階段	養成階段	實踐階段						完成階段			影響階段			其他方面		分期總量
	家世背景	思想情志	政治作為	外交運作	人事關係	經濟措施	民族策略	軍事戰略	人物評論	文物遺蹟	文獻考詮	懿行風教	社會文化	藝術形象	研究動態	其他	
1922~1970	6	7	4	1	7	2	17	11	39	10	12	6	3	3	1	0	129
1971~1980	3	34	14	0	2	4	10	9	24	10	42	8	0	7	0	1	168
1981~1985	16	18	21	1	26	6	15	32	27	72	23	11	3	13	5	5	294

1986~1990	18	30	20	2	15	2	16	17	21	12	28	3	1	10	20	7	223
1991~1995	81	45	26	0	13	0	12	29	17	16	40	7	27	13	19	3	348
1996~2000	40	40	11	2	12	5	4	23	25	25	18	16	18	25	6	21	291
2001~2003	10	6	4	0	5	2	2	9	9	7	8	6	24	9	5	9	115
各目總計	174	180	100	6	80	21	76	130	162	152	171	57	77	80	56	46	1568
各目比率（%）	11.10	11.48	6.38	0.38	5.10	1.34	4.85	8.29	10.33	9.69	10.91	3.64	4.91	5.10	3.57	2.93	100
階段總計	174	180	413						485			214			102		1568
階段比率（%）	11.10	11.48	26.34						30.93			13.65			6.51		100

　　首先，由上表統計的數據可知，在 1568 篇的總研究成果中，就「縱向分析」而言，7 個時期論文的累積量乃是以 1991～1995 時期的 348 篇，佔總成果量的 1／5 強（即 22.19%），為最多，顯示這一時期各種論題的研究量最為豐富。而各階段論題研究量（超過 20 篇以上）的最高時期，茲以字元粗體加框線標明，分別是：「蘊生階段・家世背景」的 1991～1995 時期（81 篇）、「養成階段・思想情志」的 1991～1995 時期（45 篇）、「實踐階段・政治作為」的 1991～1995 時期（26 篇）、「實踐階段・人事關係」的 1981～1985 時期（26 篇）、「實踐階段・軍事戰略」的 1981～1985 時期（32 篇）、「完成階段・人物評論」的 1922～1970 時期（39 篇）、「完成階段・文物遺蹟」的 1981～1985 時期（72 篇）、「完成階段・文獻考詮」的 1971～1980 時期（42 篇）、「影響階段・社會文化」的 1991～1995 時期（27 篇）、「影響階段・藝術形象」的 1996～2000 時期（25 篇）、「其他方面・研究動態」的 1986～1990 時期（20 篇）、「其他方面・其他」的 1996～2000 時期（21 篇），則顯示各階段論題在某時期的集中表現。其中，尤以 1991～1995 時期包括有「家世背景」、「思想情志」、「政治作為」、「社會文化」等 4 種論題集中度較高的落點，表現最為明顯。此種情形，不唯與上述所言相為應合；更與自 1980 年後，諸葛亮研究形成熱潮所呈現的發展脈絡一致。

　　其次，就「橫向分析」而言，各階段研究論題的累積量，則是以「完成階段」的 485 篇，佔總成果量的 1／4 強（即 30.93%），為最多，顯示這一階段的 3 種論題（人物評論、文物遺蹟、文獻考詮）是研究者最為重視的地方，也是比較值得開發與探討的區塊。不過，若就論題的細目以觀，「養成階段・思想情志」（180 篇）與「蘊生階段・身世背景」（174 篇），其累積量反而較

高，則意味這 2 個區塊的論題，也是研究者所不敢輕忽的。此外，各時期研究量最多的論題，茲以字元粗體加底線標明，分別是：1922～1970 時期的「完成階段・人物評論」（39 篇）、1971～1980 時期的「完成階段・文獻考詮」（42篇）、1981～1985 時期的「完成階段・文物遺蹟」（72 篇）、1986～1990 時期的「養成階段・思想情志」（30 篇）、1991～1995 時期的「蘊生階段・家世背景」（81 篇）、1996～2000 時期的「蘊生階段・家世背景」與「養成階段・思想情志」各（40 篇）、2001～2003 時期的「影響階段・社會文化」（24 篇），則顯示各時期論題高研議性的分布情形。其中，尤以「蘊生階段・家世背景」接連為 1991～1995 與 1996～2000 時期研議性最高的論題，顯見研究者對此論題關懷的熱衷度，及其興趣所在。

經此縱、橫雙向的定量分析後，明顯可知，重疊交叉的座落點共有四個，茲以字元加網底標示，並依其時期先後排列，分別是：1922～1970 時期的「完成階段・人物評論」、1971～1980 時期的「完成階段・文獻考詮」、1981～1985時期的「完成時期・文物遺蹟」（72 篇）、1991～1995 的「蘊生階段・家世背景」（81 篇）。據此，當可視其為各個特定時期的階段主流論題。其中，尤以後二者表現最為突出，更顯見諸葛亮主題研究在此所特具的高度研議性，及其蘊涵的豐富價值與意義。此外，從「其他方面・研究動態」的成果量高度集中在 1986～1990、1991～1995 時期，也可視其為研究熱潮興起後，學術界基於綜觀與評價研究表現時，必然的舉措與結果。

為更進一步了解研究成果的具體內容，在此，實有必要補述各階段論題的核心主題。

首先，表中所謂的「蘊生階段」，乃是以「文藝學的創作論・宇宙→作者」的角度出發，就諸葛亮所置身的外在蘊生場域，即其溫床（包括時代方面的大場域、家世方面的小場域），來考察人物形象與資材生成的淵源及緣由。因此，此階段論題的核心主題是以諸葛亮「躬耕地望」與「成才之路」為大宗。茲觀「家世背景」此一論題，高度集中在 1990～1995 時期（81 篇）、1996～2000 時期（40 篇），即與《諸葛亮躬耕地望論文集》（1991.03）、《諸葛亮躬耕地新考》（1992.08）、《諸葛亮成才之路》（2000.08）等 3 本核心論集，相繼出版，有密切的關聯。

其次，所謂的「養成階段」，則是以「文藝學的創作論・作者」的角度立基，就諸葛亮所潛藏的內在蘊成質性，來探述人物思想、情感與志向的態勢。

因此，此階段論題是以諸葛亮「儒、法、道思想的歸屬」與「《梁父吟》情志的表現」為核心主題。而這，與中國大陸 70 年代所掀起的「評法批儒」運動，也不無關係。

其三，所謂的「實踐階段」，則是以「文藝學的創作論‧作者→作品」的角度出發，就諸葛亮出世後的治蜀表現，包括：政治、外交、人事、經濟、民族、軍事等具體內容，來了解人物志業的實際作為。所以，此階段論題是以「劉、葛關係」、「斬馬謖」、「忌魏延」、「南征北伐」為核心主題。

其四，所謂的「完成階段」，則是以「文藝學的批評論‧作者完成作品→讀者批評作者與作品」的反饋角度出發，就諸葛亮逝世後所遺留的業績與著作，來評價人物生平的歷史功過。所以，此階段論題是以「政治家與軍事家的智愚得失」、「武侯祠」、「八陣圖」、「隆中對」、「出師表」為核心主題。在 1980 年後，大陸地區曾出現一股諸葛亮的批判思潮，則或許即是對文革「造神運動」的一種反撥。

其五，所謂的「影響階段」，則是以「文藝學的批評論‧作者與作品影響讀者→讀者創新作品、作者及宇宙」的反饋角度出發，就諸葛亮藝術生命的開展，來闡揚人物文化現象的價值意蘊。所以，此階段論題是以諸葛亮的「品格風範」、「文化現象」、「藝術形象」為核心主題。

至於，「其他方面」則以「研究動態」為其核心主題，多半是諸葛亮學術論文研討會的成果綜述。

總之，諸葛亮主題研究的論題十分廣泛，絕非筆者粗略劃分的 5 階段 1 方面計 16 論題即可含括殆盡。雖然論題的開發已有相當程度，成果也算豐富；不過，整體的分布情形，仍顯不均，而有輕重偏廢的現象發生。如：「躬耕地」論題的過度開發；與「藝術形象」論題的研究不足。這固然與論題本身所蘊含的研議性有關；但研究者基於某種需要，透過主題式的群體會議，導向特定的論題區塊探討，則恐怕也是促成「畸輕畸重」狀況的重要原因。茲觀近幾年來，諸葛亮「文化經濟產值」論題的開發，日趨受人重視，即與諸葛亮學術研討會的議題有密切的關聯。

綜上所述，可知自民國以來迄於 2003 年，有關諸葛亮主題的研究成果，極為豐富，總計有 1085 位專家學者的參與研究，並累積有 1568 篇的學術論文。尤其是自 1980 年後，大陸各地「諸葛亮研究會」的成立，每年定期召開諸葛亮學術論文研討會，逐漸形成諸葛亮研究的核心作者群，使得諸葛亮的

研究成果，在「量與質」二方面，都有長足的進展。不過，仍存在些問題，有待改善。

首先，1568 篇學術論文的總累積量，雖然極為可觀；但其成果實乃集 1085 位研究者之力，方才促成，則每位研究者的平均產量也只有 1.45 篇，顯然總體量能的產值，仍未妥善開發。再加上，其「品質」參差不齊，未能與「產量」有相應的進展，則顯然表現還不盡理想。

其次，隨著各地「諸葛亮研究會」的紛紛成立與「諸葛亮學術研討會」的定期召開，其研究的「核心作者群」雖已逐漸形成，但觀七、八地的「諸葛亮研究會」，卻只有四川成都設有一專職的研究部，以長期致力於諸葛亮主題的研究工作；其餘各地大都虛設其名，既無專屬的研究機構，也無群體性的研究陣容，只待會議需要時，才集合相關學者出席參與，則其發展前途恐不免存有隱憂。再加上，「諸葛亮研究會」與各地官方的文物館局處關係極為密切，有時，為發展當地的文化觀光旅遊事業，常會在學術研討會的主題設定上，特意配合，以致題材有所限制，學術研究的純粹度與客觀性也不夠周全。又每年定期舉辦學術論文研討會，針對同一人物主題、題材事蹟，反覆就其「史實面相」不斷操作，致有題材匱乏、議論膚淺的情形發生；甚至使得會議淪為觀光聯誼性質的學術大拜拜，這就更減退了有心致力於純學術研究工作的專家學者，他們的認同與參與度。

其三，截至目前為止，仍未見有「諸葛亮主題研究資料庫」的建置；也無任何有關諸葛亮研究成果，在質量方面的評鑑指標。缺乏這些基礎研究的整建，對於諸葛亮主題研究的深耕厚植與廣泛推展，明顯有礙。

其四，自 1980 年後，諸葛亮研究雖已形成熱潮，論題的開發度也高；但整體的布局仍顯不足，再加上，其研究論題尚會受到許多非學術因素，如：意識形態、民族情感、經濟效益等因素的影響，而有輕重偏廢的不均現象發生。

總此，有關諸葛亮主題研究的工作，若無新範疇領域的溶入與新詮釋方法的運用，以延伸開展，並力求上述問題的改善，則縱然其文化蘊意相當豐富，也終有枯竭窘境到臨之日，故盼有志從事此一主題研究的工作者，必須墊足在前人研究成果的基礎上，更求創新，方能迭有佳績，使之永續發展。而這，也正是筆者本題「諸葛亮民間造型之研究」，所嘗試努力達成的目標。

第二節　諸葛亮研究成果的定性分析
——以其「藝術形象」的論題爲主

綜觀民國以來學術界對諸葛亮的研究工作，除環繞於史學的相關評論外，便大多包含於演義小說與戲曲演劇的討論中，而從逸聞傳說、民間信仰、風土文物等方面進行蒐羅與論述者也有。其中，或獨立成篇，散見於各期刊論文中；或專著爲書，廣泛考察、探析，成果極爲豐碩。底下，茲就本題所關涉到的「藝術形象」範疇，酌分幾類，撮舉其要，以粗陳諸葛亮主題研究在定性分析方面的概況，及其問題之所在。

一、包含在《三國演義》研究中的討論

1980 年代前，諸葛亮主題研究並未形成熱潮，也無專門的研究機構與平臺，可供使力，所以，早期有關諸葛亮主題的研究，便大多包含在三國史（《三國志》）與《三國演義》的「人物研究」中，比較討論。雖然如此，不過就其數量而言，有關諸葛亮主題研究的文章，表現於此，卻顯得極爲突出，無論是在三國史或《三國演義》的研究領域區塊中，都佔有相當重要的地位。

就包含在《三國演義》研究中的討論而言，這類的撰作極多，和以諸葛亮爲題的史學評論，幾乎不相上下。其因，誠如鄭振鐸《三國志演義的演化》一文中所說：「一部《三國志通俗演義》雖說的是敘述三國故事，其實只是一部『諸葛孔明傳記』。」〔註18〕《三國演義》以近七十回的小說篇幅，來特寫諸葛亮的傳奇性故事，使其成爲全書的中心人物，幾乎可說是諸葛亮的個人傳記。也由於作者對書中主角的用筆著墨甚深且富，方使得諸葛亮藝術形象的典型塑造得以順利完成，所以，學者在從事《三國演義》的研究時，都不免要涉及到與諸葛亮相關問題的討論。

胡適在《三國演義·序文》中曾說道：「他們極力描寫諸葛亮，但他們理想中只曉得『足智多謀』是諸葛亮的大本領，所以諸葛亮竟成一個祭風祭星，神機妙算的道士。」又「（作者在第四十三回）把一個風流儒雅的周郎寫成了一個妒忌陰險的小人，並且把諸葛亮也寫成了一個奸刁險詐的小人。」〔註19〕

〔註18〕　參見鄭振鐸：《三國志演義的演化》（台北：天一，1991 年），頁 20。原收錄於《中國文學研究新編》（台北：明倫出版社，1971 年），頁 204。

〔註19〕　參見胡適：《胡適文存》（第二集）「三國演義序」（台北：遠東圖書公司，1990

而魯迅《中國小說史略》則說：「(《三國演義》) 至於寫人，亦頗有失，以致欲顯劉備之長厚而似僞，狀諸葛之多智而近妖。」可見：胡、周二氏對於《三國演義》中諸葛亮形象的描寫，均表示不滿。前者因是以十九世紀西方小說的眼光來作論說，所以，認爲《演義》的人物描繪過於「平凡」；而後者則因是以史學家評議小說的立場從事論述，故隱然間含有譏刺《演義》「混亂史實」之舉（過當）的意味。

胡、周二氏上述的評論，使得學術界對於《演義》中的諸葛亮形象，瀰漫著批判的風氣。然而，不久卻也有其他不同的看法相繼提出，如：李辰冬《三國水滸與西遊》、董每戡《三國演義試論》與夏志清《中國古典小說導論》等書，便都曾經對此評論，進行修正或補充。

李辰冬在《三國水滸與西遊》中說：「當今的論者對羅貫中將諸葛亮寫得太軍師化，太術士化，表示不滿。其實，這是誤解。」並認爲：「諸葛亮之成爲軍師，成爲術士」，乃是基於戰爭小說的心理期待而來，所以，「至此，諸葛亮已不是歷史上『諸葛一生唯謹愼』的宰相，而是小說上神出鬼沒的軍師」〔註20〕。董每戡在《三國演義試論》中則說：「《三國演義》把諸葛亮的才能捧到高於一切，並非完全以意爲之，有充分的歷史眞實基礎，在那基礎上開出浪漫主義的花朵，獲得了藝術的眞實。」〔註21〕另外，夏志清在《中國古典小說導論》中也說：「在正史裡他被當做一個法家行政人才，民間把他設想成一個道家裝束的法師，可是在小說中他大體卻是個像儒家一樣，明知不可爲而爲，以報知遇之恩的政治家。儘管小說家爲了迎合大眾趣味，肆意渲染他年輕時代隱居山林的道家作風和他的道術，事實上這兩點倒加重了他服膺儒家一事的強烈的悲劇性。」〔註22〕可見：無論是基於戰爭小說的需要（李氏之說）；抑或是爲達藝術的眞實（董氏之說），與悲劇英雄的成功塑造（夏氏之說）等等說法，均是就小說「藝術美學」的立場，來予以開解的。

年），頁 467～475。

〔註20〕 參見李辰冬：《三國水滸與西遊》第三章「三國演義的藝術造詣」（台北：水牛出版社，1996 年），頁 33～42。

〔註21〕 參見董每戡：《三國演義試論》（增改本）（長沙：岳麓書社，1994 年），頁 221。

〔註22〕 參見夏志清：《中國古典小說導論》第二章「三國演義」，（合肥：安徽文藝社，1988 年），頁 60～61。

　　此後，陸續也引發了許多熱烈的辯證與討論。其中，或有從「史學立場」，予以責辯的；或有自「文藝角度」，予以寬說的。總體而言，大多是集中在小說人物「歷史真實」與「藝術虛構」之間，關聯性問題的處理上。

　　自從李辰冬以「美學角度」對《三國演義》的人物形象進行闡述後，傅繼馥也曾以「類型化」的觀點來論析《三國演義》人物的美學旨趣〔註 23〕；而且以中國大陸「《三國演義》學會」為主的研究工作，對於三國人物「藝術形象」方面的探討，更是積極努力在擘劃與開墾。諸此，都使得所謂「類型說」與「典型說」的爭論，陷入了白熱化的局面。如：石昌渝〈論《三國演義》人物形象的非類型化〉一文〔註 24〕，即是特別針對傅氏「類型化說」所提出來的辯正。同時，從「人物美學」的角度來討論「人物形象」的方法，也方興未艾，儼然已成為大陸地區現、當代研究《三國演義》的新潮流。

　　在此，茲將 1980～2003 年間，學術界從事《三國演義》的研究時，在「人物形象」和「創作方法與藝術成就」二方面，涉及諸葛亮「藝術形象」論題的表現，較具代表性的論文，以表臚列如下〔註 25〕：

研究面相	作　者	篇　　　　名
人物形象	李厚基	論《三國志通俗演義》中的主角〔註 26〕
	陳翔華	論諸葛亮典型及其複雜性〔註 27〕
	劉知漸	諸葛亮形象的真實性問題
	白　盾	諸葛亮形象新探
	劉上生	論諸葛亮形象的才智系統及其民族文化意蘊〔註 28〕
	曹學偉	道教與諸葛亮的形象塑造〔註 29〕

〔註23〕　參見傅繼馥：〈類型化藝術的光輝範本〉，分別收錄於《三國演義研究集》（成都：四川省社會科學院出版社，1983 年 12 月）；與《社會科學戰線》（1983 年第 4 期）。

〔註24〕　收錄於《三國演義學刊》第一輯，（成都：四川省社會科學院出版，1985 年 6 月），頁 158～167。

〔註25〕　參考楊伯俊〈近二十年《三國演義》研究述評〉。

〔註26〕　收錄於《新港》（1980 年第 12 期）。

〔註27〕　收錄於《文藝論叢》（第 12 輯）。

〔註28〕　收錄於《〈三國演義〉與中國文化》（成都：巴蜀書社，1991 年）。

〔註29〕　同前書。

	歐陽代發	論蜀漢和諸葛亮的悲劇〔註30〕
	黃　鈞	欲與天公試比高——諸葛亮形象史外部研究淺議〔註31〕
	王齊洲	論諸葛亮形象的文化意義〔註32〕
創作方法與藝術成就	劍鋒（霍雨佳）	塑造典型美的辯證法〔註33〕
	傅繼馥	類型化藝術的光輝範本
	石昌渝	論《三國演義》人物形象的非類型化
	杜景華	論《三國演義》人物性格強化的特點
	傅隆基	從《三國演義》看歷史小說實與虛的藝術辯證法
	宋常立	《三國演義》人物心理表現特徵及其構成原因〔註34〕
	艾　斐	論《三國演義》在典型塑造上的開拓與局限〔註35〕
	黃　鈞	論《三國演義》的人物塑造〔註36〕
	關四平	論《三國演義》的"多層展現"人物性格表現法〔註37〕
	鄭鐵生	《三國演義藝術欣賞》第五章
	張錦池	論《三國志通俗演義》的創作原則和人物描寫〔註38〕

　　在「人物形象」方面的代表性論點，認為：《演義》中的諸葛亮，之所以成為「智慧」的化身與「多謀善算」的共名，既是才多智巧、算無遺策的「政治家」與「軍事家」；也是「忠貞無比」的「賢相」與「良臣」；又是手搖鵝毛扇、身披八卦衣，參知天機的「道士」或「法師」，乃是由於作者主觀性的情感偏愛，甚至過度的激情偏愛，才會在讀者的心靈上編繪成如此的圖像。而在「創作方法與藝術成就」方面的代表性論點，則認為：基於要創造「智慧」與「忠貞」的諸葛亮形象，作者乃以誇張、渲染、烘托的筆法；及傳奇性與神話色彩的故事情節，極力強化與舖陳《演義》中的人物性格，使之成

〔註30〕同前書。
〔註31〕收錄於《〈三國演義〉與荊州》（河南：中州古籍出版社，1993年）。
〔註32〕同前書。
〔註33〕收錄於《中州學刊》（1984年第4期）；亦收錄於《三國演義論文集》（河南：中州古籍出版社）。
〔註34〕收錄於《三國演義學刊》（第2輯）。
〔註35〕收錄於《遼寧大學學報》（1987年第3期）。
〔註36〕收錄於《文學遺產》（1991年第1期）。
〔註37〕收錄於《求是學刊》（1991年第4期）。
〔註38〕收錄於《明清小說研究》（1993年第1期）。

爲「類型化」的藝術典型。

諸此二方面的研究工作與成果，對於《三國演義》人物形象塑造理論的建構，都起了推波助瀾的功效；無疑地，也使得諸葛亮「藝術形象」的專門研究，得以長足進步，而蓬勃發展。不過，若對照筆者上節〈民國以來諸葛亮研究的定量分析概述〉「論題分布」中所述，自 1922～2003 年間，有關諸葛亮主題研究在「影響階段・藝術形象」的論文計有 80 篇，只佔其總成果量 1568 篇的 5.10%。可見有關「諸葛亮藝術形象」論題研究的發展空間仍大，值得我們努力開發與墾殖。

二、以諸葛亮爲題的史學評論

民國以來，以諸葛亮爲題的史學評論著作數量相當多，除包含在「三國史」研究所累積的許多成果中外，單就拙作〈索引初編〉所蒐集到的資料來看，在 339 種的「論著書目」中，「各類專書・人物評傳」即有 88 種，佔其總書目量的 1／4 強（即 26.06%）；而在 1568 種的「論著篇目」中，「完成階段・人物評論」也有 162 種，佔其總篇目量的 1／10（即 10.33%），若再加上「養成階段」與「實踐階段」等各個相關論題的篇目量，則其所佔的比例，恐怕幾近乎半數（48.15%）。如此龐大的比重，顯見這部分的確是諸葛亮研究的主要開發區塊，其重要性絕不容小覷。

早在抗戰時期，祝秀俠《三國人物新論》一書，便已獨闢章節專門討論諸葛亮及其功過；而隨著顧念先《三國人物述評》、宋郁文《三國雜談》、禚夢庵《三國人物論集》、劉子清《中國歷代人物評傳》（上）、余振邦《三國人物叢譚》、龔弘《古人今談》（第二集・三國人物）、譚良嘯與張大可《三國人物評傳》等書的陸續印行，類此以諸葛亮爲題的史學評論，更散見於各類的學術論文與報刊雜誌上，至今仍風行不輟；甚且有出版專書者，專門鎖定諸葛亮一人，從事廣泛的研究與評論，如：章映閣《諸葛亮新傳》、柳春藩《諸葛亮傳》、余明俠《諸葛亮評傳》等。

以諸葛亮爲題的史學評論，就其論著的性質內容而言，略可分成兩種：一是「歷史評論」，而另爲「雜言叢談」。大體上，都是環繞在「三國史學」的範疇，所進行的人物評論。而其論著的態度，無論是引據史實，以推敲評議；抑或是雜以文史資料與一般印象，來概括述說，蓋皆是以還原或呈顯諸葛亮的歷史面貌爲目的。所以，其論述的要點，並非在分析諸葛亮形象是如

何地被塑造成型；而乃側重於探討該人物的性格特質與生平表現如何，被標舉的功績與志業是否屬實，進而試圖為諸葛亮的種種作為，尋找一合理的歷史定位，下一評判。

　　「歷史評論」性質的論著，因講求客觀理據，故多謹嚴務實，對於諸葛亮的褒揚雖多，然也不乏有決策過失的微辭；而「雜言叢談」性質的論著，則因溶涉文史概念與主觀情感，故顯得較為輕鬆閒散，大多傾向於推崇諸葛亮的品格操行。前者如：祝秀俠《三國人物新論》、顧念先《三國人物述評》、禚夢庵《三國人物論集》、劉子清《中國歷代人物評傳》（上）、譚良嘯與張大可《三國人物評傳》、章映閣《諸葛亮新傳》、柳春藩《諸葛亮傳》、余明俠《諸葛亮評傳》等書；後者則如：宋郁文《三國雜談》、余振邦《三國人物叢譚》、龔弘《古人今談》（第二集‧三國人物）等書。

　　總體而言，此類論著的代表性論點，可以從下列幾個方面，來作統合：
〔註39〕
　　首先，關於諸葛亮的「政治思想」與「治蜀功績」方面，主要認為：乃是在荊州學派「崇尚事功」、「講求經世致用」的學說薰陶下，逐漸養成「儒、法合流」，「德、刑並用」，「德治為先，法治為後」的思想體系。以致，其治國主張要「禮、法兼施」、「德、威並舉」；強調要「訓章、明法」、「勸善、黜惡」，而以儒家的「德治教化」為重；推行了許多極具實效的「政治與經濟」措施，使得蜀國「吏治清明」、「社會和諧」、「經濟發達」。雖然，諸葛亮「事必躬親」的工作態度，不免遭來「專斷獨行」之議；不過，尚不失為一個傑出的「政治家」。

　　其次，關於諸葛亮的「用人問題」方面，意見則較為分歧，歸納起來，大抵有幾種說法：1.「任人唯賢說」，認為諸葛亮以「治國安民」為重，「取人不限其方」，故蜀漢集團的重要成員中，能包括有益州、東州、荊州等地的賢士。如：荊州人士蔣琬、費禕；蜀地新人張嶷、五梁；魏國降將姜維；南中叛帥孟獲；下級郡吏楊洪、何祗等。2.「考核升遷說」，認為諸葛亮十分重視「人才考核」，且「科教嚴明」、「遷善黜惡」，使蜀國「吏不容奸，人懷自厲」，政治清明。3.「用而不教說」，認為諸葛亮忽視「教育與培養」人才，有「用而不教」的缺失。如：姑息關羽驕傲的缺點，導致他兵敗被殺，喪師失

〔註39〕　參譚良嘯、陳紹乾：〈近年來諸葛亮研究綜述〉，收錄於《諸葛亮研究》（成都：
　　　　　巴蜀書社，1985 年），頁 320～335。

地；未能調和魏延與楊儀間的矛盾，導致自己病死後，二人即鬧內訌，相繼被殺，產生「蜀中無大將」的窘境。4.「求全責備說」，認為諸葛亮用人「過於明察」，且選人標準「以德為先」，使得「雄才大略」，如：魏延者，終「用而不信」；「智慮忠純、才氣不足」，如：蔣琬、費禕、董允、郭攸之等，也「用而律嚴」；自己「事必躬親」，以致積勞成疾、病逝，後繼無人。5.「嫉賢妒能說」〔註40〕，認為諸葛亮「外寬內妒，氣量狹窄，不能容人」，凡資才與之相近，地位可能凌駕者，即設計以過，給予罷黜，如：「殺彭羕、彈廖立、廢李嚴、誅劉琰」；又「法嚴少恩，不近情理」，街亭失守，即連斬部將馬謖、李盛、張休，並奪將軍黃襲兵權，就連意見相左的向朗、李邈，也被去官、免職，以致難服眾心。

其三，關於諸葛亮的「南征」與「北伐」方面，主要認為：南中的征伐與治理，是蜀國在軍事與政治上雙贏的一次行動，對於民族的融合、邊疆的開發、國土的統一，具有實質的效益，值得肯定。至於，北伐的目的與意義，無論是為「激勵民心」以「興復漢室」；或是為「創造利基」才「以攻為守」，當時伐魏取勝的客觀條件明顯已過，縱使諸葛亮出師北伐勝多敗少，但實質收益卻不大，且連年勞師動眾，只會疲敝蜀國的經濟，以致最後終歸失敗，並不可取。不過，其「知其不可為而為之」與「鞠躬盡瘁，死而後已」的奮鬥精神，在主觀意志的表現上，確實感人。

其四，關於諸葛亮的「軍事才幹」與「成就」方面，主要認為：其以法治軍，執法嚴明，領導有方，練兵有素，具有傑出的「治軍才幹」。又能殫精竭慮，巧思智慧，以改良連弩，創造木牛流馬，布置八陣圖，實在是不可多得的「軍工專家」。至於，陳壽「治戎為長，奇謀為短」與「應變將略，非其所長」的評價，則或以為評語中肯，因其不用魏延兵出子午谷奇計，反捨近求遠，過於謹慎，缺乏膽識，故非優秀的「軍事家」；或以為非陳壽由衷之言，因魏延的奇謀，並非良策，又以司馬懿之才，在兵多將廣的情況下，甚且也「畏蜀如虎」，再加上陳壽身為晉官，自不免有所顧忌，故其「將略」仍有可觀。

〔註40〕 此說立論尖刻，爭議極大，說法一出，即有人撰文商榷，認為：「彭羕被殺、廖立遭廢」，乃「咎由自取」、「罪有應得」，實非諸葛亮「嫉賢妒能」的結果。如：胡申生：〈彭羕被殺、廖立遭廢是諸葛亮嫉才的結果嗎？——與《論諸葛亮的錯誤與失策》一文作者商榷〉，收錄於《阜陽師院學報》(4)，1982年。

所謂「蓋棺論定」，或「歷史自有公道」二語，雖然未必全可盡信，因為隨著評論者觀點與立場的不同，確實會存有「仁智見地」之別，縱使對同一人物進行研究，評價也無定準；不過，在經由諸多專家學者的綜合考述後，所作出來的客觀評論，卻也大抵不差。諸葛亮自從與世長辭後，歷代關於其人的論贊，便多以陳壽《三國志》與裴松之注為主，而輔以其他逸史傳聞，或諸葛遺文故實；上述「二類、四方面」的史學評論，即是據此材料而做出來的成果。諸此，對於諸葛亮「歷史形象」的推原、建構與定位，都起了樹幹立基的功效；無疑地，也提供諸葛亮「藝術形象」的專門研究，一個比較完整的人物形象「基型」。不過，近年來從事「以諸葛亮為題的史學評論」的研究者，其工作範疇與論述觀點，仍舊脫離不了前人評述的總體成果，以致所還原及建構出的諸葛亮歷史圖像，即其客觀真實的人物形象「基型」，大抵也相差不多。當前，諸葛亮的歷史形象，已趨於完整，所以，類此性質的評論工作，若無更新的史料發現或詮釋方法，以供研究或操作，似難再有其創發的可能，而此正是這類研究現今所面臨到的困境與瓶頸，亟待突破。

三、故事傳說與民間信仰的研究

自從諸葛亮步出茅廬，為劉備謀略劃策，取荊得益，建立蜀漢；乃至受托輔主，興國治邦，聯吳制魏；終至病逝五丈原後，其為蜀國所建立起來的功業，可謂雄偉。因此，就蜀漢的政權而言，他是個才德兼備的偉大領袖，也是全國政治與精神層面最大的支柱，備受人民擁戴。在英雄式悲喜交替的氣氛籠罩下，蜀國百姓因欽服與感念諸葛亮的恩德與遺澤，於其生前自然會傾情仰慕；於其死後也必然會追思懷想，進而，生起無比的敬仰之心，傳為口實，便產生了許多有關諸葛亮的故事傳說。此外，民間以其為巷祭野祀的對象，虔誠膜拜有如神明般的偉人，更是所在都有，並且引發了朝議立廟，使得諸葛亮的民間信仰也漸趨成形。〔註41〕

〔註41〕 《三國志·諸葛亮傳》注引《襄陽記》載：「亮初亡，所在各求為立廟，朝議以禮秩不聽，百姓遂因時節私祭之於道陌上。言事者或以為可聽立廟於成都者，後主不從。步兵校尉習隆、中書郎向充等共上表曰：『臣聞周人懷召伯之德，甘棠為之不伐；越王思范蠡之功，鑄金以存其像。自漢興以來，小善小德而圖形立廟者多矣。況亮德範遐邇，勳蓋季世，王室之不壞，實斯人是賴，而蒸嘗止於私門，廟像闕而莫立，使百姓巷祭，戎夷野祀，非所以存德念功，述追在昔者也。今若盡順民心，則瀆而無典，建之京師，又偪宗廟，此聖懷

魏晉時期，諸葛亮的故事傳說因屬於萌芽階段，故深受歷史事實的影響，雖然情節簡單，質樸無華，卻帶有明顯的地域性差別。而至東晉南北朝時，則因局勢的動亂，宗教迷信思想的盛行，使得傳說人物普遍遭受讚揚，除賦予他卓越的軍事才能外，更糝雜些神秘怪異的色彩，雖然仍未脫史實的束縛與影響，但卻已開啓了歷史人物向藝術形象與神祇信仰演變之跡。

首先，就「故事傳說」方面而言，諸葛亮故事，因帶有「野史性質」與「口頭傳說」的特點，故大多是以「口耳相傳」的方式散佈與流傳於民間各地，而少有文字的記錄，所以，此類研究工作的初期階段，便多只是務力於傳說的蒐集與整理分類上，而缺少系統性的理論架構與論述。董曉萍在〈論《三國演義》傳說〉一文中，便曾將大陸學界此類的研究工作，略分爲三個階段〔註42〕：

（一）早期階段（五四時期～二〇年代）：以林蘭編著爲代表之蜀漢
　　　名人傳說結集。

（二）中期階段（建國以後～八〇年代）：以江雲、韓致中編著爲代
　　　表之三國遺址中心圈傳說結集。

（三）近期階段（八〇年代～九〇年代）：自全國民間文學普查展開
　　　後，從各地、各民族群眾中所發掘出之大量傳說。

上述三階段的研究工作，雖然是針對《三國演義》相關題材的傳說，進行的分段蒐集；不過，卻也適用於諸葛亮傳說的蒐集與整理上，因爲諸葛亮身居《三國演義》中心人物的要位，所以，有關其人的傳說，也大多是附屬在《三國演義》的傳說底下，被一併蒐集與整理的。

截至目前爲止，此類傳說所蒐集到與整理好的成果，頗爲豐富。在諸多「三國故事傳說」的整理集中，較具代表性的結集本有：湖北省咸寧地區群眾藝術館編《三國故事傳說集》〔註43〕（12 則）〔註44〕、浙江文藝出版社選

　　　所以惟疑也。臣愚以爲宜因近其墓，立之於沔陽，使所親屬以時賜祭，凡其
　　　臣故吏欲奉祠者，皆限至廟。斷其私祀，以崇正禮。』於是始從之。」

〔註42〕參見董曉萍：《《三國演義》的傳說》（附錄一）（北京：南海出版社，1990
　　　年），頁 315～316。又該文也收錄於鍾敬文、許鈺：《《三國演義》的傳說》（附
　　　錄一）（台北：林鬱文化事業有限公司，1995 年），頁 369～387。二書相似度
　　　極高，後者或疑似爲翻版印行前者而來。

〔註43〕湖北省咸寧地區群眾藝術館編：《三國故事傳說集》（湖北：咸寧地區群眾藝
　　　術館，1983 年）。

〔註44〕括符內「則數」，乃指該書中所選編的「諸葛亮傳說」數目。

編《三國名人傳說》〔註45〕（18 則）、蒲沂縣文化館編《蒲沂三國故事傳說集》
〔註46〕（3 則）、鄭伯成與韓進林搜集整理《曹操三請諸葛亮──反三國故事》
〔註47〕（13 則）、中國民間文學研究會湖北分會與湖北省群眾藝術館編《襄樊
民間傳說》〔註48〕（15 則）、湖北省群眾藝術館編《三國外傳》〔註49〕（62
則）、王一奇與吳超等編《三國人物別傳》〔註50〕（32 則）、董曉萍編《《三國
演義》的傳說》〔註51〕（54 則）、鍾敬文與許鈺編《《三國演義》的傳說》（54
則）等。另外，在拙作〈索引初編〉「論著書目‧各類專書」的 67 種「故事
演說」中，專門選編集則有：張楚北整理《諸葛亮拜師》〔註52〕、程景林、
李秀春《諸葛亮的傳說》〔註53〕、張定亞編選《諸葛亮傳說故事》〔註54〕、
陳文道編著《諸葛亮的傳說》〔註55〕與《諸葛亮傳奇》〔註56〕、李元悌《諸
葛亮傳奇》〔註57〕、袁本清編寫、丁寶齋審訂《隆中軼事》〔註58〕、姚讓利
《諸葛亮的傳說》〔註59〕。

　　上述有關諸葛亮傳說故事的整理集，就其傳說故事的內容來看，大多是
屬於諸葛亮生平事蹟與風土文物的傳說。由於其數量極為豐富，人物形象多
彩多姿，又具有趣味性，已日漸受到學術界的關注，或以「專文」論述，或

〔註45〕 浙江文藝出版社選編：《三國名人傳說》（杭州：浙江文藝出版社，1984
　　　　年）。
〔註46〕 出版年月不詳。
〔註47〕 鄭伯成與韓進林搜集整理：《曹操三請諸葛亮──反三國故事》（湖北，華中
　　　　大學出版社，1986 年）。
〔註48〕 中國民間文學研究會湖北分會與湖北省群眾藝術館編：《襄樊民間傳說》（湖
　　　　北：湖北省群眾藝術館，1983 年）。
〔註49〕 湖北省群眾藝術館編：《三國外傳》（上海：上海文藝出版社，1986 年）。
〔註50〕 王一奇與吳超等編：《三國人物別傳》（北京：中國戲劇出版社，1990 年）。
〔註51〕 董曉萍編：《《三國演義》的傳說》（北京：南海出版公司，1990 年）。
〔註52〕 張楚北整理：《諸葛亮拜師》（《河南民間故事叢書》之一）（河南：河南少年
　　　　兒童出版社，1985 年）。
〔註53〕 程景林、李秀春：《諸葛亮的傳說》（蘭州：甘肅人民出版社，1986 年）。
〔註54〕 張定亞編選：《諸葛亮傳說故事》（陝西人民美術出版社，1987 年）。
〔註55〕 陳文道編：《諸葛亮的傳說》（《襄樊民間故事叢書》之一）（湖北：湖北人民
　　　　出版社，1987 年）。
〔註56〕 陳文道：《諸葛亮傳奇》（北京：人民中國出版，1992 年）。
〔註57〕 李元悌：《諸葛亮傳奇》（陝西人民美術出版社，1989 年）。
〔註58〕 袁本清編寫、丁寶齋審訂：《隆中軼事》（襄樊：襄樊市隆中管理處，1997
　　　　年）。
〔註59〕 姚讓利：《諸葛亮的傳說》（通遼：內蒙古少年兒童出版社，1999 年）。

以「專著」考究。前者，在拙作〈索引初編〉所錄「民族策略」與「藝術形象」的論題中，較具代表性的論文，有：陳翔華〈魏晉南北朝時期的諸葛亮故事傳說〉〔註60〕、戴惠英〈朝鮮關於孔明妻子的傳說〉〔註61〕與〈諸葛亮夫人及其在民間傳說中形象：兼論諸葛亮的婚姻觀〉〔註62〕、陳文道〈從民間傳說看諸葛亮的形象〉〔註63〕、郭漢林〈雲南諸葛亮的傳說及其崇拜現象〉〔註64〕、丁寶齋〈隆中民間諸葛亮傳說故事評析〉〔註65〕、李福清〈漢族及西南少數民族的諸葛亮南征傳說〉〔註66〕等等；後者則如：張清文《諸葛亮傳說研究》一書，乃是由國立政治大學黃志民教授所指導而完成的碩士學位論文。

這二類研究的成果，初步的論述要點，乃認為：諸葛亮傳說是結合不同「時間、地域、階級、種族」的人民，以其集體的「思想、情感、智慧與心血」所共創出來的，用以反映其「政治、社會、經濟、文化、精神」等不同「生活層面」的「藝術形象」。這個藝術形象，具有強烈的「變異性」，與「歷史」或「小說」的諸葛亮形象，並不相同。因為它突破了「史官」與「小說家」的規範，完全根據人民「主觀情感」的需要，而無視於「史書的定論」與「藝術的講究」。所以，充滿著民間豐富的想像力，帶有濃厚的浪漫主義色彩。在「儒士、智者、神仙」等「多變的」傳說形象中，特別突顯諸葛亮「超人」的「才智謀略」，表現出各個不同階層的人民對他相同的評價。

總體而言，這方面的研究工作，尚屬於起步的初期階段，蒐集與整理的資料雖多，但從事議題性的論述還少；縱使已有學者開始投入研究，但所開

〔註60〕 陳翔華：〈魏晉南北朝時期的諸葛亮故事傳說〉，《河北大學學報》（哲社）（2），1981 年。

〔註61〕 戴惠英：〈朝鮮關於孔明妻子的傳說〉，《諸葛亮與三國》（3），1985 年 8 月。

〔註62〕 戴惠英：〈諸葛亮夫人及其在民間傳說中形象：兼論諸葛亮的婚姻觀〉，《社會科學研究》（5），1994 年。

〔註63〕 陳文道：〈從民間傳說看諸葛亮的形象〉，《諸葛亮研究新編》（湖北人民出版社，1986 年 12 月），頁 154～162。

〔註64〕 郭漢林：〈雲南諸葛亮的傳說及其崇拜現象〉，收錄於《雲南民族學院學報》（3），1992 年。

〔註65〕 丁寶齋：〈隆中民間諸葛亮傳說故事評析〉，收錄於《十論武侯在蘭溪》（浙江：浙江大學出版社，1998 年）。

〔註66〕 李福清：〈漢族及西南少數民族的諸葛亮南征傳說〉，收錄於《歷史月刊》（66），1993 年 7 月，頁 92～105。

拓的成果仍然有限，也不夠完整、深入。不過，因為其所含藏的研議性相當高，題材又十分豐富，實在值得繼續深入探究。筆者相信，日後定會有更多的學者參與此一領域的研究工作，所以，其遠景誠然可期。

　　其次，就「民間信仰」方面而言，學術界在從事諸葛亮「民間信仰」的考述時，其研究的狀況與「故事傳說」方面有著類似的情形。相關的資料不少，但論述的內容，大多只關注於歷代各地武侯祠（孔明廟）等相關的文物遺蹟，在「制度沿革」與「文化現象」層面的介紹、考察；而缺乏深入與完整的系統性研究，以致其成果還未見顯著。主要的代表性著作，有：黃惠賢主編《諸葛亮與武侯祠》〔註67〕、章映閣等《成都武候祠》〔註68〕與《諸葛亮與武侯祠》〔註69〕、湖北人民出版社編輯《古隆中》〔註70〕、吳天畏等《武侯祠》〔註71〕、汪大寶《古隆中》〔註72〕、成都武侯祠博物館所編《武侯祠大觀》〔註73〕、楊曉寧等編《少年諸葛亮與平山武侯祠》〔註74〕、李兆成等編《武侯祠史話》〔註75〕、郭清華等《諸葛亮與中國武侯祠》〔註76〕等等。至於，重要的論文則有：吳鼎南〈武侯祠考〉〔註77〕、譚良嘯〈成都武侯祠史話〉〔註78〕、王西林〈出師未捷身先死——五丈原的諸葛亮廟〉〔註79〕、肖伍〈隆中三顧堂與武侯祠〉〔註80〕、李吉興〈隆中武侯祠沿革考〉〔註81〕、

〔註67〕黃惠賢主編、《諸葛亮與武侯祠》編寫組：《諸葛亮與武侯祠》（北京：文物出版社，1977年）。

〔註68〕章映閣等：《成都武候祠》（成都：四川人民出版社，1980年）。

〔註69〕章映閣、譚良嘯、梁玉文：《諸葛亮與武侯祠》（北京：文物出版社，1982年）。

〔註70〕湖北人民出版社編輯：《古隆中》（湖北：湖北人民出版社，1980年）。

〔註71〕吳天畏、劉京華：《武侯祠》（北京：文物出版社，1982年）。

〔註72〕汪大寶：《古隆中》（湖北：湖北人民出版社，1984年）。

〔註73〕成都武侯祠館物館編：《武侯祠大觀》（成都：四川人民出版社，1988年）。

〔註74〕楊曉寧、潘民中、楊尚德主編：《少年諸葛亮與平山武侯祠》（香港：天馬圖書有限公司，1996年）。

〔註75〕李兆成等編著：《武侯祠史話》（成都：四川人民出版社，1998年）。

〔註76〕郭清華：侯素柏：《諸葛亮與中國武侯祠》（西安：陝西旅遊出版社，1999年）。

〔註77〕吳鼎南：〈武侯祠考〉，收錄於《風土雜誌》（1：5），1945年4月。

〔註78〕譚良嘯：〈成都武侯祠史話〉，收錄於《歷史知識》（4），1981年。

〔註79〕王西林：〈出師未捷身先死——五丈原的諸葛亮廟〉，收錄於《文化與生活》（6），1983年。

〔註80〕肖伍：〈隆中三顧堂與武侯祠〉，收錄於《諸葛亮與三國》（2）（成都《諸葛亮與三國》編輯組，1984年5月）。

梁福義〈五丈原諸葛亮廟溯源〉〔註82〕、張邃青〈諸葛亮是怎樣受到崇拜的〉〔註83〕、劉暉〈武侯在保山的遺迹及其文化現象探源〉〔註84〕、張曉春〈從武侯祠看諸葛亮文化現象〉〔註85〕、張曉剛等〈對諸葛孔明祭辰祭祀活動形成過程的考察〉〔註86〕、鄭紹康〈諸葛亮與民俗文化〉〔註87〕、雷勇〈諸葛亮崇拜的文化心理透視〉〔註88〕等等。

　　總體而言，這類研究工作，除了對於「武侯祠」等相關文物遺蹟的「制度沿革」，做了極為詳細的介紹與考察，可供作深入研究的參考外；在「文化現象」的論述上，初步達成的結論，主要認為：其形成之因，乃是由於諸葛亮超人的智慧、崇高的品德與鞠躬盡瘁的獻身精神，使得各時、地、階層的人民無不蒙受感召，心生敬仰與讚佩之情，普遍為其蓋祠立廟、廣設文物館，來紀念與膜拜牠，以尋求自我精神心靈的寄托與慰藉，更希望藉由這份信仰的力量能為社會帶來福祉。如此普遍的文化現象，乃是「歷史人物諸葛亮」向「藝術形象諸葛亮」發展過程中階段性的產物，若能對於諸葛亮民間信仰的「文化現象」及其「核心底蘊」，再作更為深入與完整的系統性探析，則其成果也必然可觀。

四、戲曲方面的研究

　　魏晉時期，三國故事已見流傳，而隨著時代的推移，三國故事傳說也漸與各項民藝相結合，從而產生了以敷演三國故事為主的說話與戲曲。就目前

〔註81〕 李吉興：〈隆中武侯祠沿革考〉，收錄於《諸葛亮研究》（成都；巴蜀書社，1985年10月）。

〔註82〕 梁福義：〈五丈原諸葛亮廟溯源〉，收錄於《寶雞師院學報》（哲社）（1），1988年。

〔註83〕 張邃青：〈諸葛亮是怎樣受到崇拜的〉，收錄於《新史學通訊》（11），1952年。

〔註84〕 劉暉：〈武侯在保山的遺迹及其文化現象探源〉，收錄於《諸葛亮與三國文化》（四川：成都出版社，1993年9月），頁97～101。

〔註85〕 張曉春：〈從武侯祠看諸葛亮文化現象〉，收錄於《諸葛亮及其後裔研究》（浙江：新華出版社，1994年8月），頁85～89。

〔註86〕 張曉剛、劉承舉：〈對諸葛孔明祭辰祭祀活動形成過程的考察〉，收錄於《諸葛亮及其後裔研究》（浙江：新華出版社，1994年8月），頁80～84。

〔註87〕 鄭紹康：〈諸葛亮與民俗文化〉，收錄於《十論武侯在蘭溪》（浙江：浙江大學出版社，1998年8月），頁346～349。

〔註88〕 雷勇：〈諸葛亮崇拜的文化心理透視〉，收錄於《漢中師院學報》（3）／人大複印資料轉載，2000年。

所知，隋代的水上雜戲，即有《曹操浴譙水擊水蛟》、《劉備乘馬渡檀溪》等節目；唐代的講史，也有講說三國故事者；而至宋代，隨著各種技藝的蓬勃發展，三國故事更成為技藝敷演的主要內容，並且出現了擅長講說三國故事的說話藝人，如霍四究者；皮影戲與金院本也都有專演三國故事的節目；自元及清，以三國人物為題材，或者以《三國演義》中的故事情節為藍本所編寫而成的戲曲，更佔盡了戲曲舞台上的大半光彩，而深受人民喜愛，影響甚遠。綜此，即是「三國故事劇」或「三國戲」的發展概貌。

近年來，關於三國故事劇的研究，或單篇散論，或輯要成書，學者多有著述，前者如：梁美意〈唐宋以來三國故事戲曲之研究〉〔註89〕、陳翔華〈先明三國戲考略〉與〈明清時期三國戲考略〉〔註90〕、林逢源〈閒話雜劇三國故事〉、王衛民〈「三國演義」戲的歷史流傳〉〔註91〕、林岷〈戲曲中的諸葛亮〉〔註92〕等；而後者則如：梁美意《三國故事戲曲之研究》〔註93〕、林逢源《三國故事劇研究》〔註94〕、劉靖之《關漢卿的三國故事雜劇研究》〔註95〕等。無論散論或專著，學者研究的重點大多環繞在三國故事劇整體的探討上，或就戲曲源流考述，或依戲曲劇種、本事、結構、角色、曲目分項論述，或從編劇家與演劇實況概述。諸此，對於三國故事劇的整體研究上多有貢獻。

然而，卻少有針對特定的三國人物作過這方面的專論。以諸葛亮為例，截至目前為止，就其戲曲形象進行考述的文章，殆只有：陳定山〈諸葛亮與戲劇〉〔註96〕、林岷〈戲曲中的諸葛亮〉〔註97〕、譚良嘯〈論元雜劇中的諸

〔註89〕 梁美意：〈唐宋以來三國故事戲曲之研究〉，收錄於《興大中文學報》（3）（台中：國立中興大學中文系，1990 年 1 月），頁 239～262。

〔註90〕 陳氏二文，分別收錄於《文獻》（1990 年第 2 期），頁 26～56；以及《文獻》（1991 年第 1 期），頁 23～59。

〔註91〕 王衛民：〈「三國演義」戲的歷史流傳〉，收錄於《歷史月刊》（95）（1995 年 12 月），頁 48～53。

〔註92〕 林岷：〈戲曲中的諸葛亮〉，收錄於《歷史月刊》（97）（1996 年 2 月），頁 104 ～109。

〔註93〕 梁美意：《三國故事戲曲之研究》（台北：台灣師範大學國文研究所碩士論文，1980 年）。

〔註94〕 林逢源：《三國故事劇研究》（台北：政治大學中文研究所博士論文，1982 年）。

〔註95〕 劉靖之：《關漢卿三國故事雜劇研究》（香港：三聯書店，1987 年）。

〔註96〕 陳定山：〈諸葛亮與戲劇〉，收錄於《暢流》（35：7）（台北：暢流半月刊社，

葛亮〉〔註98〕、戴秀玲〈京劇故事中的諸葛亮〉〔註99〕、筆者〈戲曲中諸葛亮之腳色與扮演述略〉〔註100〕等5篇。其中，除譚氏與筆者所撰二文，能在某個議題上取得一定的成績，還尚有可觀外；其餘3篇，則多僅止於以戲曲中幾個比較受人歡迎的諸葛亮故事劇目，來概述其「戲曲藝術性」與「歷史真實性」之間的不同，平心而論，實在談不上研究。底下，茲將譚文與拙作的論題要點，分別提述如下：

首先，譚氏從分析元代（含元明之際）的雜劇入手，介紹了諸葛亮在雜劇中的故事與形象，該文認為：諸葛亮自「步出茅廬」到「病逝五丈原」間的重要事蹟，元雜劇都有故事給予敷演；並藉由這些故事，將「手持羽扇的道士」、「具有道術的仙家」、「神機妙算的軍師」、「安邦定國的志士」、「劉備集團的師父」等藝術形象，給生動活潑地搬上戲曲舞臺，達到了「寓教於樂」的目的；且對「宋元講史的承習與發展」、「《三國演義》的創作」、「後世戲曲的傳演」等，都造成了深遠的影響。

至於，拙作該文，筆者則分別從戲曲中諸葛亮的「腳色」、「扮相」與「演員」等三方面，加以考察，得出了三點結論：1.戲曲中諸葛亮的腳色，由元雜劇中的「末」行到今日皮黃戲中併入「生」行，並非意謂其人戲曲生命內涵有何殊異，而是戲曲腳色孳乳分化及劇藝結合演變時實際情形的反映；2.諸葛亮戲曲舞台上的扮相，被賦予以神仙智慧的象徵意涵，而漸趨定型的情形，乃是因應劇場直觀性感效的考量，於其人神情與性格特質的基礎下，所強化出的藝術符號；3.正因戲曲史上出現過許多擅扮諸葛亮腳色的優秀演員，方能使其藝術形象得以重塑，進而亙古猶新。

有鑑於諸葛亮戲曲形象方面的研究，對於諸葛亮藝術形象全面性的展現，佔有極為重要的地位，但其專論卻不多，有被忽視的情況發生。因此，

　　　1967年5月16日），頁29～30。
〔註97〕 另大陸《戲曲苑》1998年7月期中收有張習孔〈戲曲中的孔明先生〉一文，與林岷〈戲曲中的諸葛亮〉一文兩相參照，文章內容幾乎一樣，僅稍事刪改，疑為剽竊之作，或二人合作。
〔註98〕 譚良嘯：〈論元雜劇中的諸葛亮〉，收錄於《十論武侯在蘭溪》（浙江：浙江大學出版社，1998年），頁47～64。
〔註99〕 戴秀玲撰文、巴克利繪圖、洪海彭攝影：〈京劇故事中的諸葛亮〉，收錄於《經典雜誌》（5）（台北：慈濟文化志業中心，1998年12月），頁142～149。
〔註100〕 張谷良：〈戲曲中諸葛亮之腳色與扮演述略〉，收錄於《中國文學研究》（13）（台北：國立台灣大學中國文學研究所，1999年5月），頁249～267。

筆者在撰作碩士論文時，即專門著眼於此，擬題進行研究與考述，而著成《諸葛亮戲曲造型之研究》。茲將所得結論，摘要如下：

首先，從「歷史形象」走向「藝術形象」發展的歷程，諸葛亮藝術形象整體的造型趨勢，大致上乃傾向於促使其成為「智慧」與「忠貞」此一「類型化典型」的最佳代表。就戲曲的表演藝術而言，其雖然擁有「歌、舞、樂合體運用」的抒情方式，足可使人物形象在塑造上獲得「個性化」的展現，但表現在「諸葛亮藝術形象」的創作上，卻仍舊朝向此一藝術創作的精神路線邁進，而毫無例外。這從諸葛亮戲曲造型在人物形象的「外部塑型」、「內心刻劃」與「故事情節的內容設計」等三方面，藝術方法的創作表現上，都可以獲得印證。

其次，造成戲曲未能妥善運用其特長技藝，將諸葛亮「個性化典型」的藝術形象，給予塑造好的原因，主要乃因受諸「作家藝術觀念」（作者）、「社會傳統觀念」（環境）、「觀眾欣賞習慣」（讀者）、「故事題材本身」（作品）等，多種內、外緣因素的聯合制約使然。

其三，就諸葛亮戲曲造型所映顯的文化意義以觀，則由「政治思想的反映」、「傳統道德的取向」、「群眾審美觀的透顯」、「宗教意涵的表現」等，四種傳統「文化心理」的觀照下，便能精確地彰顯出其整體藝術造型的主要基本內涵。

其四，藉由「政治性」、「思想性」、「群眾性」、「娛樂性」等文化因素，配合統治者、知識份子、劇作家、觀眾等創作需求，自然會塑造出諸葛亮「智慧」與「忠貞」的「類型化典型」藝術形象，使其成為我國傳統文化的特殊產物，並寄託著廣大民眾的期望、知識份子的理想、劇作家的審美意識，與夾雜著時代文化的背景因素，從而表現出中國戲曲特殊的民族審美特色。

最後，茲觀現、當代許多孔明戲的編演，自從受到西方戲劇美學的薰陶後，已漸有朝向「個性化典型」創作的趨勢，倘若新銳的編導能援引當代的「典型化」方法，試圖在「共性」的基礎上，努力刻劃人物的「個性」，並使之臻至「共性」與「個性」和諧統一的境界，則諸葛亮的藝術形象應能換以「個性化典型」的姿態，活現於當代的戲曲舞臺上，並深受人民的喜愛與歡迎。

有關戲曲方面的諸葛亮形象與造型研究，筆者在拙作中，大抵已將元、明、清三代的孔明戲作過番考察，並得到了上述初步的研究成果。不過，該

本論文在議題的論述上，乃是採取時代的更迭為序，或許對於各別劇種間「造型方法的辨析」，會有所不足；再加上其中對於現、當代孔明戲的編演概況，尚未作過詳盡的處理。因此，這類的研究仍有待持續努力與考論，方能完整地建構出諸葛亮的戲曲造型。

五、各類專著

民國以來，以諸葛亮為題的「各類專著」極多，單就拙作〈索引初編〉所蒐集到的 339 種專著目錄中，除了「期刊論文集」類之外，即有 315 種，佔其總論著量的 92.9%，可謂相當豐富。這 315 種的專著，依其性質內容，略可分為「文獻資料」、「各類專書」、「學位論文」等 3 類。3 類中，數量較多者，更可再作細分。大體上，各類專著分布的情況，概如下表所示：

專著目錄 339 種（1919～2005 年）

種　類	數量 1	比率 1（數量 1／總量）	子　類	數量 2	比率 2（數量 2／數量 1）	比率 3（數量 2／總量）
文獻資料	41	12.1%	(一)年譜方志	6	14.6%	1.7%
			(二)詩文選集	28	68.3%	8.3%
			(三)資料彙編	7	17.1%	2.1%
各類專書	265	78.2%	(一)人物評傳	88	33.2%	26%
			(二)文物古蹟	23	8.7%	6.8%
			(三)故事演說	67	25.3%	19.8%
			(四)軍事謀略	45	17%	13.3%
			(五)相命術數	14	5.3%	4.1%
			(六)人生哲學	14	5.3%	4.1%
			(七)其　他	14	5.3%	4.1%
學位論文	9	2.7%				
期刊論文集	24	7.1%				

根據上表統計的資料可知，在「315 種專著」中，乃是以「各類專書」所佔比例最重，為總論著量的 78.2%；「文獻資料」與「學位論文」二類，所佔的比例不高，合計起來，還不到總論著量的 15%。在其子類專書中，又以「人物評傳」、「故事演說」與「軍事謀略」等三類專書，所佔比例最重，分別佔

總論著量的 26%、19.8% 與 13.3%。這幾類專著的研究成果與要點，在上述四個面向的概述中，若有涉及到者，即已有所分論，在此，並不再多作論述，只從中挑選幾部較具代表性的專書，簡單地給予介紹，以略觀其於諸葛亮主題研究中所佔居的地位。

在各類專著中，有很大部分的專書，都是著眼於歷史人物的生平事蹟與功業，來作概論與評述的。如：章映閣《諸葛亮》〔註 101〕、徐富昌《諸葛亮——忠貞與智慧的典型》〔註 102〕、周殿富《諸葛孔明》〔註 103〕等，都屬於現代學者所撰諸葛亮歷史人物的傳記；而余明俠《諸葛亮評傳》〔註 104〕一書，除撰述有諸葛亮的生平傳略外，更能就歷史人物的思想層面，加以整體考評，不失為歷史人物在思想評傳方面重要的專著。至於，袁宙宗《諸葛武侯的素養與戰略》〔註 105〕一書，則側重於主角戰略素養的涵蘊、施行與檢討上；王忠孝《諸葛亮政治戰略之研究》〔註 106〕與王佳煌《諸葛亮的戰略研究》〔註 107〕二書，更是針對主角在政治戰略上，總體表現的得失所撰寫的學位論文；宗樹敏《諸葛亮治蜀之研究》〔註 108〕一書，則著重於主角治蜀的功業事蹟上；曹海東《諸葛亮的人生哲學》〔註 109〕一書，則以作者學習的心得來詮釋諸葛亮的人生哲學。諸此專書的著作與出版，對於諸葛亮主題研究都有一定的參考價值與影響。

此外，近年來陸續也有一批學者開始致力於人物藝術形象方面，相關論題的開發與研究，如：陳翔華《諸葛亮形象史研究》〔註 110〕、林素吟《傳統小說中軍師類型之研究——以《三國演義》中的諸葛亮為代表》〔註 111〕與張

〔註 101〕 章映閣：《諸葛亮》（台北：知書房出版社，1995 年）。

〔註 102〕 徐富昌：《諸葛亮：忠貞與智慧的典型》（台北：幼獅文化事業有限公司，1988 年）。

〔註 103〕 周殿富：《諸葛孔明》（台北：沛來出版社，1999 年）。

〔註 104〕 余明俠：《諸葛亮評傳》（南京：南京大學出版社，1996 年）。

〔註 105〕 袁宙宗：《諸葛武侯的素養與戰略》（台北：台灣商務印書館，1996 年）。

〔註 106〕 王忠孝：《諸葛亮政治戰略之研究》（台北：政治作戰學校政治研究所碩士論文，1988 年）。

〔註 107〕 王佳煌：《諸葛亮的戰略研究》（台北：淡江大學國際事務與戰略研究所碩士論文，1989 年）。

〔註 108〕 宗樹敏：《諸葛亮治蜀之研究》（台北：台灣書店，1994 年）。

〔註 109〕 曹海東：《諸葛亮的人生哲學：智聖人生》（台北：揚智文化，1994 年）。

〔註 110〕 陳翔華：《諸葛亮形象史研究》（杭州：浙江古籍出版社，1990 年）。

〔註 111〕 林素吟：《傳統小說中軍師類型之研究：以《三國演義》中的諸葛亮為代表》

清文《諸葛亮傳說研究》〔註112〕等書。其中，尤以陳翔華《諸葛亮形象史研究》一書最為重要。該書乃作者花費二十多年的時間，專門為了研究諸葛亮藝術形象的歷史源流，嘔心瀝血所考述的論著。文凡三十餘萬言，略分上、下兩篇，上編乃論諸葛亮藝術形象的形成與演變，而下篇則論諸葛亮故事的流傳與影響，全書的重點著力於人物形象史的鋪陳與剖析，從歷史到傳說，再由詩歌、小說、戲曲而至說唱藝術，幾可謂鉅細靡遺、面面俱到，而無論是材料的蒐羅考述，或者是章節的行文構思，均不難見出作者的認真態度與非凡功力，誠然為當前這方面研究成果的代表作。至於，林素吟《傳統小說中軍師類型之研究──以《三國演義》中的諸葛亮為代表》與張清文《諸葛亮傳說研究》二書，同為學位論文，而各有成就。前者以諸葛亮作為核心代表，來論析傳統小說中軍師類型人物所反映的特質與意涵；後者則專就諸葛亮的民間傳說來作考察，試圖挖掘諸葛亮傳說形象所蘊涵的藝術價值。

　　另外，在文獻資料方面的表現上，則屬王瑞功主編的《諸葛亮研究集成》〔註113〕套書，最為重要。該書輯錄了從三國至清末以來，有關諸葛亮的各種文獻資料，按體裁或內容釐為八卷，分上、下兩編：上編為傳記、年譜、文集、評論、記序共五卷；下編則為詩詞曲賦、小說雜劇、遺事遺蹟共三卷；並分別予以校注。且在民國至今的相關研究資料，也附有目錄可供參考。無論是資料的蒐集、編排的次序，或者考訂的精審，均下足功夫，誠彌足珍貴。

小　結

　　綜上所述，為民國以來，迄於 2003 年間，諸葛亮研究成果的定量分析，及其關涉到人物「藝術形象」範疇的定性分析概況。從中，我們可以發現到：有關諸葛亮主題的研究，大體上可從傳記考索、人格與功業評價、傳說及戲曲的藝術形象與民俗信仰等方面來作討論；且依各種不同角度的切入，其研究方法與重心，也會隨之變異，而屢有創新與開發的可能成果。「諸葛亮

　　　　（台中：逢甲大學中國文學研究所碩士論文，1993 年）。

〔註112〕張清文：《諸葛亮傳說研究》（台北：政治大學中國文學研究所碩士論文，1995年）。

〔註113〕王瑞功：《諸葛亮研究集成》（濟南：齊魯書社，1997 年）。

藝術形象」的民間造型，早已成爲我國特殊的「文化現象」之一，而其創作與傳布的相關故事，更是我國最具代表性的「民族故事」之一；所以，截至目前爲止，我們仍能目睹到他依然生生不息地藉助各種不同的文藝體類，「再現」於我們的生活週遭，無論是表現在傳說、詩歌、小說、戲曲、民俗等各個方面，都不難與之產生喜悅的相逢。也因此，只要他還活在我們的生活當中，有關他的藝術形象便値得我們持續研究，縱使累積的成果已經相當豐富，佳作也不斷出現，我們仍然可以墊足其基，或補缺塡漏，或運用其他的研究方法與理論，以試圖超越與創發，方能開展出一條學術研究的光明大道。

第二章 《三國志》中所記載的諸葛亮生平事蹟

小 引

　　千古以來，諸葛亮「智者」的形象及其「忠貞」的行誼便一直受人景仰，而傳頌不已。本章至第四章所論，即是希望能藉由對諸葛亮史傳與相關評論的考證，鉤勒出其人的歷史眞相與定位，並進一步樹立諸葛亮藝術形象創作的「基型」，以供日後分析其各類民間造型時作爲對照與相互發明之用。

第一節 《三國志》中諸葛亮生平事蹟的階段分期 （定性分析）

　　無疑地，若欲清楚了解諸葛亮此一人物的歷史眞相，自當以〔晉〕陳壽《三國志》與〔南朝宋〕裴松之注所作的敘述爲主要依據，因其爲正史，考察較精、撰文亦愼，且時間更接近於人物活動的年代，因此，所敘述的應該較合乎於客觀的史實。儘管後人對於陳壽撰寫《三國志》時所持的態度仍有疑慮，甚至多有謗議，如：乞米及菲薄諸葛亮父子以報宿憾之說〔註1〕等，而

〔註 1〕　《晉書》卷八十二述當時謗壽者曰：「或云：丁儀、丁廙有盛名於魏，壽謂其子曰：『可覓千斛米見與，當爲尊公作佳傳。』丁不與之，竟不爲立傳。壽父爲馬謖參軍，謖爲諸葛亮所誅，壽父亦坐被髡；諸葛瞻又輕壽。壽爲亮立傳，謂亮將略非所長，無應敵之才；言瞻唯工書，名過其實。議者以此少之。」

認爲其人誠有失偏頗，乃有意藉史筆以泄憤者，故所論或不足採信；不過，既然早有采錄眾作的裴注可供參照、比對，加上清代的史學家，如：朱彝尊（西元 1629～1709 年）〔註2〕、杭世駿（西元 1696～1773 年）〔註3〕、王鳴盛（西元 1722～1797 年）〔註4〕、趙翼（西元 1727～1814 年）〔註5〕等人，對此也已陸續爲其辯駁、剖白，因此，或能補其缺憾、並釋其疑，而引以爲據。本節即先就陳壽《三國志》一書，輔以裴松之的注解來作考察，藉以鋪敘出諸葛亮的生平事蹟。

《三國志》卷三十五《蜀書》〈諸葛亮傳第五〉，全傳計有五千餘字，除傳末附書諸葛喬（西元 204～228 年）、諸葛瞻（西元 227～263 年）與董厥（西

〔註2〕 朱彝尊曰：「陳壽，良史也。世誤信《晉書》之文，謂索米丁氏之子，不獲，竟不與立傳。……壽於魏文士，惟爲王粲衛覬五人等立傳。粲取其興造制度，覬取其多識典故，若徐幹、陳琳、阮瑀、應瑒、劉楨，僅於〈粲傳〉附書，彼丁儀、丁廙何獨當立傳乎？造此謗者，亦未明壽作史之大凡矣。」又云：「街亭之敗，壽直書馬謖違亮節度，……爲張郃所破，初未嘗以父參謖軍被罪，借私隙咎亮。至謂亮應變將略非其所長，則張儼、袁準之論皆然，非壽一人之私言也。」詳見《曝書亭全集》卷五十九〈陳壽論〉，頁十一下，《四部備要》本。

〔註3〕 杭世駿曰：「丁儀、丁廙……以吾觀之，壽豈不爲立傳而已，於〈陳思王傳〉則曰：『楨既以才見異，而丁儀、丁廙、楊修等爲之羽翼。』於〈衛臻傳〉則曰：『太祖久不立太子，而方奇貴臨菑侯，丁儀等爲之羽翼。』是奪嫡之罪，儀、廙爲大。……而……又侍寵……害賢……，蓋巧言令色孔壬之尤者也，史安得立傳！然此猶陳壽一人之言也，求米不得，或從而甚之乎。王沈於丁氏無求也，其撰《魏書》，一則曰奸以事君，一則曰果以凶偪敗。魚豢、張騭於丁氏又無求也，豢撰《魏略》稱文帝欲儀自裁，儀向夏侯尚求哀；騭撰《文士傳》，稱廙盛譽臨菑侯，欲以勸動太祖。則儀、廙之事，壽所書皆爲實錄。……且壽又未嘗沒儀與廙之長，在〈劉廙傳〉則曰：『與儀共論刑禮。』在〈王粲傳〉則曰：『沛國丁儀、丁廙……亦有文采。』藉令壽不求米，爲二丁傳，若此止矣！」詳見《道古堂文集》卷二十二〈論丁儀丁廙〉，頁八上，清光緒十四年汪氏振綺堂刊本。

〔註4〕 王鳴盛曰：「壽……撰次《亮集》，……推許甚至，本傳特附其目錄，並上書表，創史家未有之例，尊亮極矣！評中反覆盛稱其刑賞之當，則必不以父坐罪爲嫌。……亮六出祁山，終無一勝，則可見爲節制之師，於進取稍鈍，自是實錄。」詳見《十七史商榷》卷三十九，頁一下，上海文瑞樓石印本。

〔註5〕 趙翼曰：「亮之不可及處，原不必以用兵見長。觀壽……評……亮……引孟子之言，以爲佚道使民，雖勞不怨，生道殺民，雖死不怨殺者，此真能述王佐心事。至於用兵不能克捷，亦明言所與對敵或值人傑，加以眾寡不侔，攻守異體，又時無名將，故使功業陵遲，且天命有歸，不可以智力爭。……持論……如此，固知其折服諸葛深矣，而謂其以父被髡之故，以此寓貶，真不識輕重者！」詳見《廿二史箚記》卷六，頁九上，上海文瑞樓石印本。

元？～？年）三人外，可視爲諸葛亮的本傳或專傳〔註6〕，而由其內容份量之重，更可見其人地位的尊榮以及功業事蹟的偉大。此外，配合其他與之相關的人物傳記參照，也可併收「互見」的功效。如：《魏書》的〈魏明帝紀〉、〈曹眞傳〉、〈賈詡傳〉、〈劉曄傳〉、〈張郃傳〉、〈衛臻傳〉、〈辛毗傳〉、〈郭淮傳〉；《蜀書》的〈劉先主傳〉、〈劉後主傳〉、〈關羽傳〉、〈張飛傳〉、〈黃忠傳〉、〈趙雲傳〉、〈龐統傳〉、〈法正傳〉、〈董和傳〉、〈馬良傳〉、〈劉封傳〉、〈彭羕傳〉、〈廖立傳〉、〈李嚴傳〉、〈魏延傳〉、〈楊儀傳〉、〈王連傳〉、〈向朗傳〉、〈張裔傳〉、〈楊洪傳〉、〈費詩傳〉、〈杜微傳〉、〈呂凱傳〉、〈王平傳〉、〈蔣琬傳〉、〈費褘傳〉、〈姜維傳〉、〈鄧芝傳〉、〈楊戲傳〉；《吳書》的〈吳主傳〉、〈諸葛瑾傳〉、〈魯肅傳〉、〈陸遜傳〉等等。

　　陳壽〈諸葛亮傳〉對於諸葛亮的生年，雖然沒有明載，但是根據傳末所言：「其年八月，亮疾病，卒於軍，時年五十四。」而該年正值〔蜀漢〕後主建興十二年甲寅（西元234年），即此推知：諸葛亮乃生於〔東漢〕靈帝（西元156～189年）光和四年辛酉（西元181年）。如此，則諸葛亮的生、卒年，遂皆可知。茲就陳壽《三國志》史傳的記載，略可將諸葛亮的生平事蹟，分作下列幾個階段〔註7〕：

一、早孤離鄉（興平二年，西元195年～建安三年，西元198年）

　　〔東漢〕靈帝光和四年（西元181年），諸葛亮誕生於徐州琅琊郡中的一戶門第式微的官宦家庭裡，爲〔漢〕司隸校尉諸葛豐（西元？～？年）的後

〔註6〕　見許東方校訂：《三國志》（附錄：三國疆域表、三國藝文志）（台北：宏業書局，1993年），頁911～937。以下所引《三國志》及其注文即依此爲據，於行文中夾註「宏業本，頁×」，不另附註。而據筆者粗略概算，《三國志・蜀書》〈諸葛亮傳第五〉全文可別爲五部分，一爲敘諸葛亮之生平事蹟者，自「諸葛亮字孔明」起，至「亮子瞻，嗣爵」止，計有3310字；二爲亮集目錄之次第者，自「諸葛氏集目錄」起，至「凡十萬四千一百一十二字」止，計有157字；三爲陳壽上書呈表所言者，自「臣壽等言」起，至「平陽侯相臣陳壽上」止，計有842字；四爲喬、瞻、董厥三人之附書者，自「喬字伯松」起，至「使蜀慰勞」止，計有571字；五爲傳末之評贊者，自「評曰」起，至「非其所長歟」止，計有153字，總此，凡5033字。

〔註7〕　以下各個階段，乃由筆者所擬。竊以爲自諸葛亮步出茅廬起，其人所圖謀進取者，殆皆依其《隆中對》策行事，故筆者所分階段，大抵是著眼於此。至於，所述史事，則以《三國志》的相關傳記爲主；另可多參照拙作《三國諸葛忠武侯年譜》，其中，有關諸葛亮「生前」與「誕生琅琊」兩階段，則因史傳記載闕如，故此無法分述。

代；其父親諸葛珪（西元？～187年）曾經擔任過泰山郡丞，但因早逝，使之成孤，生活便都由其叔父諸葛玄（西元？～197年）代勞。時值黃巾賊作亂（靈帝中平年間，約當西元 184～188 年），徐州亦當其衝；更遇曹操（西元 155～220 年）屠掠（獻帝初平四年至興平元年，西元 193～194 年），殃及琅琊郡地，所以，其家鄉遂成殘破景象。後來，因袁術（西元 153？～199 年）任命諸葛玄爲豫章太守（興平二年，西元 195 年），諸葛亮便偕同胞弟諸葛均（西元？～？年）等人，隨其叔父前往赴任，而遠離了家鄉。不過，卻又遭逢漢朝改派朱皓（西元？～？年）以替換諸葛玄的職位，諸葛玄不得已只好往依舊故荊州牧劉表（西元 142？～208 年），而亮及弟均等也在其中。對此，〈諸葛亮本傳〉載云：

> 諸葛亮字孔明，琅邪陽都人也。漢司隸校尉諸葛豐後也。父珪，字君貢，漢末爲太山郡丞。亮早孤，從父玄爲袁術所署豫章太守，玄將亮及亮弟均之官。會漢朝更選朱皓代玄。玄素與荊州牧劉表有舊，往依之。〔註8〕（《三國志》卷三十五，宏業本，頁 911）

陳壽對於諸葛亮幼年時期的生活事蹟多闕而不詳、鮮著筆墨，這或許是因爲其實情誠難以考述；也有可能是由於其年少時並無特殊的行誼可資撰述，所以，陳壽只能闕遺不誌。不過，這段晦暗模糊的空白歷史，在諸葛亮功成名就之後，卻更使人想要知道，發而聯想，也就產生了後代民間傳說豐富的創作故事。

二、躬耕隴畝（建安三年，西元 198 年～建安十二年，西元 207 年）

獻帝興平二年（西元 195 年），諸葛玄在依附荊州牧劉表後，不久，旋即去世，諸葛亮遂偕同弟均結廬於隆中，過著躬耕隴畝的田園生活〔註9〕。這樣的生活，直至其三九之歲，步出茅廬爲劉備劃謀對策爲止；而這段時期，

〔註8〕 裴注引《獻帝春秋》曰：「初，豫章太守周術病卒，劉表上諸葛玄爲豫章太守，治南昌。漢朝聞周術死，遣朱皓代玄。皓從揚州太守劉繇求兵擊玄，玄退屯西城，皓入南昌。建安二年正月，西城民反，殺玄，送首詣繇。此書所云，與本傳不同。」見《三國志》卷三十五，宏業本，頁 911。

〔註9〕 據章映閣所言：諸葛玄乃於漢獻帝建安二年（西元 197 年）病逝於襄陽，而同年，亮遂攜弟均移居至城西二十里地之隆中山村。詳見《諸葛亮》（台北：知書房出版社，1995 年），頁 36～37。又據《三國志·蜀志·諸葛亮傳》裴注引《漢晉春秋》所載：「亮家於南陽之鄧縣，在襄陽城西二十里，號曰隆中。」

也就是他在〈出師表〉中所言：「躬耕於南陽，苟全性命於亂世，不求聞達於諸侯」長達十年的隱居生活。耕讀間，諸葛亮非常喜好吟唱古曲《梁父吟》，藉以寄懷遣情〔註10〕。雖說「躬耕南陽，苟命亂世」，誠乃實情；而「不求聞達於諸侯」，或許也是當時心意；然其隱逸之心豈爲遺世？實有繼絕興微、匡弊靖亂之志，故每自比於管仲（西元前？～645 年）、樂毅（西元前？～？年），只待有朝一日能遭遇伯樂，獲得賞識，以竭才盡智。至於，當時相與游學者，則有石廣元（西元？～？年）、徐元直（西元？～約 232 年）與孟公威（西元？～？年）等人，率皆爲精熟幹練之士。對此，〈諸葛亮本傳〉載云：

> 玄卒，亮躬畊隴畝，好爲梁父吟。〔註11〕身長八尺，每自比於管仲、樂毅，時人莫之許也。惟博陵崔州平、潁川徐庶元直與亮友善，謂之信然。〔註12〕（同上）

觀此可知，諸葛亮在躬耕隴畝期間，誠隱而未顯，縱使自比能人，時人也多莫曉其志，以致難能信服其言；不過，有識之士如崔州平（西元？～？年）

〔註10〕《梁父吟》，又作《梁甫吟》，古歌謠名。現存詩文爲：「步出齊城門，遙望蕩陰里。里中有三墳，累累正相似。問是誰家塚？田疆古冶子。力能排南山，文能絕地理。一朝被讒言，二桃殺三士。誰能爲此謀？國相齊晏子。」案：〔宋〕郭茂倩所編《樂府詩集》引謝希逸〈琴論〉云：「諸葛亮作梁甫吟。」即以爲現存詩文乃諸葛亮所作，而〔清〕張澍（西元 1776～1847 年）編撰《諸葛忠武侯文集》時亦收錄此詩。然歷來對於此詩是否眞爲諸葛亮所作仍有疑慮，且對於詩文內容之見解亦多存歧異，或根據梁父山於泰山腳下，山小而險，進而引張衡〈四愁詩〉「欲往從之梁甫艱」，以言諸葛亮「好爲梁父吟」，乃感慨事業之艱辛也；或謂「梁父吟本是歌謠，諸葛吟之遣興耳。」（《藝文類聚》卷十九引〈陳武別傳〉）實無深意；而詩中所提晏子，亦有諸葛亮讚譽晏子之智謀與反對其人進讒害能之行爲。章映閣先生認爲：就傳文本身而觀，諸葛亮之「好爲梁父吟」，並非即詩之創作者，而所謂《梁父吟》亦或非現存所見之詩文。其人並舉〔清〕沈德潛（西元 1673～1769 年）所編《古詩源》爲例，言該書雖將此詩列入漢詩，而題爲諸葛亮所作，然於註中卻云：「武侯好爲梁父吟，非必但指此章，或篇帙散落，唯此流傳耳。」實不失爲客觀折衷之論。詳見《諸葛亮》（台北：知書房出版社，1995 年），頁 56。

〔註11〕裴注引《漢晉春秋》曰：「亮家于南陽之鄧縣，在襄陽城西二十里，號曰隆中。」見《三國志》卷三十五，宏業本，頁 911。

〔註12〕裴注引《魏略》曰：「亮在荊州，以建安初與潁川石廣元、徐元直、汝南孟公威等俱游學，三人務於精熟，而亮獨觀其大略。每晨夜從容，常抱膝長嘯，而謂三人曰：『卿三人仕進可至刺史郡守也。』三人問其所至，亮但笑而不言。後公威思鄉里，欲北歸，亮謂之曰：『中國饒士大夫，遨遊何必故鄉邪！』」見同前註，頁 911～912。

與徐庶者，對其才志卻頗為知悉，並嘗信然稱許。

　　陳壽對於諸葛亮形象的描寫，雖然仍顯粗略，但由「身長八尺」的記載，可知其人的容貌究非矮小，且甚是壯偉〔註13〕；而「每自比於管仲、樂毅」，更可見其人信心盈溢於表，蓄勢待發之狀。對此，陳壽在〈諸葛亮本傳〉上疏表中即云：「亮少有逸群之才，英霸之器，身長八尺，容貌甚偉，時人異焉。」以故，諸葛亮「文韜武略」備集於一身的歷史形象框架，遂逐漸撐起；而其實際的具體內容，即由步出茅廬後的諸多行誼，以添補妝點。另外，諸葛亮游學的相關事蹟，陳壽《三國志》也多乏善可陳，然或可求索於他書，如魚豢（西元？～？年）《魏略》〔註14〕、《襄陽記》〔註15〕等，以見其梗概。至於，在這一階段的躬耕生活裡若還存有不明白的地方，則恐怕也會淪為後代民間傳說渲染創作的素材。

三、步出茅廬（建安十二年，西元 207 年）

　　獻帝建安六年（西元 201 年），劉備（西元 161～223 年）攜眾，往奔荊州牧劉表。劉表待之雖厚，但卻不能重用，以致劉備徒感「老將至矣，而功業不建」之悲，乃思欲延攬俊傑，好供作良輔，以擺脫勢孤力單、寄人籬下的窘境。建安十二年（西元 207 年），劉備先後在司馬徽（約西元 174～208 年）〔註16〕與徐庶二人的推薦下，得聞「臥龍」的名號，遂親自枉駕隆中，

〔註13〕　觀《三國志》與裴注中對各傳人物身長之描述，勇將如：呂布、關羽、張飛、趙雲等，雖未提及，然諸葛亮「八尺」之軀，相較於劉備之七尺五寸、諸葛恪之七尺六寸、太史慈之七尺七寸、陳武之七尺七寸等，自然高上許多；而如：彭羕之八尺、譙周之八尺、孫韶之八尺、董襲之八尺、程昱之八尺三寸、司馬朗之八尺三寸、許褚之八尺餘等，便均被冠以「雄毅壯偉」之姿，由此可知，諸葛亮的容貌時屬高大型，而非矮小型，故陳壽謂之「甚偉」，誠不為過也，而此或與其為山東人，不無關聯，觀上所舉之例，北人多八尺，而南人則多七尺餘可知矣。

〔註14〕　據《三國志・蜀志・諸葛亮傳》裴注引《魏略》曰：「亮在荊州，以建安初與潁川石廣元、徐元直、汝南孟公威等俱游學，三人務於精熟，而亮獨觀其大略。每晨夜從容，常抱膝長嘯。而謂三人曰：『卿三人仕進可至刺史、郡守也。』三人問其所至，亮但笑而不言。後公威思鄉里，欲北歸，亮謂之曰：『中國僥士大夫，遨遊何必故鄉邪！』」

〔註15〕　據《三國志・蜀志・龐統傳》裴注引《襄陽記》曰：「諸葛孔明為臥龍，龐士元為鳳雛，司馬德操為水鏡，皆龐德公語也。德公，襄陽人。孔明每至其家，獨拜床下，德公初不令止。」

〔註16〕　據《三國志・蜀志・諸葛亮傳》裴注引《襄陽記》曰：「劉備訪世事於司馬德

敦請諸葛亮，且凡三往，乃得見。對此，〈諸葛亮本傳〉載云：

> 時先主屯新野。徐庶見先主，先主器之，謂先主曰：「諸葛孔明者，
> 臥龍也，將軍豈願見之乎？」先主曰：「君與俱來。」庶曰：「此人
> 可就見，不可屈致也。將軍宜枉駕顧之。」由是先主遂詣亮，凡三
> 往，乃見。（同上，頁912）〔註17〕

由此可知，諸葛亮是時已有「臥龍」的聲名，誠美質良才、隱逸待時的人中
俊傑，絕非隨意屈致，即可招見的泛泛之輩。所以，就連劉備枉駕顧之，也
要凡三往，乃得見。當中，除可見劉備求賢若渴的心跡外，更隱含著諸葛亮
擇主待時的謹慎態度，以及伯樂與良馬遇合多蹇的波折情形。後世每言及劉
備「三顧茅廬」時，便多由此隱約處以極力鋪張、渲染，導致產生了種種的
傳說附會，如《三國演義》第三十七回中，對此一故事的鋪陳即有相當精彩
的描寫。

　　劉備三顧茅廬，得見諸葛亮後，便屏退他人，而對諸葛亮表明心志，並
請求指點迷津。傳文載道：

> （備）因屏人曰：「漢室傾頹，姦臣竊命，主上蒙塵。孤不度德量力，
> 欲信大義於天下，而智術淺短，遂用猖蹶，至於今日。然志猶未已，
> 君謂計將安出？」（同上）

諸葛亮有感於劉備三顧茅廬之情與興復漢室之志，遂為其分析天下大勢，

操。德操曰：『儒生俗士，豈識時務？識時務者在乎俊傑。此間自有伏龍、鳳
雛。』備問為誰，曰：『諸葛孔明、龐士元也。』」

〔註17〕 裴注引《魏略》曰：「劉備屯於樊城。是時曹公方定河北，亮知荊州次當受敵，
而劉表性緩，不曉軍事。亮乃北行見備，備與亮非舊，又以其年少，以諸生
意待之。坐集既畢，眾賓皆去，而亮獨留，備亦不問其所欲言。備性好結毦，
時適有人以髦牛尾與備者，備因手自結之。亮乃進曰：『明將軍當復有遠志，
但結毦而已邪！』備知亮非常人也，乃投毦而答曰：『是何言與！我聊以忘憂
耳。』亮遂言曰：『將軍度劉鎮南孰與曹公邪？』備曰：『不及。』亮又曰：『將
軍自度何如也？』備曰：『亦不如。』曰：『今皆不及，而將軍之眾不過數千
人，以此待敵，得無非計乎！』備曰：『我亦愁之，當若之何？』亮曰：『今
荊州非少人也，而著籍者寡，平居發調，則人心不悅；可語鎮南，令國中凡
有游戶，皆使自實，因錄以益眾可也。』備從其計，故眾遂強。備由此知亮
有英略，乃以上客禮之。《九州春秋》所言亦如之。」見《三國志》卷三十五，
宏業本，頁913。如此，則諸葛亮乃「自行北上見備」，而非如壽《志》所言，
為劉備「枉駕三顧茅廬詣亮」；然據亮〈出師表〉所云：「先帝不以臣卑鄙，
猥自枉屈，三顧臣於草廬之中，諮臣以當世之事。」即可斷知：《魏略》與《九
州春秋》所言，誠不足為信。

謀劃對策，而此宏論，即後世所謂的「隆中對」或「草廬對」。其〈本傳〉
載道：

> 亮答曰：「自董卓已來，豪傑並起，跨州連郡者不可勝數。曹操比於
> 袁紹，則名微而眾寡，然操遂能克紹，以弱爲強者，非惟天時，抑
> 亦人謀也。今操已擁百萬之眾，挾天子而令諸侯，此誠不可與爭鋒。
> 孫權據有江東，已歷三世，國險而民附，賢能爲之用，此可以爲援
> 而不可圖也。荊州北據漢、沔，利盡南海，東連吳會，西通巴、蜀，
> 此用武之國，而其主不能守，此殆天所以資將軍，將軍豈有意乎？
> 益州險塞，沃野千里，天府之土，高祖因之以成帝業。劉璋闇弱，
> 張魯在北，民殷富而不知存恤，智能之士思得明君。將軍既帝室之
> 冑，信義著於四海，總攬英雄，思賢若渴，若跨有荊、益，保其巖
> 阻，西和諸戎，南撫夷越，外結好孫權，內修政理；天下有變，則
> 命一上將將荊州之軍以向宛、洛，將軍身率益州之眾出於秦川，百
> 姓孰敢不簞食壺漿以迎將軍者乎？誠如是，則霸業可成，漢室可興
> 矣。」（同上，頁 912～913）

諸葛亮所獻上的「隆中對策」，乃以「成霸業，興漢室」爲主要目的，議論雖
短，然卻頗合於客觀時勢，且戰略也切實可行，因此，劉備聞之甚喜，直信
然稱許，並進一步想延請諸葛亮出山相輔。諸葛亮深感劉備誠意懇切，遂欣
然接受。

　　諸葛亮初出茅廬後，其才識深得劉備的器重與信任，彼此朝夕相處，「情
好日密」，但卻也引起了和劉備長年患難與共，「寢則同席，恩若兄弟」的關
羽及張飛（西元 168～221 年）二人的「不悅」，時有怨懟。等到劉備察覺後，
乃以「如魚得水」爲喻，極力勸解關、張二人心中的忿情，表達其對諸葛亮
深切的信任與情誼，使之釋懷，不再抱怨。其〈本傳〉云：

> 於是與亮情好日密。關羽、張飛等不悅，先主解之曰：「孤之有孔明，
> 猶魚之有水也。願諸君勿復言。」羽、飛乃止。（同上，頁 913）

由此可見，諸葛亮初出茅廬後，雖然獲得了劉備的器重與信任，然終因年紀
過輕，並非舊屬，又尙無建樹，以致關、張二人對其才能存有疑慮，嘗有
「不悅」的情緒表現。關於這個情結的故事，史傳鮮少記載，但後世卻多有
添附、鋪張成說者。如《三國演義》第三十九回中，作者便將史傳劉備「火
燒博望坡」的事功，給移植成諸葛亮初出茅廬的第一功，用以冰釋關、張二

人對諸葛亮的前嫌〔註18〕。

四、荊州潰逃（建安十二年，西元 207 年～建安十三年，西元 208 年）

　　獻帝建安十二年（西元 207 年），諸葛亮步出茅廬，結束其長達十年的隆中隱居生活，跟隨劉備前往新野。是時，劉表正臥病在床，「荊州立嗣」問題的情勢愈趨緊張。長子劉琦（西元？～209 年）雖是嫡系，但並不受劉表與蔡氏（西元？～？年）二人的青睞，以致其心存恐懼，欲求諸葛亮授以自安之術，然而，諸葛亮則因有所顧忌，故並未與之處畫。直至某日，劉琦邀請諸葛亮赴後花園飲宴時，在高樓去梯的情況下，亮才告以「申生在內而危，重耳居外而安」的道理，示意其外出避難，琦意有所悟，遂陰規出計。適建安十三年（西元 208 年），江夏太守黃祖（西元？～208 年）為孫權（西元 182～252 年）所殺，劉琦旋即請命繼任，而離開了襄陽。不久，劉表病卒，劉琮（西元？～？年）繼位，聞曹操揮軍南下，便遣使請降。對此，〈諸葛亮本傳〉載云：

> 劉表長子琦，亦深器亮。表受後妻之言，愛少子琮，不悅於琦。琦每欲與亮謀自安之術，亮輒拒塞，未與處畫。琦乃將亮游觀後園，共上高樓，飲宴之間，令人去梯，因謂亮曰：「今日上不至天，下不至地，言出子口，入於吾耳，可以言未？」亮答曰：「君不見申生在內而危，重耳在外而安乎？」琦意感悟，陰規出計。會黃祖死，得出，遂為江夏太守。俄而表卒，琮聞曹公來征，遣使請降。（同上，頁 914）

劉備在樊城聞知劉琮已向曹操投降後，非常震驚，自料敵不過曹軍，遂率眾南行。行經襄陽時，諸葛亮嘗奉勸劉備攻討劉琮，趁機以取得荊州的統治權，但是劉備不忍，只駐馬呼琮，未應，遂過辭表墓，涕泣而去。荊州的官吏與百姓，或恐曹軍大舉壓境，造成傷害，乃紛紛跟隨著劉備軍南行避

〔註18〕　據《三國志·蜀志·先主傳》載：「（劉表）使（先主）拒夏侯惇、于禁等於博望坡。久之，先主設伏兵，一旦自燒屯偽遁，惇等追之，為伏兵所破。」又《三國志·魏志·李典傳》載：「太祖遣典從夏侯惇拒之。（劉）備一旦燒屯去，惇率諸軍追擊之，典曰：『賊無故退，疑必有伏。南道狹窄，草木深，不可追也。』惇不聽，與于禁追之，典留守。惇等果入賊伏裡，戰不利，典往救，備望見救至，乃散退。」而《資治通鑑》繫此事於漢獻帝建安七年（西元 202 年），可見諸葛亮初出茅廬，火燒博望坡之故事，與史實不符，誠乃後世小說家者流，為釋解關、張疑慮，引以附會者。

難，但由於輜重數千，百姓混雜，以致軍隊行進速度緩慢。或勸建劉備棄眾
先行，以保留實力抵抗曹操，而其則衷心難忍，未肯遺棄。觀〈蜀先主本
傳〉云：

> 先主屯樊，不知曹公卒至，至宛乃聞之，遂將其眾去。過襄陽，諸
> 葛亮說先主攻琮，荊州可有。先主曰：「吾不忍也。」乃駐馬呼琮，
> 琮懼不能起。琮左右及荊州人多歸先主。比到當陽，眾十餘萬，輜
> 重數千兩，日行十餘里，別遣關羽乘船數百艘，使會江陵。或謂先
> 主曰：「宜速行保江陵，今雖擁大眾，被甲者少，若曹公兵至，何以
> 拒之？」先主曰：「夫濟大事必以人為本，今人歸吾，吾何忍棄去！」
> （《三國志》卷三十二，宏業本，頁 877）

曹操既得荊州，恐怕劉備先佔據江陵，以壯軍力，遂輕騎連夜追擊，終於在
當陽長阪坡潰敗了劉備軍，導致劉備不得已拋妻棄子，徒與亮、庶及張飛、
趙雲（西元？～229 年）等倉皇逃走，輜重多為曹操所斬獲。待劉備等殘軍突
圍後，適與關羽、劉琦二軍相會，遂併軍合議於夏口。對此，〈蜀先主本傳〉
載道：

> 曹公以江陵有軍實，恐先主據之，乃釋輜重，輕軍到襄陽。聞先主
> 已過，曹公將精騎五千急追之，一日一夜行三百餘里，及於當陽之
> 長阪。先主棄妻子，與諸葛亮、張飛、趙雲等數十騎走，曹公大獲
> 其人眾輜重。先主斜趨漢津，適與羽船會，得濟沔，遇表長子江夏
> 太守琦眾萬餘人，與俱到夏口。（同上，頁 878）

此役，劉備軍損傷慘重，甘夫人（西元 188～209 年）與阿斗（西元 207～271
年）雖倚賴趙雲的保護，而得以幸免於難，不過，劉備的兩個女兒與徐庶的
老母親皆為曹操軍所擄獲，以致徐庶不得不往奔曹操。對此，〈諸葛亮本傳〉
載云：

> 先主在樊聞之，率其眾南行，亮與徐庶並從，為曹公所追破，獲庶
> 母。庶辭先主而指其心曰：「本欲與將軍共圖王霸之業者，以此方寸
> 之地也。今已失老母，方寸亂矣，無益於事，請從此別。」遂詣曹
> 公。（《三國志》卷三十五，宏業本，頁 914） 〔註 19〕

〔註 19〕 裴注引《魏略》曰：「庶先名福，本單家子，少好任俠擊劍。中平末，嘗為人
報讎，白堊突面，被髮而走，為吏所得，問其姓字，閉口不言。吏乃於車上
立柱維磔之，擊鼓以令於市鄽，莫敢識者，而其黨伍共篡解之，得脫。於是

按此情節與小說《三國演義》第三十六回中「元直走馬薦諸葛」的故事，實然迥異，《演義》所言，誠乃後世小說藉以渲染人物的品性而為之者。

五、赤壁之戰（建安十三年，西元 208 年～建安十四年，西元 209 年）

劉備軍進駐樊口之後，諸葛亮有鑑於局勢緊急，遂請求出使東吳[註20]。是時，孫權擁軍鎮守於柴桑，坐觀曹、劉二軍成敗，諸葛亮見其態度猶豫，遂分析以天下大勢及利害，並反唇相激使之堅定立場。孫權的心意雖已決定，但受迫於曹操的恫嚇書信，使得文武朝臣仍為降、戰與否，而爭論不休，後經魯肅（西元 172～217 年）的建議，將周瑜（西元 175～210 年）從鄱陽給召回，以力排眾議，始促成孫、劉二軍聯合抗曹的局面。對此，〈諸葛亮本傳〉載云：

> 先主至於夏口，亮曰：「事急矣，請奉命求救於孫將軍。」時權擁軍在柴桑，觀望成敗，亮說權曰：「海內大亂，將軍起兵據有江東，劉豫州亦收眾漢南，與曹操並爭天下。今操芟夷大難，略已平矣，遂破荊州，威震四海。英雄無所用武，故豫州遁逃至此。將軍量力而處之：若能以吳、越之眾與中國抗衡，不如早與之絕；若不能當，何不案兵束甲，北面而事之！今將軍外託服從之名，而內懷猶豫之計，事急而不斷，禍至無日矣！」權曰：「苟如君言，劉豫州何不遂事之乎？」亮曰：「田橫，齊之壯士耳，猶守義不辱，況劉豫州王室之冑，英才蓋世，眾士慕仰，若水之歸海，若事之不濟，此乃天也，安能復為之下乎！」權勃然曰：「吾不能舉全吳之地，十萬之眾，受制於人。吾計決矣！非劉豫州莫可以當曹操者，然豫州新敗之後，安能抗此難乎？」亮曰：「豫州軍雖敗於長阪，今戰士還者及關羽水軍精甲萬人，劉琦合江夏戰士亦不下萬人。曹操之眾，遠來疲弊，聞追豫州，輕騎一日一夜行三百餘里，此所謂『彊弩之末，勢不能

感激，棄其刀戟，更疏巾單衣，折節學問。始詣精舍，諸生聞其前作賊，不肯與共止。福乃卑躬早起，常獨掃除，動靜先意，聽習經業，義理精熟。遂與同郡石韜相親愛。初平中，中州兵起，乃與韜南客荊州，到，又與諸葛亮特相善。及荊州內附，孔明與劉備相隨去，福與韜俱來北。至黃初中，韜仕歷郡守、典農校尉，福至右中郎將、御史中丞。逮大和中，諸葛亮出隴右，聞元直、廣元仕財如此，歎曰：『魏殊多士邪！何彼二人不見用乎？』庶後數年病卒，有碑在彭城，今猶存焉。」

[註20] 諸葛亮〈出師表〉：「受任於敗軍之際，奉命於危難之間。」即指此事。

穿魯縞』者也。故兵法忌之，曰『必蹶上將軍』。且北方之人，不習水戰；又荊州之民附操者，偪兵勢耳，非心服也。今將軍誠能命猛將統兵數萬，與豫州協規同力，破操軍必矣。操軍破，必北還，如此則荊、吳之勢疆，鼎足之形成矣。成敗之機，在於今日。」權大悅，即遣周瑜、程普、魯肅等水軍三萬，隨亮詣先主，并力拒曹公。

（同上，頁 915）

盟約達成後，孫權立即派遣周瑜、程普（西元？～？年）、魯肅等督軍三萬，跟隨諸葛亮前去會見劉備，並進駐赤壁〔註 21〕，以協力對抗曹軍。曹軍士兵因為遠來疲憊，不習水戰，又不服水土，而多染疾病，遂將船隊以連環鎖緊，適賜予盟軍有可乘之機。周瑜採納黃蓋（西元？～？年）所獻詐降焚船的計策，趁著東南風急，由黃蓋領船發火，燒殺曹軍營寨，而大敗了曹軍。

赤壁大戰後，曹操兵敗向北逃退，使得孫權江東的政權更形穩固，而劉備則坐收江南四郡，除奏請劉琦繼位為荊州刺史外，並任免諸葛亮為軍師中郎將，使之都督零陵、桂陽、長沙三郡，以徵調賦稅，充實軍需。〔註 22〕隔年，劉琦病逝後，劉備即被擁戴為荊州牧，至此，三國鼎足之勢已然形成。

此役，由於是以弱勝強的戰役，在中國歷史上誠屬難得，而備受世人觀注與讚揚。因此，極富有文學鋪陳的張力，每為小說與戲曲的作家所喜愛，而多虛設故事、巧擬情節，以突顯出諸葛亮「足智多謀」的藝術形象，甚至更有將戰役的勝利結果，全歸功給諸葛亮「登壇祭風」〔註 23〕的情形發生。據史而論，此役實乃由周瑜督軍指揮完成，諸葛亮本人並未參與過實際的作戰活動；不過，確實也是倚賴其人卓越的識見，精曉形勢，又奔走陳論，方

〔註 21〕 按三國古赤壁戰場乃於今湖北省嘉魚縣東北之長江南岸，與北宋蘇軾所遊之赤壁不同。前者以〔宋〕胡仔《苕溪漁隱叢話》所言為據，而後者則據〔清〕沈復《浮生六記》認為：「在黃州漢川門外，屹立江濱，截然如壁，石皆絳色，故名。《水經》所謂赤鼻山是也。」亦即今湖北省黃岡縣城外之赤鼻磯。

〔註 22〕 〈諸葛亮本傳〉載云：「曹公敗於赤壁，引軍歸鄴。先主遂收江南，以亮為軍師中郎將，使督零陵、桂陽、長沙三郡，調其賦稅，以充軍實。」見《三國志》卷三十五，宏業本，頁 915～916。

〔註 23〕 隆冬之際多吹西北風，而赤壁戰役時值冬至，隔日竟起東南風，《三國演義》將之歸諸諸葛亮登壇祭風所借，史無明證。然據《爾雅·釋天》載：「十月為陽。」又《歲時事要》亦云：「十月，天時和暖似春，花木重花，故曰小春。」則赤壁戰時吹起東南風，誠亦可能。

使得孫、劉二軍能締結同盟，而扭轉劣勢，順利擊敗曹操南下的大軍。戰爭的成敗，誠有其主、客觀的條件因素使然，絕非一人之力所能完成，然而，當也不容否認：諸葛亮在此次戰役中所扮演的重要角色，及其所發揮的關鍵作用。

六、謀借荊州（建安十四年，西元 209 年～建安十五年，西元 210 年）

　　獻帝建安十四年（西元 209 年），劉備繼任爲荊州牧之後，劉表的舊部便紛紛前來歸附，使得劉備的羽翼漸豐。對此，孫權也稍感威脅，適逢劉備新喪配偶，遂「進妹固好」，以締結姻親同盟的關係。是時，劉備雖已繼任爲荊州牧，但因其名實不太相符，實際的統治區僅只限於原荊州長江以南的地方，誠難以伸展大志，故意有所圖，遂擬前往江東拜會孫權，請求讓其總督荊州。〔註 24〕對此，諸葛亮雖有顧忌，但見劉備意志堅決，也只是叮嚀其好事商議。隔年，劉備親赴江東，請讓荊州北地，卻險遭周瑜密計拘留，幸賴魯肅的疏通，才得返營地。〈周瑜本傳〉載云：

> 備詣京見權，瑜上疏曰：「劉備以梟雄之姿，而有關羽、張飛熊虎之將，必非久屈爲人用者。愚謂大計宜徙備置吳，盛爲築宮室，多其美女玩好，以娛其耳目，分此二人，各置一方，使如瑜者得挾與攻戰，大事可定也。今猥割土地以資業之，聚此三人，俱在疆場，恐蛟龍得雲雨，終非池中物也。」權以曹公在北方，當廣擥英雄，又恐備難卒制，故不納。（《三國志》卷五十四，宏業本，頁 1264）

劉備歸返營地後，孫權爲避免與劉備交惡，遂採納周瑜的計策圖謀西進，邀約劉備合作共取益州蜀地。劉備驚覺此案與諸葛亮隆中策略相互牴觸，遂依從殷觀的計議託辭拒絕。是時，孫權已派遣軍隊進駐夏口，意圖收取西川，適聞周瑜病逝的死訊，方才緩兵作罷，而改任魯肅鎮守江陵。〔註 25〕孫權因

〔註 24〕 《三國志・蜀志・先主傳》載云：「琦病死，群下推先主爲荊州牧，治公安。權稍畏之，進妹固好。先主至京見權，綢繆恩紀。」見《三國志》卷三十二，宏業本，頁 879。

〔註 25〕 《三國志・蜀志・先主傳》載云：「權遣使云欲共取蜀，或以爲宜報聽許，吳終不能越荊有蜀，蜀地可爲己有。荊州主簿殷觀進曰：『若爲吳先驅，進未能克蜀，退爲吳所乘，即事去矣。今但可然贊其伐蜀，而自說新據諸郡，未可興動，吳必不敢越我而獨取蜀。如此進退之計，可以收吳、蜀之利。』先主從之，權果輟計。」又注引《獻帝春秋》曰：「孫權欲與備共取蜀，遣使報備曰：『米賊張魯居王巴、漢，爲曹操耳目，規圖益州。劉璋不武，不能自守。

在赤壁戰役中已與曹操為敵，為求能讓劉備當作奧援，遂採納魯肅的建議將荊借予劉備〔註 26〕。至此，也使得劉備達成了隆中「跨有荊益」的半策，佔有立足的根據地。

　　劉備為借荊州，親赴江東，險被密留的事件，《三國演義》的作者將之與孫權「進妹固好」一事結合起來，引申、敷演出周瑜巧獻「美人計」的故事；以及周瑜與劉備兵戎相見，終被諸葛亮給活活氣死的故事，都與史實在因果關係的記載上，不甚相同。茲此情形，實乃小說家為求藝術創作表現的緣故使然。

七、進取益州（建安十六年，西元 211 年～建安二十四年，西元 219 年）

　　獻帝建安十六年（西元 211 年），劉備與諸葛亮、龐統（西元 179～214年）研議收川，適逢益州牧劉璋（西元？～219 年）派遣法正（西元 176～220年）迎請劉備，入川助擊張魯。張松（西元？～212 年）與法正等因劉璋闇弱，思得明君，遂向劉備建言益州可取的策略，並獻上西川全境的地圖，使得劉備等人盡知益州的虛實。劉備在與諸葛亮、龐統研議後，決定由諸葛亮與關羽鎮守荊州，自己則親統軍隊入蜀。劉備軍北行抵至葭萌後，即停止前進，並未對張魯展開積極的討伐，其意實欲厚植恩德，以收取民心。是時，聽聞孫夫人（西元？～？年）已歸返江東；劉璋也接獲白水關將密報的消息，劉備見形勢緊急，遂採納龐統獻策的中計，藉口以援權抗曹為名，擬向劉璋求借「萬兵及資糧」，返回荊州自救。劉璋因感事與願違，憤而只予其半；加上

若操得蜀，則荊州危矣。今欲先攻取璋，進討張魯，首尾相連，一統吳、楚，雖有十操，無所憂也。』備欲自圖蜀，拒答不聽，曰：『益州民富彊，土地險阻，劉璋雖弱，足以自守。張魯虛偽，未必盡忠於操。今暴師於蜀、漢，轉運於萬里，欲使戰克攻取，舉不失利，此吳起不能定其規，孫武不能善其事也。曹操雖有無君之心，而有奉主之名，議者見操失利於赤壁，謂其力屈，無復遠志也。今操三分天下已有其二，將欲飲馬於滄海，觀兵於吳會，何肯守此坐須老乎？今同盟無故自相攻伐，借樞於操，使敵承其隙，非長計也。』權不聽，遣孫瑜率水軍住夏口。備不聽軍過，謂瑜曰：『汝欲取蜀，吾當被髮入山，不失信於天下也。』使關羽屯江陵，張飛屯秭歸，諸葛亮據南郡，備自住屏陵。權知備意，因召瑜還。」見同前註，頁 879～880。

〔註 26〕　《三國志‧魯肅傳》載云：「後備詣京見權，求都督荊州，惟肅勸權借之，共拒曹公。」又注引《漢晉春秋》則曰：「呂範勸留備，肅曰：『不可。將軍雖神武命世，然曹公威力實重，初臨荊州，恩信未洽，宜以借備，使撫安之。多操之敵，而自為樹黨，計之上也。』權即從之。」見《三國志》卷五十四，宏業本，頁 1270～1271。

張松內應的事跡敗露被殺，以致劉備與劉璋開始交惡，雒城的戰役隨即爆發，龐統則於此役中箭身亡。劉備見雒城圍攻不下，乃請諸葛亮入川助戰。諸葛亮將荊州的重任託付關羽後，即與張飛、趙雲等率眾泝江，分兵掠定郡縣，而與劉備合兵共圍成都。成都平定後，劉備以諸葛亮為軍師將軍，署左將軍府事。當劉備在外征伐時，諸葛亮常鎮守成都，以足食足兵。〔註27〕諸葛亮治蜀的科教嚴明，賞罰必信；不論親疏，唯才是用；無惡不懲，無善不顯，使內政清明，政局穩定，為劉備厚植實力。

獻帝建安二十年（西元 215 年），孫權以劉備已得益州為由，立即派遣諸葛瑾（西元 174～241 年）前去成都，向劉備索討荊州；然卻為劉備所敷衍，孫權盛怒之下，乃命令呂蒙（西元 178～219 年）引兵襲奪長沙、零陵、桂陽三郡。劉備聞訊後，隨即引兵下公安，並命令關羽入益陽挑戰；孫權也親統諸軍進駐陸水，而使魯肅、呂蒙屯兵抗拒關羽。戰爭一觸即發，忽傳曹操兵向漢中，使得劉備大驚，深恐益州有失，緊急派遣使者與孫權講和。最後，雙方議定以湘水為界，平分荊州，而仍舊保留聯盟的關係。

建安二十二年（西元 217 年），劉備採納法正的計策，斂眾據險，以逸待勞，而使黃忠（西元 148？～220 年）陣斬夏侯淵（西元？～219 年）；令曹操戰守無策，只好棄守「雞肋」要地；讓劉備奪取了漢中。至此，經過近兩年的戰爭，劉備終於實現了諸葛亮隆中「跨有荊益」的策略。建安二十四年（西元 219 年）秋，群下勸請劉備稱尊號，劉備起初並不答應，後來經過諸葛亮的好番開說後，遂即位為漢中王，而以諸葛亮為丞相錄尚書事，假節。

據史而論，漢中戰役，乃是由劉備與法正二人指揮完成的。是時，諸葛亮坐鎮成都，專司後勤的補給工作，其實未曾身涉前線，故只有蕭何（西元前？～193 年）之功；但是《三國演義》的作者，則多處渲染其智取漢中，先是智激黃忠陣斬夏侯淵，復遣趙雲勇戰漢水，繼又施計智退曹操，諸此，皆與史實不相符合。

八、受遺託孤（建安二十四年，西元 219 年～建興三年，西元 225 年）

獻帝建安二十四年（西元 219 年），吳將魯肅病逝後，使得孫、劉聯盟的

〔註27〕　〈諸葛亮本傳〉載云：「建安十六年，益州牧劉璋遣法正迎先主，使擊張魯。亮與關羽鎮荊州。先主自葭萌還攻璋，亮與張飛、趙雲等率眾泝江，分定郡縣，與先主共圍成都。成都平，以亮為軍師將軍，署左將軍府事。先主外出，亮常鎮守成都，足食足兵。」見《三國志》卷三十五，宏業本，頁916。

關係，因為荊州問題的再度浮現，而愈趨緊張、惡化，乃至於破裂。繼將呂蒙向孫權獻計，擬欲奪回失地，遂轉與曹操聯合拒蜀。依計，孫權讓呂蒙詐病返回吳都，另外改換陸遜（西元 183～245 年）出鎮，藉此以故示懦弱，來鬆懈關羽的注意，實則乃欲襲奪荊州。蜀將關羽恃勇輕敵，盛氣凌人，又剛建大功，便意驕志滿，一心北進，適巧正中呂蒙的計策，而大意失荊州，敗走麥城，終遭殺害。

關羽剛愎自用，未能體認「結好孫權」的重要性，大意失去了荊州，導致諸葛亮隆中「兩路兵擊中原」的策略，隨之受挫，實出人意料。隔年（西元 220 年）正月，曹操病逝於洛陽，其子曹丕（西元 187～226 年）繼位，十月，曹丕即廢漢獻帝（西元 181～234 年）自立，改建國號為魏，並加封孫權為吳王。在此局勢下，諸葛亮遂引用漢光武帝（西元前 6～57 年）的故事，勸請劉備登基帝位，是為蜀漢。對此，〈諸葛亮本傳〉載云：

> 二十六年，群下勸先主稱尊號，先主未許，亮說曰：「昔吳漢、耿弇等初勸世祖即帝位，世祖辭讓，前後數四，耿純進言曰：『天下英雄喁喁，冀有所望。如不從議者，士大夫各歸求主，無為從公也。』世祖感純言深至，遂然諾之。今曹氏篡漢，天下無主，大王劉氏苗族，紹世而起，今即帝位，乃其宜也。士大夫隨大王久勤苦者，亦欲望尺寸之功如純言耳。」先主於是即帝位，策亮為丞相曰：「朕遭家不造，奉承大統，兢兢業業，不敢康寧，思靖百姓，懼未能綏。於戲！丞相亮其悉朕意，無怠輔朕之闕，助宣重光，以照明天下，君其勖哉！」亮以丞相錄尚書事，假節。（《三國志》卷三十五，宏業本，頁 916～917）

章武元年（西元 221 年）七月，劉備違反了諸葛亮「聯吳抗魏」的原則，為替關羽報仇雪恨，並規劃奪回荊州，竟不顧群臣的勸諫，斷然決議興兵伐吳。臨行前，再傳張飛為部屬殺害，凶手投奔孫權的消息，因此，劉備益發感覺悲憤，隨即親統蜀軍東征。征途間，孫權雖曾派遣使者求和，然卻遭到劉備的拒絕。劉備執意伐吳，又不採納黃權（西元？～240 年）的建議，主帥宜為後鎮，竟冒然驕兵輕進，連營攻伐，終於在猇亭被陸遜以火計突破，兵敗潰逃回到永安白帝城。對此，《三國演義》與戲曲中多渲染趙雲救駕及陸遜困陣的情節，茲乃意圖突顯諸葛亮智慧的表現行為，誠有違歷史實情。

劉備經過猇亭敗戰的重擊，心裡愧恨交加，繼又身染重疾，已無力征吳，

遂於章武三年（西元 223 年）春，召諸葛亮前至永安，屬以後事。劉備在臨終託孤時，謂亮曰：「君才十倍曹丕，必能安國，終定大事。若嗣子可輔，輔之；如其不才，君可自取。」諸葛亮則涕泣曰：「臣敢竭股肱之力，效忠貞之節，繼之以死！」劉備又擬詔敕其子劉禪曰：「汝與丞相從事，事之如父。」〔註28〕不久，旋即病逝於永安宮。劉備去世後，諸葛亮主持國喪，五月返回成都，同年輔佐太子劉禪即位，改元建興。

　　建興元年（西元 223 年），劉禪封諸葛亮為武鄉侯，開府治事。頃之，又令其統領益州牧，兼代司隸校尉職。政事無分巨細，咸決於亮。自從劉備在猇亭一役慘敗後，蜀國的實力即大為減弱。因此，諸葛亮治蜀益發科教嚴明，賞罰必信；不論親疏，唯才是用；無惡不懲，無善不顯，使得蜀國內政清明，政局漸趨穩定。南中諸郡，雖然趁機叛亂，不過，諸葛亮因新遭大喪，宜休養生息，故不便加兵弭平。同時，為了日後南征北伐的順利進行，諸葛亮遂派遣鄧芝（西元？～251 年）出使吳國，重修舊好，並務農殖穀，閉關息民，以厚植國力。〔註29〕

九、南征蠻越（建興三年，西元 225 年）

　　劉備病逝後，南中諸郡趁機叛亂，諸葛亮因新遭大喪，不便加兵，只好採取「安撫不討」的策略。直到建興三年（西元 225 年）春，諸葛亮在蜀國經過閉關息民，內政與外交都已經安排妥當，政局也趨向穩定的情況下，又傳聞魏國興兵伐吳的消息，遂藉機親統蜀軍進行南征。

　　臨行前，丞相長史王連（西元？～？年）曾以南中為不毛之地、癘疫之鄉，向諸葛亮勸諫不宜以一國之望，冒險行事。不過，諸葛亮有感於自己身負輔國的重任，加上是時蜀國的大將除趙雲外，其餘大多已凋零殆盡，諸將的才能又都不及自己，所以，執意前往。後來，因為王連言辭懇切，使得諸葛深受感動，以致暫時緩兵停留。〔註30〕

〔註28〕見同前註，頁 918。

〔註29〕〈諸葛亮本傳〉載云：「建興元年，封亮武鄉侯，開府治事。頃之，又領益州牧。政事無巨細，咸決於亮。南中諸郡，並皆叛亂，亮以新遭大喪，故未便加兵，且遣使聘吳，因結和親，遂為與國。」見同前註，頁 918。

〔註30〕《三國志・王連傳》：「時南方諸郡不賓，諸葛亮將自征之，連諫以為「此不毛之地，疫癘之鄉，不宜以一國之望，冒險而行」。亮慮諸將才不及己，意欲必往，而連言輒懇至，故停留者久之。」見《三國志》卷四十一，宏業本，頁 1009～1010。

　　建興三年（西元 225 年）春三月，諸葛亮親率大軍，進行南征。是時，王連已經去世，諸葛亮遂命向朗（西元168～247 年）為後任，採用參軍馬謖（西元190～228 年）所提議的攻心戰術，兵分三路進行征伐。不久，旋即肅清越巂、牂柯兩翼的勢力；李恢（西元？～231 年）更施展巧計，大破南夷叛軍，使得蜀軍的聲威為之大振。夏五月，諸葛亮揮兵渡過瀘水，深入不毛之地，七擒七縱蠻帥孟獲（西元？～？年），使其心悅誠服；並設置蜀官，以協助治理南中。諸葛亮在降服孟獲之後，仍舊繼續領兵南下，直到三軍會師於滇池，亂事遂告弭平，益州大局抵定。

　　建興三年（西元 225 年）秋，南中完全平定後，諸葛亮改制增郡，採取「懷柔和撫」的民族政策，即其渠帥而用之，不以力制，而取其心服，以貫徹〈隆中對〉策中「南撫夷越」的方針。使得「綱紀粗定，夷漢粗安」，蜀人與蠻夷間的關係更形融洽；南中的軍需與物產也大多能輸往成都，以妥善利用。至此，方去其北伐後顧之憂。

　　陳壽《三國志》對諸葛亮南征的事蹟記載不多，在〈諸葛亮本傳〉中只云：「三年春，亮率眾南征，其秋悉平。軍資所出，國以富饒，乃治戎講武，以俟大舉。」〔註31〕倒是裴注所補充的記載較多，其引《漢晉春秋》曰：

　　　　亮至南中，所在戰捷。聞孟獲者，為夷、漢所服，募生致之。既得，使觀於營陳之間，問曰：「此軍何如？」獲對曰：「向者不知虛實，故敗。今蒙賜觀看營陳，若祇如此，即定易勝耳。」亮笑，縱使更戰，七縱七禽，而亮猶遣獲。獲止不去，曰：「公，天威也，南人不復反矣。」遂至滇池。南中平，皆即其渠率而用之。或以諫亮，亮曰：「若留外人，則當留兵，兵留則無所食，一不易也；加夷新傷破，父兄死喪，留外人而無兵者，必成禍患，二不易也；又夷累有廢殺之罪，自嫌釁重，若留外人，終不相信，三不易也；今吾欲使不留兵，不運糧，而綱紀粗定，夷、漢粗安故耳。」（《三國志》卷三十五，宏業本，頁 921）

不過，諸葛亮七擒七縱孟獲的故事，見之史傳記載的，也僅此而已；但是《三國演義》卻以四萬餘字的篇幅，極盡筆墨地渲染其事件進行的來龍去脈，茲誠藝術創作的極致表現。作者顯然是在史傳的基礎上，融合了大量滇西的民間傳說，才能敷演出如此驚人的故事。

〔註31〕見《三國志》卷三十五，宏業本，頁 919。

十、北伐中原（建興四年，西元 226～建興十一年，西元 233 年）

　　諸葛亮自平定南中的亂事之後，內憂外患的問題均已獲得解決；南中物產的輸入，也對蜀國的軍資所出，挹注良多；更得到勁卒青羌萬餘家的精壯，編成所當無前的飛軍，國家因此富饒。〔蜀漢〕建興五年（西元 227 年）春，諸葛亮治戎講武，使蜀國兵強馬壯。是時，曹丕已經去世，其子曹叡（西元 205～239 年）繼位。三月，諸葛亮有感於先主劉備三顧知遇的恩德，又身負託孤輔國的重任，遂上表陳情出師，向劉禪闡明意欲統一中原，興復漢室的志願，獲得許可後，隨即領兵進駐漢中，伺機北伐進擊。

　　〈出師表〉通篇凝聚了諸葛亮公忠體國、勵精圖治的精神品格，文章雖然質樸無華，但卻無處不展現其北定中原、謀求統一的堅定信念，語出肺腑，情意真切，實發人深省，感人至深，後人云：「讀武侯〈出師表〉而不流涕者，其人必不忠。」誠不虛也。

　　魏國聽聞到諸葛亮舉兵北伐的消息，朝野震動。曹叡原想興師伐蜀，後則採取孫資（西元？～251 年）分命大將據諸要險，以震攝強寇，鎮守疆場的方法，只命令司馬懿（西元 179～251 年）鎮守宛城。是時，諸葛亮已暗約新城的孟達（西元？～228 年）反正，並囑咐其要相機舉事，不料，孟達錯估情勢，疏忽輕敵，不久，旋即為司馬懿所破。〔註32〕

　　〔蜀漢〕建興六年（西元 228 年）春，諸葛亮再次領軍北上。臨行前，魏延（西元？～234 年）曾獻上子午險計，然不為諸葛亮所接受，因諸葛亮認為北伐是一場持久的戰爭，絕不容輕易涉險，宜採聲東擊西的策略，方可收十全必克而無虞的效果。〔註33〕遂兵分二路進擊，揚聲由斜谷道取郿，使趙

〔註32〕《三國志・魏書・明帝紀》：「太和元年春正月，郊祀武皇帝以配天，宗祀文皇帝於明堂以配上帝。……。十二月，封后父毛嘉爲列侯。新城太守孟達反，詔驃騎將軍司馬宣王討之。」又注引《魏略》曰：「達既爲文帝所寵，又與桓階、夏侯尚親善，及文帝崩，時桓、尚皆卒，達自以羇旅久在疆場，心不自安。諸葛亮聞之，陰欲誘達，數書招之，達與相報答。魏興太守申儀與達有隙，密表達與蜀潛通，帝未之信也。司馬宣王遣參軍梁幾察之，又勸其入朝。達驚懼，遂反。」見《三國志》卷三，宏業本，頁 92～93。

〔註33〕《三國志・魏延傳》載云：「延每隨亮出，輒欲請兵萬人，與亮異道會于潼關，如韓信故事，亮制而不許。延常謂亮爲怯，歎恨己才用之不盡。」又注引《魏略》曰：「夏侯楙爲安西將軍，鎮長安，亮於南鄭與群下計議，延曰：『聞夏侯楙少，主婿也，怯而無謀。今假延精兵五千，負糧五千，直從襃中出，循秦嶺而東，當子午而北，不過十日可到長安。楙聞延奄至，必乘船逃走。長安中惟有御史、京兆太守耳，橫門邸閣與散民之穀足周食也。比東方相合聚，

雲、鄧芝以偏師據箕谷牽制魏軍；諸葛亮則趁機親率主軍攻打祁山。蜀軍因為訓練有素，戎陣整齊，賞罰肅而號令明，所到之處，勢如破竹，望風披靡，隴西三郡相繼叛魏應亮，一時軍威大振，以致魏國朝野為之驚恐。〔註 34〕姜維（西元 202～264 年）叛魏歸蜀，也在此時。

　　史傳諸葛亮收服姜維的故事，與《三國演義》及戲曲中所描述的情形迥異，諸史傳均記載姜維是因不受信任，不得已才歸降於諸葛亮的〔註 35〕；而小說與戲曲舞台則多著重渲染諸葛亮計收姜維的情節，此舉實為突顯諸葛亮智慧形象所作的用心。

　　隴西三郡叛魏響應諸葛亮後，關中為之大震。曹叡遂親自西鎮長安，並命令張郃（西元？～231 年）領兵進擊蜀軍；諸葛亮違迕眾意拔擢馬謖，使其督率諸軍在前，以與張郃對戰於街亭。馬謖因為違背諸葛亮的節度，捨水上山，舉措失宜，又不聽王平（西元？～248 年）的規諫，終為張郃所破，導致街亭失守。〔註 36〕在進無所據，退無可守的情況下，諸葛亮只好拔除西縣千

尚二十許日，而公從斜谷來，必足以達。如此，則一舉而咸陽以西可定矣。」亮以為此縣危，不如安從坦道，可以平取隴右，十全必克而無虞，故不用延計。」見《三國志》卷四十，宏業本，頁 1003。

〔註 34〕　〈諸葛亮本傳〉載云：「六年春，揚聲由斜谷道取郿，使趙雲、鄧芝為疑軍，據箕谷，魏大將軍曹真舉眾拒之。亮身率諸軍攻祁山，戎陣整齊，賞罰肅而號令明，南安、天水、安定三郡叛魏應亮，關中響震。」又注引《魏略》曰：「始，國家以蜀中惟有劉備。備既死，數歲寂然無聲，是以略無備預；而卒聞亮出，朝野恐懼，隴右、祁山尤甚，故三郡同時應亮。」見《三國志》卷三十五，宏業本，頁 922。

〔註 35〕　《三國志・姜維傳》載云：「建興六年，丞相諸葛亮軍向祁山，時天水太守適出案行，維及功曹梁緒、主薄尹賞、主記梁虔等從行。太守聞蜀軍垂至，而諸縣響應，疑維等皆有異心，於是夜亡保上邽。維等覺太守去，追遲，至城門，城門已閉，不納。維等相率還冀，冀亦不入維。維等仍俱詣諸葛亮。會馬謖敗於街亭，亮拔將西縣千餘家及維等還，故維遂與母相失。」又注引《魏略》則曰：「天水太守馬遵將維及諸官屬隨雍州刺史郭淮偶自西至洛門案行，會聞亮已到祁山，淮顧遵曰：『是欲不善！』遂驅東還上邽。遵念所治冀縣界在西偏，又恐吏民樂亂，遂亦隨淮去。時維謂遵曰：『明府當還冀。』遵謂維等曰：『卿諸人（回）〔叵〕復信，皆賊也。』各自行。維亦無如遵何，而家在冀，遂與郡吏上官子脩等還冀。冀中吏民見維等大喜，便推令見亮。二人不獲已，乃共詣亮。亮見，大悅。未及遣迎冀中人，會亮前鋒為張郃、費繇等所破，遂將維等卻縮。維不得還，遂入蜀。諸軍攻冀，皆得維母妻子，亦以維本無去意，故不沒其家，但繫保官以延之。此語與本傳不同。」見《三國志》卷四十四，宏業本，頁 1062～1063。

〔註 36〕　《三國志・王平傳》載云：「建興六年，屬參軍馬謖先鋒。謖舍水上山，舉措

餘家，還於漢中；然後，依軍法論處，泣斬馬謖以向眾人謝罪，並請自貶三等，以督己責。其〈本傳〉載云：

> 魏明帝西鎮長安，命張郃拒亮，亮使馬謖督諸軍在前，與郃戰於街亭。謖違亮節度，舉動失宜，大爲郃所破。亮拔西縣千餘家，還於漢中，戮謖以謝眾。上疏曰：「臣以弱才，叨竊非據，親秉旄鉞以屬三軍，不能訓章明法，臨事而懼，至有街亭違命之闕，箕谷不戒之失，咎皆在臣授任無方。臣明不知人，恤事多闇，春秋責帥，臣職是當。請自貶三等，以督厥咎。」於是以亮爲右將軍，行丞相事，所總統如前。（《三國志》三十五卷，宏業本，頁 922）

對此，《演義》作者在描述諸葛亮收兵漢中時，曾施展過空城奇計，使蜀不費兵卒，撫琴一曲，即驚退司馬懿的十餘萬大軍。然據史而論，諸葛亮此番北伐，實未曾與司馬懿交鋒過，更遑論有空城計驚退司馬懿的情事發生，按此純屬小說家者言，乃出自於對諸葛亮智謀過人的形象臆造，並非歷史事實。

建興六年（西元 228 年）冬，諸葛亮聽聞魏將曹休（西元？～228 年）爲孫吳所擊敗後，遂統軍復出散關，圍陳倉，進行其第二次的北伐。據傳此次行軍前，諸葛亮也曾經上奏表文，即後世所謂的〈後出師表〉，然因此表未見於《諸葛亮集》中，乃出自張儼〔註37〕（西元？～266 年）《默記》，故引發了後世對其真偽的爭議。諸葛亮雖以萬眾，進圍陳倉，然卻遭受到魏將郝昭（西元？～？年）的堅決抵抗，蜀軍幾經攻打，仍不能攻克；就連諸葛亮巧施計法，也無獲功效。終見糧食將盡，復聞魏援將至，遂引兵退還。魏將王雙（西元？～228 年）因恃勇輕敵，率騎追擊諸葛亮，後爲諸葛亮所施計策破斬擊斃。隔年（西元 229 年）春，諸葛亮採用「近取固本」的策略，先是派遣陳式攻討武都、陰平，待魏國雍州刺史郭淮（西元？～255 年）率眾迎擊時，諸葛亮再潛兵突出抵至建威，以驚退郭淮所率領的魏軍，而奪下二郡。諸葛亮因獲有軍功，得以恢復丞相原職。其本傳即載：

> 煩擾，平連規諫謖，謖不能用，大敗於街亭。眾盡星散，惟平所領千人，鳴鼓自持，魏將張郃疑其伏兵，不往偪也。於是平徐徐收合諸營遺迸，率將士而還。丞相亮既誅馬謖及將軍張休、李盛，奪將軍黃襲等兵，平特見崇顯，加拜參軍，統五部兼當營事，進位討寇將軍，封亭侯。」見《三國志》卷四十三，宏業本，頁 1049～1050。

〔註37〕張儼字子節，吳郡吳人，仕吳爲大鴻臚。

冬，亮復出散關，圍陳倉，曹眞拒之，亮糧盡而還。魏將王雙率騎追亮，亮與戰，破之，斬雙。〔註38〕七年，亮遣陳式攻武都、陰平。魏雍州刺史郭淮率眾欲擊式，亮自出至建威，淮退還，遂平二郡。〔註39〕詔策亮曰：「街亭之役，咎由馬謖，而君引愆，深自貶抑，重違君意，聽順所守。前年燿師，馘斬王雙；今歲爰征，郭淮遁走；降集氐、羌，興復二郡，威鎮凶暴，功勳顯然。方今天下騷擾，元惡未梟，君受大任，幹國之重，而久自挹損，非所以光揚洪烈矣。今復君丞相，君其勿辭。」（《三國志》三十五卷，宏業本，頁 924）

建興八年（西元 230 年）夏六月，魏國大司馬曹眞（西元？～231 年）以蜀軍數度入侵爲由，不顧陳群（西元？～236 年）的建議，請軍主動出擊南征。諸葛亮聞知魏兵三路入侵的消息，即在成固、赤阪集結蜀軍，嚴陣以待，並召示李嚴（西元？～234 年）督軍支援。是時，大雨連下一個多月，魏軍受困山谷，難以前進，朝臣諫議罷兵之聲四起，曹叡乃下詔撤軍。諸葛亮見狀，即命魏延、吳懿（西元？～237 年）進兵羌中，大破魏軍於陽谿，取得了西征的勝績。〔註40〕

　　建興九年（西元 231 年），諸葛亮再度出師祁山，發動了第四次的北伐。諸葛亮爲使糧秣的補給更加順暢，遂建造了「木牛」用來搬運。是時，曹眞病逝，魏國派遣司馬懿接替其位，司馬懿便命令張郃、郭淮驅兵馳援祁山，自己則進軍上邽。諸葛亮聞訊後，留下王平與張郃對峙，即立刻督軍親赴上

<hr>

〔註38〕　《三國志‧蜀後主傳》載云：「六年春，亮出攻祁山，不克。冬，復出散關，圍陳倉，糧盡退。魏將王雙率軍追亮，亮與戰，破之，斬雙，還漢中。」見《三國志》卷三十三，宏業本，頁 896。

〔註39〕　《三國志‧蜀後主傳》載云：「七年春，亮遣陳式攻武都、陰平，遂克定二郡。」見同前註，頁 896。

〔註40〕　《三國志‧曹眞傳》載云：「眞以『蜀連出侵邊境，宜遂伐之。數道並入，可大克也』。帝從其計。眞當發西討，帝親臨送。眞以八月發長安，從子午道南入。司馬宣王泝漢水，當會南鄭。諸軍或從斜谷道，或從武威入。會大霖雨三十餘日，或棧道斷絕，詔眞還軍。」見《三國志》卷九，宏業本，頁 282；《三國志‧蜀後主傳》載云：「八年秋，魏使司馬懿由西城，張郃由子午，曹眞由斜谷，欲攻漢中。丞相亮待之於城固、赤阪，大雨道絕，眞等皆還。是歲，魏延破魏雍州刺史郭淮于陽谿。」見《三國志》卷三十三，宏業本，頁 896；又《三國志‧魏延傳》載云：「八年，使延西入羌中，魏後將軍費瑤、雍州刺史郭淮與延戰于陽谿，延大破淮等，遷爲前軍師征西大將軍，假節，進封南鄭侯。」見《三國志》卷四十，宏業本，頁 1002。

邦迎戰，一舉擊破了魏國的駐守防軍，並乘勢搶割當地的麥糧，以與司馬懿對陣。司馬懿深知蜀軍糧秣有限，急於決戰，便歛兵守險，拒不出戰，諸葛亮只得佯退誘敵。夏五月，司馬懿爲平息諸將的忿怒，勉強出兵與蜀軍發生衝突，但卻被諸葛亮所擊敗，不久，旋即又退陣固守。六月，李嚴以督糧不力，竟假傳劉禪的諭旨，命令諸葛亮撤軍；司馬懿見其兵退，便派遣張郃追擊，卻遭諸葛亮設伏敗死。〔註41〕待諸葛亮歸返漢中後，察知李嚴的罪狀，遂彈劾其過，予以免職。〔註42〕

〔註41〕　〈諸葛亮本傳〉載云：「九年，亮復出祁山，以木牛運，糧盡退軍，與魏將張郃交戰，射殺郃。」又注引《漢晉春秋》曰：「亮圍祁山，招鮮卑軻比能，比能等至故北地石城以應亮。於是魏大司馬曹眞有疾，司馬宣王自荊州入朝，魏明帝曰：『西方事重，非君莫可付者。』乃使西屯長安，督張郃、費曜、戴陵、郭淮等。宣王使曜、陵留精兵四千守上邽，餘眾悉出，西救祁山。郃欲分兵駐雍、郿，宣王曰：『料前軍能獨當之者，將軍言是也；若不能當而分爲前後，此楚之三軍所以爲黥布禽也。』遂進。亮分兵留攻，自逆宣王于上邽。郭淮、費曜等徼亮，亮破之，因大芟刈其麥，與宣王遇于上邽之東，斂兵依險，軍不得交，亮引而還。宣王尋亮至于鹵城。張郃曰：『彼遠來逆我，請戰不得，謂我利在不戰，欲以長計制之也。且祁山知大軍以在近，人情自固，可止屯於此，分爲奇兵，示出其後，不宜進前而不敢偪，坐失民望也。今亮縣軍食少，亦行去矣。』宣王不從，故尋亮。既至，又登山掘營，不肯戰。賈栩、魏平數請戰，因曰：『公畏蜀如虎，奈天下笑何！』宣王病之。諸將咸請戰。五月辛巳，乃使張郃攻無當監何平於南圍，自案中道向亮。亮使魏延、高翔、吳班赴拒，大破之，獲甲首三千級，玄鎧五千領，角弩三千一百張，宣王還保營。」見《三國志》卷三十五，宏業本，頁925～926。

〔註42〕　《三國志‧李嚴傳》載云：「九年春，亮軍祁山，平催督運事。秋夏之際，值天霖雨，運糧不繼，平遣參軍狐忠、督軍成藩喻指，呼亮來還；亮承以退軍。平聞軍退，乃更陽驚，說『軍糧饒足，何以便歸』！欲以解己不辦之責，顯亮不進之愆也。又表後主，說『軍偽退，欲以誘賊與戰』。亮具出其前後手筆書疏本末，平違錯章灼。平辭窮情竭，首謝罪負。於是亮表平曰：『自先帝崩後，平所在治家，尚爲小惠，安身求名，無憂國之事。臣當北出，欲得平兵以鎮漢中，平窮難縱橫，無有來意，而求以五郡爲巴州刺史。去年臣欲西征，欲令平主督漢中，平說司馬懿等開府辟召。臣知平鄙情，欲因行之際偪臣取利也，是以表平子豐督主江州，隆崇其遇，以取一時之務。平至之日，都委諸事，群臣上下皆怪臣待平之厚也。正以大事未定，漢室傾危，伐平之短，莫若褒之。然謂平情在於榮利而已，不意平心顚倒乃爾。若事稽留，將致禍敗，是臣不敏，言多增咎。』乃廢平爲民，徙梓潼郡。」又注引亮公文上尚書曰：「平爲大臣，受恩過量，不思忠報，橫造無端，危恥不辦，迷罔上下，論獄棄科，導人爲姦，（狹情）〔情狹〕志狂，若無天地。自度姦露，嫌心遂生，聞軍臨至，西嚮託疾還沮、漳，軍臨至沮，復還江陽，平參軍狐

十一、積勞病逝（建興十二年，西元 234 年）

建興十二年（西元 234 年）春，諸葛亮有鑑於軍糧補給的順暢與否，攸關著北伐戰爭能否持續進行，遂再建造「流馬」以負責軍糧的搬運。然後，親自率領十萬大軍由斜谷出，發動了第五次的北伐，並派遣使者赴東吳，與孫權約好東西配合，同時大舉攻魏。〔註 43〕

四月，諸葛亮佔據武功五丈原，而與司馬懿相持於渭南。諸葛亮每患軍糧不繼，使己志不得伸展；而司馬懿又採取持久抗拒的策略，堅壁不戰，是以其乃分兵屯田，以為久駐之基。諸葛亮因為治軍嚴明，耕者雜於渭濱居民之間，使得百姓安堵，軍無私焉。〔註 44〕

五月，孫權督軍在東策應，曹叡也親自領兵征伐，不料新城失利，孫權即告退兵。〔註 45〕諸葛亮與司馬懿相持百餘日，想方設法百般地進行挑戰，司馬懿始終堅守不出，其乃施展激將法，贈送司馬懿婦服首飾以資羞辱，使

忠勤諫乃止。今篡賊未滅，社稷多難，國事惟和，可以克捷，不可苞含，以危大業。輒與行中軍師車騎將軍都鄉侯臣劉琰，……等議，輒解平任，免官祿、節傳、印綬、符策，削其爵土。」見《三國志》卷四十，宏業本，頁 999～1001。

〔註 43〕《三國志・劉放傳》載云：「青龍初，孫權與諸葛亮連和，欲俱出為寇。邊候得權書，放乃改易其辭，往往換其本文而傳合之，與征東將軍滿寵，若欲歸化，封以示亮。亮騰與吳大將步騭等，騭等以見權。權懼亮自疑，深自解說。」見《三國志》卷十四，宏業本，頁 457。

〔註 44〕〈諸葛亮本傳〉載云：「十二年春，亮悉大眾由斜谷出，以流馬運，據武功五丈原，與司馬宣王對於渭南。亮每患糧不繼，使己志不申，是以分兵屯田，為久駐之基。耕者雜於渭濱居民之間，而百姓安堵，軍無私焉。」見《三國志》卷三十五，宏業本，頁 925。

〔註 45〕《三國志・魏書・明帝紀》載云：「五月，太白晝見。孫權入居巢湖口，向合肥新城，又遣將陸議、孫韶各將萬餘人入淮、沔。六月，征東將軍滿寵進軍拒之。寵欲拔新城守，致賊壽春，帝不聽，曰：『昔漢光武遣兵縣據略陽，終以破隗囂，先帝東置合肥，南守襄陽，西固祁山，賊來輒破於三城之下者，地有所必爭也。縱權攻新城，必不能拔。敕諸將堅守，吾將自往征之，比至，恐權走也。』秋七月壬寅，帝親御龍舟東征，權攻新城，將軍張穎等拒守力戰，帝軍未至數百里，權遁走，議、韶等亦退。群臣以為大將軍方與諸葛亮相持未解，車駕可西幸長安。帝曰：『權走，亮膽破，大將軍以制之，吾無憂矣。』」見《三國志》卷三，宏業本，頁 103～104；又《三國志・吳書・吳主傳》載云：「夏五月，權遣陸遜、諸葛瑾等屯江夏、沔口，孫韶、張承等向廣陵、淮陽，權率大眾圍合肥新城。是時蜀相諸葛亮出武功，權謂魏明帝不能遠出，而帝遣兵助司馬宣王拒亮，自率水軍東征。未至壽春，權退還，孫韶亦罷。」見《三國志》卷四十七，宏業本，頁 1140。

得魏將紛紛請求出戰，司馬懿本人著實也動怒生氣了，不過，旋即憶起祁山慘敗的教訓，遂假意上表請戰，以搪塞諸將的要求。〔註46〕諸葛亮深知司馬懿本無戰心，旋即又派遣使者致書挑戰，司馬懿經由使者口中得知諸葛亮事必躬親，食少事繁，故謂其將不久於人世。〔註47〕

　　其年八月，諸葛亮因爲憂勞成疾，齎志病歿，卒於軍中，時年五十四。諸葛亮臨終時，曾經密表交代後事宜託付蔣琬（西元？～246年）〔註48〕；並遺策布置歸計，叮囑諸將秘不發喪，整軍遂得安然退還漢中。〔註49〕司

〔註46〕《三國志・魏書・明帝紀》載云：「是月，諸葛亮出斜谷，屯渭南，司馬宣王率諸軍拒之。詔宣王：『但堅壁拒守以挫其鋒，彼進不得志，退無與戰，久停則糧盡，虜略無所獲，則必走矣。走而追之，以逸待勞，全勝之道也。』」又注引《魏氏春秋》曰：「亮既屢遣使交書，又致巾幗婦人之飾，以怒宣王。宣王將出戰，辛毗杖節奉詔，勒宣王及軍吏已下，乃止。宣王見亮使，唯問其寢食及其事之煩簡，不問戎事。使對曰：『諸葛公夙興夜寐，罰二十已上，皆親覽焉；所啖食不過數升。』宣王曰：『亮體斃矣，其能久乎？』」見《三國志》卷三，宏業本，頁103。

〔註47〕裴注引《漢晉春秋》曰：「亮自至，數挑戰。宣王亦表固請戰。使衛尉辛毗持節以制之。姜維謂亮曰：『辛佐治仗節而到，賊不復出矣。』亮曰：『彼本無戰情，所以固請戰者，以示武於其眾耳。將在軍，君命有所不受，苟能制吾，豈千里而請戰邪！』」又《魏氏春秋》曰：「亮使至，問其寢食及其事之煩簡，不問戎事。使對曰：『諸葛公夙興夜寐，罰二十以上，皆親攬焉；所噉食不至數升。』宣王曰：『亮將死矣。』」見《三國志》卷三十五，宏業本，頁926。

〔註48〕裴注引《益部耆舊雜記》曰：「諸葛亮於武功病篤，後主遣福省侍，遂因諮以國家大計。福往具宣聖旨，聽亮所言，至別去數日，忽馳思未盡其意，遂卻騎馳還見亮。亮語福曰：『孤知君還意。近日言語，雖彌日有所不盡，更來一決耳。君所問者，公琰其宜也。』福謝：『前實失不諮請公，如公百年後，誰可任大事者？故輒還耳。乞復請，蔣琬之後，誰可任者？』亮曰：『文偉可以繼之。』又復問其次，亮不答。福還，奉使稱旨。」見《三國志》卷四十五，宏業本，頁1087。

〔註49〕《三國志・蜀後主傳》載云：「秋八月，亮卒于渭濱。征西大將軍魏延與丞相長史楊儀爭權不和，舉兵相攻，延敗走；斬延首，儀率諸軍還成都。大赦。以左將軍吳壹爲車騎將軍，假節督漢中。以丞相留府長史蔣琬爲尚書令，總統國事。」見《三國志》卷三十三，宏業本，頁897；又《三國志・魏延傳》載云：「秋，亮病困，密與長史楊儀、司馬費禕、護軍姜維等作身歿之後退軍節度，令延斷後，姜維次之；若延或不從命，軍便自發。亮適卒，秘不發喪，儀令禕往揣延意指。延曰：『丞相雖亡，吾自見在。府親官屬便可將喪還葬，吾自當率諸軍擊賊，云何以一人死廢天下之事邪？且魏延何人，當爲楊儀所部勒，作斷後將乎！』因與禕共作行留部分，令禕手書與己連名，告下諸將。禕紿延曰：『當爲君還解楊長史，長史文吏，稀更軍事，必不違命也。』禕出

馬懿待及蜀軍撤兵後，案行至諸葛亮的營壘處所觀看，大贊其爲天下奇才。
〔註50〕

十二、身後（建興十二年，西元234年8月後）

　　諸葛亮死後退軍，嚇走魏軍一事，《三國演義》將之鋪寫成「見木像魏都督喪膽」的生動故事；經過作者如此地渲染、加工，死諸葛嚇走了活仲達，不唯神化了諸葛亮，也使得司馬懿相形醜化。另外，「武侯預伏錦囊計」的關目橋段，則是描寫諸葛亮臨死前曾遺計要馬岱（西元？～？年）斬除魏延的神秘故事。對此，史傳雖然記載魏延確爲馬岱所斬，但其是否眞乃依從諸葛亮所授遺計進行，則因查無史實根據，恐怕也是小說家藉以神化諸葛亮藝術形象的手段之一。

　　諸葛亮齎志而歿，遺命下葬於漢中的定軍山，因山爲墳，冢足容棺，斂以時服，不須器物。諸此行誼，與其生前上表向劉禪所作的陳述，實無異樣。陳壽〈諸葛亮本傳〉載云：

> 初，亮自表後主曰：『臣初奉先帝，資仰於官，不自治生。今成都有桑八百株，薄田十五頃，子弟衣食，自有餘饒。至於臣在外任，無別調度，隨身衣食，悉仰於官，不別治生，以長尺寸。若臣死之日，不使内有餘帛，外有贏財，以負陛下。』及卒，如其所言。（《三國志》卷三十五，宏業本，頁927）

門馳馬而去，延尋悔，追之已不及矣。延遣人覘儀等，遂使欲案亮成規，諸營相次引軍還。延大怒，（纔）〔攙〕儀未發，率所領徑先南歸，所過燒絕閣道。延、儀各相表版逆，一日之中，羽檄交至。後主以問侍中董允、留府長史蔣琬，琬、允咸保儀疑延。儀等槎山通道，晝夜兼行，亦繼延後。延先至，據南谷口，遣兵逆擊儀等，儀等令何平在前禦延。平叱延先登曰：『公亡，身尚未寒，汝輩何敢乃爾！』延士眾知曲在延，莫爲用命，軍皆散。延獨與其子數人逃亡，奔漢中。儀遣馬岱追斬之，致首於儀，儀起自踏之，曰：『庸奴！復能作惡不？』遂夷延三族。初，蔣琬率宿衛諸營赴難北行，行數十里，延死問至，乃旋。原延意不北降魏而南還者，但欲除殺儀等。平日諸將素不同，冀時論必當以代亮。本指如此。不便背叛。」見《三國志》卷四十，宏業本，頁1003～1004。

〔註50〕　裴注引《漢晉春秋》曰：「楊儀等整軍而出，百姓奔告宣王，宣王追焉。姜維令儀反旗鳴鼓，若將向宣王者，宣王乃退，不敢偪。於是儀結陳而去，入谷然後發喪。宣王之退也，百姓爲之諺曰：『死諸葛走生仲達。』或以告宣王，宣王曰：『吾能料生，不便料死也。』」見《三國志》卷三十五，宏業本，頁927。

可見，歷史名人諸葛亮，終其一生的行為表現，都充分體現出其人澹泊明志，廉潔不貪的美德。於是，後主劉禪即下詔策贈其丞相武鄉侯印綬，謚號忠武侯。〔註51〕

　　至此，一代名相諸葛亮已如巨星般殞落，而其功過成敗，則留予後代史家論定。不過，蜀國各地人民因感念賢相諸葛亮的偉大恩德，在其死後不久，即要求朝廷要為其建立祀廟，但是朝議認為茲事與禮秩不符，所以並未許可。這使得各地百姓只好因其時節，而在道路上舉行私祭，用來追思與感懷諸葛亮。如此，「百姓巷祭，戎夷野祀」的情形持續不斷，為順應民意，經習隆（西元？～？年）、向充（西元？～？年）等上表陳情後，劉禪終於在景耀六年（西元 263 年）春，下詔為諸葛亮立廟於沔陽，使之能正式接受萬民的頂禮膜拜，躋身為神明之列，就連日後魏國將軍鍾會（西元 225～264 年）在率領大軍征伐蜀國，行經漢川時，也特地親臨廟中祭拜祂，可謂備極哀榮與崇敬。〔註52〕

第二節　《三國志》中諸葛亮生平事蹟的用字量情形
（定量分析）

　　上文所述，即是《三國志》中所記載的諸葛亮生平事蹟的整體概況。這些生平事蹟，也就是其人歷史故事的基本架構與內容，超乎此中所記載的情

〔註51〕〈諸葛亮本傳〉載云：「亮遺命葬漢中定軍山，因山為墳，冢足容棺，斂以時服，不須器物。詔策曰：『惟君體資文武，明叡篤誠，受遺託孤，匡輔朕躬，繼絕興微，志存靖亂；爰整六師，無歲不征，神武赫然，威鎮八荒，將建殊功於季漢，參伊、周之巨勳。如何不弔，事臨垂克，遘疾隕喪！朕用傷悼，肝心若裂。夫崇德序功，紀行命謚，所以光昭將來，刊載不朽。今使使持節左中郎將杜瓊，贈君丞相武鄉侯印綬，謚君為忠武侯。魂而有靈，嘉茲寵榮。嗚呼哀哉！嗚呼哀哉！』」見《三國志》卷三十五，宏業本，頁 927。

〔註52〕裴注引《襄陽記》曰：「亮初亡，所在各求為立廟，朝議以禮秩不聽，百姓遂因時節私祭之於道陌上。言者或以為可聽立廟於成都者，後主不從。步兵校尉習隆、中書郎向充等共上表曰：『臣聞周人懷召伯之德，甘棠為之不伐；越王思范蠡之功，鑄金以存其像。自漢興以來，小善小德而圖形立廟者多矣。況亮德範遐邇，勳蓋季世，王室之不壞，實斯人是賴，而蒸嘗止於私門，廟像闕而莫立，使百姓巷祭，戎夷野祀，非所以存德念功，述追在昔者也。今若盡順民心，則瀆而無典，建之京師，又偪宗廟，此聖懷所以惟疑也。臣愚以為宜因近其墓，立之於沔陽，使所親屬以時賜祭，凡其臣故吏欲奉祠者，皆限至廟。斷其私祀，以崇正禮。』於是始從之。」見《三國志》卷三十五，宏業本，頁 928～929。

節事件，在未經史家嚴謹的考證與研判下，我們就只能將之視作野史逸聞或者傳說故事了。不過，爲更進一步地了解諸葛亮生平事蹟各階段的實際分布情形，筆者嘗試擬作了「《三國志・諸葛亮本傳》中主角生平事蹟的各階段用字量分布表」、「《三國志》中諸葛亮生平事蹟的用字量分布表」、「《三國志》中諸葛亮生平事蹟的各階段用字量分布表」等三表，以便從事定量分析的觀察，並供作下面章節各文藝體類諸葛亮故事敷演情形的比對與參照。

首先，茲以《三國志・諸葛亮本傳》中全文的篇幅，依主角 12 階段的生平事蹟，將傳文（3310 字）與注文（6382 字）所記載的故事用字量（9692字），分別統計如下：

《三國志・諸葛亮本傳》中主角生平事蹟的各階段用字量分布表

史家 階段	陳　壽		裴松之			三國志			
	用字量	排名	補注條數	用字量	排名	傳注用字合量	排名	注文增字比率	排名
01 早孤離鄉	80	9	1	85	11	165	11	1.06	9
02 躬耕隴畝	50	10	2	375	7	425	9	7.50	2
03 步出茅廬	467	3	2	398	5	865	4	0.85	10
04 荊州潰逃	215	6	1	253	8	468	8	1.18	8
05 赤壁之戰	471	2	1	156	10	627	6	0.33	12
06 謀借荊州	32	11	1	11	12	43	12	0.34	11
07 進取益州	303	5	1	684	3	987	3	2.26	7
08 受遺託孤	153	7	2	514	4	667	5	3.36	4
09 南征蠻越	29	12	2	235	9	264	10	8.10	1
10 北伐中原	1056	1	9	2506	1	3562	1	2.37	5
11 積勞病逝	110	8	3	388	6	498	7	3.53	3
12 身　　後	344	4	3	777	2	1121	2	2.26	6
※總　　計	3310		28	6382		9692		2.93	

由上表可知，陳壽以 3310 字的總用字量，來記載諸葛亮的生平事蹟，在 12 階段中，「北伐中原」與「赤壁之戰」階段的文幅最長，所使用的字量分居前二名；「南征蠻越」、「謀借荊州」與「躬耕隴畝」階段的文幅最短，用字量則都不逾 50 字，分列爲倒數的前三名。此種用字量的分布情形，並非由於各階

段的時間長短不一所致，初步觀察當可理解爲前二者的人物事蹟於史有據，且較富有載述的價值與意義；後三者的故事則雖然頗能引人興趣，但或許是因爲資料的來源有限，以致無法或不宜多所著墨。

　　裴松之在陳壽《三國志》的基礎上，以 6382 字的總用字量爲之增補作注，就補注的條文數、用字量、增字比率與傳注用字合量來看，「北伐中原」階段雖然增字比率只名列第五，但其補注條文數與用字量則仍居首位，這自然與其事蹟本身即具有歷史載述的價值與意義有密切的關聯。不過，原先名列爲傳文中用字量第二的「赤壁之戰」階段，在注文中卻退居爲倒數第三，且注文增字比率更名列最後，顯然若以歷史的眼光與立場來審視諸葛亮在此階段的表現，則已有乏善可陳的情形發生，這自然與其未曾親自參與前線的戰役有關。相形之下，「南征蠻越」與「躬耕隴畝」階段，其所補注的條文數與用字量則明顯有大幅增加的情形，尤其是在注文增字比率上更反而一躍而分居爲前二名，這種現象，或可以人物的事蹟在此階段中極富有敷演與詮釋的空間來作理解。另外，「身後」階段在傳注合量方面的表現，高居第二，則此間似也不無存在有敷演空間的可能性。

　　陳壽在編纂《蜀書》時，因無藍本可供參照，必須自己直接從事採集史料的工作，以致《蜀書》纂成後顯得比較簡略，而有材料不足的缺陷；裴松之在作注時，利用東晉以後日漸增多的史料，特別針對其缺陷廣泛地搜輯，予以補充、陳說，所以，透過觀察裴注增補的條文與幅篇的情形，就某種意義與角度而言，或可視其爲各階段人物事蹟本身所蘊藏的敷演性質與空間能量的一種展現，而這對於歷史諸葛亮走向藝術諸葛亮的形象造型趨勢，實具有相當大的潛在影響力。

　　其次，再以《三國志》全書內容的篇幅，依《魏書》、《蜀書》、《吳書》等涉及到諸葛亮的生平事蹟與言論者，將傳文（192 筆／38848 字）與注文（108筆／27228 字）所記載的用字量（302 筆／66758 字），可分別統計如下：

《三國志》中諸葛亮生平事蹟的用字量分布表（含句讀）

三國志	陳　壽		裴松之		注文增字比率		附錄陳壽傳		合　量
	筆數	字數	筆數	字數	筆數	字數	筆數	字數	
魏　　書	32	5946	18	4093	0.69			50	10039
蜀　　書	141	28980	81	21298	0.74			222	50278

吳　　書	19	3922	9	1837	0.47			28	5759
華陽國志						1	389	1	398
晉　　書						1	293	1	293
總　　計	192	38848	108	27228	0.70	2	682	302	66758

由上表可知，無論傳文、注文的筆數與用字量，或是注文增字比率，《蜀書》都高居首位，這自然是因爲諸葛亮在三國的政治版圖中乃歸屬於蜀漢所致；《魏書》居次，則與其爲蜀漢政權的主要敵人有關；《吳書》居末，與其爲蜀漢政權的次要敵人與同盟陣營有關。據此，若更依主角 12 階段的生平事蹟，細部地將傳文（179 筆／29418 字）與注文（81 筆／19501 字）所記載的故事用字量（260 筆／48919 字），則可分別統計如下：

《三國志》中諸葛亮生平事蹟的各階段用字量分布表（含句讀）

史家\階段	陳　壽							裴松之							三國志			
	魏書		蜀書		吳書		階段		魏書		蜀書		吳書		階段		傳注階段合計情形		
	筆數	字數	筆數	字數	筆數	字數	字數	排名	筆數	字數	筆數	字數	筆數	字數	字數	排名	字數	排名	注文增率	排名
早孤離鄉	0	0	2	135	0	0	135	11	0	0	0	0	0	0	0	12	135	12	0	12
躬耕隴畝	0	0	2	70	0	0	70	12	0	0	2	423	0	0	423	11	493	11	6.04	1
步出茅廬	0	0	2	622	0	0	622	9	0	0	2	498	0	0	498	9	1120	10	0.80	5
荊州潰逃	1	269	4	620	0	0	889	8	1	129	1	308	0	0	437	10	1326	9	0.49	8
赤壁之戰	0	0	3	714	3	836	1550	6	0	0	3	793	2	285	1078	4	2628	6	0.70	6
謀借荊州	0	0	2	508	0	0	508	10	0	0	6	1036	0	0	1036	5	1544	8	2.04	2
進取益州	1	438	27	6345	3	354	7137	2	0	0	5	1492	2	397	1889	3	9026	2	0.27	11
受遺託孤	0	0	17	3280	5	540	3820	3	0	0	8	2129	2	504	2633	2	6453	3	0.69	7
南征蠻越	0	0	18	2182	0	0	2182	5	0	0	4	661	0	0	661	8	2843	5	0.30	10
北伐中原	17	2758	42	6367	0	0	9125	1	11	2934	19	5893	0	0	8827	1	17952	1	0.97	4
積勞病逝	5	535	9	1056	3	779	2370	4	1	197	5	830	0	0	1027	6	3397	4	0.43	9
身　後	1	160	9	850	0	0	1010	7	0	0	5	992	0	0	992	7	2002	7	0.98	3
小　計	25	4160	140	22749	14	2509	29418		15	3260	60	15055	6	1186	19501		48919		0.66	
總　計	179 筆／29418 字								81 筆／19501 字								260 筆／48919 字			

由上表可知，無論傳文、注文的筆數或用字量，「北伐中原」階段仍然名列第一，與〈諸葛亮本傳〉裡所考察的情形相爲吻合，即此更可印證前文的推論

得宜；「赤壁之戰」階段，僅居於中間地位，也適可以反映出史實的基本立場；「南征蠻越」階段，除在《蜀書》傳文的筆數與用字量方面名列前半段外，其餘雖未見有太過明顯的變化，但其地位也佔有一定的份量；至於，「躬耕隴畝」與「謀借荊州」階段，其注文增字比率則躍升為前二名，顯然在《魏書》、《蜀書》、《吳書》傳、注文的溶入後，裴松之所增補的史料有新的發現記載。另外，「進取益州」階段在各書傳、注文中的用字量，都穩居前列，自然也有相當的份量。

　　由上面三表中，所特別舉例說明的各個階段，在諸葛亮故事的敷演上都具有相當的發展性，當可作為其民間造型上形象內容的「基型源頭」，更以豐富諸葛亮的藝術生命。

小　結

　　綜上所述，我們從「定性分析」的觀點出發，將《三國志》中所記載的諸葛亮生平事蹟，略分作十二個階段，來認識諸葛亮生命存在的主要活動內容；並採用「定量分析」的統計方法，藉由史家撰寫諸葛亮傳記的實際用字量情形，來觀察其對人物各階段事蹟題材的立場看法與重視程度。經此兩方面的概述，相信對於諸葛亮史實與故事間的分野，當有較為清楚的認識與了解。

第三章　《三國志》中的諸葛亮

小　引

　　除了〈諸葛亮本傳〉所顯示的諸葛亮生平事蹟之外，在《三國志》相關的傳記中，也可以看到當代人士對諸葛亮的談論，同時裴松之注文所引的若干野史，也可作爲補證，由此更可了解諸葛亮其人的歷史形象。

第一節　《魏書》中的諸葛亮

　　在《魏書》的相關記載中，魏人對於敵對陣營的諸葛亮的「治國才能」雖有讚譽，但整體上卻是毀多於譽，每以「劇賊寇虜」視之，這自然與其政治情勢及立場脫離不了關係。

　　首先，就魏人對於諸葛亮的「讚譽方面」而言，這類事件的記載大都集中在諸葛亮輔佐先主劉備的時期。劉備之所以能夠擺脫四處寄人籬下的困境，進而擁有領地，建國稱號，成爲一代雄主，諸葛亮的參謀劃策、協助理政起了很大的關鍵作用。這是當時的客觀實情，加上諸葛亮本人並未正面與曹軍對壘，所以，曹魏集團中儘管與之政治立場不同的謀士，也無不視其爲一個可敬的敵手，肯定其治國良才。例如：

- 太祖征張魯，轉曄爲主簿。既至漢中，山峻難登，軍食頗乏。太祖曰：「此妖妄之國耳，何能爲有無？吾軍少食，不如速還。」便自引歸，令曄督後諸軍，使以次出。曄策魯可克，加糧道不繼，雖出，軍猶不能皆全，馳白太祖：「不如致攻。」遂進兵，多出弩

以射其營。魯奔走，漢中遂平。曄進曰：「明公以步卒五千，將誅董卓，北破袁紹，南征劉表，九州百郡，十并其八，威震天下，勢慴海外。今舉漢中，蜀人望風，破膽失守，推此而前，蜀可傳檄而定。劉備，人傑也，有度而遲，得蜀日淺，蜀人未恃也。今破漢中，蜀人震恐，其勢自傾。以公之神明，因其傾而壓之，無不克也。若小緩之，<u>諸葛亮明於治而為相</u>，關羽、張飛勇冠三軍而為將，蜀民既定，據險守要，則不可犯矣。今不取，必為後憂。」太祖不從，大軍遂還。（《三國志・魏書・劉曄傳》，頁 445）

- 文帝即位，以詡為太尉，進爵魏壽鄉侯，增邑三百，并前八百戶。又分邑二百，封小子訪為列侯。以長子穆為駙馬都尉。帝問詡曰：「吾欲伐不從命以一天下，吳、蜀何先？」對曰：「攻取者先兵權，建本者尚德化。陛下應期受禪，撫臨率土，若綏之以文德而俟其變，則平之不難矣。吳、蜀雖蕞爾小國，依阻山水，劉備有雄才，<u>諸葛亮善治國</u>，孫權識虛實，陸議見兵勢，據險守要，汎舟江湖，皆難卒謀也。用兵之道，先勝後戰，量敵論將，故舉無遺策。臣竊料群臣，無備、權對，雖以天威臨之，未見萬全之勢也。昔舜舞干戚而有苗服，臣以為當今宜先文後武。」文帝不納。後興江陵之役，士卒多死。（《三國志・魏書・賈詡傳》，頁 331）

由此可知，無論是曹操在收服漢中張魯之後，劉曄（西元？～？年）勸請其趁勢舉兵傾壓蜀境，以盡早剷除劉備集團的勢力，避免後患增生；抑或是曹丕有意統一天下，討伐吳、蜀集團的勢力之前，向賈詡（西元 147～223 年）徵詢用兵的次第，被諫以情勢未全，宜先文（尚德）後武（兵權），劉曄與賈詡二人當時進言的主要考量因素之一，都是：肯定諸葛亮善於治國理政的長才，（倘若）這項長才獲得充分的發揮，（將）會對曹魏集團勢力的擴展造成嚴重的阻礙。

劉曄與賈詡在曹魏集團中，都屬於備受重用的核心謀臣，他們的見解與看法相當程度地反映出了當時魏人對於「善於治國」的諸葛亮形象，普遍客觀的認知與肯定。不過，這樣正面性的肯定形象，逮及諸葛亮輔佐後主劉禪的時期，卻有了很大的改變。劉禪之所以能夠穩坐江山，無有顧慮，與諸葛亮的竭誠效忠、總理輔政有絕對的關係。諸葛亮受遺託孤後，為興復漢室，

努力厚植國力，進而主動出師北伐中原，親自正面與曹軍交鋒，爭奪疆土。如此形勢的轉變，使得曹魏政權的統治者備受挑戰與威脅，自然地便會激起其內在主觀的厭惡情感，認爲諸葛亮是一個可恨的敵人，不唯否定其治國良才外，更會遂行其污衊、醜化的政治技倆。陳壽《三國志・魏書・劉放傳》即云：

> 青龍初，<u>孫權與諸葛亮連和，欲俱出爲寇</u>。邊候得權書，放乃改易其辭，往往換其本文而傅合之，與征東將軍滿寵，若欲歸化，封以示亮。亮騰與吳大將步騭等，騭等以見權。權懼亮自疑，深自解說。〔註1〕

對此，裴松之注引《資別傳》更載曰：「是時，孫權、諸葛亮號稱劇賊，無歲不有軍征。而帝總攝群下，內圖禦寇之計，外規廟勝之畫，資皆管之。」〔註2〕另外，《三國志・魏書・牽招傳》也云：

> 太和二年，護烏丸校尉田豫出塞，爲軻比能所圍於故馬邑城，移招求救。招即整勒兵馬，欲赴救豫。并州以常憲禁招，招以爲節將見圍，不可拘於吏議，自表輒行。又並馳布羽檄，稱陳形勢，云當西北掩取虜家，然後東行，會誅虜身。檄到，豫軍踴躍。又遺一通於虜蹊要，虜即恐怖，種類離散。軍到故平城，便皆潰走。比能復大合騎來，到故平州塞北。招潛行撲討，大斬首級。<u>招以蜀虜諸葛亮數出，而比能狡猾，能相交通</u>，表爲防備，議者以爲縣遠，未之信也。會亮時在祁山，果遣使連結比能。比能至故北地石城，與相首尾。帝乃詔招，使從便宜討之。〔註3〕

諸此可知：當諸葛亮聯合孫權與軻比能（西元？～235年）等反魏勢力，試圖相互呼應出師討伐曹魏時，對於以中國正統政權自居的曹魏集團來說，其便是竊國擾民的「劇賊寇虜」，屬於大奸大惡、無可饒恕的敵對陣營的首腦，恨不得要將之除而後快。於是，表現在政治上的實際作爲，即不但刻意地漠視諸葛亮的治國才能，更不斷地一味加以抹黑，意欲使之在魏人乃至全天下人的心目中，成爲一個窮兵黷武、專斷獨行、自私自利、欺主虐民、逞能鬥智的寇賊。魏、蜀二國，在如此強烈的敵對政治立場下，魏人對於諸葛亮

〔註1〕　《三國志》卷十四，宏業本，頁457。
〔註2〕　同前註，頁458～459。
〔註3〕　《三國志》卷二十六，宏業本，頁732。

最具代表性的毀謗宣言，便是曹叡的〈明帝露布天下并班告益州文〉，該文載云：

> 劉備背恩，自竄巴蜀。諸葛亮棄父母之國，阿殘賊之黨，神人被毒，惡積身滅。亮外慕立孤之名，而內貪專擅之實。劉升之兄弟守空城而已。亮又侮易益土，虐用其民，是以利狼、宕渠、高定、青羌莫不瓦解，為亮仇敵。而亮反裘負薪，裹盡毛殫，刖趾適屨，刻肌傷骨，反更稱說，自以為能。行兵於井底，游步於牛蹄。自朕即位，三邊無事，猶哀憐天下數遭兵革，且欲養四海之耆老，長後生之孤幼，先移風於禮樂，次講武於農隙，置亮畫外，未以為虞。而亮懷李熊愚勇之（智）山。王師方振，膽破氣奪，馬謖、高祥，望旗奔敗。虎臣逐北，蹈尸涉血，亮也小子，震驚朕師。猛銳踊躍，咸思長驅。朕惟率土莫非王臣，師之所處，荊棘生焉，不欲使千室之邑忠信貞良，與夫淫昏之黨，共受塗炭。故先開示，以昭國誠，勉思變化，無滯亂邦。巴蜀將吏士民諸為亮所劫迫，公卿巳下皆聽束手。（《三國志·魏書·明帝紀》裴松之注引《魏略》，頁 94～95）

曹叡以魏國帝王之尊，刻意地操弄意識型態以作為敵我統戰的政治技倆，大肆地歪曲諸葛亮的正面形象，使之順理成章地被污名化，成為魏人眼中一個極富野心、專制獨裁的軍事統治者。出於政治上統戰的考量需要，這樣的詆譭作為，便是極為自然的表現。陳壽身為晉臣，在撰寫《三國志·魏書》時，既是以官修的王沈（西元？～？年）《魏書》與私撰的魚豢《魏略》，作為基本的材料根據，其視角的著眼點必然是以魏國的政治立場出發，所以，透過劉放（西元？～250 年）與牽招（西元？～？年）二人傳記的書寫，「罵寇喊虜」也是相當符合情理的；至於，裴松之所引《孫資別傳》的注文記載，更是魏人看待諸葛亮時客觀實情的反映了。

諸葛亮自從出師北伐曹魏之後，在《魏書》的人物傳記裡「逢亮必貶」，便成為陳壽行文與裴松之注文時，客觀鋪陳魏人對於諸葛亮形象看法的一種慣例。因此，縱使諸葛亮的作為表現實有可取之處，但就魏人的視角觀點來看，其仍舊會往負面性的形象方面去作詮釋。如在《三國志·魏書·明帝紀》中裴松之注引《魏氏春秋》載云：

> 亮既屢遣使交書，又致巾幗婦人之飾，以怒宣王。宣王將出戰，辛

毗杖節奉詔，勒宣王及軍吏已下，乃止。宣王見亮使，唯問其寢食
及其事之煩簡，不問戎事。使對曰：「諸葛公夙興夜寐，罰二十已
上，皆親覽焉；所啖食不過數升。」宣王曰：「亮體斃矣，其能久
乎？」〔註4〕

這段蜀國使者針對諸葛亮因操勞公務，事必躬親，以致廢寢忘食，所作的客
觀事實的具體陳述，若非經由機心巧變的設問下，則原本聽者應該是用其人
處事細心謹慎來作直接式的理解才是，但話一傳到設問者司馬懿的耳裡，卻
有了翻轉式「自取滅亡」的看法意涵。

此外，在諸葛亮死後，姜維繼承其遺志出師隴右，兵伐曹魏，圍困魏將
王經於狄道城時，徐泰（西元？～？年）曾上表請求進軍，眾議以「城不足
自固」為由，擬欲下達棄城奔北，待聚集大兵後再行攻討的指令，卻為司馬
懿所反對。司馬懿支持徐泰「速救還路」計議的理由，即是：「昔諸葛亮常有
此志，卒亦不能。事大謀遠，非維所任也。且城非倉卒所拔，而糧少為急，
征西速救，得上策矣。」〔註5〕此番貶抑的言論，雖是直接針對姜維而來，但
間接地也對諸葛亮立志吞魏，興復漢室，終究未竟其功，自取滅亡的作為表
現，頗有微辭。

再如，以「自諸葛亮皆憚之」的言論，來反襯突顯出魏國大將張郃，
其「識變數，善處營陳，料戰勢地形，無不如計」〔註6〕的升格形象，相對
地，反而使木門計殺張郃的諸葛亮形象，頗有降格傾向的味道。又在《魏
書‧方技傳》中，裴松之的注文也曾引及〈傅玄序〉載云：「先生（馬鈞，
西元？～？年）見諸葛亮連弩，曰：『巧則巧矣，未盡善也。』言作之可令
加五倍。」〔註7〕，此段記載不知是否屬實，但藉由馬鈞「巧思絕世」的工匠

〔註4〕 《三國志》卷三，宏業本，頁103。
〔註5〕 《三國志‧魏書‧徐泰傳》載云：「初，泰聞經見圍，以州軍將士素皆一心，
　　　加得保城，非維所能卒傾。表上進軍晨夜速到還。眾議以經奔北，城不足自
　　　固，維若斷涼州之道，兼四郡民夷，據關、隴之險，敢能沒經軍而屠隴右。
　　　宜須大兵四集，乃致攻討。大將軍司馬文王曰：『昔諸葛亮常有此志，卒亦
　　　不能。事大謀遠，非維所任也。且城非倉卒所拔，而糧少為急，征西速救，
　　　得上策矣。』泰每以一方有事，輒以虛聲擾動天下，故希簡白上事，驛書
　　　不過六百里。司馬文王語荀顗曰：『玄伯沈勇能斷，荷方伯之重，救將陷之
　　　城，而不求益兵，又希簡上事，必能辦賊故也。都督大將，不當爾邪！』」，
　　　頁641。
〔註6〕 《三國志‧魏書‧張郃傳》卷十七，宏業本，頁527。
〔註7〕 《三國志‧魏書‧方技傳》卷二十九，宏業本，頁807。

眼光，來檢視諸葛亮的連弩創制，雖然有抬升馬鈞技藝的效果，不過，相形之下卻使得諸葛亮智巧的形象，略帶有瑕疵的成分，無疑地，也有貶損的作用。

綜上所述，可知《魏書》中的諸葛亮歷史形象，在魏、蜀兩國強烈敵對的政治氛圍裡，呈現出來的自然是毀多於譽的。所譽者爲其治國長才；所毀者則乃全面性地進行詆譭，終使之在魏人的眼中成爲一個無惡不作的「劇賊寇虜」。而其關鍵的轉折點，即是在蜀國先、後主政權輪替的情勢下，諸葛亮一躍而成爲魏國政權敵對的頭號人物；再加上其化被動爲主動，親自統兵出師，北伐曹魏，進行兩國間的直接戰爭，這就更深化了如此負面性的形象塑造。

第二節　《蜀書》中的諸葛亮——「才識卓越」方面

有別於《魏書》中，魏人對諸葛亮毀多於譽的形象看法；蜀人則特別地鍾愛他們的諸葛丞相。雖說這樣的愛護之情，還不致於表現成一面倒地歌頌與詠讚，因多少也有人並不這麼認爲，但大體上，其美譽明顯地高過於毀謗的狀況，自然地使諸葛亮在《蜀書》中，成爲一個才識卓越、科教嚴明、品德高尚，才德兼備的「英明賢相」。陳壽與裴松之透過諸葛亮在治蜀功績上的作爲表現，客觀而公正地肯定其歷史形象，我們藉由《蜀書》中可資用以說明此種情形的 80 筆（陳壽 47、裴松之 33）記載，即能具體地呈現出蜀人關愛諸葛亮的心意寫照。

首先，就人物在「才識卓越」方面的表現而言，這類形象的描繪大多反映於諸葛亮「擅長治國」的事件與談論中；而其具體的形象切面，則有：判斷佳、富謀略；鑒識高、善舉任；能調停等特質表現。茲分別舉例說明如下：

一、判斷佳、富謀略

諸葛亮在未出茅廬前，即被時人譽爲「臥（伏）龍」，認爲其是一個識時務的俊傑，與一般的儒生、俗士絕不相同〔註8〕。以致，當劉備思欲求才自立、

〔註8〕 裴松之在陳壽〈諸葛亮本傳〉中注引《襄陽記》曰：「劉備訪世事於司馬德操。德操曰：『儒生俗士，豈識時務？識時務者在乎俊傑。此間自有伏龍、鳳雛。』備問爲誰，曰：『諸葛孔明、龐士元也。』」見《三國志》卷三十五，宏業本，

逐鹿中原時，司馬徽與徐庶二人都曾向其大力地推薦諸葛亮，而這樣的舉動，
即意謂著臥龍應有洞燭先機、扳正局勢的才能。又從諸葛亮在劉備三顧茅廬
時，所提出的〈隆中對〉策，其戰略形勢的判斷，誠實宏觀、明確而可行；
劉備對此「稱善」，且與之「情好日密」的交往態度來看，更不難得見諸葛亮
的智謀早爲劉備所信服與肯定的事實。裴松之在陳壽〈諸葛亮本傳〉中注引
《魏略》載云：

> 劉備屯於樊城。是時曹公方定河北，亮知荊州次當受敵，而劉表性
> 緩，不曉軍事。<u>亮乃北行見備，備與亮非舊，又以其年少，以諸生
> 意待之。</u>坐集既畢，眾賓皆去，而亮獨留，備亦不問其所欲言。
> 備性好結毦，時適有人以髦牛尾與備者，備因手自結之。亮乃進
> 曰：「明將軍當復有遠志，但結毦而已邪！」<u>備知亮非常人也，乃投
> 毦而答曰</u>：「是何言與！我聊以忘憂耳。」亮遂言曰：「將軍度劉鎮
> 南孰與曹公邪？」備曰：「不及。」亮又曰：「將軍自度何如也？」
> 備曰：「亦不如。」曰：「今皆不及，而將軍之眾不過數千人，以
> 此待敵，得無非計乎！」備曰：「我亦愁之，當若之何？」亮曰：
> 「今荊州非少人也，而著籍者寡，平居發調，則人心不悅；可語鎮
> 南，令國中凡有游戶，皆使自實，因錄以益眾可也。」<u>備從其計，
> 故眾遂強。備由此知亮有英略，乃以上客禮之。</u>九州春秋所言亦
> 如之。

魚豢《魏略》與司馬彪（西元？～306年）《九州春秋》，雖然都曾記載到孔明
是爲伺機尋求政治表現，才主動地親自前往拜會劉備；並非如〈諸葛亮本傳〉
中所說的是因受到劉備「三顧茅廬」的恩遇，其方被動地出山相輔。對此迥
異的故事情節，裴松之業已言其爲乖背的見聞，十分可怪，並認爲其恐與事
實不符〔註9〕；筆者自然表示贊同，因這或與其是以魏人的政治立場與眼光來
看待有關。不過，雖然這樣的記載會使得諸葛亮韜光養晦、倚時而出的臥龍
形象，頗受傷害；但觀其「備由此知亮有英略，乃以上客禮之」，也可證明諸
葛亮非常人、判斷佳、富謀略、識時務的俊傑形象，係屬實情，因就連意欲
詆毀者也不容抹煞其此項形象的特質表現，更遑論敢妄言虛之。

頁913。

〔註9〕 同前註，載曰：「臣松之以爲亮表云『先帝不以臣卑鄙，猥自枉屈，三顧臣於
　　　　草廬之中，諮臣以當世之事』，則非亮先詣備，明矣。雖聞見異辭，各生彼此，
　　　　然乖背至是，亦良爲可怪。」

　　類此肯定諸葛亮富有謀略的形象描述，還有如裴松之注引《蜀書・先主傳》時載云：

> 傅子曰：初，劉備襲蜀，丞相掾趙戩曰：「劉備其不濟乎？拙於用兵，每戰則敗，奔亡不暇，何以圖人？蜀雖小區，險固四塞，獨守之國，難卒并也。」徵士傅幹曰：「劉備寬仁有度，能得人死力。諸葛亮達治知變，正而有謀，而爲之相；張飛、關羽勇而有義，皆萬人之敵，而爲之將：此三人者，皆人傑也。以備之略，三傑佐之，何爲不濟也？」（頁 883）

傅幹（西元？～？年）在與趙戩（西元？～？年）論辯劉備的事業發展時，即清楚地指出諸葛亮是一個通權達變、正派穩重而有謀略，且善於治國輔政的丞相，絕對是劉備身邊不可或缺的「人傑」之一，將會對其事業的發展有很大的幫助。傅氏所云「正而有謀」的話，已將諸葛亮的才能給排除於「陰謀」之外，使其「智慧」的形象特質與「狡詐多端」脫離了關係，無有交涉。

　　除此，陳壽在〈蜀後主傳〉的評贊中，也以「素絲無常，唯所染之」，來形容諸葛亮的輔佐對劉禪爲君所發揮的正面薰陶效用，並明白地表示他對諸葛亮「達於爲政」的肯定。雖然諸葛亮在輔政期間，「年名不易」、「國不置史，注記無官」等項措施，或可能會產生些缺憾，以致稍損其達政的美好形象；不過，陳壽仍然巧以決策有無的結果表現，來論證其「年名不易」、「赦不妄下」等措施的優越價值。陳壽這樣的巧證評贊，固然存有爭議，如「年名不易」的例說，裴松之業已予以否證，認爲陳壽舉證不恰，但陳、裴二人對於諸葛亮「達政」的形象內涵，仍不失有通權達變、善謀略、能決斷的特質，這確係是有所共識，而未曾牴牾的。〔註10〕

────────────

〔註10〕　《三國志・蜀書・後主傳》中評曰：「後主任賢相則爲循理之君，惑閹豎則爲昏闇之后，傳曰『素絲無常，唯所染之』，信矣哉！禮，國君繼體，踰年改元，而章武之三年，則革稱建興，考之古義，體理爲違。又國不置史，注記無官，是以行事多遺，災異靡書。諸葛亮雖達於爲政，凡此之類，猶有未周焉。然經載十二而年名不易，軍旅屢興而赦不妄下，不亦卓乎！自亮沒後，茲制漸虧，優劣著矣。」裴松之注引《華陽國志》曰：「丞相亮時，有言公惜赦者，亮答曰：『治世以大德，不以小惠，故匡衡、吳漢不願爲赦。先帝亦言吾周旋陳元方、鄭康成閒，每見啓告，治亂之道悉矣，曾不語赦也。若劉景升、季玉父子，歲歲赦宥，何益於治！』臣松之以爲『赦不妄下』，誠爲可稱，至於『年名不易』，猶所未達。案建武、建安之號，皆久而不改，未聞前史以爲美談。『經載十二』，蓋何足云？豈別有他意，求之未至乎！亮歿後，延熙之號，數盈二十，『茲制漸虧』，事又不然也。」見《三國志》卷三十三，宏業本，

　　諸葛亮是個通達政務的治國賢相，其人絕佳的判斷力與謀略特質運用於戰場上，表現得也令人刮目相看。裴松之在陳壽〈諸葛亮本傳〉中，注引《漢晉春秋》曾記載「孔明識破司馬懿千里請戰」〔註11〕與「死諸葛走生仲達」〔註12〕等二則故事，便分別體現出了其判斷佳與富謀略的形象特質；同處注文，裴松之更反駁《魏書》所云「亮軍敗歐血」之說，而認為「魏人躡跡」的反應表現，實乃「孔明之略」直接迎擊的必然結果〔註13〕。

　　身為蜀國賢相的諸葛亮，其才能在政事上的表現固然十分傑出，又判斷力佳、且富謀略的形象特質，展現在軍事上亦顯不凡，不過，畢竟他並非聖人或者神人，所以，在決策處事時仍舊會產生些爭議與偏失，而遭人誤解或微辭以對。如在行將北伐之前，諸葛亮為尋求外援，乃密書誘使孟達叛魏相應，縱使費詩（西元？～？年）曾經進言勸阻，但仍不為其所接受；以致後來孟達因輕率舉事，終遭司馬懿急兵斬滅，使得這項精心策反的計謀與行動，不得不宣告失敗。對此，陳壽在《蜀書・費詩傳》中載云：「亮亦以達無款誠之心，故不救助也。」〔註14〕使其形象在此事件的發展過程中，雖有謀略特

頁 903。

〔註11〕《漢晉春秋》載曰：「亮自至，數挑戰。宣王亦表固請戰。使衛尉辛毗持節以制之。姜維謂亮曰：『辛佐治仗節而到，賊不復出矣。』亮曰：『彼本無戰情，所以固請戰者，以示武於其眾耳。將在軍，君命有所不受，苟能制吾，豈千里而請戰邪！』」見《三國志》卷三十五，宏業本，頁926。

〔註12〕《漢晉春秋》載曰：「楊儀等整軍而出，百姓奔告宣王，宣王追焉。姜維令儀反旗鳴鼓，若將向宣王者，宣王乃退，不敢偪。於是儀結陳而去，入谷然後發喪。宣王之退也，百姓為之諺曰：『死諸葛走生仲達。』或以告宣王，宣王曰：『吾能料生，不便料死也。』」見《三國志》卷三十五，宏業本，頁927。

〔註13〕裴松之注引《魏書》曰：「亮糧盡勢窮，憂志歐血，一夕燒營遁走，入谷，道發病卒。」《漢晉春秋》曰：「亮卒于郭氏塢。」《晉陽秋》曰：「有星赤而芒角，自東北西南流，投于亮營，三投再還，往大還小。俄而亮卒。」並以為：「亮在渭濱，魏人躡跡，勝負之形，未可測量，而云歐血，蓋因亮自亡而自誇大也。夫以孔明之略，豈為仲達歐血乎？及至劉琨喪師，與晉元帝箋亦云『亮軍敗歐血』，此則引虛記以為言也。其云入谷而卒，緣蜀人入谷發喪故也。」見《三國志》卷三十五，宏業本，頁926～927。

〔註14〕《三國志・蜀書・費詩傳》載云：「建興三年，隨諸葛亮南行，歸至漢陽縣，降人李鴻來詣亮，亮見鴻，時蔣琬與詩在坐。鴻曰：『聞過孟達許，適見王沖從南來，言往者達之去就，明公切齒，欲誅達妻子，賴先主不聽耳。達曰：『諸葛亮見顧有本末，終不爾也。』盡不信沖言，委仰明公，無復已已。』亮謂琬、詩曰：『還都當有書與子度相聞。』詩進曰：『孟達小子，昔事振威不忠，後又背叛先主，反覆之人，何足與書邪！』亮默然不答。亮欲誘達以

質的表現，但因決策有失，終難免也有見死不救之議。

此外，在北伐曹魏時，諸葛亮則因為求謹慎，乃採「安從坦道，可以平取隴右，十全必克而無虞」的策略進兵，而不納魏延兵出子午谷的險計〔註 15〕，以致被魏延誤認為其人生性膽怯、缺乏勇謀，並四處向人散播諸葛亮「用才不盡」的歎恨。此種結果，在陳壽《蜀書‧魏延傳》中即可見知，該傳文載云：「延每隨亮出，輒欲請兵萬人，與亮異道會于潼關，如韓信故事，亮制而不許。延常謂亮為怯，歎恨己才用之不盡。」〔註 16〕

二、鑒識高、善舉任

諸葛亮卓越的才識，還具有鑒識高、善舉任的特質，透過「識才舉賢」特質的發揮，蜀國雖然地狹人寡，但其各方面類型的人才、賢士，卻多可獲得妥善的任用，以各自安位、盡能，從而使得國內政治清明，能與魏、吳二國鼎足而立。諸葛亮治國以安民為重，「取人不限其方」，而以品德作為選才的標準，因此，經由其所舉任的人才，大多是「志慮忠純」，為一時之選，如與之並列為蜀漢「四相（英）」的蔣琬、費禕（西元？～253 年）、董允（西元？～246 年）三人〔註 17〕，便都是因受諸葛亮的拔擢任用，方能充分展現其長才，成就不凡的功業。《蜀書‧蔣琬傳》載云：

先主嘗因游觀奄至廣都，見琬眾事不理，時又沈醉，先主大怒，將

為外援，竟與達書曰：『往年南征，歲（未及）〔末乃〕還，適與李鴻會於漢陽，承知消息，慨然永歎，以存足下平素之志，豈徒空託名榮，貴為乖離乎！嗚呼孟子，斯實劉封侵陵足下，以傷先主待士之義。又鴻道王沖造作虛語，云足下量度吾心，不受沖說。尋表明之言，追平生之好，依依東望，故遣有書。』達得亮書，數相交通，辭欲叛魏。魏遣司馬宣王征之，即斬滅達。亮亦以達無款誠之心，故不救助也。」見《三國志》卷四十一，宏業本，頁 1016。

〔註 15〕 裴松之注引《魏略》曰：「夏侯楙為安西將軍，鎮長安，亮於南鄭與群下計議，延曰：『聞夏侯楙少，主婿也，怯而無謀。今假延精兵五千，負糧五千，直從褒中出，循秦嶺而東，當子午而北，不過十日可到長安。楙聞延奄至，必乘船逃走。長安中惟有御史、京兆太守耳，橫門邸閣與散民之穀足周食也。比東方相合聚，尚二十許日，而公從斜谷來，必足以達。如此，則一舉而咸陽以西可定矣。』亮以為此縣危，不如安從坦道，可以平取隴右，十全必克而無虞，故不用延計。」見《三國志》卷四十，宏業本，頁 1003。

〔註 16〕 同前註。

〔註 17〕 裴松之在《蜀書‧董允傳》中注引《華陽國志》曰：「時蜀人以諸葛亮、蔣琬、費禕及允為四相，一號四英也。」見《三國志》卷三十九，宏業本，頁 987。

加罪戮。軍師將軍諸葛亮請曰：「蔣琬，社稷之器，非百里之才也。
其爲政以安民爲本，不以脩飾爲先，願主公重加察之。」先主雅敬
亮，乃不加罪，倉卒但免官而已。……亮數外出，琬常足食足兵以
相供給。亮每言：「公琰託志忠雅，當與吾共贊王業者也。」密表後
主曰：「臣若不幸，後事宜以付琬。」（頁1057）

蔣琬在擔任廣都長時，曾因飲酒沈醉、疏理政事，適巧被劉備所發現，險遭
罪責刑罰，幸賴諸葛亮的請求察情，其方能保留性命，但免官而已。諸葛亮
所憑藉的便是其高明的鑒識力，因此，時雖對於事情發生的原委並不清楚，
但卻能夠斷定「社稷之器，非百里之才」的蔣琬，之所以會飲酒誤事，當
中必有緣故。劉備因爲敬重諸葛亮，答應重新考察，在得知實情後，自然做
出了「不加罪」的處分。蔣琬在重獲推薦當官後，幾經升遷，便被諸葛亮
給辟爲幕僚；並在安得其位後，充分展現出其「社稷之器」的才能，爲諸葛
亮的北伐戰爭，「足食足兵，以相供給」，弼益甚大。在諸葛亮的心眼裡，
蔣琬因「託志忠雅」，被視爲「共贊王業者」的首要人選，所以，諸葛亮在臨
終前，便曾密表給劉禪，交代要將輔國的重責大任給託付予他。諸葛亮去
世後，蔣琬繼任爲相，確實也做到了「守成」的任務，並無愧於諸葛伯樂的
知遇。

繼蔣琬之後，成爲蜀相的費禕，諸葛亮生前對他也是愛護有加，十分器
重，時常製造機會，讓他的才能有所表現。《蜀書・費禕傳》載云：

丞相亮南征還，群寮於數十里逢迎，年位多在禕右，而亮特命禕同
載，由是眾人莫不易觀。亮以初從南歸，以禕爲昭信校尉使吳。孫
權性既滑稽，嘲啁無方，諸葛恪、羊衜等才博果辯，論難鋒至，禕
辭順義篤，據理以答，終不能屈。權甚器之，謂禕曰：「君天下淑德，
必當股肱蜀朝，恐不能數來也。」還，遷爲侍中。亮北住漢中，請
禕爲參軍。以奉使稱旨，頻煩至吳。建興八年，轉爲中護軍，後又
爲司馬。值軍師魏延與長史楊儀相憎惡，每至並坐爭論，延或舉刃
擬儀，儀泣涕橫集。禕常入其坐間，諫喻分別，終亮之世，各盡延、
儀之用者，禕匡救之力也。亮卒，禕爲後軍師。頃之，代蔣琬爲尚
書令。（頁1060）

諸葛亮在南征蠻夷，凱旋歸還成都時，爲表明其對費禕的看重，特意藉由與
之同車共載的舉動，讓蜀漢官民從而對之也不容小覷。此種破格抬舉與提攜

的行為，居上位者心中那份關愛之情，已然溢於言表、昭昭若揭，而這正是諸葛亮對於費禕才器的一種賞識與認定。至於，諸葛亮的鑒識是否高明，從其任命費禕出使東吳，費禕能夠在面對孫權君臣等尖銳的論難中，「辭順義篤，據理以答，終不能屈」，表現出外交使臣的大將之風，並獲得了孫權的器重與肯定，果不負諸葛伯樂所望，順利地達成了任務，即可清楚見知。事後，諸葛亮更加倚重費禕的外交長才，使之「頻煩至吳」，維繫了蜀、吳二國長期聯盟的局面。此外，在蜀漢群臣間最令人煩惱的「延、儀交惡與紛爭」的情事，也多賴費禕居中協調，充分展現其調停的能力，方能匡救弊病，使魏延與楊儀（西元？～235 年）二人，「終亮之世」，各盡才用。〔註18〕

　　費禕與董允，因才器相當，難定優劣，所以，齊名於蜀地。不過，在諸葛亮的心眼裡，費禕的才器顯然要高過於董允，否則，其於託付後事給蔣琬之後，代蔣琬繼任為相的第二人選，也就不會是費禕，而可能是董允。諸葛亮鑒識力的高明，從董允之父董和（西元？～？年）的觀察中，即可獲得印證。陳壽《蜀書·費禕傳》載云：

　　　會先主定蜀，禕遂留益土，與汝南許叔龍、南郡董允齊名。時許靖

〔註18〕有關費禕出使東吳與調停延、儀紛爭的優異表現，另有一說，與陳壽傳文所載迴然不同。裴松之在《蜀書·董允傳》中注引《襄陽記》曰：「董恢字休緒，襄陽人。入蜀，以宣信中郎副費禕使吳。孫權嘗大醉問禕曰：『楊儀、魏延，牧豎小人也。雖嘗有鳴吠之益於時務，然既已任之，勢不得輕，若一朝無諸葛亮，必為禍亂矣。諸君憒憒，曾不知防慮於此，豈所謂貽厥孫謀乎？』禕愕然四顧視，不能即答。恢目禕曰：『可速言儀、延之不協起於私忿耳，而無黥、韓難御之心也。今方掃除彊賊，混一區夏，功以才成，業由才廣，若捨此不任，防其後患，是猶備有風波而逆廢舟楫，非長計也。』權大笑樂。諸葛亮聞之，以為知言。還未滿三日，辟為丞相府屬，遷巴郡太守。」對此，裴松之云：「《漢晉春秋》亦載此語，不云董恢所教，辭亦小異，此二書俱出習氏而不同若此。本傳云『恢年少官微』，若已為丞相府屬，出作巴郡，則官不微矣。以此疑習氏之言為不審的也。」見《三國志》卷三十九，宏業本，頁 986～987。習鑿齒將二事混為一談，把知言機智的表現，全推給董恢，並反襯出費禕才能的窘態，裴氏顯然不予認同，茲觀其在《蜀書·費禕傳》中注引《禕別傳》，即可得知，該注文載云：「孫權每別酌好酒以飲禕，視其已醉，然後問以國事，並論當世之務，辭難累至。禕輒辭以醉，退而撰次所問，事事條答，無所遺失。」見《三國志》卷四十四，宏業本，頁 1061。筆者以為：若依陳壽傳文來看，費禕既具外交長才，又每逢延、儀相爭時，其經常居中調停，對於孫權藉酒問難「延、儀交惡」情事，當能得心順口、應付自如才是；且縱雖醉中難能即時回答，也萬不會有驚慌失措、四顧茫然的表現，否則，以諸葛亮的明智，在得悉費禕與董恢出使東吳的實情後，必然會褒恢貶禕，又怎會有令費禕「頻煩至吳」的舉任？故本文茲從裴氏觀點。

喪子，允與禕欲共會其葬所。允白父和請車，和遣開後鹿車給之。
允有難載之色，禕便從前先上。及至喪所，諸葛亮及諸貴人悉集，
車乘甚鮮，<u>允猶神色未泰，而禕晏然自若</u>。持車人還，和問之，知
其如此，乃謂允曰：「吾常疑汝於文偉優劣未別也，而今而後，吾意
了矣。」（頁 1060）

董允才器稍遜於費禕的事實，不唯身為父親的董和，藉由允、禕共乘鹿車，
同赴許靖（西元？～222 年）子的喪所弔唁時，在面對貴賤行頭相互比較的環
境下，二人所表現出來的神情異態，得判知其間高下優劣外；就連董允本人，
在代費禕為丞相後，也不得不承認這個事實，而自歎弗如。裴松之注引《禕
別傳》載云：

于時軍國多事，公務煩猥，禕識悟過人，每省讀書記，舉目暫視，已
究其意旨，其速數倍於人，終亦不忘。常以朝晡聽事，其間接納賓
客，飲食嬉戲，加之博弈，每盡人之歡，事亦不廢。董允代禕為尚書
令，欲斅禕之所行，旬日之中，事多愆滯。允乃歎曰：「<u>人才力相縣
若此甚遠，此非吾之所及也。聽事終日，猶有不暇爾</u>。」（頁 1061）

從董氏父子對費禕的評價中，當可客觀地印證出諸葛亮「鑒識高、善舉任」
的才識特質，而這種特質也同樣地具體落實在諸葛伯樂對董允的鑒識與舉任
上。《蜀書・董允傳》載云：

<u>丞相亮將北征，住漢中，慮後主富於春秋，朱紫難別，以允秉心公
亮，欲任以宮省之事</u>。上疏曰：「侍中郭攸之、費禕、侍郎董允等，
先帝簡拔以遺陛下，至於斟酌規益，進盡忠言，則其任也。愚以為
宮中之事，事無大小，悉以咨之，必能裨補闕漏，有所廣益。若無
興德之言，則戮允等以彰其慢。」亮尋請禕為參軍，允遷為侍中，
領虎賁中郎將，統宿衛親兵。攸之性素和順，備員而已。獻納之任，
允皆專之矣。允處事為防制，甚盡匡救之理。後主常欲采擇以充後
宮，允以為古者天子后妃之數不過十二，今嬪嬙已具，不宜增益，
終執不聽。後主益嚴憚之。尚書令蔣琬領益州刺史，上疏以讓費禕
及允，又表「允內侍歷年，翼贊王室，宜賜爵土以褒勳勞。」允固
辭不受。後主漸長大，愛宦人黃皓。皓便辟佞慧，欲自容入。<u>允常
上則正色匡主，下則數責於皓。皓畏允，不敢為非。終允之世，皓
位不過黃門丞</u>。（頁 985～986）

諸葛亮鑒知董允「秉心公亮」，特地任命他負責掌管「宮省之事」，董允確能發揮其長才，「處事為防制，甚盡匡救之理」，使得劉禪的後宮，主憚佞畏，既無寵妃爭幸；也無愛宦干政，而不致有荒淫無度的穢事發生。不過，逮其去世後，陳祗（西元？～258年）代為侍中，便與黃皓（西元？～？年）互相表裏，讓宦官開始干預政事，操權弄柄，埋下了蜀漢亡國的禍因。蜀漢亡國後，陳壽傳文載云：「蜀人無不追思允。」〔註19〕不唯是感念董允「義形於色」〔註20〕，匡主責佞的功德；更是對諸葛亮「知人善任」的一種推舉。

「四相（英）」的輔政，治國有道，對於蜀漢政權的穩健發展，起了絕對正面的作用，而這樣的局面，也都是諸葛亮「鑒識高、善舉任」才識特質發揮的結果。陳壽評曰：「蔣琬方整有威重，費禕寬濟而博愛，咸承諸葛之成規，因循而不革，是以邊境無虞，邦家和一，然猶未盡治小之宜，居靜之理也。」〔註21〕，諸此可見，儘管蔣琬善補給、費禕長調停、董允明匡主，三人的才器畢竟不同，但都能在諸葛亮的賞識與舉任下，各安其位，各盡其能，進而成為蜀漢英明的丞相。諸葛亮的遺規固然昌明，但生前若無對此三相的知人善任，蜀漢亡國之日，恐要提早許多。

其他，如：馬良（西元187～222年）〔註22〕、鄧芝〔註23〕、陳震（西元？～235年）〔註24〕等人，在與吳外交時的通好任務；秦宓（西元？～226年）

〔註19〕 見《三國志》卷三十九，宏業本，頁987。

〔註20〕 陳壽評語，見同前註，頁989。

〔註21〕 《蜀書・蔣琬費禕姜維傳》中陳壽評語，見《三國志》卷四十四，宏業本，頁1069。

〔註22〕 《蜀書・馬良傳》載云：「後遣使吳，良謂亮曰：『今銜國命，協穆二家，幸為良介於孫將軍。』亮曰：『君試自為文。』良即為草曰：『寡君遣掾馬良通聘繼好，以紹昆吾、豕韋之勳。其人吉士，荊楚之令，鮮於造次之華，而有克終之美，願降心存納，以慰將命。』權敬待之。」見《三國志》卷三十九，宏業本，頁983。

〔註23〕 《蜀書・鄧芝傳》載云：「先主薨於永安。先是，吳王孫權請和，先主累遣宋瑋、費禕等與相報答。丞相諸葛亮深慮權聞先主殂隕，恐有異計，未知所如。芝見亮曰：『今主上幼弱，初在位，宜遣大使重申吳好。』亮答之曰：『吾思之久矣，未得其人耳，今日始得之。』芝問其人為誰？亮曰：『即使君也。』乃遣芝脩好於權。……權數與芝相聞，饋遺優渥。」見《三國志》卷四十五，宏業本，頁1071～1072。

〔註24〕 《蜀書・陳震傳》載云：「七年，孫權稱尊號，以震為衛尉，賀權踐阼，諸葛亮與兄瑾書曰：『孝起忠純之性，老而益篤，及其贊述東西，歡樂和合，有可

在詰難張溫（西元？～？年）時的敏捷論辯〔註25〕；楊戲（西元？～261年）
在典獄論法時的平當作為〔註26〕；楊洪（西元？～228年）在蜀郡太守時的辦
事效率〔註27〕，諸此等人才能「適得其位」的傑出表現，也都是在諸葛亮的

貴者。』震入吳界，移關候曰：『東之與西，驛使往來，冠蓋相望，申盟初好，
日新其事。東尊應保聖祚，告燎受符，剖判土宇，天下響應，各有所歸。於
此時也，以同心討賊，則何寇不滅哉！西朝君臣，引領欣賴。震以不才，得
充下使，奉聘敘好，踐界踊躍，入則如歸。獻子適魯，犯其山諱，春秋譏之。
望必啓告，使行人睦焉。即日張旍詰眾，各自約誓。順流漂疾，國典異制，
懼或有違，幸必斟誨，示其所宜。』震到武昌，孫權與震升壇歃盟，交分天
下：以徐、豫、幽、青屬吳，并、涼、冀、兗屬蜀，其司州之土，以函谷關
為界。震還，封城陽亭侯。九年，都護李平坐誣罔廢；諸葛亮與長史蔣琬、
侍中董允書曰：『孝起前臨至吳，為吾說正方腹中有鱗甲，鄉黨以為不可近。
吾以為鱗甲者但不當犯之耳，不圖復有蘇、張之事出於不意。可使孝起知之。』」
見《三國志》卷三十九，宏業本，頁984～985。

〔註25〕 《蜀書・秦宓傳》：「建興二年，丞相亮領益州牧，選宓迎為別駕，尋拜左中
郎將、長水校尉。吳遣使張溫來聘，百官皆往餞焉。眾人皆集而宓未往，亮
累遣使促之，溫曰：『彼何人也？』亮曰：『益州學士也。』及至，溫問曰：『君
學乎？』宓曰：『五尺童子皆學，何必小人！』溫復問曰：『天有頭乎？』宓
曰：『有之。』溫曰：『在何方也？』宓曰：『在西方。詩曰：「乃眷西顧。」
以此推之，頭在西方。』溫曰：『天有耳乎？』宓曰：『天處高而聽卑，詩云：
「鶴鳴于九皋，聲聞于天。」若其無耳，何以聽之？』溫曰：『天有足乎？』
宓曰：『有。詩云：「天步艱難，之子不猶。」若其無足，何以步之？』溫曰：
『天有姓乎？』宓曰：『有。』溫曰：『何姓？』宓曰：『姓劉。』溫曰：『何
以知之？』答曰：『天子姓劉，故以此知之。』溫曰：『日生於東乎？』宓曰：
『雖生于東而沒於西。』答問如響，應聲而出，於是溫大敬服。宓之文辯，
皆此類也。」見《三國志》卷三十八，宏業本，頁976。

〔註26〕 《蜀書・楊戲傳》載云：「楊戲字文然，犍為武陽人也。少與巴西程祁公弘、
巴郡楊汰季儒、蜀郡張表伯達並知名。戲每推祁以為冠首，丞相亮深識之。
戲年二十餘，從州書佐為督軍從事，職典刑獄，論法決疑，號為平當，府辟
為屬主簿。」見《三國志》卷四十五，宏業本，頁1077。

〔註27〕 《蜀書・楊洪傳》載云：「先主爭漢中，急書發兵，軍師將軍諸葛亮以問洪，
洪曰：『漢中則益州咽喉，存亡之機會，若無漢中則無蜀矣，此家門之禍也。
方今之事，男子當戰，女子當運，發兵何疑？』時蜀郡太守法正從先主北行，
亮於是表洪領蜀郡太守，眾事皆辦，遂使即真。……洪少不好學問，而忠清
款亮，憂公如家，事繼母至孝。六年卒官。始洪為李嚴功曹，嚴未至犍為而
洪已為蜀郡。洪迎門下書佐何祗，有才策功幹，舉郡吏，數年為廣漢太守，
時洪亦尚在蜀郡。是以西土咸服諸葛亮能盡時人之器用也。」裴松之注引《益
部耆舊傳雜記》載曰：「時諸葛亮用法峻密，陰聞祗游戲放縱，不勤所職，嘗
奄往錄獄。眾人咸為祗懼。祗密聞之，夜張燈火見囚，讀諸解狀。諸葛晨往，
祗悉已闇誦，答對解釋，無所凝滯，亮甚異之。」見《三國志》卷四十一，
宏業本，頁1013～1015。

賞識與舉任下，具體讓其充分發揮出來的良善結果。正因為諸葛亮具有「鑒識高、善舉任」的才識特質，也確實能夠做到「舉才唯賢無私」，所以，無怪乎「西土咸服諸葛亮能盡時人之器用也」。

此外，例如：「心大志廣，形色囂然，難可保安」的彭羕（西元？～？年）〔註28〕；「善養士卒，勇猛過人，又性矜高」的魏延〔註29〕；「籌畫敏捷，節度有方，個性狷狹」的楊儀〔註30〕等人，諸葛亮有鑑於他們在性格上多所偏執，才能雖高，卻絕非安邦輔國的賢德之士，所以，縱使三人都曾受過劉備的賞識，而漸被拔擢、重用，諸葛亮只是「外接待羕，而內不能善」；「深惜儀之才幹，憑魏延之驍勇，常恨二人之不平，不忍有所偏廢」，讓他們或與君稍疏，流放外官；或與權擦肩，另作安排，終與軍政大柄有緣無份，以免滋生禍端。如此的對待與安排，也正是諸葛亮「知人善任」才識特質的展現，其結果雖然仍未盡理想：彭羕後因「密誘馬超造反」，被收付有司誅死〔註31〕；魏延後因「與儀相表叛逆」，被馬岱追斬致死〔註32〕；楊儀後因

〔註28〕 《蜀書·彭羕傳》載云：「羕仕州，不過書佐，後又為眾人所謗毀於州牧劉璋，璋髠鉗羕為徒隸。會先主入蜀，泝流北行。羕欲納說先主，乃往見龐統。統與羕非故人，又適有賓客，羕徑上統床臥，謂統曰：『須客罷當與卿善談。』統客既罷，往就羕坐，羕又先責統食，然後共語，因留信宿，至于經日。統大善之，而法正宿自知羕，遂並致之先主。先主亦以為奇，數令羕宣傳軍事，指授諸將，奉使稱意，識遇日加。成都既定，先主領益州牧，拔羕為治中從事。羕起徒步，一朝處州人之上，形色囂然，自矜得遇滋甚。諸葛亮雖外接待羕，而內不能善。屢密言先主，羕心大志廣，難可保安。先主既敬信亮，加察羕行事，意以稍疏，左遷羕為江陽太守。」見《三國志》卷四十，宏業本，頁995。

〔註29〕 《蜀書·魏延傳》載云：「延既善養士卒，勇猛過人，又性矜高，當時皆避下之。唯楊儀不假借延，延以為至忿，有如水火。」見《三國志》卷四十，宏業本，頁1003。

〔註30〕 《蜀書·楊儀傳》載云：「建興三年，丞相亮以為參軍，署府事，將南行。五年，隨亮漢中。八年，遷長史，加綏軍將軍。亮數出軍，儀常規畫分部，籌度糧穀，不稽思慮，斯須便了。軍戎節度，取辦於儀。亮深惜儀之才幹，憑魏延之驍勇，常恨二人之不平，不忍有所偏廢也。十二年，隨亮出屯谷口。亮卒于敵場。儀既領軍還，又誅討延，自以為功勳至大，宜當代亮秉政，呼都尉趙正以周易筮之，卦得家人，默然不悅。而亮平生密指，以儀性狷狹，意在蔣琬，琬遂為尚書令、益州刺史。儀至，拜為中軍師，無所統領，從容而已。」見《三國志》卷四十，宏業本，頁1005。

〔註31〕 《蜀書·彭羕傳》載云：「羕聞當遠出，私情不悅，往詣馬超。超問羕曰：『卿才具秀拔，主公相待至重，謂卿當與孔明、孝直諸人齊足並驅，寧當外授小郡，失人本望乎？』羕曰：『老革荒悖，可復道邪！』又謂超曰：『卿為其外，

「怨妒亮、琬，公然誹謗」，被廢爲民而自殺身亡〔註33〕。三人最後都不得善終，固然也都與諸葛亮的用人之道有關，孔明多少還是得負起些責任，接受歷史的審判與公評。對此，陳壽在〈劉彭廖李劉魏楊傳〉中評曰：「覽其舉措，迹其規矩，招禍取咎，無不自己也。」〔註34〕顯然認爲三人不得善終的下場，實是咎由自取，並非諸葛亮「鑒識不明、舉任不善」所促成的結局。陳壽評語，頗有維護諸葛亮之心，雖有道理，但或難免仍會遭人駁議，不過，若是站在蜀人的政治立場與思想情感來看，則這樣的論斷，確也客觀、貼實。

　　由上可知，諸葛亮的「鑒識與舉任」才能，也絕非完美無缺，仍可能會有「識人不明，舉任失當」的情形發生，其中，最著名的歷史公案即是其對

我爲其內，天下不足定也。』超羈旅歸國，常懷危懼，聞兼言大驚，默然不答。兼退，具表兼辭，於是收兼付有司。……兼竟誅死，時年三十七。」見《三國志》卷四十，宏業本，頁995～996。

〔註32〕《蜀書・魏延傳》載云：「秋，亮病困，密與長史楊儀、司馬費禕、護軍姜維等作身歿之後退軍節度，令延斷後，姜維次之；若延或不從命，軍便自發。亮適卒，祕不發喪，儀令禕往揣延意指。延曰：『丞相雖亡，吾自見在。府親官屬便可將喪還葬，吾自當率諸軍擊賊，云何以一人死廢天下之事邪？且魏延何人，當爲楊儀所部勒，作斷後將乎！』因與禕共作行留部分，令禕手書與己連名，告下諸將。禕紿延曰：『當爲君還解楊長史，長史文吏，稀更軍事，必不違命也。』禕出門馳馬而去，延尋悔，追之已不及矣。延遣人覘儀等，遂使欲案亮成規，諸營相次引軍還。延大怒，（纔）〔攙〕儀未發，率所領徑先南歸，所過燒絕閣道。延、儀各相表叛逆，一日之中，羽檄交至。後主以問侍中董允、留府長史蔣琬，琬、允咸保儀疑延。儀等槎山通道，晝夜兼行，亦繼延後。延先至，據南谷口，遣兵逆擊儀等，儀等令何平在前禦延。平叱延先登曰：『公亡，身尚未寒，汝輩何敢乃爾！』延士眾知曲在延，莫爲用命，軍皆散。延獨與其子數人逃亡，奔漢中。儀遣馬岱追斬之，致首於儀，儀起自踏之，曰：『庸奴！復能作惡不？』遂夷延三族。初，蔣琬率宿衛諸營赴難北行，行數十里，延死問至，乃旋。原延意不北降魏而南還者，但欲除殺儀等。平日諸將素不同，冀時論必當以代亮。本指如此。不便背叛。」見《三國志》卷四十，宏業本，頁1003～1004。

〔註33〕《蜀書・楊儀傳》載云：「初，儀爲先主尚書，琬爲尚書郎，後雖俱爲丞相參軍長史，儀每從行，當其勞劇，自惟年宦先琬，才能踰之，於是怨憤形於聲色，歎咤之音發於五內。時人畏其言語不節，莫敢從也，惟後軍師費禕往慰省之。儀對禕恨望，前後云云，又語禕曰：『往者丞相亡沒之際，吾若舉軍以就魏氏，處世寧當落度如此邪！令人追悔不可復及。』禕密表其言。十三年，廢儀爲民，徙漢嘉郡。儀至徙所，復上書誹謗，辭指激切，遂下郡收儀。儀自殺，其妻子還蜀。」見《三國志》卷四十，宏業本，頁1005。

〔註34〕見同前註，頁1005～1006。

馬謖的器用與處置。《蜀書・馬謖傳》載云：

> 良弟謖，字幼常，以荊州從事隨先主入蜀，除緜竹成都令、越巂太
> 守。才器過人，好論軍計，丞相諸葛亮深加器異。先主臨薨謂亮曰：
> 「馬謖言過其實，不可大用，君其察之！」亮猶謂不然，以謖爲參
> 軍，每引見談論，自晝達夜。（頁983）

諸葛亮對於「才器過人，好論軍計」的馬謖，確實十分賞識，寄望甚深，有
意好好地栽培與擢用他，並以爲傳人；所以，儘管劉備在臨終前曾交代「不
可大用」「言過其實」的馬謖，但他仍舊違反遺言，經常地爲馬謖製造機會，
希望馬謖的才器有所磨練與發揮。當諸葛亮準備南征蠻夷時，其便略帶測試
性地向馬謖主動徵詢意見，在獲得「心戰」策略的默契下，順利地平服了南
中的亂事，並達到了「南方不敢復反」的最高戰爭效益〔註35〕。諸葛亮對於
馬謖所獻「心戰征蠻」計策的表現，非常滿意，對他才器施展的信心，也因
此大增；所以，在北伐曹魏，兵出祁山時，其更「違眾拔謖」去據守街亭，
希望藉以補足他實戰經驗的短缺。結果，馬謖卻因「違亮節度，舉動失宜，
大爲郃所破」，導致街亭失守，初次北伐的行動，不得不暫告終止。《蜀書・
諸葛亮傳》載云：

> 六年春，揚聲由斜谷道取郿，使趙雲、鄧芝爲疑軍，據箕谷，魏大
> 將軍曹眞舉眾拒之。亮身率諸軍攻祁山，戎陳整齊，賞罰肅而號令
> 明，南安、天水、安定三郡叛魏應亮，關中響震。魏明帝西鎮長安，
> 命張郃拒亮，亮使馬謖督諸軍在前，與郃戰于街亭。<u>謖違亮節度，舉
> 動失宜，大爲郃所破。亮拔西縣千餘家，還于漢中，戮謖以謝眾。</u>上
> 疏曰：「臣以弱才，叨竊非據，親秉旄鉞以厲三軍，不能訓章明法，
> 臨事而懼，至有街亭違命之闕，箕谷不戒之失，咎皆在臣授任無方。
> 臣明不知人，恤事多闇，春秋責帥，臣職是當。請自貶三等，以督
> 厥咎。」於是以亮爲右將軍，行丞相事，所總統如前。（頁922）

〔註35〕 裴松之在《蜀書・馬謖傳》中注引《襄陽記》載曰：「建興三年，亮征南中，
謖送之數十里。亮曰：『雖共謀之歷年，今可更惠良規。』謖對曰：『南中恃
其險遠，不服久矣，雖今日破之，明日復反耳。今公方傾國北伐以事彊賊。
彼知官勢內虛，其叛亦速。若殄盡遺類以除後患，既非仁者之情，且又不可
倉卒也。夫用兵之道，攻心爲上，攻城爲下，心戰爲上，兵戰爲下，願公服
其心而已。』亮納其策，赦孟獲以服南方。故終亮之世，南方不敢復反。」
見《三國志》卷三十九，宏業本，頁983～984。

《蜀書‧馬謖傳》也云:「建興六年,亮出軍向祁山,時有宿將魏延、吳壹等,論者皆言以爲宜令爲先鋒,而亮違眾拔謖,統大眾在前,與魏將張郃戰于街亭,爲郃所破,士卒離散。亮進無所據,退軍還漢中。謖下獄物故,亮爲之流涕。」〔註36〕諸葛亮最後以軍法論處,揮淚「戮謖以謝眾」;並「請自貶三等,以督厥咎」,這看似是對自己「授任無方,明不知人,恤事多闇」的一種認同與懲罰;可是在秉公處理之餘,其內心實隱含著痛失愛徒、深切自責的委曲情緒。

街亭失守一役,間接地證明了馬謖確如劉備所云「言過其實,不可大用」的預判。而這樣的結果,除直接地抬舉了劉備的鑒識外;也客觀地指出了諸葛亮在「識才舉任」時,猶有「不明與失當」的情形發生。無論如何,其這次用人與處置的決策,對於蜀漢國運的發展及其才識精明的智者形象都不無損害,所以,遭致歷來毀譽參半、褒貶不一的許多評議。裴松之在《蜀書‧馬謖傳》中注引《襄陽記》載云:

> 謖臨終與亮書曰:「明公視謖猶子,謖視明公猶父,願深惟殛鯀興禹之義,使平生之交不虧於此,謖雖死無恨於黃壤也。」于時十萬之眾爲之垂涕。亮自臨祭,待其遺孤若平生。蔣琬後詣漢中,謂亮曰:「昔楚殺得臣,然後文公喜可知也。天下未定而戮智計之士,豈不惜乎!」亮流涕曰:「孫武所以能制勝於天下者,用法明也。是以楊干亂法,魏絳戮其僕。四海分裂,兵交方始,若復廢法,何用討賊邪!」習鑿齒曰:諸葛亮之不能兼上國也,豈不宜哉!夫晉人規林父之後濟,故廢法而收功;楚成闇得臣之益己,故殺之以重敗。今蜀僻陋一方,才少上國,而殺其俊傑,退收駑下之用,明法勝才,不師三敗之道,將以成業,不亦難乎!且先主誠謖之不可大用,豈不謂其非才也?亮受誠而不獲奉承,明謖之難廢也。爲天下宰匠,欲大收物之力,而不量才節任,隨器付業;知之大過,則違明主之誠,裁之失中,即殺有益之人,難乎其可與言智者也。(頁984)

習鑿齒〔註37〕(西元?~384年)向來十分贊賞諸葛亮的品德懿行,設若這段資料的記載完全屬實的話,則其對於諸葛亮在處理馬謖事件時,「戮智計之士」

〔註36〕見同前註,頁984。
〔註37〕習鑿齒,字彥威,晉襄陽(今湖北襄樊市)人,著有《漢晉春秋》等。

的舉措，很明顯地不予認同，除出言大表不滿與憤慨外，更加指責孔明難可與言智者。筆者以爲，習氏針對諸葛亮「明法勝才」加以責難，此番語言雖不無道理，但所指所陳，卻不免也有類如諸葛亮泣斬馬謖時，「愛之深，責之切」的激情表現，皆有舉措與表述略嫌過度之弊，不無存有再商榷的餘地。儘管如此，我們仍不能以偏概全，只就一個案即抹煞掉諸葛亮「知人善任」的才識特質。平實而論，其確是蜀漢集團中「鑑識高、善舉任」的伯樂；自其受劉備三顧之恩，步出茅廬，開始效忠輔弼起，到積勞成疾，病死五丈原爲止，終其一生，獎掖後進，提拔賢俊，以益朝政，實不遺餘力，對蜀漢的興盛貢獻卓著。裴松之在《蜀書・諸葛亮傳》注引《魏略》載云：

> 亮在荊州，以建安初與穎川石廣元、徐元直、汝南孟公威等俱游學，三人務於精熟，而亮獨觀其大略。每晨夜從容，常抱膝長嘯，而謂三人曰：「卿三人仕進可至刺史郡守也。」三人問其所至，亮但笑而不言。後公威思鄉里，欲北歸，亮謂之曰：「中國饒士大夫，遨遊何必故鄉邪！」（頁 911～912）

對此，裴氏以爲：「《魏略》此言，謂諸葛亮爲公威計者可也，若謂兼爲己言，可謂未達其心矣。老氏稱知人者智，自知者明，凡在賢達之流，固必兼而有焉。以諸葛亮之鑑識，豈不能自審其分乎？夫其高吟俟時，情見乎言，志氣所存，既已定於其始矣。若使游步中華，騁其龍光，豈夫多士所能沈翳哉！委質魏氏，展其器能，誠非陳長文、司馬仲達所能頡頏，而況於餘哉！苟不患功業不就，道之不行，雖志恢宇宙而終不北向者，蓋以權御已移，漢祚將傾，方將翊贊宗傑，以興微繼絕克復爲己任故也。豈其區區利在邊鄙而已乎！此相如所謂『鵾鵬已翔於遼廓，而羅者猶視於藪澤』者矣。」〔註38〕話語中，顯然認爲諸葛亮「鑑識高明」的器能，直是天賦，且早在其隆中耕讀生活期間，即已漸自表露出來，日後其諸多「知人善任」的智舉作爲，也不過是此種特質的當然印證，無庸置疑。

三、能調停

除了「判斷佳、富謀略」；「鑑識高、善舉任」外，諸葛亮在《蜀書》中還具有「能調停」的才識特質。當曹操率軍南下，大破荊州，致劉備攜眾潰逃，孫權擁兵觀望成敗時，諸葛亮請命出使，憑其臨危不懼、口若懸河的才

〔註38〕見《三國志》卷三十五，宏業本，頁912。

識，調停了東吳文武群臣間戰、和兩派的歧見，促成了孫、劉集團聯合抗曹，終於在赤壁之戰，擊敗曹軍，成就三國鼎立的局面〔註39〕。又當馬超（西元176～222年）歸降時，劉備待之甚厚，關羽書問諸葛亮「超人才可誰比類」，諸葛亮明知關羽心有疑忌，乃回書答曰：「孟起兼資文武，雄烈過人，一世之傑，黥、彭之徒，當與益德並驅爭先，猶未及髯之絕倫逸群也。」使得關羽「省書大悅」〔註40〕，適時地避免了群臣間所可能產生的磨擦。且縱使君臣間或群臣間已有嫌隙生成，諸葛亮仍能設法調停，以解除或降低其間的衝突，如：劉巴（西元？～222年）因曾輕蔑過張飛，致張飛「忿恚」，並得罪了劉備，諸葛亮以惜才為由，「數稱薦之」，使其仍能受到重用，而大展長才〔註41〕；楊洪曾因張裔（西元？～230年）之子張郁（西元？～？年），「微過受罰，不特原假」，其秉公處理，又在諸葛亮詢問可否任張裔為留府長史時，其無私應以並非最佳人選，以致張裔「深以為恨，情好有損」，幸賴諸葛亮以書告解，論者方能「明洪無私」〔註42〕。諸此，都可證見諸葛亮

〔註39〕　詳見《蜀書・諸葛亮傳》載文，見同前註，頁914～916。
〔註40〕　詳見《蜀書・關羽傳》載文，見《三國志》卷三十六，宏業本，頁940～941。
〔註41〕　《蜀書・劉巴傳》載云：「俄而先主定益州，巴辭謝罪負，先主不責。而諸葛孔明數稱薦之，先主辟為左將軍西曹掾。」裴松之注引《零陵先賢傳》載曰：「張飛嘗就巴宿，巴不與語，飛遂忿恚。諸葛亮謂巴曰：『張飛雖實武人，敬慕足下。主公今方收合文武，以定大事；足下雖天素高亮，宜少降意也。』巴曰：『大丈夫處世，當交四海英雄，如何與兵子共語乎？』備聞之，怒曰：『孤欲定天下，而子初專亂之。其欲還北，假道於此，豈欲成孤事邪？』備又曰：『子初才智絕人，如孤，可任用之，非孤者難獨任也。』亮亦曰：『運籌策於帷幄之中，吾不如子初遠矣！若提枹鼓，會軍門，使百姓喜勇，當與人議之耳。』初攻劉璋，備與士眾約：『若事定，府庫百物，孤無預焉。』及拔成都，士眾皆捨干戈，赴諸藏競取寶物。軍用不足，備甚憂之。巴曰：『易耳，但當鑄直百錢，平諸物賈，令吏為官市。』備從之，數月之間，府庫充實。」見《三國志》卷三十九，宏業本，頁981～982。
〔註42〕　《蜀書・楊洪傳》載云：「五年，丞相亮北住漢中，欲用張裔為留府長史，問洪何如？洪對曰：『裔天姿明察，長於治劇，才誠堪之，然性不公平，恐不可專任，不如留向朗。朗情偏差少，裔隨從目下，效其器能，於事兩善。』初，裔少與洪親善。裔流放在吳，洪臨裔郡，裔子郁給郡吏，微過受罰，不特原假。裔後還聞之，深以為恨，與洪情好有損。及洪見亮出，至裔許，具說所言。裔答洪曰：『公留我了矣，明府不能止。』時人或疑洪意自欲作長史，或疑洪知裔自嫌，不願裔處要職，典後事也。後裔與司鹽校尉岑述不和，至于忿恨。亮與裔書曰：『君昔在〔栢〕〔陌〕下，營壞，吾之用心，食不知味；後流迸南海，相為悲歎，寢不安席；及其來還，委付大任，同獎王室，自以為與君古之石交也。石交之道，舉讎以相益，割骨肉以相明，猶不相謝也，

調停才能的特質表現，及其為治國的用心所在。

裴松之在《蜀書・姜維傳》中注引《漢晉春秋》載云：

> 費禕謂維曰：「<u>吾等不如丞相亦已遠矣；丞相猶不能定中夏，況吾等乎！</u>且不如保國治民，敬守社稷，如其功業，以俟能者，無以為希冀徼倖而決成敗於一舉。若不如志，悔之無及。」（頁 1064）

諸葛亮在蜀國後繼者的心眼中，就誠如費禕對姜維所言：絕非是他們所能夠相提並論的。費禕此段話語，除是用以陳述蜀人需有自知之明外，更是對於諸葛亮「才識卓越」的無限推崇，可謂發自肺腑，真實感觸。

第三節 《蜀書》中的諸葛亮——「科教嚴明」方面

其次，就人物在「科教嚴明」方面的表現而言，這類形象的描繪大多能反映出諸葛亮「法家思想」的治國作為；而其具體的形象切面，則有：律令嚴、賞罰明、威信足等特質表現。底下，也請容舉例說明之。

一、律令嚴、賞罰明

諸葛亮在隆中的躬讀生活期間，遍觀諸子百家的經典，讀書「獨觀其大略」，但取其精華；又受荊州學派「崇尚事功」、「講求經世致用」的學說薰陶，逐漸養成了「儒、法合流」，「德、刑並用」，「德治為先，法治為後」的思想體系。所以，其在入世治國上，主張要「禮、法兼施」，「德、威並舉」；強調要「訓章、明法」，「勸善、黜惡」，而以儒家的「德治教化」為重；推行了許多極具實效的「政治與經濟」措施，使得蜀國「吏治清明」、「社會和諧」、「經濟發達」。就其以嚴法治蜀來說，即有法家思想的行事作風表現。裴松之在《蜀書・諸葛亮傳》中注引《蜀記》所載「郭沖條亮五事隱沒不聞於世者」之一曰：

> 亮刑法峻急，刻剝百姓，自君子小人咸懷怨歎，法正諫曰：「昔高祖入關，約法三章，秦民知德，今君假借威力，跨據一州，初有其國，未垂惠撫；且客主之義，宜相降下，願緩刑弛禁，以慰其望。」亮答曰：「君知其一，未知其二。秦以無道，政苛民怨，匹夫大呼，天下土崩，高祖因之，可以弘濟。劉璋暗弱，自焉已來有累

況吾但委意於元儉，而君不能忍邪？』論者由是明洪無私。」見《三國志》卷四十一，宏業本，頁 1014。

世之恩，文法羈縻，互相承奉，德政不舉，威刑不肅。蜀土人士，專權自恣，君臣之道，漸以陵替；寵之以位，位極則賤，順之以恩，恩竭則慢。所以致弊，實由於此。吾今威之以法，法行則知恩，限之以爵，爵加則知榮；榮恩並濟，上下有節。爲治之要，於斯而著。」（頁 917）

對此，裴氏難曰：「案法正在劉主前死，今稱法正諫，則劉主在也。諸葛職爲股肱，事歸元首，劉主之世，亮又未領益州，慶賞刑政，不出於己。尋沖所述亮答，專自有其能，有違人臣自處之宜。以亮謙順之體，殆必不然。又云亮刑法峻急，刻剝百姓，未聞善政以刻剝爲稱。」裴氏以時序與情理爲由，駁難郭沖（西元？～？年）條亮異美一事，認爲「沖之所說，實皆可疑」，所論自然平正、公允；但言語間卻也不否認諸葛亮「科教嚴明」的形象特質，只是將魏晉人對諸葛亮「刑法峻急，刻剝百姓，自君子小人咸懷怨歎」的形象看法，給適度地調回到陳壽所言：「（亮）立法施度，……科教嚴明，賞罰必信，無惡不懲，無善不顯，至於吏不容奸，人懷自厲，道不拾遺，彊不侵弱，風化肅然也。」〔註43〕這比較符合蜀人切身感受的客觀實情。《蜀書・張裔傳》載云：

亮出駐漢中，裔以射聲校尉領留府長史，常稱曰：「公賞不遺遠，罰不阿近，爵不可以無功取，刑不可以貴勢免，此賢愚之所以僉忘其身者也。」（頁 1012）

從張裔對諸葛亮「科教嚴明」的稱道當中，即可證知其間虛實。諸葛亮若眞曾云：「吾今威之以法，法行則知恩。」則乃正因其認爲律令嚴、賞罰明、威信足，可以使臣民知恩暢義、國家秩序井然；所以，當他在與法正等人制定《蜀科》〔註44〕時，便特別著眼於此，充分作過溝通、研議，方才援引嚴明的刑法律令來輔佐「德治教化」的推行。蜀漢是依《蜀科》的刑法來施行治理的，若刑法過於峻急，導致有「刻剝百姓，自君子小人咸懷怨歎」的情事發生，則法正實也難辭其咎，焉有不明法（事）理而反諫之以「緩刑弛禁，以慰其望」的舉措？郭沖所說，顯係魏晉人近似穿鑿附會的一種傳說，以史觀之，自然不足爲信。

〔註43〕 《蜀書・諸葛亮傳》載文，見《三國志》卷三十五，宏業本，頁 930。
〔註44〕 《蜀書・伊籍傳》載云：「（籍）後遷昭文將軍，與諸葛亮、法正、劉巴、李嚴共造蜀科；蜀科之制，由此五人焉。」見《三國志》卷三十八，宏業本，頁 971。

另外，裴松之在《蜀書・後主傳》中注引《華陽國志》載云：「丞相亮時，有言公惜赦者，亮答曰：『治世以大德，不以小惠，故匡衡、吳漢不願爲赦。先帝亦言吾周旋陳元方、鄭康成閒，每見啓告，治亂之道悉矣，曾不語赦也。若劉景升、季玉父子，歲歲赦宥，何益於治！』」裴氏以爲：「赦不妄下」，誠爲可稱。〔註45〕也是對諸葛亮能取鑑歷史經驗，又配合實際需要，而厲行法治的一種肯定。

諸葛亮「立法施度，科教嚴明，賞罰必信，無惡不懲，無善不顯」，使得「吏不容奸，人懷自屬，道不拾遺，彊不侵弱，風化肅然」，國治民安，蜀人視其爲「四英」之首，譽爲賢相，死後猶巷祭野祀，立廟感念其治蜀的偉大功德，既爲「善政」，焉有「刻剝百姓」的可能。這是裴松之駁斥郭沖不實說法的觀點，至於，蜀史在諸葛亮「科教嚴明」的刑政律令下，確實不乏也有「怨歎」的情事發生，不過，究竟這些「君子」或「小人」口中所發出的「怨歎」之情，是否合情合理合法？則有待我們自其人的行事作爲與因果關係，加以檢證與印驗了。《蜀書・劉封傳》載云：

> 自關羽圍樊城、襄陽，連呼封、達，令發兵自助。封、達辭以山郡初附，未可動搖，不承羽命。會羽覆敗，先主恨之。又封與達忿爭不和，封尋奪達鼓吹。達既懼罪，又忿恚封，遂表辭先主，率所領降魏。……封既至，先主責封之侵陵達，又不救羽。<u>諸葛亮慮封剛猛，易世之後終難制御，勸先主因此除之。於是賜封死，使自裁。</u>
>
> 封歎曰：「恨不用孟子度之言！」先主爲之流涕。（頁991～994）

劉封（西元？～220年）爲劉備義子，在其義叔關羽戰事吃緊，請求援助時，其卻藉故置之不理，導致荊州爲東吳所奪取，關羽父子因此被殺，埋下了日後夷陵戰爭的發生；劉備後因貪進急攻，於猇亭爲陸遜所擊敗，使得諸葛亮〈隆中對〉策的戰略，無法順利執行，蜀漢集團的勢力也隨之減弱，難以持續壯大。於情、理、法上，劉封所犯的過錯，都難以寬待，皆該受罰，諸葛亮「慮封剛猛，易世之後終難制御」，因此，勸請劉備大義滅親，賜死劉封。「使自裁」，也算是對其身爲王親貴族的一種恩典了。劉備的「流涕」與劉封的「歎恨」，在諸葛亮的弘謀遠慮、大公無私下，因裁權量衡，能得其宜，卻也顯得不足堪憐。

又當彭羕密謀煽惑馬超造反，被馬超舉發「收付有司」時，《蜀書・彭羕

〔註45〕見《三國志》卷三十三，宏業本，頁903。

傳》載云：

> 羕於獄中與諸葛亮書曰：「僕昔有事於諸侯，以為曹操暴虐，孫權無
> 道，振威闇弱，其惟主公有霸王之器，可與興業致治，故乃翻然有
> 輕舉之志。會公來西，僕因法孝直自衒鬻，龐統斟酌其間，遂得詣
> 公於葭萌，指掌而譚，論治世之務，講霸王之義，建取益州之策，
> 公亦宿慮明定，即相然贊，遂舉事焉。僕於故州不免凡庸，憂於罪
> 罔，得遭風雲激矢之中，求君得君，志行名顯，從布衣之中擢為國
> 士，盜竊茂才。分子之厚，誰復過此。羕一朝狂悖，自求菹醢，為
> 不忠不義之鬼乎！先民有言，左手據天下之圖，右手刎咽喉，愚夫
> 不為也。況僕頗別菽麥者哉！所以有怨望意者，不自度量，苟以為
> 首興事業，而有投江陽之論，不解主公之意，意卒感激，頗以被酒，
> 倪失『老』語。此僕之下愚薄慮所致，主公實未老也。且夫立業，
> 豈在老少，西伯九十，寧有衰志，負我慈父，罪有百死。至於內外
> 之言，欲使孟起立功北州，戮力主公，共討曹操耳，寧敢有他志邪？
> 孟起說之是也，但不分別其閒，痛人心耳。昔每與龐統共相誓約，
> 庶託足下末蹤，盡心於主公之業，追名古人，載勳竹帛。統不幸而
> 死，僕敗以取禍。自我墮之，將復誰怨！<u>足下，當世伊、呂也，宜
> 善與主公計事，濟其大猷</u>。天明地察，神祇有靈，復何言哉！貴使
> 足下明僕本心耳。行矣努力，自愛，自愛！」<u>羕竟誅死</u>，時年三十
> 七。（頁 996）

茲觀彭羕在獄中寫給諸葛亮用以申表明志的書信，一副罪犯臨刑，阿諛奉承、
狡猾詭辯、請求饒恕的樣子，與其先前「形色囂然，自矜得遇滋甚」時的狂
悖情態，真是迥然異趣。諸葛亮明辨是非，不為諂言所惑，執法嚴峻，誅殺
心懷不軌、圖謀造反的彭羕，自是理所當然，並不為過。

此外，當廖立（西元？～？年）因坐自貴大，懷怏向李邵（西元？～？
年）與蔣琬散播謠言，臧否群士、誹謗先帝、疵毀眾臣，企圖擾亂視聽，以
狂惑敗政時，諸葛亮據報，也依法予以糾舉、彈劾，並作出「廢立為民，徙
汶山郡」的判決，使其反躬自省，不得造謠滋事。《蜀書‧廖立傳》載云：

> <u>立本意，自謂才名宜為諸葛亮之貳，而更游散在李嚴等下，常懷怏
> 怏</u>。後丞相掾（李邵）〔李邵〕、蔣琬至，立計曰：「軍當遠出，卿諸
> 人好諦其事。昔先（主）〔帝〕不取漢中，走與吳人爭南三郡，卒以

三郡與吳人，徒勞役吏士，無益而還。既亡漢中，使夏侯淵、張郃深入于巴，幾喪一州。後至漢中，使關侯身死無子遺，上庸覆敗，徒失一方。是羽怙恃勇名，作軍無法，直以意突耳，故前後數喪師眾也。如向朗、文恭，凡俗之人耳。恭作治中無綱紀；朗昔奉馬良兄弟，謂為聖人，今作長史，素能合道。中郎郭演長，從人者耳，不足與經大事，而作侍中。今弱世也，欲任此三人，為不然也。王連流俗，苟作掊克，使百姓疲弊，以致今日。」（郃）〔邵〕、琬具白其言於諸葛亮。亮表立曰：「長水校尉廖立，坐自貴大，臧否群士，公言國家不任賢達而任俗吏，又言萬人率者皆小子也；誹謗先帝，疵毀眾臣。人有言國家兵眾簡練，部伍分明者，立舉頭視屋，憤咤作色曰：『何足言！』凡如是者不可勝數。羊之亂群，猶能為害，況立託在大位，中人以下識眞偽邪？」〔註46〕於是廢立為民，徙汶山郡。立躬率妻子耕殖自守，聞諸葛亮卒，垂泣歎曰：「吾終為左袒矣！」

（頁997～998）

茲觀廖立遭廢黜為民後，率妻子耕殖自守，實頗有罪有應得、反躬自省、改過遷善的心意；再聽聞諸葛亮病卒時，其垂泣所歎「吾終為左袒矣」，則期盼再受舉用的志願破碎，更顯見其對諸葛亮執法無私的感念與冀望。

另外，裴松之在《蜀書・來敏傳》中注引《亮集》有教曰：

將軍來敏對上官顯言「新人有何功德而奪我榮資與之邪？諸人共憎我，何故如是」？敏年老狂悖，生此怨言。昔成都初定，議者以為來敏亂群，先帝以新定之際，故遂含容，無所禮用。後劉子初選以為太子家令，先帝不悅而不忍拒也。後主〔上〕既位，吾闇於知人，遂復擢為將軍祭酒，違議者之審見，背先帝所疏外，自謂能以敦厲薄俗，帥之以義。今既不能，表退職，使閉門思愆。（頁1025～1026）

〔註46〕 裴松之注引《亮集》有亮表曰：「立奉先帝無忠孝之心，守長沙則開門就敵，領巴郡則有闇昧闒茸其事，隨大將軍則誹謗譏訶，侍梓宮則挾刃斷人頭於梓宮之側。陛下即位之後，普增職號，立隨比為將軍，面語臣曰：『我何宜在諸將軍中！不表我為卿，上當在五校！』臣答：『將軍者，隨大比耳。至於卿者，正方亦未為卿也。且宜處五校。』自是之後，怏怏懷恨。」詔曰：「三苗亂政，有虞流宥，廖立狂惑，朕不忍刑，亟徙不毛之地。」見《三國志》卷四十，宏業本，頁998。

來敏（西元？～？年）因「年老狂悖」，滋生怨言，與廖立一樣頗有「亂羣」之議，諸葛亮在舉用後，仍無法以義敦厲其「語言不節，舉動違常」的缺失，所以，乃陳表依律予以免職，使其閉門思過。

諸葛亮科教嚴明，「罰不阿近，刑不可以貴勢免」，類似的情形，也發生在託孤重臣的李嚴（平）身上。《蜀書‧李嚴傳》載云：

> 九年春，亮軍祁山，平催督運事。秋夏之際，值天霖雨，運糧不繼，平遣參軍狐忠、督軍成藩喻指，呼亮來還；亮承以退軍。平聞軍退，乃更陽驚，說「軍糧饒足，何以便歸」！欲以解己不辦之責，顯亮不進之愆也。又表後主，說「軍偽退，欲以誘賊與戰」。亮具出其前後手筆書疏本末，平違錯章灼。平辭窮情竭，首謝罪負。於是亮表平曰：「自先帝崩後，平所在治家，尚爲小惠，安身求名，無憂國之事。臣當北出，欲得平兵以鎮漢中，平窮難縱橫，無有來意，而求以五郡爲巴州刺史。去年臣欲西征，欲令平主督漢中，平說司馬懿等開府辟召。臣知平鄙情，欲因行之際偪臣取利也，是以表平子豐督主江州，隆崇其遇，以取一時之務。平至之日，都委諸事，群臣上下皆怪臣待平之厚也。正以大事未定，漢室傾危，伐平之短，莫若褒之。然謂平情在於榮利而已，不意平心顛倒乃爾。若事稽留，將致禍敗，是臣不敏，言多增咎。」〔註47〕乃廢平爲民，徙梓潼郡。〔註48〕十二年，平聞亮卒，發病死。平常冀亮當自補復，策後人不

〔註47〕裴松之注引亮公文上尚書曰：「平爲大臣，受恩過量，不思忠報，橫造無端，危恥不辦，迷罔上下，論獄棄科，導人爲姦，(狹情)〔情狹〕志狂，若無天地。自度姦露，嫌心遂生，聞軍臨至，西嚮託疾還沮、漳，軍臨至沮，復還江陽，平參軍狐忠勤諫乃止。今篡賊未滅，社稷多難，國事惟和，可以克捷，不可苞含，以危大業。輒與行中軍師車騎將軍都鄉侯臣劉琰，使持節前軍師征西大將軍領涼州刺史南鄭侯臣魏延、前將軍都亭侯臣袁綝、左將軍領荊州刺史高陽鄉侯臣吳壹、督前部右將軍玄鄉侯臣高翔、督後部後將軍安樂亭侯臣吳班、領長史綏軍將軍臣楊儀、督左部行中監軍揚武將軍臣鄧芝、行前監軍征南將軍臣劉巴、行中護軍偏將軍臣費禕、行前護軍偏將軍漢成亭侯臣許允、行左護軍篤信中郎將臣丁咸、行右護軍偏將軍臣劉敏、行護軍征南將軍當陽亭侯臣姜維、行中典軍討虜將軍臣上官雝、行中參軍昭武中郎將臣胡濟、行參軍建義將軍臣閻晏、行參軍偏將軍臣爨習、行參軍裨將軍臣杜義、行參軍武略中郎將臣杜祺、行參軍綏戎都尉臣盛勃、領從事中郎武略中郎將臣樊岐等議，輒解平任，免官祿、節傳、印綬、符策，削其爵土。」見《三國志》卷四十，宏業本，頁1000～1001。

〔註48〕裴松之注引諸葛亮又與平子豐教曰：「吾與君父子戮力以獎漢室，此神明所

能，故以激憤也。（頁 999～1000）

諸葛亮北伐曹魏，出兵祁山，每因補給不濟，而未能獲得大的進展，適逢打敗司馬懿，準備進擊之際，李嚴卻因「值天雨霖，運糧不繼」，為掩蓋自己督運不力的事實，竟假詔喚回諸葛亮，以規避責任；並藉機羅織「不進」的罪名給諸葛亮；又虛飾戰術，企圖詭辯脫罪。終在諸葛亮出具其手書，比對事情的來龍去脈後，李嚴不得不「辭窮情竭，首謝罪負」，結果依法論罪，乃「廢平為民，徙梓潼郡」。茲觀諸葛亮在廢黜李嚴後，對其子李豐（西元？～？年）的拔擢與教誨，可見提攜與關愛之情，溢於言表；李嚴也深自慚愧，常冀望諸葛亮能再度補復舉用，所以，當他在聽聞到諸葛亮病逝的消息後，認為後人不能，竟因情緒激憤難抑，而發病致死，可謂死不瞑目。

對此，裴松之注引習鑿齒曰：「昔管仲奪伯氏駢邑三百，沒齒而無怨言，聖人以為難。諸葛亮之使廖立垂泣，李平致死，豈徒無怨言而已哉！夫水至平而邪者取法，鏡至明而醜者無怒，水鏡之所以能窮物而無怨者，以其無私也。水鏡無私，猶以免謗，況大人君子懷樂生之心，流矜恕之德，法行於不可不用，刑加乎自犯之罪，爵之而非私，誅之而不怒，天下有不服者乎！諸葛亮於是可謂能用刑矣，自秦、漢以來未之有也。」〔註 49〕可見習氏對於諸葛亮大公無私，用刑如水若鏡，能使受刑者無稍怨言的表現，誠感佩服，並以為典範，讚譽有加。

諸葛亮因科教嚴明，執法大公無私，對事不對人，所以，能博得習氏的美譽。《蜀書·劉琰傳》載云：

> 然不豫國政，但領兵千餘，隨丞相亮諷議而已。車服飲食，號為侈靡，侍婢數十，皆能為聲樂，又悉教誦讀魯靈光殿賦。建興十年，與前軍師魏延不和，言語虛誕，亮責讓之。琰與亮牋謝曰：「琰稟性空虛，本薄操行，加有酒荒之病，自先帝以來，紛紜之論，殆將傾覆。頗蒙明公本其一心在國，原其身中穢垢，扶持全濟，致其

聞，非但人知之也。表都護典漢中，委君於東關者，不與人議也。謂至心感動，終始可保，何圖中乖乎！昔楚卿屢絀，亦乃克復，思道則福，應自然之數也。願寬慰都護，勤追前闕。今雖解任，形業失故，奴婢賓客百數十人，君以中郎參軍居府，方之氣類，猶為上家。若都護思負一意，君與公琰推心從事者，否可復通，逝可復還也。詳思斯戒，明吾用心，臨書長歎，涕泣而已。」見同前註，頁 1001。

〔註 49〕 見同前註，頁 1001。

祿位，以至今日。閒者迷醉，言有違錯，慈恩含忍，不致之于理，使得全完，保育性命。雖必克己責躬，改過投死，以誓神靈；無所用命，則靡寄顏。」於是亮遣琰還成都，官位如故。（頁 1001～1002）

當與蜀主同「宗姓，有風流，善談論」，「班位每亞李嚴」的劉琰（西元？～234 年），因不豫國政，稍有尸位素餐之嫌；又生活極盡奢侈，徒好聲色享樂；並與魏延不和，言語虛誕時，諸葛亮能即時地予以責讓，使他反躬自省、改過遷善；並適時地調派他返回成都任職，官位如故，以避免其滋生事端。不過，劉琰後來卻因「失志慌惚」（精神官能病症的現象，俗稱「精神病」），而有家暴的事件發生，被其妻胡氏逕行告發，下獄被殺。《蜀書・劉琰傳》載云：

> 琰失志慌惚。十二年正月，琰妻胡氏入賀太后，太后令特留胡氏，經月乃出。胡氏有美色，琰疑其與後主有私，呼（卒）五百撾胡，至於以履搏面，而後棄遣。胡具以告言琰，琰坐下獄。有司諫曰：「卒非撾妻之人，面非受履之地。」琰竟棄市。自是大臣妻母朝慶遂絕。
> （頁 1002）

陳壽以「竟棄市」書記，雖與「羹竟誅死」般，或頗有嫌其刑法過當的意思；但以「有司諫曰」補敘，則也稍有規避諸葛亮作出判決的可能。記錄中，言語含糊，或別有用心，不過，劉琰因貪圖美色、失志慌惚，疑妻與後主有染，未經查明，即教唆下人撾搏、棄遣，已犯上了詆譭君主的大罪，依法論處棄市，劉琰也難辭其咎。

諸葛亮「律令嚴、賞罰明」形象特質表現得最為極致的，便是其在處置街亭與箕谷缺失時的一番作為。馬謖在諸葛亮「違眾拔謖」的任用下，負責據守街亭，希望藉以補足他實戰經驗的短缺，但他卻因「違亮節度，舉動失宜，大為部所破」，導致街亭失守，北伐行動受阻。諸葛亮在明察事由後，依軍法論處，有過者予以嚴懲，除「戮謖以謝眾」外，並斬張休（西元？～？年）、李盛（西元？～？年），奪黃襲（西元？～？年）兵權，罷免向朗〔註50〕

〔註50〕《蜀書・向朗傳》載云：「五年，隨亮漢中。朗素與馬謖善，謖逃亡，朗知情不舉，亮恨之，免官還成都。」裴注引《襄陽記》曰：「朗少師事司馬德操，與徐元直、韓德高、龐士元皆親善。」見《三國志》卷四十一，宏業本，頁1010。可見，諸葛亮並不因與向朗有故交情誼，在其袒護、包庇馬謖犯罪時，依舊予以免官正法。

與李邈（西元？～？年）〔註51〕官職，且「請自貶三等，以督厥咎」，將趙雲與鄧芝箕谷失利之責承擔下來；有功者給予獎賞，如王平因節度有道，便被破格拔擢升官〔註52〕，趙雲因退兵有術，受封軍資餘絹〔註53〕。諸此可見，其人「賞不遺遠，罰不阿近」，科教嚴明的行事風格。

二、威信足

　　諸葛亮這種「嚴以律己律人」、「賞罰必信，無惡不懲，無善不顯」的作為，即是一種大公無私的表現。雖然「天下未定，而戮智計之士」，實在可惜，但為「明法勝才」，以屬三軍，必得揮淚泣斬愛徒馬謖，否則，根本無法樹立威信，以服平蜀軍因北伐潰敗，而漸動搖的民心士氣。其苦心所在，視孔明如父的馬謖看在眼裡，也知之甚篤，所以，馬謖在臨終前才會說：「願深惟殛鯀興禹之義，使平生之交不虧於此，謖雖死無恨於黃壤也。」史載：「于時十萬之眾為之垂涕。亮自臨祭，待其遺孤若平生。」場景實令人為之動容，不忍觸睹。

　　諸葛亮雖科教嚴明，但絕不濫刑施典、殃及無辜，必待明察秋毫後，方才依法論處。前所舉例說明者，如：劉封、彭羕、廖立、來敏、李嚴、劉琰、馬謖、張休、李盛、黃襲、向朗、李邈等君子或小人，或誅或戮；或免官革職；或廢黜為民，皆因其人罪有應得，依法予以處分，並無因親疏遠近、高下輕重的關係，而有所差別待遇。《蜀書‧周羣傳》載云：

　　　　時州後部司馬蜀郡張裕亦曉占候，而天才過羣，諫先主曰：「不可

〔註51〕　裴松之在《蜀書‧李邵傳》中注引《華陽國志》曰：「邵兄邈，……。建興六年，亮西征。馬謖在前敗績，亮將殺之，邈諫以『秦赦孟明，用伯西戎，楚誅子玉，二世不競』，失亮意，還蜀。」見《三國志》卷四十五，宏業本，頁1086。

〔註52〕　《蜀書‧王平傳》載云：「建興六年，屬參軍馬謖先鋒。謖舍水上山，舉措煩擾，平連規諫謖，謖不能用，大敗於街亭。眾盡星散，惟平所領千人，鳴鼓自持，魏將張郃疑其伏兵，不往偪也。於是平徐徐收合諸營遺迸，率將士而還。丞相亮既誅馬謖及將軍張休、李盛，奪將軍黃襲等兵，平特見崇顯，加拜參軍，統五部兼當營事，進位討寇將軍，封亭侯。」見《三國志》卷四十三，宏業本，頁1050。

〔註53〕　裴松之在《蜀書‧趙雲傳》中注引《雲別傳》曰：「亮曰：『街亭軍退，兵將不復相錄，箕谷軍退，兵將初不相失，何故？』芝答曰：『雲身自斷後，軍資什物，略無所棄，兵將無緣相失。』雲有軍資餘絹，亮使分賜將士，雲曰：『軍事無利，何為有賜？其物請悉入赤岸府庫，須十月為冬賜。』亮大善之。」見《三國志》卷三十六，宏業本，頁950。

爭漢中，軍必不利。」先主竟不用裕言，果得地而不得民也。遣將軍吳蘭、雷銅等入武都，皆沒不還，悉如羣言。於是舉羣茂才。裕又私語人曰：「歲在庚子，天下當易代，劉氏祚盡矣。主公得益州，九年之後，寅卯之間當失之。」人密白其言。初，先主與劉璋會涪時，裕爲璋從事，侍坐。其人饒鬚，先主嘲之曰：「昔吾居涿縣，特多毛姓，東西南北皆諸毛也，涿令稱曰『諸毛繞涿居乎』！」裕即答曰：「昔有作上黨潞長，遷爲涿令（涿令）者，去官還家，時人與書，欲署潞則失涿，欲署涿則失潞，乃署曰『潞涿君』。」先主無鬚，故裕以此及之。<u>先主常銜其不遜，加忿其漏言，乃顯裕諫爭漢中不驗，下獄，將誅之。諸葛亮表請其罪，先主答曰：「芳蘭生門，不得不鉏。」裕遂棄市。</u>後魏氏之立，先主之薨，皆如裕所刻。（頁1020～1021）

由此可見，諸葛亮對於劉備但憑個人的情感好惡，即擬藉故誅殺張裕（西元？～？年）的行爲，實表示不妥，雖表請其罪，惜並不爲劉備所接受，張裕最後仍難免一死。類似的情形，如蔣琬因飲酒沈醉、疏理政事，適巧被劉備所發現，險遭罪責刑罰；李邈因「知所不宜，無力助戰」的言論，險遭有司殺戮[註54]，都幸賴諸葛亮的請求，方才幸免於難。裴松之在《蜀書·譙周傳》中注引《蜀記》載云：「周初見亮，左右皆笑。既出，有司請推笑者，亮曰：『孤尚不能忍，況左右乎！』」皆不難得見：諸葛亮律令雖嚴，但法不妄作、刑不濫施的形象表現。

　　諸葛亮執法如水若鏡，大公無私。因其「律令嚴、賞罰明」，賞善罰惡，嫉惡如仇，除惡務盡，雖親必誅、雖友必罰，所以，「威信足」，能使「吏不容奸，人懷自厲，道不拾遺，彊不侵弱，風化肅然」；賢愚僉忘其身，共效國事，社會秩序井然。不過，諸葛亮「科教嚴明」，並身體力行所樹起的「威信」，固然能徹底折服賢愚君子者的心，使其受刑仍不怒不恨，無稍怨言；但對於小人者流，則恐怕大多是畏懼於峻法的威勢，其心實懷恨積怨已深，只

〔註54〕裴松之在《蜀書·李邵傳》中注引《華陽國志》曰：「（李）邵兄邈，字漢南，劉璋時爲牛鞞長。先主領牧，爲從事，正旦命行酒，得進見，讓先主曰：『振威以將軍宗室肺腑，委以討賊，元功未效，先寇而滅；邈以將軍之取鄙州，甚爲不宜也。』先主曰：『知其不宜，何以不助之？』邈曰：『匪不敢也，力不足耳。』有司將殺之，諸葛亮爲請，得免。」見《三國志》卷四十五，宏業本，頁1086。

是囿於諸葛亮的「威信」，而暫且忍氣吞聲。《蜀書‧楊洪傳》載云：

> 先主既稱尊號，征吳不克，還住永安。漢嘉太守黃元素為諸葛亮所
> 不善，聞先主疾病，懼有後患，舉郡反，燒臨邛城。時亮東行省疾，
> 成都單虛，是以元益無所憚。（頁 1013）

黃元（西元？～223 年）因「素性凶暴，無他恩信」，早為諸葛亮所不善，但
或可能是憑恃於劉備對他的寵信，致其惡行惡狀仍未見暴露。不過，因劉備
兵敗疾病後，其唯恐大權將旁落給諸葛亮，在「用法峻密」〔註 55〕、明察秋
毫、大公無私的科教下，其罪行必會遭到揭發，而就地正法。所以，便趁諸
葛亮東行省疾，離開成都時，舉郡造反，幸賴楊洪處事果斷，奏請太子劉禪
速派陳曶（西元？～？年）與鄭綽（西元？～？年）統領親兵，伏擊討平，
並予以懲治。

此外，裴松之在《蜀書‧李邵傳》中注引《華陽國志》載云：

> 建興六年，亮西征。馬謖在前敗績，亮將殺之，邈諫以「秦赦孟明，
> 用伯西戎，楚誅子玉，二世不競」，失亮意，還蜀。十二年，亮卒，
> 後主素服發哀三日，邈上疏曰：「呂祿、霍、禹未必懷反叛之心，孝
> 宣不好為殺臣之君，直以臣懼其偪，主畏其威，故姦萌生。亮身杖
> 彊兵，狼顧虎視，五大不在邊，臣常危之。今亮殞沒，蓋宗族得全，
> 西戎靜息，大小為慶。」後主怒，下獄誅之。（頁 1086）

李邈在失街亭後的判決會議中，因為反對處斬馬謖，與諸葛亮的意見相左，
而被免職還蜀，雖不免有池魚之殃的遭遇，致其內心生懷忿恨，但其不唯無
法體會諸葛亮「明法高才」所作的一番苦心；更忘記了諸葛亮昔日救命之恩，
竟然在諸葛亮因公殉國後，上疏誇辭毀謗。其所陳述，與蜀人的觀感情思，
實不相符，且大異其趣，因此干犯聖顏，慘遭誅殺，也是罪有應得，乃性格
與品格使然。

從黃元與李邈的行徑表現及其結果，雖不無存有再商榷的餘地，但卻也
都可顯見諸葛亮科教嚴明的威信，足以讓肖小為之膽怯的客觀實情。蜀吏中，
一些性格比較偏執的人，在諸葛亮嚴明的科教下，固然會因適應不良，易肇
事闖禍、得咎受罰，而心生怨歎；但智慮較為忠純的人，卻大多能鞭策自屬，

〔註 55〕 裴松之在《蜀書‧楊洪傳》中注引《益部耆舊傳雜記》曰：「時諸葛亮用法峻
　　　　密，陰聞祗游戲放縱，不勤所職，嘗奄往錄獄。眾人咸為祗懼。祗密聞之，
　　　　夜張燈火見囚，讀諸解狀。諸葛晨往，祗悉已闇誦，答對解釋，無所凝滯，
　　　　亮甚異之。」見《三國志》卷四十一，宏業本，頁 1015。

心悅臣服，縱使因過受罰，仍能甘之如飴。其間的差別，恐怕並非執法者與法律本身的問題，而乃受罰者咎由自取所使然。郭沖所言「自君子小人咸懷怨歎」之語，實有失偏頗，不難見知。

綜上所述，可知陳壽與裴松之對於諸葛亮「立法施度，科教嚴明」，能廓然大公、徹底無私地執行「賞罰必信，無惡不懲，無善不顯」、「賞不遺遠，罰不阿近，爵不可以無功取，刑不可以貴勢免」的律令，雖然不免有君子「惜赦」（實爲「赦不妄下」）之議，與小人「因畏生怨」的情形發生，但終能使蜀國「賢愚僉忘其身」，「吏不容奸，人懷自厲，道不拾遺，彊不侵弱，風化肅然」，政治清明。對此，陳壽評贊曰：「諸葛亮之爲相國也，撫百姓，示儀軌，約官職，從權制，開誠心，布公道；盡忠益時者雖讎必賞，犯法怠慢者雖親必罰，服罪輸情者雖重必釋，游辭巧飾者雖輕必戮；善無微而不賞，惡無纖而不貶；庶事精練，物理其本，循名責實，虛僞不齒；終於邦域之內，咸畏而愛之，刑政雖峻而無怨者，以其用心平而勸戒明也。可謂識治之良才，管、蕭之亞匹矣。」〔註56〕可謂客觀公允。

第四節　《蜀書》中的諸葛亮——「品德高尙」方面

其三，就人物在「品德高尙」方面的表現而言，這類形象的描繪大多反映於諸葛亮「高風亮節」的事件與談論中；而其具體的形象切面，則有：忠貞愛國、敬老尊賢、察納雅言、清廉公正、情深義重等特質表現。茲分別舉例說明如下：

一、忠貞愛國

「忠貞」是諸葛亮在品德上表現得最爲突出的一項特質，而這項特質，自其受到劉備的三顧茅廬，敦請出山輔佐開始，即已漸次顯露。〈諸葛亮本傳〉所載〈出師表〉中，其自云：「臣本布衣，躬耕於南陽，苟全性命於亂世，不求聞達於諸侯。先帝不以臣卑鄙，猥自枉屈，三顧臣於草廬之中，諮臣以當世之事，由是感激，遂許先帝以驅馳。」可見韜光養晦、倚時而出的「臥龍」，乃是因受劉備「三顧茅廬」的恩情，才被感動得出山相輔，並非如《魏略》與《九州春秋》中所載般，是爲尋求政治表現方主動依附劉備。

〔註56〕見《三國志》卷三十五，宏業本，頁934。

也正因劉備雍容大度、信義彰著，又爲漢室的宗親族裔，能猥自枉屈，親赴隆中敦請，充分地展現出人主的風範，諸葛亮的龍吟（《梁父吟》）之志，方能與之應和，進而甘願爲當時幾乎無立錐之地的劉備，效犬馬之力，以圖謀興復漢室，乃至「鞠躬盡瘁，死而後已」。裴松之在其〈本傳〉中注引《袁子》曰：

> 張子布薦亮於孫權，亮不肯留。人問其故，曰：「孫將軍可謂人主，然觀其度，能賢亮而不能盡亮，吾是以不留。（頁916）

裴氏認爲：「袁孝尼著文立論，甚重諸葛之爲人，至如此言則失之殊遠。觀亮君臣相遇，可謂希世一時，終始以分，誰能間之？寧有中違斷金，甫懷擇主，設使權盡其量，便當翻然去就乎？葛生行己，豈其然哉！關羽爲曹公所獲，遇之甚厚，可謂能盡其用矣，猶義不背本，曾謂孔明之不若雲長乎！」可見裴氏對於袁準〔註57〕（西元？～？年）此說，深不以爲然，除予以辟謬外，並指陳諸葛亮忠貞的心志，絕不下於關羽，更遑論會有易事二主的念頭發生。

諸葛亮的「忠貞觀念」與三國時代的許多智勇之士，並不相同，其擇主之道與價值取向，實存有愛國之心與三顧恩情的考量，所以，只端視人主的度量而定其去留的袁氏說法，自然不爲裴氏所接受。否則，當劉備病篤臨崩，舉國託孤給諸葛亮時，不正是其才識盡用的最佳機會？且一旦總攬政權，大可反臣爲君，取而代之，以建立諸葛王朝，或降魏稱藩，實犯不著要委屈自己去輔佐扶不起的阿斗，或以蜀國弱勢的力量去對抗強勢的曹魏政權，卻換來悲劇式的下場。裴松之在〈諸葛亮本傳〉中注引《亮集》曰：

> 是歲，魏司徒華歆、司空王朗、尚書令陳群、太史令許芝、謁者僕射諸葛璋各有書與亮，陳天命人事，欲使舉國稱藩。亮遂不報書，作正議曰：「昔在項羽，起不由德，雖處華夏，秉帝者之勢，卒就湯鑊，爲後永戒。魏不審鑒，今次之矣；免身爲幸，戒在子孫。而二三子各以耆艾之齒，承僞指而進書，有若崇、竦稱莽之功，亦將偭于元禍苟免者邪！昔世祖之創跡舊基，奮羸辛數千，摧莽彊旅四十餘萬於昆陽之郊。夫據道討淫，不在眾寡。及至孟德，以其譎勝之力，舉數十萬之師，救張郃於陽平，勢窮慮悔，僅能自脫，辱其鋒

〔註57〕 袁準，字孝尼，陳郡陽夏（今河南太康縣）人，生卒年不詳。在晉武帝泰始年間位給事中，當是三國末、西晉初人。

銳之眾，遂喪漢中之地，深知神器不可妄獲，旋還未至，感毒而死。
子桓淫逸，繼之以簒。縱使二三子多逞蘇、張詭靡之說，奉進驩兜
滔天之辭，欲以訕毀唐帝，諷解禹、稷，所謂徒喪文藻煩勞翰墨者
矣。夫大人君子之所不為也。又軍誡曰：『萬人必死，橫行天下。』
昔軒轅氏整卒數萬，制四方，定海內，況以數十萬之眾，據正道而
臨有罪，可得干擬者哉！」（頁918～919）

又裴氏在《蜀書·李嚴傳》中注引《諸葛亮集》〈嚴與亮書〉載云：

（嚴）勸亮宜受九錫，進爵稱王。亮答書曰：「吾與足下相知久矣，
可不復相解！足下方誨以光國，戒之以勿拘之道，是以未得默已。
吾本東方下士，誤用於先帝，位極人臣，祿賜百億，今討賊未效，
知己未答，而方寵齊、晉，坐自貴大，非其義也。若滅魏斬叡，帝
還故居，與諸子並升，雖十命可受，況於九邪！」（頁999）

由此可知，無論對外有曹魏集團中華歆（西元157～231年）、王朗（西元？
～228年）、陳群、許芝（西元？～？年）、諸葛璋（西元？～？年）等謀士，
相繼連番地與書「剖之以理」、「威之以力」，陳說以「天命人事」，規勸其
舉國投降稱藩；抑或是對內有託孤重臣李嚴的「導之以勢」、「誘之以利」，
勸請其進爵稱王，諸葛亮「忠貞愛國」的心志都未曾動搖過。凡事秉持其
「正道由德」的基本信念，堅決奉行其「大人君子之所當為」的「公義」之
路，非但心無二志、不妄自尊大，直至臨死當頭，其仍舊憂國忘身，佈達後
事〔註58〕，真可謂為道德彰著、高風亮節的忠貞志士。

二、敬老尊賢

諸葛亮對於一些德高年劭或智老賢能之士，向來是尊敬有加，時常趨前
問安，多所請益，而這項特質，早在其隆中躬讀的生活期間，即已漸次表露。
裴松之在《蜀書·龐統傳》中注引《襄陽記》載云：

諸葛孔明為臥龍，龐士元為鳳雛，司馬德操為水鏡，皆龐德公語也。

〔註58〕裴松之在《鄧張宗楊傳》中注引《益部耆舊雜記》載云：「諸葛亮於武功病篤，
後主遣福省侍，遂因諮以國家大計。福往具宣聖旨，聽亮所言，至別去數日，
忽馳思未盡其意，遂卻騎馳還見亮。亮語福曰：『孤知君還意。近日言語，雖
彌日有所不盡，更來一決耳。君所問者，公琰其宜也。』福謝：『前實失不諮
請公，如公百年後，誰可任大事者？故輒還耳。乞復請，蔣琬之後，誰可任
者？』亮曰：『文偉可以繼之。』又復問其次，亮不答。福還，奉使稱旨。」
見《三國志》卷四十五，宏業本，頁1087。

德公，襄陽人。<u>孔明每至其家，獨拜床下，德公初不令止</u>。德操嘗
造德公，值其渡沔，上祀先人墓，德操徑入其室，呼德公妻子，使
速作黍，「徐元直向云有客當來就我與龐公譚。」其妻子皆羅列拜於
堂下，奔走供設。須臾，德公還，直入相就，不知何者是客也。德
操年小德公十歲，兄事之，呼作龐公，故世人遂謂龐公是德公名，
非也。德公子山民，亦有令名，娶諸葛孔明小姊，為魏黃門吏部郎，
早卒。子渙，字世文，晉太康中為牂牁太守。統，德公從子也，少
未有識者，惟德公重之，年十八，使往見德操。德操與語，既而歎
曰：「德公誠知人，此實盛德也。」（頁 953～954）

龐德公（西元？～？年）為襄陽一帶德高望重的前輩，其學識涵養與鑒識才
能更是當時品壇的翹楚，與司馬徽二人同為荊州品評人物的代表領袖，因其
識人有術，所作評語，如諸葛孔明「臥龍」、龐士元「鳳雛」、司馬德操「水
鏡」等，皆相印合，故每為世人所信服、讚揚。諸葛亮「每至其家，獨拜床
下」，可見其對龐德公更是以師事之，並不單純只是尊敬一般長者或者親家長
輩，而乃有所請益於德性、學養與才識方面的增長。龐德公「初不令止」，也
是視其如徒，真心對待，多所指導，為其青年時期的品性人格，奠基、助益
匪淺，使諸葛亮養成了「高風亮節」的盛德氣象。

　　諸葛亮所養成的盛德氣象，不唯使其在躬讀時期即能尊師重道外，就是
在出山輔佐劉備父子時期也能敬老尊賢，凡事以公義為重，絕不逞能嫉才。
具體的實例，表現在「敬老」方面，有對龐統之父、許靖（西元？～222 年）、
杜微（西元？～？年）等人的拜謁禮敬；表現在「尊賢」方面，則有對龐統、
法正、劉巴等人的雅量推尊。

　　龐統與諸葛亮為舊識故交，又有姻親關係，「龍鳳」齊名於世，才識更不
亞於諸葛亮，且「吳人多聞其名」〔註59〕，惜當赤壁大戰後，其往依劉備時，
卻只被受任以微職，最後落得「在縣不治，免官」的下場。幸賴魯肅與諸葛
亮二人的推尊、舉薦，其方能受到劉備的重用，得以抒展情志與才器。對此，
《蜀書·龐統傳》載云：

先主領荊州，統以從事守耒陽令，在縣不治，免官。吳將魯肅遺先
主書曰：「龐士元非百里才也，使處治中、別駕之任，始當展其驥足
耳。」<u>諸葛亮亦言之於先主</u>，先主見與善譚，大器之，以為治中從

〔註59〕見《三國志》卷三十七，宏業本，頁 953。

事。親待亞於諸葛亮，遂與亮並爲軍師中郎將。亮留鎮荊州，統隨
從入蜀。……進圍雒縣，統率眾攻城，爲流矢所中，卒，時年三十
六。先主痛惜，言則流涕。<u>拜統父議郎，遷諫議大夫，諸葛亮親爲
之拜。</u>（頁 954～956）

龐統受到劉備的大器任用，「與亮並爲軍師中郎將」，多少對於諸葛亮權力的
「盡用」空間，會產生些排擠的效應，這從劉備謀取益州之行，「攜統入蜀，
留亮鎮荊」的舉措，即可見知一二。不過，諸葛亮非但不以爲意，先是亟力
推尊、舉薦，使之備受重用；後來權力爲其瓜分時，也無任何怨言增生，這
絕不僅只因龐統與諸葛亮有故交情誼，其名實才幹確係相符、不凡外，更乃
由於諸葛亮有容人的盛德雅量，凡事以公義爲重，方能無稍顧慮、嫉妒。茲
觀其在龐統因公殉職後，視統父如同己父，「親爲之拜」，即可見知諸葛亮「敬
老尊賢」的仁愛品德。

　　諸葛亮「尊賢、惜才，而不嫉能」的類似情形，也同樣落實在其對待法
正的行爲態度上。《蜀書‧法正傳》載云：

先主立爲漢中王，以正爲尚書令、護軍將軍。明年卒，時年四十五。
先主爲之流涕者累日。諡曰翼侯。……<u>諸葛亮與正，雖好尚不同，
以公義相取。</u>亮每奇正智術。先主既即尊號，將東征孫權以復關羽
之恥，群臣多諫，一不從。章武二年，大軍敗績，還住白帝。亮歎
曰：「法孝直若在，則能制主上，令不東行；就復東行，必不傾危
矣。」（頁 961～962）

法正因功受到劉備的重用後，「外統都畿，內爲謀主。一湌之德，睚眦之怨，
無不報復，擅殺毀傷己者數人」〔註60〕，陳壽評其曰：「著見成敗，有奇畫策
算，然不以德素稱也」〔註61〕，因此，就品格而言，其實在稱不上賢德之
士，不過，若以才謀智術來看，則其確爲劉備集團中少數能與諸葛亮並比的
謀士，特別是在龐統因公去世後，這類多智敢言，又受劉備雅愛信任的謀
士，更是不可多得。所以，諸葛亮儘管與其「好尚不同」，但仍能「以公義
相取」，未曾因人廢言、妒才嫉能，其品格之純正與氣度之高雅，於此可見
一斑。

　　再如前文所述，劉巴因曾輕蔑過張飛，致張飛「忿恚」，並得罪了劉備，

〔註60〕見《三國志》卷三十七，宏業本，頁960。
〔註61〕見同前註，頁962。

諸葛亮能以尊賢、惜才為由，不吝「數稱薦之」，使其備受重用，而大展長才，為府庫軍需，充實良多，也可併相證見諸葛亮敬賢、惜才，以公推舉的胸襟與氣度，確實不凡。此外，如其對「年逾七十，愛樂人物，誘納後進，清談不倦」的許靖，能以丞相之尊親「為之拜」〔註62〕；對「常稱聾，閉門不出，自乞老病求歸」的杜微，能「輿而致之」，「坐上與書」敬詢問答〔註63〕，再再都顯示了諸葛亮敬老尊賢、禮賢下士的高尚品德。

三、察納雅言

諸葛亮既然有寬容賢才俊士，或可能存在排擠其受到主公盡用的雅量，則其對於同僚或者下屬的諫言，自然更會察納雅言，勇於反省，並虛心接受。《蜀書·董和傳》載云：

> 亮後為丞相，教與群下曰：「夫參署者，集眾思廣忠益也。若遠小嫌，難相違覆，曠闕損矣。違覆而得中，猶棄弊蹻而獲珠玉。然人心苦不能盡，惟徐元直處茲不惑，又董幼宰參署七年，事有不至，至于十反，來相啟告。苟能慕元直之十一，幼宰之殷勤，有忠於國，則亮可少過矣。」又曰：「昔初交州平，屢聞得失，後交元直，勤見啟誨，前參事於幼宰，每言則盡，後從事於偉度，數有諫止；雖姿性鄙暗，不能悉納，然與此四子終始好合，亦足以明其不疑於直言也。」
>
> （頁979～980）

諸葛亮身為丞相，在藉由追思董和忠言諫告的懿行時，趁機教導下屬宜集思

〔註62〕 《蜀書·許靖傳》，見《三國志》卷三十八，宏業本，頁967。

〔註63〕 《蜀書·杜微傳》載云：「及先主定蜀，微常稱聾，閉門不出。建興二年，丞相亮領益州牧，選迎皆妙簡舊德，以秦宓為別駕，五梁為功曹，微為主簿。微固辭，輿而致之。既致，亮引見微，微自陳謝。亮以微不聞人語，於坐上與書曰：『服聞德行，飢渴歷時，清濁異流，無緣咨覲。王元泰、李伯仁、王文儀、楊季休、丁君幹、李永南兄弟、文仲寶等，每歎高志，未見如舊。猥以空虛，統領貴州，德薄任重，慘慘憂慮。朝廷（主公）今年始十八，天姿仁敏，愛德下士。天下之人思慕漢室，欲與君因天順民，輔此明主，以隆季興之功，著勳於竹帛也。以謂賢愚不相為謀，故自割絕，守勞而已，不圖自屈也。』微自乞老病求歸，亮又與書答曰：『曹丕篡弒，自立為帝，是猶土龍芻狗之有名也。欲與群賢因其邪偽，以正道滅之。怪君未有相誨，便欲求還於山野。丕又大興勞役，以向吳、楚。今因丕多務，且以閉境勤農，育養民物，並治甲兵，以待其挫，然後伐之，可使兵不戰民不勞而天下定也。君但當以德輔時耳，不責君軍事，何為汲汲欲求去乎！』其敬微如此。拜為諫議大夫，以從其志。」見《三國志》卷四十二，宏業本，頁1019～1020。

廣益，效法崔州平、徐庶、董和、胡濟（西元？～？年）等人，勇於進獻諫言，以使自己「聞得失」、「見啓誨」，可以少過，而有益於國家。以蜀漢實際領導人之尊，竟然肯向下屬虛心討教，願察納雅言，其此舉，正是向群臣明白表示：忠言雖然逆耳，但其絕不會因言廢人，縱使意見不能全部被採納，也會與諫言者終始好合，無所懷疑。如此，自然能大開進言的門路，而使蜀漢人謀彰顯，裨益國事。

諸葛亮能察納雅言的品德，也絕非僅只是利用機會，故說場面話以拉攏人心而已，其確實是身體力行，言出必為，無稍欺騙，所以，其同儕自然非常樂於向他進獻諫言。《蜀書・馬良傳》載云：

> 及先主入蜀，諸葛亮亦從後往，良留荊州，與亮書曰：「聞雒城已拔，此天祚也。尊兄應期贊世，配業光國，魄兆見矣。夫變用雅慮，審貴垂明，於以簡才，宜適其時。若乃和光悅遠，邁德天壤，使時閒於聽，世服於道，齊高妙之音，正鄭、衛之聲，並利於事，無相奪倫，此乃管絃之至，牙、曠之調也。雖非鍾期，敢不擊節！」

（頁 982）

馬良與諸葛亮情同兄弟﹝註 64﹞，早在劉備順利入主益州時，其即以書向諸葛亮進獻諫言，叮嚀他要不負眾望，克盡才能，「應期贊世，配業光國」，使時局趨向清平，德耀天地。言語間，不唯可見馬良對諸葛亮的冀望甚深且重外，更可見其人直言坦誠的作風，而受言者雍容大度的雅量也隱約顯露。

不唯同儕如此，就連其下屬也都不畏責難，敢於向諸葛亮進獻諫言。《蜀書・王連傳》載云：

> 時南方諸郡不賓，諸葛亮將自征之，連諫以為「此不毛之地，疫癘之鄉，不宜以一國之望，冒險而行」。亮慮諸將才不及己，意欲必往，而連言輒懇至，故停留者久之。（頁 1009～1010）

王連身為丞相長史，有見於諸葛亮要以「一國之望」，冒險涉行至「不毛之地，疫癘之鄉」，親自領軍征服南中亂事，實在不妥，便諫言懇請勿行。對此，諸葛亮自然明白，也不否認王連的話中確存有道理，但其卻因有感於自己身負輔國的重任，加上是時蜀國的大將除趙雲外，大多已凋零殆盡，剩下的將領在才能方面又都不如自己，所以，仍執意前往，只因王連的言辭懇切，使其

﹝註64﹞ 裴松之在《蜀書・馬良傳》中注云：「良蓋與亮結為兄弟，或相與有親；亮年長，良故呼亮為尊兄耳。」見《三國志》卷三十九，宏業本，頁983。

深受感動，以致不得不暫時緩兵停留，等到王連去世之後，其方才親領大軍，進行南征。

　　王連所進諫的忠言，雖然不爲諸葛亮所接受，但絕非是因爲二人在基本理念上有何迥異，或者此是彼非，大相逕庭，只由於其各自的身分與立場不同，以致思維視角與考量決斷的做爲，自然產生差異，究其出發心，實都乃爲國設想立論，並無私情利害的成分，所以，諸葛亮的「停留者久之」，也不失爲「察納雅言」以「體恤下屬」的用心與品德。類似的情形，也同樣發生在楊顒（西元？～？年）對於諸葛亮的直言諍諫上。裴松之在《鄧張宗楊傳》中注引《襄陽記》載云：

> 楊顒字子昭，楊儀宗人也。入蜀，爲巴郡太守，丞相諸葛亮主簿。
> 亮嘗自校簿書，顒直入諫曰：「爲治有體，上下不可相侵，請爲明公以作家譬之。今有人使奴執耕稼，婢典炊爨，雞主司晨，犬主吠盜，牛負重載，馬涉遠路，私業無曠，所求皆足，雍容高枕，飲食而已，忽一旦盡欲以身親其役，不復付任，勞其體力，爲此碎務，形疲神困，終無一成。豈其智之不如奴婢雞狗哉？失爲家主之法也。是故古人稱坐而論道謂之三公，作而行之謂之士大夫。故邴吉不問橫道死人而憂牛喘，陳平不肯知錢穀之數，云自有主者，彼誠達於位分之體也。今明公爲治，乃躬自校簿書，流汗竟日，不亦勞乎！」亮謝之。後爲東曹屬典選舉。顒死，亮垂泣三日。（頁 1083）

楊顒的諍諫關懷與諸葛亮的敬謝納言，「顒死，亮垂泣三日」，再再都顯示了諸葛亮「察納雅言」與「愛護下屬」的胸襟氣度，若非居上位者有此品德特質，居下位者又怎敢（肯）斗膽諫言，或坦誠告誡，以干犯上位者的顏威？

四、清廉公正

　　諸葛亮一生憂心國事，忠勤職守，廉潔奉公，所以，在生活上能不慕榮譽，儉樸度日，在爲人處事上也能清廉公正，不貪贓枉法，私相授受。《蜀書·諸葛亮傳》載云：

> 初，亮自表後主曰：「成都有桑八百株，薄田十五頃，子弟衣食，自有餘饒。至於臣在外任，無別調度，隨身衣食，悉仰於官，不別治生，以長尺寸。若臣死之日，不使內有餘帛，外有贏財，以負陛下。」
> 及卒，如其所言。（頁 927）

這是諸葛亮生前呈給劉禪的最後一道表文，內容談及其個人的家居生活，簡

樸素約。以一國的丞相之尊，又爲實權的掌握者，竟然能做到身居高位而不隨意增置私產，實在難能可貴；且直至其臨死時，仍遺命囑咐：「葬漢中定軍山，因山爲墳，冢足容棺，斂以時服，不須器物。」〔註65〕更是在崇尚厚葬的民風中，十分少見的事例。諸葛亮在去世之後，史稱「如其所言」，即充分地展現出其清廉的思想品格。

諸葛亮這種治國治家的清廉品格與作爲，也直接影響了其所栽培的蜀國官吏，如：「家不積財。兒子皆令布衣素食，出入不從車騎，無異凡人」〔註66〕的費禕；「宅舍弊薄，資財無餘，側室無妾媵之褻，後庭無聲樂之娛，衣服取供，輿馬取備，飲食節制，不奢不約，官給費用，隨手消盡」、「清素節約」〔註67〕的姜維；「身之衣食資仰於官，不苟素儉，然終不治私產，妻子不免飢寒，死之日家無餘財」〔註68〕的鄧芝等人，這些人在諸葛亮去世之後，都成爲蜀國軍政大權的重臣要員，也都能「咸承諸葛之遺規」，忠勤職守，廉潔奉公，使得節儉美德，上行下效，蔚然成風，進而吏治清明，政權穩定。

諸葛亮治國理家，不唯清廉儉樸，不濫用職權，私相授受，樹立黨派，從中謀利；也非常公正無私，舉才唯賢，公私分明，所以，就連與其有血緣關係的至親兄弟與子女，在蜀國的官場仕途上，都未能享有「一人得道，雞犬升天」、「附驥尾而行千里」的特殊禮遇。如其弟諸葛均，史載：「亮弟均，官至長水校尉。」〔註69〕以「一國之望」的諸葛丞相，更是蜀漢實政的掌權人，其弟竟然只能做到四品官的「長水校尉」〔註70〕，這在家天下的中國政

〔註65〕見《三國志》卷三十五，宏業本，頁927。

〔註66〕裴松之在《蜀書·費禕傳》中注引《禕別傳》載云：「禕雅性謙素，家不積財。兒子皆令布衣素食，出入不從車騎，無異凡人。」見《三國志》卷四十四，宏業本，頁1062。

〔註67〕《蜀書·姜維傳》載云：「郤正著論論維曰：『姜伯約據上將之重，處群臣之右，宅舍弊薄，資財無餘，側室無妾媵之褻，後庭無聲樂之娛，衣服取供，輿馬取備，飲食節制，不奢不約，官給費用，隨手消盡；察其所以然者，非以激貪厲濁，抑情自割也，直謂如是爲足，不在多求。凡人之談，常譽成毀敗，扶高抑下，咸以姜維投厝無所，身死宗滅，以是貶削，不復料摘，異乎春秋褒貶之義矣。如姜維之樂學不倦，清素節約，自一時之儀表也。』」見《三國志》卷四十四，宏業本，頁1068。

〔註68〕《蜀書·鄧芝傳》，見《三國志》卷四十五，宏業本，頁1073。

〔註69〕見《三國志》卷三十五，宏業本，頁928。

〔註70〕東漢時所設置的五校尉之一。負責統領中央禁衛軍中的胡騎兵。秩比二千石。

權結構裡，確實罕見。

《世說新語‧品藻》載云：「諸葛瑾弟亮，及從弟誕，並有盛名，各在一國。于時以爲『蜀得其龍，吳得其虎，魏得其狗。』」才幹有別的「南陽三葛」兄弟，在三國時期都能「並有盛名」，相當程度地顯示了諸葛氏家族基因品質方面的優良，而諸葛均卻未能入列，或者獲得充分的發展，聲名大噪，茲恐非因其才幹不足，無法勝任重擔，而乃多可能是由於諸葛亮「清廉公正」的思想品格使然。諸葛亮處事大公無私，一視同仁，絕不操權弄柄，私相授受；對此，諸葛均自然知之甚篤，或可能正是基於避免爲其兄增添些麻煩，以落人口實的心理因素，所以，其才會不想要去攀親帶故，行事刻意低調，終致落得《蜀書》無傳的下場。但也或許是因諸葛亮爲讓其弟多所磨練，特意安排他要從基層工作開始做起，在「爵不可以無功取」的原則下，諸葛均才遲遲無法順利獲得升遷。

諸葛亮處事公正無私，不驕縱至親子弟，使其攀親帶故，即平步青雲，類似的情形事例，也見諸於其對繼子諸葛喬的教育當中。裴松之在《蜀書‧諸葛喬傳》中注引《亮與兄瑾書》曰：「喬本當還成都，今諸將子弟皆得傳運，思惟宜同榮辱。今使喬督五六百兵，與諸子弟傳於谷中。」〔註71〕諸葛喬時爲駙馬都尉，已屬皇親貴族，但諸葛亮卻仍然令其要與諸將子弟「宜同榮辱」，在山谷中從事傳運的辛苦工作，其目的即是爲了要鍛鍊與培養諸葛喬的體魄及才幹，使之日後能成爲國家的重器，只可惜諸葛喬後來英年早逝，未能大展長才，建功立業，不過，從這件事例中，也可清楚地印見到諸葛亮「公正無私」的思想品格。

五、情深義重

諸葛亮處事雖然公正無私，但其爲人卻也情深義重，絕非薄情寡義者流。茲觀前文所言，其「受遺託孤，出師北伐，臨表涕零」、「揮淚泣斬馬謖，親自臨祭，待其遺孤若平生」、「顒死，垂泣三日」、「廢平爲民，與書教勉李豐」等，都不難見知其人在秉公理政之際，恩威並濟、義理兼顧，仍不失有眞實情感的自然流露，確係爲有情中人。

諸葛亮情深義重的品德表現，透過其與兄弟、朋友、下屬等的互動關懷

三國時爲第四品，有屬官。
〔註71〕 裴氏注云：「書在《亮集》。」見《三國志》卷三十五，宏業本，頁932。

中，也可清楚觀照得到。《蜀書‧諸葛喬傳》載云：

> 喬字伯松，亮兄瑾之第二子也，本字仲慎。與兄元遜俱有名於時，
> 論者以爲喬才不及兄，而性業過之。<u>初，亮未有子，求喬爲嗣，瑾</u>
> <u>啓孫權遣喬來西，亮以喬爲己適子，故易其字焉。拜爲駙馬都尉，</u>
> <u>隨亮至漢中。</u>年二十五，建興（元）〔六〕年卒。子攀，官至行護軍
> 翊武將軍，亦早卒。<u>諸葛恪見誅於吳，子孫皆盡，而亮自有胄裔，</u>
> <u>故攀還復爲瑾後。</u>（頁 931～932）

諸葛亮早年無子，向其兄諸葛瑾求喬爲嗣後，即視諸葛喬如同己出，對繼子
關懷備至，用心栽培，並寄予厚望，時常將之帶在身邊，親自加以調教、鍛
鍊，可惜諸葛喬二十五歲即英年早逝。在諸葛恪（西元 203～253 年）被夷誅
三族後，諸葛瑾的子孫皆已殆盡，諸葛亮當時因已有親生的兒子諸葛瞻，便
將諸葛喬的孤子諸葛攀（西元？～？年），還復給其兄爲嗣。這兄弟間互繼子
女的行爲，本爲中國民間常見的傳統習俗，或許不足稱奇，但從諸葛兄弟在
上述往返嗣子的過程中，其人兄友弟恭，手足情誼的眞摯表露，卻也已躍然
紙上。又裴松之在《蜀書‧諸葛亮傳》中注引《魏略》載云：

> 庶先名福，本單家子，少好任俠擊劍。中平末，嘗爲人報讎，白堊
> 突面，被髮而走，爲吏所得，問其姓字，閉口不言。吏乃於車上立
> 柱維磔之，擊鼓以令於市廛，莫敢識者，而其黨伍共篡解之，得脫。
> 於是感激，棄其刀戟，更疏巾單衣，折節學問。始詣精舍，諸生聞
> 其前作賊，不肯與共止。福乃卑躬早起，常獨掃除，動靜先意，聽
> 習經業，義理精熟。遂與同郡石韜相親愛。初平中，中州兵起，乃
> 與韜南客荊州，到，又與諸葛亮特相善。及荊州內附，孔明與劉備
> 相隨去，福與韜俱來北。至黃初中，韜仕歷郡守、典農校尉，福至
> 右中郎將、御史中丞。逮大和中，<u>諸葛亮出隴右，聞元直、廣元仕</u>
> <u>財如此，歎曰：「魏殊多士邪！何彼二人不見用乎？」</u>（頁 914）

徐庶與石韜（西元？～？年）二人都是諸葛亮青年時期，在荊州游學的同窗
好友，尤其是徐庶更可視爲諸葛亮的知己，當諸葛亮「躬耕隴畝，好爲《梁
父吟》，每自比於管仲、樂毅，時人莫之許」的時候，就只有崔州平與徐庶，
謂爲信然，即此可知其人交情友誼的深厚，我們若再參見前文所引《魏略》「諸
葛亮爲公威計」的載文內容，更可相爲印證出斯輩情誼匪淺。也因此，當孟
建仕途不順，「思鄉里，欲北歸」時，諸葛亮謂之曰：「中國饒士大夫，遨遊

何必故鄉邪！」勸勉其應胸懷大志，放眼天下，切勿畫地自限，孟建後來「在魏亦貴達」，或許正是受到諸葛亮的鼓舞使然；而當諸葛亮出師北伐，在隴右時聽聞到徐庶與石韜二人在魏，空懷一身的才幹，卻未能受到重用，不禁發言慨歎同儕好友際遇不順的窘境。茲此激勵與慨歎的話語中，諸葛亮情深義重的品德即朗然可見。此外，《蜀書‧張裔傳》載云：

> 會先主薨，諸葛亮遣鄧芝使吳，亮令芝言次可從權請裔。裔自至吳
> 數年，流徙伏匿，權未之知也，故許芝遣裔。（頁 1012）

張裔在雍闓（西元？～225 年）叛變時，即被縛送至東吳，原是要將之交給孫權處置，後來卻因故逃脫，不過仍受困東吳，無法歸返蜀國，只得四處「流徙伏匿」，以躲避災難，從此便與蜀漢方面失去了聯繫。劉備在興兵伐吳，猇亭戰敗羞愧病死後，諸葛亮受遺託孤，為恢復吳蜀聯盟的關係，便派遣鄧芝出使東吳，以期能重修舊好，確實執行〈隆中對〉策的戰略方針。在鄧芝出使東吳的任務中，諸葛亮還特別交代他「言次可從權請裔」，可見其在處理國事時，仍不忘關懷下屬的心情，而其誠摯的道義，也在愛才的舉措間，具體無微地表露了出來。

以上，我們透過《蜀書》中所載諸葛亮「高風亮節」的事件與談論，將其人忠貞愛國、敬老尊賢、察納雅言、清廉公正、情深義重等高尚品德的形象特質，都一一具體地給呈現出來。裴松之在《蜀書‧諸葛亮傳》中注引《襄陽記》載云：

> 黃承彥者，高爽開列，為沔南名士，謂諸葛孔明曰：「聞君擇婦；
> 身有醜女，黃頭黑色，而才堪相配。」孔明許，即載送之。時人以
> 為笑樂，鄉里為之諺曰：「莫作孔明擇婦，正得阿承醜女。」（頁
> 929）

茲觀諸葛亮娶妻注重才德，而不以貌取人，更可證明其高尚的品德，確係來源有自，並非刻意造作或譁眾取寵的表現。

綜上所述，可知《蜀書》中的諸葛亮歷史形象，在蜀人濃厚的國家情感氛圍下，雖然不免仍會有些性格偏執者流，對其「用法峻密」的作風，存在些微辭或怨言；但是基本上絕大部分的蜀民官吏，對於其所敬愛的諸葛丞相，卻都能不吝嗇地給予肯定與讚美。透過陳壽與裴松之傳注的相關記載，我們可以清楚地看到一個才識卓越、科教嚴明、品德高尚，才德兼備的「英明賢相」，正具體而微地將其：判斷佳、富謀略；鑒識高、善舉任；能調停；律令

嚴、賞罰明、威信足；忠貞愛國、敬老尊賢、察納雅言、清廉公正、情深義重等豐富的形象特質，給充分地展現於歷史舞台上，而博得了蜀國君臣全民對他由衷地欽佩與愛戴。

　　對此，呂凱（西元？～？年）在應答雍闓檄文時稱：「諸葛丞相英才挺出，深睹未萌，受遺託孤，翊贊季興，與眾無忌，錄功忘瑕」〔註72〕；鄧芝在出使東吳時對孫權說：「諸葛亮亦一時之傑也」〔註73〕；劉禪在回覆〈出師表〉的詔書上寫：「諸葛丞相弘毅忠壯，忘身憂國，先帝託以天下，以勖朕躬」

〔註72〕　《蜀書・呂凱傳》載云：「呂凱字季平、永昌不韋人也。仕郡五官掾功曹。時雍闓等聞先主薨於永安，驕黠滋甚。都護李嚴與闓書六紙，解喻利害，闓但答一紙曰：『蓋聞天無二日，土無二王，今天下鼎立，正朔有三，是以遠人惶惑，不知所歸也。』其桀慢如此。闓又降於吳，吳遙署闓爲永昌太守。永昌既在益州郡之西，道路壅塞，與蜀隔絕，而郡太守改易，凱與府丞蜀郡王伉帥屬吏民，閉境拒闓。闓數移檄永昌，稱說云云。凱答檄曰：『天降喪亂，奸雄乘釁，天下切齒，萬國悲悼，臣妾大小，莫不思竭筋力，肝腦塗地，以除國難。伏惟將軍世受漢恩，以爲當躬聚黨眾，率先啓行，上以報國家，下不負先人，書功竹帛，遺名千載。何期臣僕吳越，背本就末乎？昔舜勤民事，隕于蒼梧，書籍嘉之，流聲無窮。崩于江浦，何足可悲！文、武受命，成王乃平。先帝龍興，海內望風，宰臣聰睿，自天降康。而將軍不睹盛衰之紀，成敗之符，譬如野火在原，蹈履河冰，火滅冰泮，將何所依附？曩者將軍先君雍侯，造怨而封，竇融知興，歸志世祖，皆流名後葉，世歌其美。今諸葛丞相英才挺出，深睹未萌，受遺託孤，翊贊季興，與眾無忌，錄功忘瑕。將軍若能翻然改圖，易跡更步，古人不難追，鄙土何足宰哉！蓋聞楚國不恭，齊桓是責，夫差僭號，晉人不長，況臣於非主，誰肯歸之邪？竊惟古義，臣無越境之交，是以前後有來無往。重承告示，發憤忘食，故略陳所懷，惟將軍察焉。』凱威恩內著，爲郡中所信，故能全其節。」見《三國志》卷四十三，宏業本，頁1046～1047。

〔註73〕　《蜀書・鄧芝傳》載云：「先主薨於永安。先是，吳王孫權請和，先主累遣宋瑋、費禕等與相報答。丞相諸葛亮深慮權聞先主殂隕，恐有異計，未知所如。芝見亮曰：『今主上幼弱，初在位，宜遣大使重申吳好。』亮答之曰：『吾思之久矣，未得其人耳，今日始得之。』芝問其人爲誰？亮曰：『即使君也。』乃遣芝脩好於權。權果狐疑，不時見芝，芝乃自表請見權曰：『臣今來亦欲爲吳，非但爲蜀也。』權乃見之，語芝曰：『孤誠願與蜀和親，然恐蜀主幼弱，國小勢偪，爲魏所乘，不自保全，以此猶豫耳。』芝對曰：『吳、蜀二國四州之地，大王命世之英，諸葛亮亦一時之傑也。蜀有重險之固，吳有三江之阻，合此二長，共爲脣齒，進可并兼天下，退可鼎足而立，此理之自然也。大王今若委質於魏，魏必上望大王之入朝，下求太子之內侍，若不從命，則奉辭伐叛，蜀必順流見可而進，如此，江南之地非復大王之有也。』權默然良久曰：『君言是也。』遂自絕魏，與蜀連和，遣張溫報聘於蜀。」見《三國志》卷四十五，宏業本，頁1071～1072。

〔註74〕；以及楊戲〈贊諸葛丞相〉的頌詞〔註75〕等等，也都可相爲印證。

第五節　《吳書》中的諸葛亮

　　相對於魏、蜀兩國人民，因爲彼此政治立場的強烈不同，而呈現出對諸
葛亮褒貶不一，且兩極化的現象；在《吳書》的相關記載中，吳人對於同盟
陣營的領導人諸葛亮的印象與看法，雖然資料有限，可能比較片面，但卻也

〔註74〕　裴松之在《蜀書・後主傳》中注引《諸葛亮集》載禪三月下詔曰：「朕聞天地
　　　　之道，福仁而禍淫；善積者昌，惡積者喪，古今常數也。是以湯、武脩德而
　　　　王，桀、紂極暴而亡。曩者漢祚中微，網漏凶慝，董卓造難，震蕩京畿。曹
　　　　操階禍，竊執天衡，殘剝海內，懷無君之心。子丕孤豎，敢尋亂階，盜據神
　　　　器，更姓改物，世濟其凶。當此之時，皇極幽昧，天下無主，則我帝命隕越
　　　　于下。昭烈皇帝體明叡之德，光演文武，應乾坤之運，出身平難，經營四方，
　　　　人鬼同謀，百姓與能。兆民欣戴。奉順符讖，建位易號，丕承天序，補弊興
　　　　衰，存復祖業，誕膺皇綱，不墜於地。萬國未定，早世遐殂。朕以幼沖，繼
　　　　統鴻基，未習保傅之訓，而嬰祖宗之重。六合壅否，社稷不建，永惟所以，
　　　　念在匡救，光載前緒，未有攸濟，朕甚懼焉。是以夙興夜寐，不敢自逸，每
　　　　從菲薄以益國用，勸分務稽以阜民財，授方任能以參其聽，斷私降意以養將
　　　　士。欲奮劍長驅，指討凶逆，朱旗未舉，而丕復隕喪，斯所謂不燃我薪而自
　　　　焚也。殘類餘醜，又支天禍，恣睢河、洛，阻兵未弭。諸葛丞相弘毅忠壯，
　　　　忘身憂國，先帝託以天下，以勖朕躬。今授之以旄鉞之重，付之以專命之
　　　　權，統領步騎二十萬眾，董督元戎，龔行天罰，除患寧亂，克復舊都，在此
　　　　行也。昔項籍總一彊眾，跨州兼土，所務者大，然卒敗垓下，死於東城，宗
　　　　族（如焚）〔焚如〕，爲笑千載，皆不以義，陵上虐下故也。今賊效尤，天人
　　　　所怨，奉時宜速，庶憑炎精祖宗威靈相助之福，所向必克。吳王孫權同恤災
　　　　患，潛軍合謀，掎角其後。涼州諸國王各遣月支、康居胡侯支富、康植等二
　　　　十餘人詣受節度，大軍北出，便欲率將兵馬，奮戈先驅。天命既集，人事又
　　　　至，師貞勢并，必無敵矣。夫王者之兵，有征無戰，尊而且義，莫敢抗也，
　　　　故鳴條之役，軍不血刃，牧野之師，商人倒戈。今旍麾首路，其所經至，亦
　　　　不欲窮兵極武。有能棄邪從正，簞食壺漿以迎王師者，國有常典，封寵大
　　　　小，各有品限。及魏之宗族、支葉、中外，有能規利害、審逆順之數，來詣
　　　　降者，皆原除之。昔輔果絕親於智氏，而蒙全宗之福，微子去殷，項伯歸
　　　　漢，皆受茅土之慶。此前世之明驗也。若其迷沈不反，將助亂人，不式王
　　　　命，戮及妻孥，固有攸赦。廣宣恩威，貸其元帥，弔其殘民。他如詔書律令，
　　　　丞相其露布天下，使稱朕意焉。」見《三國志》卷三十三，宏業本，頁 895
　　　　～896。
〔註75〕　《蜀書・楊戲傳》載云：「忠武英高，獻策江濱，攀吳連蜀，權我世真。受遺
　　　　阿衡，整武齊文，敷陳德教，理物移風，賢愚競心，僉忘其身。誕靜邦內，
　　　　四裔以綏，屢臨敵庭，實耀其威，研精大國，恨於未夷。」見《三國志》卷
　　　　四十五，宏業本，頁 1080。

反而比較客觀、平實。不過，既然吳、蜀兩國在諸葛亮的努力促成下，大多
時期都是處於同盟的關係；加上諸葛亮的兄長諸葛瑾在東吳又身居要職，極
受重用，也時常擔任起與西蜀溝通的橋樑，所以，整體上吳人對於諸葛亮的
觀感與評價，大多與蜀人的看法相去不多，明顯地褒揚高過於貶抑，除科教
嚴明的形象未見談論記載外，有關其人才識卓越與品德高尚的形象，在《吳
書》的相關傳注記載中，大抵都可觀覽得到。

　　諸葛亮臨出茅廬時向劉備所獻的〈隆中對〉策，即力主要「東連吳會」，
所以，當其在荊州潰逃中，自動請纓親赴東吳說服孫權，達成了聯盟的協議，
並順利地擊敗曹操大軍後，「與吳通好」，便成為劉備集團乃至蜀國所奉行的
戰略方針，雖曾因為荊州問題的爭議，而使兩國同盟的關係或有變故，但大
體上此一方針仍維繫不變；也因此，諸葛亮在吳人的觀感、印象裡，便大多
是與外交場合的人事有關。《吳書‧吳主傳》載云：

> 黃龍元年春，公卿百司皆勸權正尊號。夏四月，夏口、武昌並言黃
> 龍、鳳凰見。丙申，南郊即皇帝位，是日大赦，改年。……六月，
> 蜀遣衛尉陳震慶權踐位。權乃參分天下，豫、青、徐、幽屬吳，兗、
> 冀、并、涼屬蜀。其司州之土，以函谷關為界，造為盟曰：「天降喪
> 亂，皇綱失敘，逆臣乘釁，劫奪國柄，始於董卓，終於曹操，窮凶
> 極惡，以覆四海，至令九州幅裂，普天無統，民神痛怨，靡所戾止。
> 及操子丕，桀逆遺醜，蔫作姦回，偷取天位，而叡么麼，尋丕凶蹟，
> 阻兵盜土，未伏厥誅。昔共工亂象而高辛行師，三苗干度而虞舜征
> 焉。今日滅叡，禽其徒黨，非漢與吳，將復誰任？夫討惡翦暴，必
> 聲其罪，宜先分製，奪其土地，使士民之心，各知所歸。是以春秋
> 晉侯伐衛，先分其田以畀宋人，斯其義也。且古建大事，必先盟誓，
> 故周禮有司盟之官，尚書有告誓之文，漢之與吳，雖信由中，然分
> 土裂境，宜有盟約。<u>諸葛丞相德威遠著，翼戴本國，典戎在外，信
> 感陰陽，誠動天地，重復結盟，廣誠約誓，使東西士民咸共聞知</u>。
> 故立壇殺牲，昭告神明，再歃加書，副之天府。天高聽下，靈威棐
> 諶，司慎司盟，群神群祀，莫不臨之。自今日漢、吳既盟之後，戮
> 力一心，同討魏賊，救危恤患，分災共慶，好惡齊之，無或攜貳。
> 若有害漢，則吳伐之；若有害吳，則漢伐之。各守分土，無相侵犯。
> 傳之後葉，克終若始。凡百之約。皆如載書。信言不豔，實居于好。

有渝此盟，創禍先亂，違貳不協，慆慢天命，明神上帝是討是督，

山川百神是糾是殛，俾墜其師，無克祚國。于爾大神，其明鑒之！」

（頁 1134～1135）

透過吳、蜀兩國盟約的締造與擬定，諸葛亮「德威遠著」，誠信感動天地的人格形象，即被公開地標舉與彰揚，雖因此紙盟約為外交文書，在辭令上或不免會有過譽之嫌，然觀其「重復結盟，廣誠約誓，使東西士民咸共聞知」，並歃血以昭告神明的隆重儀式與作為，可見當中縱有過譽之嫌，但也絕非虛言矯辭，定有其現實的依據。《吳書‧宗室傳》載云：

（孫翊）子松為射聲校尉、都鄉侯。黃龍三年卒。蜀丞相諸葛亮與

兄瑾書曰：「既受東朝厚遇，依依於子弟。又子喬良器，為之惻愴。

見其所與亮器物，感用流涕。」其悼松如此，由亮養子喬咨述故云。

（頁 1212）

諸葛亮與吳國的宗親孫松（西元？～？年）之間或有交情，所以，在「善與人交，輕財好施」〔註 76〕的孫松死後，其便與書給其兄諸葛瑾，並透過養子諸葛喬代為咨述，以表示自己對孫松死亡的悼念心意。茲觀信中所言，諸葛亮痛失友人的情感真摯流露，可見其人情深義重的形象特質，而其這項形象特質，縱使在與吳人交往時，也是坦誠對待，未曾矯情遮掩，以致方能博得吳人對他的欽服與讚譽。

諸葛亮在與孫松交往時，尚且都能坦誠對待，則其在與自家親兄弟間的互動，又豈會容有半點絲毫的矯情造作？觀諸前文所述，即可知其彼此間兄友弟恭，情深義重的血親表現。不過，當諸葛兄弟二人身負大任，在處理集團或者國家的事務時，雖然二人的兄弟情義十分深重，但彼此間卻都能夠各為其主，公私分明，謹守職分，絕不會以私廢公，也不會因公而害情。《吳書‧諸葛瑾傳》載云：

諸葛瑾字子瑜，琅邪陽都人也。漢末避亂江東。值孫策卒，孫權姊

婿曲阿弘咨見而異之，薦之於權，與魯肅等並見賓待，後為權長史，

轉中司馬。建安二十年，<u>權遣瑾使蜀通好劉備，與其弟亮俱公會相</u>

<u>見，退無私面。</u>（頁 1231～1232）

〔註 76〕 裴松之於傳中注引《吳錄》曰：「松善與人交，輕財好施。鎮巴丘，數咨陸遜以得失。嘗有小過，遜面責松，松意色不平，遜觀其少釋，謂曰：『君過聽不以某鄙，數見訪及，是以承來意進盡言，便變色，何也？』松笑曰：『屬亦自忿行事有此，豈有望邪！』」見《三國志》卷五十一，宏業本，頁 1213。

由諸葛瑾出使西蜀，通好劉備時，與其弟諸葛亮「俱公會相見，退無私面」的應對舉措，可見諸葛兄弟二人都乃「大公無私」者流，實在難能可貴。對此，裴松之注引《江表傳》更載云：

> 瑾之在南郡，人有密讒瑾者。此語頗流聞於外，陸遜表保明瑾無此，宜以散其意。權報曰：「子瑜與孤從事積年，恩如骨肉，深相明究，其爲人非道不行，非義不言。玄德昔遣孔明至吳，孤嘗語子瑜曰：『卿與孔明同產，且弟隨兄，於義爲順，何以不留孔明？孔明若留從卿者，孤當以書解玄德，意自隨人耳。』子瑜答孤言：『弟亮以失身於人，委質定分，義無二心。弟之不留，猶瑾之不往也。』其言足貫神明。今豈當有此乎？孤前得妄語文疏，即封示子瑜，并手筆與子瑜，即得其報，論天下君臣大節，一定之分。孤與子瑜，可謂神交，非外言所間也。知卿意至，輒封來表，以示子瑜，使知卿意。」（頁1233）

茲觀身爲人臣者，事主能夠忠貞無二；身爲君主者，待下也能夠信任不疑，絕不爲讒言流聞所妨害，可見孫權與諸葛瑾君臣二人間，真可謂爲「神交」，「非外言所間也」。相對地，透過諸葛瑾與孫權間的對話，更印證了其弟諸葛亮與劉備君臣二人間的魚水情誼；而諸葛兄弟二人，各爲其主，義無二心的忠貞形象，更即朗然顯見。

諸葛亮與吳通好，處事能夠出以公心，從聯盟的共同利益出發考慮，並不爲親情關係所干擾，所以，當其在聽到孫權擬欲任用諸葛恪「典掌軍糧」時，認爲讓「性疏」的諸葛恪來擔任此項軍國大事，並不安當，便特別致書給陸遜，請他代爲轉告孫權，應慎重抉擇適宜的人選。裴松之在《吳書‧諸葛恪傳》中注引《江表傳》載云：

> 權爲吳王，初置節度官，使典掌軍糧，非漢制也。初用侍中偏將軍徐詳，詳死，將用恪。諸葛亮聞恪代詳，書與陸遜曰：「家兄年老，而恪性疏，今使典主糧穀，糧穀軍之要最，僕雖在遠，竊用不安。足下特爲啓至尊轉之。」遜以白權，即轉恪領兵。（頁1430～1431）

由此可見，諸葛亮不唯對其侄子諸葛恪的性格十分了解外；在大義凜然、公務爲上的前提下，更能夠做到才有偏蔽，不利施爲時，雖親而不用的地步。孫權在獲知諸葛亮的建議之後，「即轉恪領兵」，自是應然的作爲；而在孫權

死後，諸葛恪受命輔政時，卻因「矜己陵人」〔註 77〕、剛愎自用，且獨斷專行，果然不出諸葛亮先前所料，正由於自己疏忽大意，而被政敵孫峻（西元219～256 年）給計殺於殿堂之上，茲此，也可印見諸葛亮鑒識高、善洞燭的才識特質。

在諸葛氏家族中英才輩出，尤以「臥龍」諸葛亮的名實最優，茲觀前文所引《世說新語・品藻》中記載的「龍、虎、狗」時語，即可知之；裴松之在《吳書・諸葛瑾傳》中注引《吳書》也載云：

> 初，瑾爲大將軍，而弟亮爲蜀丞相，二子恪、融皆典戎馬，督領將帥，族弟誕又顯名於魏，<u>一門三方爲冠蓋，天下榮之。瑾才略雖不及弟，而德行尤純</u>。妻死不改娶，有所愛妾，生子不舉，其篤慎皆如此。（頁 1235）

更可見在吳人的心眼裡，皆認爲諸葛兄弟二人的才略與德行俱佳，而諸葛亮的才略尤勝其兄一籌，堪屬家族中才智最優者，且此或恐早爲時人所承認的實情與定論。此外，《吳書・張溫傳》載云：

> （溫）時年三十二，以輔義中郎將使蜀。權謂溫曰：「卿不宜遠出，恐諸葛孔明不知吾所以與曹氏通意，（以）故屈卿行。若山越都除，便欲大搆於（蜀）〔丕〕。行人之義，受命不受辭也。」溫對曰：「臣入無腹心之規，出無專對之用，懼無張老延譽之功，又無子產陳事之效。<u>然諸葛亮達見計數，必知神慮屈申之宜，加受朝廷天覆之惠，推亮之心，必無疑貳</u>。」溫至蜀，詣闕拜章曰：「昔高宗以諒闇昌殷祚於再興，成王以幼沖隆周德於太平，功冒溥天，聲貫罔極。今陛下以聰明之姿，等契往古，總百揆於良佐，參列精之炳燿，遐邇望風，莫不欣賴。吳國勤任旅力，清澄江滸，願與有道平一宇内，委心協規，有如河水，軍事（興）〔凶〕煩，使役乏少，是以忍鄙倍之羞，使下臣溫通致情好。陛下敦崇禮義，未便恥忽。臣自（入）遠境，及即近郊，頻蒙勞來，恩詔輒加，以榮自懼，悚怛若驚。謹奉所齎函書一封。」蜀甚貴其才。（頁 1330）

張溫向爲東吳派遣赴蜀處理外交事務的使臣，孫權在與曹魏通好時，唯恐諸葛亮不諒解其意，所以對張溫出使蜀國之行，頗有勸阻動作；不過，張溫認爲：「諸葛亮達見計數，必知神慮屈申之宜，加受朝廷天覆之惠，推亮之心，

〔註77〕 陳壽評語，見《三國志》卷六十四，宏業本，頁 1452。

必無疑貳。」可見其對諸葛亮才智與品德是表示推舉的，然而，在張溫此番的推舉下，諸葛亮對其出使的舉止，卻似乎未能察覺出孫權的不軌意圖，反「甚貴其才」，或不免稍有反轉貶低的蘊義。類似的情形，裴松之注引《會稽典錄》載云：

> 餘姚虞俊歎曰：「張惠恕才多智少，華而不實，怨之所聚，有覆家之禍，吾見其兆矣。」諸葛亮聞俊憂溫，意未之信，及溫放黜，亮乃歎俊之有先見。亮初聞溫敗，未知其故，思之數日，曰：「吾已得之矣，其人於清濁太明，善惡太分。」（頁1333～1334）

張溫成功地出使蜀國，雖然獲得了廣大的回響，但孫權卻「既陰銜溫稱美蜀政，又嫌其聲名大盛，眾庶炫惑，恐終不為己用，思有以中傷之，會暨豔事起，遂因此舉發」〔註78〕，趁機將張溫給加罪、放黜。虞俊（西元？～？年）先前對於張溫盛名所潛藏的危機，老早即提出過預言，可是話雖傳至諸葛亮的耳裡，他卻不大相信，「及溫放黜」，諸葛亮乃歎服其有先見之明，並為張溫的遭遇感到可惜。諸葛亮究竟並非吳人，對於東吳人事關係的了解，自然比不上吳人深入，以致有此歎服的言行表露；不過，其此舉在與虞俊相形比較之下，卻也顯得識見欠明、思慮稍緩，而略有庸俗形象的呈現。

裴松之對於諸葛亮「思之數日」，方得「張溫之廢」乃因「清濁善惡太過分明」的理由，也不甚認同，其以為：「莊周云『名者公器也，不可以多取』，張溫之廢，豈其取名之多乎！多之為弊，古賢既知之矣。是以遠見之士，退藏於密，不使名浮於德，不以華傷其實，既不能被褐韞寶，挫廉逃譽，使才映一世，聲蓋人上，沖用之道，庸可暫替！溫則反之，能無敗乎？權既疾溫名盛，而駱統方驟言其美，至云『卓躒冠群，煒曄曜世，世人未有及之者也』。斯何異燎之方盛，又撝膏以熾之哉！文士傳曰：溫姊妹三人皆有節行，為溫事，已嫁者皆見錄奪。其中妹先適顧承，官以許嫁丁氏，成婚有日，遂飲藥而死。吳朝嘉歎，鄉人圖畫，為之贊頌云。」〔註79〕如此的駁議，更為諸葛亮卓越的才識，扣減了些許分數。裴松之在《蜀書‧魯肅傳》中，對於諸葛亮智略存疑的情形，也注云：

> 劉備與權併力，共拒中國，皆肅之本謀。又語諸葛亮曰「我子瑜友也」，則亮已亟聞肅言矣。而蜀書亮傳曰：「亮以連橫之略說權，權

〔註78〕 《吳書‧張溫傳》，見《三國志》卷五十七，宏業本，頁1330。
〔註79〕 見同前註，頁1334。

乃大喜。」如似此計始出於亮。若二國史官，各記所聞，競欲稱揚
本國容美，各取其功。今此二書，同出一人，而牴互若此，非載述
之體也。（頁 1269）

茲觀裴氏批評陳壽未能將「孫、劉併力抗曹」或者〈隆中對〉策中「東連吳
會」的謀略，給清楚地作出歸判，此種處理方法，不唯既「非載述之體」；也
或可能會稍減諸葛亮的智略表現，然而，設若以「英雄所見略同」的角度來
作詮釋，則陳壽懸案分述的處理方式，卻也未嘗不可。

綜上所述，可知《吳書》中的諸葛亮歷史形象，在吳、蜀兩國合作聯盟
的政治氛圍裡，呈現出來的大體與《蜀書》相近，譽多於毀、褒過於貶。所
褒譽者為其卓越的才識與高尚的品德，屬於比較客觀平實的公論；而所貶毀
者則乃因「欲稱揚吳國人物容美，但取其功」，以致在抬舉吳國才俊時，不自
覺地也將諸葛亮的識見與智略，給扣減掉幾分，終使其形象與蜀人的心眼認
知，不唯膚淺浮泛，且稍有落差。

小　結

在《三國志》的相關傳記中，我們透過《魏書》、《蜀書》、《吳書》分論
觀察的方式，得知當代人士對於諸葛亮的歷史形象不甚相同的看法，或毀多
於譽；或褒過於貶；或褒貶互見、毀譽參半，其間褒貶毀譽的諸種做為，無
論是出於刻意的，或者情不自禁的，乃至無心的，殆皆與其政治立場有關，
而這也正是在三國鼎立的局勢下，歷史發展結果的自然呈現。

第四章　有關諸葛亮的歷史評論

小　引

　　上文，我們嘗試從《三國志》的相關記載中，將諸葛亮的生平事蹟及其歷史形象，詳加考述，並臚列條陳，使得諸葛亮人物形象的「基型」業已獲得了具體的呈現，茲此，應可供作本題研究其人藝術形象對照之用，不過，自三國兩晉南北朝以迄於明清時代，除陳壽個人外，尚有 180 餘人累積將近 400 篇（則）有關諸葛亮的評論、贊及關於某些問題的考、辨、說等歷史評論方面的資料記載﹝註1﹞，這些資料的歷史評論觀點，雖然大多是出自於或延續《三國志》的論述與評贊而來，但其中卻也不乏別有洞見的新穎觀點，或者糝溶藝術形象的事蹟在從事論說，相當程度地反映了該時代潮流對諸葛亮的看法，乃至影響到民間對於諸葛亮的造型活動，所以，也有必要概述其歷史流程，以期更能觀照出諸葛亮藝術形象的「基型」特質與內涵。

　　不過，因為兩晉南北朝的歷史評論對於諸葛亮藝術形象的造型活動，較具有直接性的影響力；逮及隋唐以後，雖然相關的歷史評論資料更為龐多，但是對於諸葛亮藝術形象造型活動的影響，卻已陸續被民間的各種文藝體類所取代，甚至反為其所影響，尤其是明、清兩代，在羅貫中《三國演義》問世之後，諸葛亮整個歷史評論的視角觀點，也都隨之瀰漫在「智慧與忠貞」

〔註 1〕　根據王瑞功主編：《諸葛亮研究集成》所輯「評論卷」的統計，有 160 餘人累積將近 400 篇（則），頁 360～715。筆者據之，拙作「諸葛亮的歷史評論資料統計圖表」與「諸葛亮的歷史評論資料統計比率圖表」，以利於從事定性分析時，兼顧定量分析的考察。前表，請參見〔附錄一〕。

形象化身下完美理想典型的彰顯與傳頌。所以，本章考量主題與篇幅的限制，只擬分成「三國兩晉南北朝」與「隋唐兩宋元明清」兩個時期，詳前略後地概述諸葛亮歷史評論的流程與觀點，以期提綱挈領地了解史評對於諸葛亮民間造型的影響情況。為方便概述，筆者嘗試擬作「諸葛亮的歷史評論資料統計比率圖表」如下，以供定性與定量分析的參照及比對。

諸葛亮的歷史評論資料統計比率圖表

時　期	人數	總比%	篇(則)數	總比%	視角數				評價數									
					○〔註2〕	%	·	%	⊙	%	○	%	X	%	⊕	%	—	%
三　國	12	6.42	11	2.95	7	63.6	1	9.1	3	27.3	9	81.8	2	18.2	0	0	0	0
兩　晉	9	4.81	13	3.49	6	46.2	4	30.8	3	23.1	10	76.9	2	15.4	1	7.7	0	
南北朝	3	1.60	4	1.07	0	0	4	100	0	0	3	75.0	1	25.0	0	0	0	0
隋　唐	6	3.21	8	2.15	1	12.5	5	62.5	2	25.0	6	75.0	0	0	2	25.0	0	
兩　宋	42	22.46	94	25.20	12	12.8	49	52.1	33	35.1	62	66.0	13	13.8	6	6.4	13	13.8
金　元	10	5.35	14	3.75	1	7.1	5	35.7	8	57.1	12	85.7	0	0	1	7.1	1	7.1
明　代	54	28.88	94	25.20	23	24.5	42	44.7	29	30.9	80	85.1	1	1.1	7	7.5	6	6.4
清　代	51	27.27	135	36.19	27	20.0	87	64.4	21	15.6	107	79.3	3	2.2	8	5.9	17	13.0
總　計	187	100	373	100	77	20.6	197	52.8	99	26.5	289	77.5	22	5.9	25	6.7	37	9.9

第一節　三國兩晉南北朝時期諸葛亮的歷史評論

一、三國時期

　　一代名相諸葛亮因其才智聰慧，善於治國理政，輔佐蜀漢先、後二主，建立偉大的功業，所以，其聲名在生前即遠播整個中國，時人對其功業表現也不乏評論者。如上面章節所述，張裔「公賞不遺遠」、呂凱「諸葛丞相英才挺出」、彭羕「足下當世伊呂」、鄧芝「諸葛亮亦一時之傑」、劉曄「諸葛亮明於治而為相」、曹叡「諸葛亮外慕立孤之名」、孫權與陳震「諸葛丞相德威遠著」、張溫「諸葛亮達見計數」等等評語，各因其政治立場的關係，或褒揚讚

〔註2〕　表中「○」，表示宏觀視角或褒譽評價；「·」，表示微觀視角；「⊙」，表示宏、微並觀的視角；「X」，表示貶毀評價；「⊕」，表示褒、貶互見或毀、譽參半的評價；「—」，表示持平評價。

譽，或詆毀貶抑，整體而言，除魏明帝曹叡外，其餘大都是持正面的評議態度，肯定諸葛亮的才幹智略與品德威信。此外，百衲本（即宋本）《晉書・宣帝紀》載云：

> 亮聞大軍且至，乃自率眾將芟上邽之麥。諸將皆懼，帝曰：「亮慮多決少，必安營自固，然後芟麥，吾得二日兼行足矣。」於是卷甲晨夜赴之。亮望塵而遁。

〔蜀漢〕建興九年（西元231年）〔註3〕，諸葛亮第四次出師北伐曹魏，是時，曹真病逝，魏國派遣司馬懿接替其位，司馬懿便命令張郃、郭淮驅兵馳援祁山，自己則進軍上邽。諸葛亮聞訊後，留下王平與張郃對峙，即立刻督軍親赴上邽迎戰，一舉擊破了魏國的駐守防軍，並乘勢搶割當地的麥糧，使得魏將皆懼，司馬懿見狀乃有此評論。茲觀《晉書》所描述的司馬懿，其言語信心滿溢，應對從容不迫，認為「亮慮多決少，必安營自固，然後芟麥」，可見其不唯對諸葛亮「思慮謹慎」的行事風格頗為了解外；並能舉棋若定地「卷甲晨夜赴之」；繼而迫使得諸葛亮「望塵而遁」。

　　《晉書》此段評語，明顯地有刻意褒揚司馬懿才識的嫌疑，而對於諸葛亮在「應變將略」方面的才能，則頗有貶意，這自然地與其政治立場有極密切的關係，才會發生同一事件竟與《三國志》裡所描述的情形，存在著許多落差的現象。不過，藉此卻也能夠呈現出司馬懿對於諸葛亮「謹慎」形象的具體認識，只是「諸葛亮與司馬懿優劣」的問題，在吳人張儼的評論中，則顯然地別有定見。裴松之在《三國志・諸葛亮傳》中注引張儼《默記・述佐篇》載云：

> 漢朝傾覆，天下崩壞，豪傑之士，竟希神器。魏氏跨中土，劉氏據益州，並稱兵海內，為世霸主。諸葛、司馬二相，遭值際會，托身明主，或收功於蜀漢，或冊名于伊、洛。丕、備既沒，後嗣繼統，各受保阿之任，輔翼幼主，不負然諾之誠，亦一國之宗臣，霸王之賢佐也。歷前世以觀近事，二相優劣，可得而詳也。孔明起巴蜀之地，蹈一州之土，方之大國，其戰士人民，蓋有九分之一也，而以貢贊大吳，抗對北敵，至使耕戰有伍，刑法整齊，提步卒數萬，長驅祁山，慨然有飲馬河、洛之志。仲達據天下十倍之地，仗兼併之眾，據牢城，擁精銳，無擒敵之意，務自保全而已。使彼孔明自來

〔註3〕即〔曹魏〕太和五年。

自去，若此人不亡，終其志意，連年運思，刻日興謀，則涼、雍不
解甲，中國不釋鞍，勝負之勢，亦已決矣。昔子產治鄭，諸侯不敢
加兵，蜀相其近之矣。方之司馬，不亦優乎！或曰：兵者，兇器；
戰者，危事也。有國者不務保安境內，綏靜百姓，而好開闢土地，
征伐天下，未爲得計也。諸葛丞相有匡佐之才，然處孤絕之地，戰
士不滿五萬，自可閉關守險，君臣無事。空勞師旅，無歲不征，未
能進咫尺之地，開帝王之基，而使國內受其荒殘，西土苦其役調。
魏司馬懿才用兵眾，未易可輕。量敵而進，兵家所慎。若丞相必有
以策之，則未見坦然之勳；若無策以裁之，則非明哲之謂，海內歸
向之意也。余竊疑焉，請聞其說。答曰：蓋聞湯以七十裏，文王以
百里之地，而有天下，皆用征伐而定之。揖讓而登王位者，惟舜、
禹而已。今蜀、魏爲敵戰之國，勢不俱王，自操、備時，強弱懸
殊，而備猶出兵陽平，擒夏侯淵。羽圍襄陽，將降曹仁，生獲於
禁。當時北邊大小憂懼，孟德身出南陽，樂進、徐晃等爲救，圍不
即解。故蔣子通言彼時有徙許渡河之計，會國家襲取南郡，羽乃解
軍。玄德與操，智力多少，士眾眾寡，用兵行軍之道，不可同年而
語，猶能暫以取勝，是時又無大吳犄角之勢也。今仲達之才，減于
孔明，當時之勢，異於曩日，玄德尚與抗衡，孔明何以不可出軍而
圖敵邪？昔樂毅以弱燕之眾，兼從五國之兵，長驅強齊，下七十餘
城。今蜀漢之卒，不少燕軍，君臣之接，信于樂毅，加以國家爲唇
齒之援，東西相應，首尾如蛇，形勢重大，不比于五國之兵也，何
憚於彼而不可哉？夫兵以奇勝，制敵以智，土地廣狹，人馬多少，
未可偏恃也。余觀彼治國之體，當時既肅整，遺教在後，及其辭意
懇切，陳進取之圖，忠謀謇謇，義形於主，雖古之管、晏，何以加
之乎？

諸葛亮死後不久，張儼以客觀形勢與主觀意志的角度切入來作分析，認爲同
屬「一國之宗臣，霸王之賢佑」的諸葛亮與司馬懿二人，就其智略才識而
言，後者實比不上前者。因爲孔明所擁有的客觀資源遠低於司馬懿，但其卻
能夠使蜀國全體軍民，上下一心，共同對抗曹魏，不唯「耕戰有伍，刑法整
齊，提步卒數萬，長驅祁山，有飲馬河、洛之志」，能主動且來去自如地出師
進行北伐，迫使得司馬懿空有龐大的軍備與兵將，卻「無擒敵之意」，但只能

「務自保全而已」；且倘若孔明不那麼早死，「終其志意，連年運思，刻日興謀」，則必大有「興復漢室」的勝利可能。兩相對照之下，無論在政治才幹與軍事謀略方面，張儼都認為：諸葛亮明顯地要優過於司馬懿；且綜觀孔明的偉大功業與品德教化表現，恐怕就連管仲與晏嬰也都比不上。張氏此舉，真可謂為要將諸葛亮的歷史地位，給抬升至「古今第一賢相」的評論，以一個吳國臣子的角度觀點，而能夠出此評讚，自然地會影響到後人對於諸葛亮的認知看法。

二、西晉時期

　　諸葛亮自從與世永辭後，晉人在蓋棺評議其功過成敗時，也大多能夠平正論說其政、軍作為與功業表現。如傅玄（西元 217～278 年）不唯在《傅子》中贊同其父傅幹（西元 175～？年）「諸葛亮達治知變」的評論外〔註4〕；更曾因「（亮）治國有分，御軍有法，積功興業，事得其機。入無餘力，出有餘糧。知蜀本弱而微，故持重以鎮之」，而認為「諸葛亮誠一時之異人也」，絕非「欲速立功，勇而無決」的姜維所能媲美〔註5〕。傅氏父子雖為魏、晉臣子，但對於諸葛亮卻都能持肯定的態度，予以讚賞，已不如曹叡般概以毀謗與批判的方式，來對政敵諸葛亮進行撻伐，顯見三家歸晉後，隨著政治局勢的轉變，諸葛亮的歷史評論也獲得了改觀，較能被平實報導與公斷。裴松之在《三國志·諸葛亮傳》中注引《晉泰始起居注》載詔曰：「諸葛亮在蜀，盡其心力，其子瞻臨難而死義，天下之善一也。」〔註6〕又注引《漢晉春秋》更載云：

> 樊建為給事中，晉武帝問諸葛亮之治國，建對曰：「聞惡必改，而不
> 矜過，賞罰之信，足感神明。」帝曰：「善哉！使我得此人以自輔，
> 豈有今日之勞乎！」（見《三國志》卷三十五，宏業本，頁 933）

透過樊建（西元？～？年）所言有關諸葛亮「聞惡必改」的治國表現，與司馬炎（西元 236～290 年）對語或詔文「諸葛亮盡其心力」的禮讚愛賞，都可見晉初君臣間對諸葛亮「才德並美」的正面肯定與評價。也正因有此較為緩和的政治環境，陳壽方能秉筆直書，客觀地評論諸葛亮的歷史地位。《三國志·諸葛亮本傳》載云：

> 當此之時，亮之素志，進欲龍驤虎視，苞括四海，退欲跨陵邊疆，

〔註4〕　參見前文所述。
〔註5〕　嚴可均輯：《全上古三代秦漢三國六朝文·全晉文》卷四九中，傅玄所云。
〔註6〕　見《三國志》卷三十五，宏業本，頁932。

震蕩宇內。又自以爲無身之日，則未有能蹈涉中原、抗衡上國者，是以用兵不戢，屢耀其武。然亮才，於治戎爲長，奇謀爲短，理民之幹，優於將略。而所與對敵，或值人傑，加眾寡不侔，攻守異體，故雖連年動眾，未能有克。昔蕭何薦韓信，管仲舉王子城父，皆忖己之長，未能兼有故也。亮之器能政理，抑亦管、蕭之亞匹也，而時之名將無城父、韓信，故使功業陵遲，大義不及邪？蓋天命有歸，不可以智力爭也。

而其傳末則評贊曰：

諸葛亮之爲相國也，撫百姓，示儀軌，約官職，從權制，開誠心，布公道，盡忠益；時者雖讎必賞，犯法怠慢者雖親必罰，服罪輸情者雖重必釋，游辭巧飾者雖輕必戮；善無微而不賞，惡無纖而不貶；庶事精練，物理其本，循名責實，虛僞不齒；終於邦域之內，咸畏而愛之，刑政雖峻而無怨者，以其用心平而勸戒明也。可謂識治之良才，管、蕭之亞匹矣。然連年動眾，未能成功，蓋應變將略，非其所長歟！

陳壽對諸葛亮善於「治戎理民」的政治才能，除給予高度評價外，同時並指出其人短於「應變將略」等作戰能力的客觀原因，乃在於「所與對敵，或值人傑，加眾寡不侔，攻守異體，故雖連年動眾，未能有克」；又「時之名將無城父、韓信，故使功業陵遲，大義不及邪？蓋天命有歸，不可以智力爭也」，終致鑄成壯志未酬，北伐未竟成功的結局。這樣的結局，絕非全是由於諸葛亮的主觀因素使然，而誠有其無可奈何的客觀形勢及原因所致，實無能以成敗論英雄，遂斷然定言其拙於軍事作戰，否則，司馬昭（西元 211～265 年）於滅蜀後該也無須立命陳勰（西元？～？年）學習諸葛亮的兵法。

陳壽雖曾在蜀漢做過官，但三十歲時，蜀漢政權滅亡後，其便入晉做過晉平令、著作郎。既身爲晉臣，自有其政治忌諱的顧慮，所以，其於書寫《諸葛亮傳》時，也只能針對諸葛亮的個人才幹與品格德性大加讚揚，而未敢多論及諸葛亮的歷史功業與抱負，最後，其以「識治之良才，管、蕭之亞匹」的評語，來論定諸葛亮的歷史地位，自然並不爲過，可以理解。

陳壽所言諸葛亮「應變將略，非其所長」的評論，或與張儼「亮優於懿」的看法，略有出入，但其實二人對於諸葛亮在軍事方面的才能表現，都未曾予以否定。張儼以之與司馬懿對照剖析，認爲包括軍事謀略方面，整體上「亮皆

優於懿」；而陳壽則是就諸葛亮自身的各項才幹比較立論，認為諸葛亮的「奇謀將略」若對比其「治戎理民」的表現，自然要遜色許多，所以，未能成為其人才幹的特長。不過，真正導致諸葛亮較無「奇謀將略」方面的「應變」表現，該與其人「謹慎」的思想品格有密切的關聯才是，袁準（西元？～？年）對此，即有過詳盡的評論。裴松之在《諸葛亮傳》中注引《袁子》載云：

> 或問諸葛亮何如人也，袁子曰：張飛、關羽與劉備俱起，爪牙腹心之臣，而武人也。晚得諸葛亮，因以為佐相，而群臣悅服，劉備足信、亮足重故也。及其受六尺之孤，攝一國之政，事凡庸之君，專權而不失禮，行君事而國人不疑，如此即以為君臣百姓之心欣戴之矣。行法嚴而國人悅服，用民盡其力而下不怨。及其兵出入如賓，行不寇，芻蕘者不獵，如在國中。其用兵也，止如山，進退如風，兵出之日，天下震動，而人心不憂。亮死至今數十年，國人歌思，如周人之思召公也，孔子曰「雍也可使南面」，諸葛亮有焉。又問諸葛亮始出隴右，南安、天水、安定三郡人反應之，若亮速進，則三郡非中國之有也，而亮徐行不進；既而官兵上隴，三郡復，亮無尺寸之功，失此機，何也？袁子曰：蜀兵輕銳，良將少，亮始出，未知中國彊弱，是以疑而嘗之；且大會者不求近功，所以不進也。曰：何以知其疑也？袁子曰：初出遲重，屯營重複，後轉降未進兵欲戰，亮勇而能鬥，三郡反而不速應，此其疑徵也。曰：何以知其勇而能鬥也？袁子曰：亮之在街亭也，前軍大破，亮屯去數里，不救；官兵相接，又徐行，此其勇也。亮之行軍，安靜而堅重；安靜則易動，堅重則可以進退。亮法令明，賞罰信，士卒用命，赴險而不顧，此所以能鬥也。曰：亮率數萬之眾，其所興造，若數十萬之功，是其奇者也。所至營壘、井竈、圊溷、藩籬、障塞皆應繩墨，一月之行，去之如始至，勞費而徒為飾好，何也？袁子曰：蜀人輕脫，亮故堅用之。曰：何以知其然也？袁子曰：亮治實而不治名，志大而所欲遠，非求近速者也。曰：亮好治官府、次舍、橋梁、道路，此非急務，何也？袁子曰：小國賢才少，故欲其尊嚴也。亮之治蜀，田疇闢，倉廩實，器械利，蓄積饒，朝會不華，路無醉人。夫本立故末治，有餘力而後及小事，此所以勸其功也。曰：子之論諸葛亮，則有證也。以亮之才而少其功，何也？袁子曰：亮，持本

者也，其於應變，則非所長也，故不敢用其短。曰：然則吾子美
之，何也？袁子曰：此固賢者之遠矣，安可以備體責也。夫能知所
短而不用，此賢者之大也；知所短則知所長矣。夫前識與言而不
中，亮之所不用也，此吾之所謂可也。（見《三國志》卷三十五，宏
業本，頁 934～935）

裴氏在《魏書·鄧艾傳》中又注引《袁子》載云：

> 諸葛亮，重人也，而驟用蜀兵，此知小國弱民難以久存也。今國家
> 一舉而滅蜀，自征伐之功，未有如此之速者也。方鄧艾以萬人入江
> 由之危險，鍾會以二十萬眾留劍閣而不得進，三軍之士已飢，艾雖
> 戰勝克將，使劉禪數日不降，則二將之軍難以反矣。故功業如此之
> 難也。國家前有壽春之役，後有滅蜀之勞，百姓貧而倉稟虛，故小
> 國之慮，在於時立功以自存，大國之慮，在於既勝而力竭，成功之
> 後，戒懼之時也。（見《三國志》卷二十八，宏業本，頁 780～781）

袁準分別就行法、用民、行軍、用兵、興造等各方面才幹的表現，來證明諸
葛亮確實是一個「知勇能鬥」、善治奇功，且道德高尚的攝政大臣；並認為正
因其是個謹慎持重的人，所以，「應變」自非其所長或所願，能知所短而不
用，更進一步地避短取長，以治國理政、統軍征伐，這才是偉大賢者之所當
為的事。由此可知，袁氏非但不認為諸葛亮「短於應變」是個缺點，反而建
議我們該以優點的角度來看待與評價他才對，這種評價觀點，對於諸葛亮完
美藝術形象的生成，自然有催化的作用。

　　諸葛亮生前常自比於管仲、樂毅，立志要向前輩們看齊，建立一番非凡
的功業，可惜在其死後，陳壽評其為「管、蕭之亞匹」，顯然只獲得了個「雖
不中，亦不遠」的讚譽，而未能使其志願與名譽盡符於主、客觀實情與民心
所望，以致張輔 [註7]（西元？～？年）會對樂毅與諸葛亮二人做個比較，並
特別強調諸葛亮所創建的歷史功業，乃可與「伊、呂爭儔，豈徒樂毅為伍」。
茲觀《藝文類聚》卷二三所收張輔《樂葛優劣論》載云：

> 樂毅、諸葛孔明之優劣。夫以毅相弱燕，合五國之兵，以破強齊，
> 雪君王之恥，圍城而不急攻，將令道窮而義服，此則仁者之師，莫
> 不謂毅為優。余以〔為〕五國之兵，共伐一齊，不足為強；大戰濟
> 西，伏尸流血，不足為仁。夫孔明包文武之德，劉玄德以知人之明，

〔註7〕 張輔，字世偉，南陽西鄂（今河南南陽市）人，西晉官吏，死於八王之亂中。

> 屢造其廬，咨以濟世，奇策泉湧，智謀縱橫，遂東說孫權，北抗大
> 魏，以乘勝之師，翼佐取蜀。及玄德臨終，禪登大位，在擾攘之際，
> 立童蒙之主，設官分職，班敘眾才，文以寧內，武以折衝，然後布
> 其恩澤於中國之民。其行軍也，路不拾遺，毫毛不犯，勳業垂濟而
> 隕。觀其遺文，謀謨弘遠，雅規恢廓，己有功則讓於下，下有闕則
> 躬自咎，見善則遷，納諫則改，故聲烈振於遐邇也。孟子曰：「聞伯
> 夷之風，貪夫廉。」余以為睹孔明之忠，奸臣立節矣。殆將與伊、
> 呂爭儔，豈徒樂毅為伍哉！

張輔以仁義道德的角度，比較樂毅與諸葛亮二人在文治、武功各個方面的表
現，得出的結果是：孔明包文武之德，奇策泉湧，智謀縱橫，恩澤布於中國
之民，其歷史地位不唯比樂毅還要優越，更可與伊尹與姜尚相媲美。其此一
評價，與彭羕臨罪向諸葛亮求饒時，所言「足下當世伊、呂」的矯辭，倒是
頗為應合的，雖或不免可能有過譽之嫌，但卻也直接影響了後世對於諸葛亮
的評價觀點，如〔唐〕杜甫〈詠懷古跡〉詩中，即言諸葛亮「伯仲之間見伊、
呂」，可見詩聖對於諸葛亮功業評價的榮寵與推舉，且經其此番歌頌與推舉，
更為諸葛亮藝術形象的生成注入一股新力量，間接影響了《三國演義》裡孔
明的聖賢觀。

三、東晉時期

　　西晉時（包括之前）的史家，大多能以宏、微並觀的方式，針對諸葛亮
的功過，整體地進行考核與評議；逮及東晉，史家們卻多半只就諸葛亮個
別細項的得失，片面地進行考評，以致所作評論間，或存有相為牴牾的情
形發生。如常璩〔註8〕（約西元291～361年）《華陽國志》卷七《劉後主傳》
載云：

> 諸葛亮雖資英霸之能，而主非中興之器，欲以區區之蜀，假以廢之
> 命，北吞強魏，抗衡上國，不亦難哉？似宋襄求霸者乎？然亮政修
> 民理，威武外振；爰迄琬、禕，遵修弗革，攝乎大國之間，以弱
> 為強，猶可自保。姜維才非亮匹，志繼洪軌，民嫌其勞，家國亦
> 喪矣。

〔註8〕 常璩，字道將，蜀郡江原（今四川崇慶）人，生卒年無考。常氏為東晉著名
　　　 的史學家，所著《華陽國志》為現存的第一部方志書。

常璩以客觀形勢壓迫主觀情志的視角，認為諸葛亮雖有「英霸之能」的資材，又善於理政，但所遇非淑，因「時不我予」、命運不濟；所有作為，都乃自不量力，也只能做困獸之鬥，終使其無法得遂所願，興復漢室。常氏所言時勢困境的敘述，大抵上與陳壽評論的基調相去無多，但若以「似宋襄求霸者」來類比諸葛亮，則頗有引喻失當，或者自相矛盾的地方，因其彼此間的身分地位、才器情志與思想品格，都大相逕庭。常氏只取結果論人，又無法正視受評者的積極作為與歷史貢獻，所以，採用譽中糠毀、明褒暗貶的方式進行論述，使得諸葛亮的功業表現，乃至歷史地位，都大為降低。常氏此一評語，或許仍有待商榷，但也可聊備一格，略見東晉時有關諸葛亮的史家觀點。

此外，向來十分推崇諸葛亮的東晉史學家習鑿齒，其在主張「帝蜀寇魏」論之餘；也曾就周瑜、魯肅與諸葛亮的歷史評論，提出過關於「君子與小人」的看法。《太平御覽》卷四四七所收〈側周魯通諸葛論〉〔註9〕載云：

> 客問曰：周瑜、魯肅，何人也？主人曰：小人也。客曰：周瑜奇孫策於總角，定大計於一面，摧魏武百姓之鋒，開孫氏偏王之業，威震天下，名馳四海；魯肅一見孫權，建東帝之略；子謂之小人，何也？主人曰：此乃真所以為小人也。夫君子之道，故將竭其直忠，佐扶帝室，尊主寧時，遠崇名教。若乃力不能合，事與志達，躬耕南畝，遯迹當年，何由盡臣禮於孫氏於漢室已〔未〕亡之日耶？客曰：諸葛武侯翼戴玄德，與瑜、肅何異，而子重諸葛，毀瑜、肅，何其偏也？主人曰：夫論古今者，故宜先定其所為之本，迹其致用之源。<u>諸葛武侯龍蟠江南，托好管、樂，有匡漢之望，是有宗本之心也。</u>今玄德，漢高之正胄也，信義著於當年，將使漢室亡而更立，宗廟絕而復繼，誰云不可哉？

習鑿齒以「血統」論定正統，倡說「蜀以宗室為正，魏武雖受漢禪晉，尚為篡逆，至文帝平蜀，乃為漢亡而晉始興焉」〔註10〕，認為蜀漢方為三國正統的觀念，自有其歷史背景與群眾心理的基礎。並用此觀點，來評斷周瑜、魯肅與諸葛亮三人的歷史地位，認為瑜、肅以臣禮事吳，乃背本忘義之舉，縱

〔註 9〕 原題缺「側」字，據〔清〕張澍《諸葛忠武侯集》附錄卷二補。〈側……論〉，
　　　　為古代論證性的文體之一，指在別人論證的基礎上，提出自己的看法。
〔註10〕 《晉書‧列傳第五十二‧習鑿齒傳》。

有才幹智略，也只堪稱為「真小人」；此與品德高尚，有宗本致用，行「君子」
之道，匡復漢室的諸葛亮，彼此的所作所為，實不相同。評論中，將諸葛亮
給塑造成忠臣的形象，自然是褒亮而貶瑜、肅，可見習氏對諸葛亮佐漢義行
的贊許，而其此種觀點，正是後代士大夫重視諸葛亮的根本原因。此外，習
氏還曾以水、鏡為喻，盛贊過諸葛亮能用刑無私，是「自秦漢以來未之有」
的作為，如前文所述；不過，其卻也曾特別針對「孔明誅斬馬謖」的決策，
而痛批過諸葛亮，大發「難可與言智者」的牢騷，茲此矛盾評價的情結表現，
正可見習氏對於孔明「愛之深，責之切」的史評觀。

　　類此只就諸葛亮個別細項的得失，片面性地進行考評的史家，還有孫盛
〔註11〕（西元 308～379 年）。陳壽在《三國志・蜀書・法正傳》中載云：

> 以正為蜀郡太守、揚武將軍，外統都畿，內為謀主。一湌之德，睚
> 眥之怨，無不報復，擅殺毀傷己者數人。或謂諸葛亮曰：「法正於蜀
> 郡太縱橫，將軍宜啟主公，抑其威福。」亮答曰：「主公之在公安也，
> 北畏曹公之彊，東憚孫權之逼，近則懼孫夫人生變於肘腋之下；當
> 斯之時，進退狼跋，法孝直為之輔翼，令翻然翱翔，不可復制，如
> 何禁止法正使不得行其意邪！」初，孫權以妹妻先主，妹才捷剛猛，
> 有諸兄之風，侍婢百餘人，皆親執刀侍立，先主每入，衷心常凜凜；
> 亮又知先主雅愛信正，故言如此。（見《三國志》卷三十七，宏業本，
> 頁 960）

對此，裴松之注引孫盛曰：

> 夫威福自下，亡家害國之道；刑縱於寵，毀政亂理之源；安可以功
> 臣而極其陵肆，嬖幸而藉其國柄者哉？故顛頡雖勤，不免違命之刑，
> 楊干雖親，猶加亂行之戮。夫豈不愛？王憲故也。諸葛氏之言，於
> 是乎失政刑矣。（見同上，頁 961）

由此可見，孫盛對於諸葛亮放縱法正憑恃其威福，挾怨報負，擅殺傷人，卻
徒發難以禁止的言論，不唯表示無法認同外，更是極為不滿，直接批評「諸
葛氏之言」，有失政刑，而此評與習鑿齒對於孔明「水、鏡」政刑的贊語，也
互有衝突。

　　東晉史家，對於諸葛亮的歷史評論多以微觀的角度進行考述，以致時有

〔註11〕孫盛，字安國，東晉太原中都（今山西平遙縣境）人，著名史學家，有《魏
　　　　氏春秋》、《晉陽秋》等傳世。

矛盾衝突的評議情形發生，這不唯因陳壽《三國志》等業已宏、微並觀地論定過諸葛亮的歷史地位，使其一時之間難以再作出比較重大變異的考評結果；更乃由於東晉偏安江左的局面，導致南渡的晉人對於諸葛亮的才識品德，產生了既期待又怕受傷害的情結使然。

西晉為結束三國分治的統一格局，司馬炎既以承續曹魏正統的地位自居，在不涉及毀損祖上的前提下，除頗能包容前朝已故的諸公賢德外，對於吳、蜀兩國的仁人志士與英雄豪傑，倒也多能不吝嗇地給予相當的尊重與肯定，諸葛亮即是其中最好的例證。不過，經過八王之亂、五胡亂華、永嘉之亂，乃至西晉覆亡，演變成了東晉偏安的局面後，南渡的晉人被迫必須長期憑據江險，方能與北方的異民族裂土對峙，在面對江河變色，國土淪亡的沈痛憾恨與恥辱下，君臣們的內心不時都瀰漫著「舉目見日，不見長安」的哀思，難以揮去其陰霾，所以，漸漸地便凝聚了漢民族的集體情感，而這種民族情感，更直接地轉移與投射到了諸葛亮輔弼蜀漢，力抗曹魏政權，以圖興復漢室的歷史故事上〔註 12〕，進而，在其心靈中產生了「再生孔明」的願望。

也因此，東晉史家間才會興起「魏、蜀孰為正統」的爭議，習鑿齒即是「帝蜀寇魏」論者的代表性人物；從上所述的評贊中，更明顯可見其對諸葛亮推崇備至的史觀，基於求全的心態下，習氏對於孔明舉措稍有失當或瑕疵的地方，自然也會斤斤計較，予以愛深責切，茲乃正唯恐東晉人會重蹈諸葛的覆轍，殷切盼望能突破困境的真情流露。相對地，秉持舊式或游移於新、舊式史觀間，用以檢視諸葛亮的史學家，其所作的評論，自然可能與習氏的見解相左，或沿襲陳壽的史觀評贊，而產生相互矛盾衝擊的看法，如常璩與孫盛等人或可能即屬此輩。

此外，東晉史家也仍有採以宏觀角度，對諸葛亮總體的歷史功業表現，給予禮讚。如袁宏（西元 328～376 年）《三國名臣贊》〔註 13〕即云：

> 孔明盤桓，俟時而動。遐想管、樂，遠明風流。治國以禮，民無怨
> 聲；刑罰不濫，沒有餘泣。雖古之遺愛，何以加茲。及其臨終顧托，

〔註 12〕 《四庫全書總目提要》云：「蓋習鑿齒時晉已南渡，其事有類乎蜀，為偏安者爭正統，此孚於當代之論者也。」

〔註 13〕 袁宏，字彥伯，陳郡陽夏（今河南太康）人，仕至東陽郡守，撰編年體《後漢紀》三十卷，考訂、剪裁均較精審，《晉書》有傳。該贊文《晉書·列傳第六十二·文苑》與〔清〕胡克家本《文選》卷四七，都有收錄。

受遺作相，劉後授之無疑心，武侯處之無懼色，繼體納之無貳情，百姓信之無異辭。君臣之際，良可詠矣。

堂堂孔明，基宇宏邈。器同生民，獨稟先覺；<u>標榜風流，遠明管、樂</u>；初九龍盤，雅志彌确。百六道喪，干戈迭用；苟非命世，孰掃氛霧？宗子思寧，薄言解控；釋褐中林，郁爲時棟。

由此可見，袁宏對諸葛亮的評贊也十分隆重，不過，其內容大抵與陳壽無別，所以，只算是錦上添花，對諸葛亮藝術形象的生成並沒有太大的影響。

四、南北朝時期

逮及南北朝，裴松之在元嘉六年（西元 429 年）奉宋文帝的命令，以補缺、備異、懲妄、論辯等宗旨，爲《三國志》作注，其博采群書一百四十餘種，保存大量的史料，注文較正文更多出有三倍之多，使我們藉由其豐富的注文得以觀照到三國至南北朝時期諸葛亮的各種評論。

南朝宋因爲與蜀漢同姓，也仍屬偏安局面，較諸東晉更有同情共感的政治立場，所以，宋人對諸葛亮功業評價的推舉，自然更勝於從前。裴松之本人在面對晉初郭沖「條亮五事隱沒不聞於世者」（屬傳說，非史事）時，即曾明言：「亮之異美，誠所願聞，然沖之所說，實皆可疑。」〔註14〕可見裴氏在爲《三國志》作注時，乃是滿懷著意欲頌揚諸葛亮的心態與立場在從事評議，也因此，其除會引用大量的文獻資料，或前人正面肯定的評贊〔註15〕，來對諸葛亮的嘉言懿行進行褒獎外；遇有牴牾的評論也會代爲維護辯說〔註16〕；更會似無忌憚地援引各種志怪傳說的記載，入其注文中備異，如其注引習鑿齒《漢晉春秋》所描寫的「七擒孟獲」、「死諸葛走生仲達」等，便都大大地影響了諸葛亮藝術形象造型的可信度，從而使之成爲後來膾炙人口的傳說故事。

隨著東晉「尊漢抑魏」的史觀愈趨強烈，其影響力也逐漸擴及至北方的少數民族。如率先起兵反對西晉的匈奴族領袖，爲了要拉籠漢民族對其勢力的支持，便藉口因其祖上曾與漢室有過聯姻關係，與西漢王朝約爲兄弟盟邦，所以，特地將自己改爲劉姓，以兩漢劉氏外甥的身分，放棄祭拜單于，而改

〔註14〕《三國志・蜀書・諸葛亮傳》卷三十五，宏業本，頁917。
〔註15〕如前文所述，裴注引袁準與習鑿齒等對諸葛亮的評贊。
〔註16〕如前文所述，裴氏「曾謂孔明之不若雲長乎」、「亮在渭濱魏人躡迹」等言論。

祭三祖、五宗〔註17〕，以企圖遂行其政治目的。由此可見，「尊劉漢」的旗幟在漢民族的心中存有一定的號召力，也因此，諸葛亮對北朝各國的影響也漸次增大。如涼武昭王李暠〔註18〕（西元351～417年）便曾撰寫過諸葛亮的訓誡，以勗勉其諸子曰：

> 古今之事不可以不知，苟近而可師，何必遠也。覽諸葛亮訓勵，應璩奏諫，尋其終始，周孔之教盡在中矣。爲國足以致安，立身足以成名，質略易通，寓目則了，雖言發往人，道師於此。且經史道德如采菽中原，勤之者則功多，汝等可不勉哉！（《晉書‧列傳第五十七‧涼武昭王》）

由此可見，涼武昭王李暠對諸葛亮善於治國的肯定與看重。又如前秦苻堅（西元338～385年），在獲得漢人王猛（西元325～375年）的輔佐後，使其政治清明，國力強盛，進而統一北方十六國，成爲與東晉分江對峙的主要威脅勢力，苻堅就曾以劉備與諸葛亮的遇合來自比於其與王猛的關係。

　　諸此所述，都可見諸葛亮在三國兩晉南北朝時期受到普遍贊頌的情形，不過，除了有正面肯定的歷史評論外，自然也有負面批評的聲音出現。百衲本《魏書》卷四三《毛修之傳》曾載〔北（後）魏〕崔浩〔註19〕（西元？～450年）〈論諸葛武侯〉云：

> 承祚之評亮，乃有故義過美之譽。案其迹也，不爲負之，非挾恨之矣。何以云然？夫亮之相劉備，當九州鼎沸之會，英雄備發之時，君臣相得，魚水爲喻，而不能與曹氏爭天下，委棄荊州，退入巴、蜀，誘奪劉璋，僞連孫氏，守窮崎嶇之地，僭號邊夷之間，此策之下者。可與趙他爲偶，而以管、蕭之亞匹，不亦過乎？謂壽貶亮，非爲失實。且亮既據蜀，恃山險之固，不達時宜，弗量勢力；嚴威切法，控勒蜀人；矜才負能，高自矯舉。欲以邊夷之眾，抗衡上國。出兵隴右，再攻祁山，一攻陳倉，疏遲失會，撮衂而返；後入秦川，不復攻城，更求野戰。魏人知其意，閉壘堅守，以不戰屈之。智窮勢盡，憤結攻中，發病而死。由是言之，豈合古人之善將見可而進、知難而退者乎！

〔註17〕 三祖爲：漢高祖劉邦、漢光武帝劉秀、漢昭烈帝劉備；五宗爲：漢文帝、漢武帝、漢宣帝、漢明帝、漢章帝。

〔註18〕 西涼爲五胡亂華、西晉滅亡後，胡人在中國西北方所建立的一個王朝。

〔註19〕 崔浩，字伯淵，清河東武城（今山東武城）人，仕至司徒。

崔浩認為陳壽對諸葛亮在「應變將略」方面的貶抑言論，不唯並無失實；而
且在其他方面的褒譽也都是「故義過美」的評述。因為在他看來，諸葛亮只
不過是一個「不達時宜，弗量勢力；嚴威切法，控勒蜀人；矜才負能，高自
矯舉」的人，其才幹、品德皆愚惡不堪，在「智窮勢盡」時，自然會「憤結
攻中，發病而死」，如此的人，又怎能算是「管、蕭之亞匹」，「古之善將」者？
殆為擁兵自重、割地為寇的趙他者流，實未足以褒譽。

　　崔浩的言論，在兩晉南北朝時期史家對於諸葛亮功業的一片讚美聲中，
顯得特別地刺耳難聽，甚至近乎惡毒毀謗。平實而論，其所論述的角度與觀
點，確係過於偏執狹隘，未能以宏、微並觀的方式去評鑑歷史人物，只是片
面性地切入審視，在缺乏整體客觀實據的舉證與對比下，不唯對曹、劉、孫
氏三大集團勢力不均的背景，未能周全考量；對於蜀民咏懷孔明思念殷切的
情感，也似乎故意漠視，以致其內容反而失實失當，欠缺公道，而流於偏頗
之論。

　　不過，崔氏的評論，卻也反映了當時有人意欲延續曹魏正統的地位，用
以和主張「尊劉漢」的勢力相對抗的思維觀點。因為當東晉乃至南朝宋，都
漸以蜀漢正統的本位自居，矢命要抵禦北方胡人的外侮時；相對地，北朝北
（後）魏既然是繼曹（前）魏而建立的同名政權王朝，其政治立場自然會主
動地靠向曹魏。在與南朝強烈敵視對峙的形勢下，崔浩會承續曹叡〈明帝露
布天下并班告益州文〉的論調，對於諸葛亮大加進行抨擊、詆譭與謗議，其
實也就不足為怪了，畢竟南北朝間各自心懷鬼胎，互有指涉，意圖遂行其政
治目的，乃極為正常的自然表現。

　　三國兩晉南北朝時期，除了有對諸葛亮文治武功與才能品德的諸多評論
外，尚有針對孔明的文章進行品評的情形，如〔南朝・梁〕劉勰〔註20〕（約
西元466〜538年）〈諸葛孔明文論〉〔註21〕即載云：

> 教者，效也，出言而民效也。契敷五教，故王侯稱教……若諸葛孔
> 明之詳約，庾稚恭之明析，並理得而辭中，教之善也。

> 至於文舉之薦禰衡，氣揚采飛；孔明之辭後主，志盡文暢；雖華實

〔註20〕劉勰，字彥和，東莞莒（山東莒縣）人，仕梁至東宮通事舍人，晚年出家鎮
　　　　江定林寺，改名慧地。
〔註21〕〔清〕乾隆三年黃叔琳輯注本《文心雕龍》，第一段見卷四《詔策》；第二段
　　　　見卷五《章表》。

異旨，並表之英也。

劉勰認為諸葛亮所擬「詳約，理得辭中」、「志盡文暢」的奏章，乃「教之善」、「表之英」，可謂為持平公允的評論，尤其是在注重唯美辭藻的六朝文風中，能獲得文論家如此讚譽，著實不易，多少也反映了孔明「文如其人」的形象特質。

第二節　隋唐兩宋元明清時期諸葛亮的歷史評論

一、隋唐時期

西元 589 年，隋文帝楊堅（西元 541～604 年）在滅掉陳，結束南北朝的分裂局面後，面對飽受戰爭侵凌破壞，百廢待舉的中國，基於為求能盡快地恢復國家秩序的政治心理需求下，施政方針以「休養生息」為主，因此，諸葛亮的治蜀經驗便成為隋人參考與借鑑的範例。茲觀《隋書‧經籍志》「史部」錄有蜀丞相諸葛亮《論前漢事》一卷〔註22〕、「子部」錄有《諸葛亮兵法》五卷〔註23〕、「集／道經／佛經部」錄有《諸葛亮集》二十五卷〔註24〕；以及隋代儒學大師王通〔註25〕（西元？～？年）曾云：「使諸葛亮而無死，禮樂可興也。」〔註26〕即可見知，隋代經、史學界對於諸葛亮治國能力的高度重視與殷切期盼。

不過，隋代在楊廣（西元 560～618 年）的暴虐統治下，導致民不聊生，烽火又再度頻起，短短的十八年間，兵變、民變與宮廷政變共有 136 件；各地的軍閥擁兵自重，稱王道孤，割據一方，互相征伐，最後戰亂的局面，才由太原大將李淵（西元 618～626 年）所建立的唐王朝弭平，使得中國再度回復到統一的形勢，並經由唐代幾任明君的治理下，開創出歷史上貞觀與開元的大唐盛世。

唐代雖然屬於統一的格局，在三國的歷史觀上主張「帝魏寇蜀」論，但蜀漢名人諸葛亮仍被以「忠臣」、「賢相」視之，而備受尊敬與稱頌。隋、唐

〔註22〕　《二十四史‧隋書》卷三十三「志第二十八‧經籍二史」，頁 953。
〔註23〕　《二十四史‧隋書》卷三十四「志第二十九‧經籍三子」，頁 1013。
〔註24〕　《二十四史‧隋書》卷三十五「志第三十‧經籍四集」，頁 1060。
〔註25〕　王通，字仲淹，絳州龍門（今山西河津）人。隋代思想家，門人私諡曰「文中子」，傳世作品有《中說》、《文中子》等。
〔註26〕　參見〔元末明初〕陶宗儀：《說郛》本之《文中子‧卷一‧王道篇》。

兩代主要的史籍有《隋書》、《舊唐書》、《新唐書》等，其中，都不乏有關於諸葛亮事蹟與評論的記載。

　　首先，在諸葛亮事蹟方面的記載，隋、唐兩代的史籍以涉及孔明「南征蠻夷」的事蹟較多。如《隋書·史萬歲傳》載云：

> 先是，南寧夷爨翫來降，拜昆州刺史，既而復叛。遂以萬歲爲行軍
> 總管，率眾擊之。入自蜻蛉川，經弄棟，次小勃弄、大勃弄，至于南
> 中。賊前後屯據要害，萬歲皆擊破之。行數百里，見諸葛亮紀功碑，
> 銘其背曰：「萬歲之後，勝我者過此。」萬歲令左右倒其碑而進。渡
> 西二河，入渠濫川，行千餘里，破其三十餘部，虜獲男女二萬餘口。
> 諸夷大懼，遣使請降，獻明珠徑寸。於是勒石頌美隋德。〔註27〕

隋將史萬歲（西元？～600年）在平定南部叛亂，率軍行抵南中時，曾與諸葛亮紀功碑相互遭遇，這近乎傳說性質的事情，竟被以史籍的方式給記載下來，姑不細究其事是否屬實，但透過史載銘文上的預言，卻也直接地突顯出隋、唐人認爲諸葛亮擁有預知能力的情形。《隋書》將此傳說入史的做法，與裴松之援引各種志怪傳說的記載，入其注文中備異的心態，頗爲相似，對諸葛亮藝術形象的造型活動都有一定的影響力。此外，《新唐書·南蠻傳》載云：

> 廣德初，鳳迦異築柘東城，諸葛亮石刻故在，文曰：「碑即仆，蠻爲
> 漢奴。」夷畏誓，常以石搘捂。〔註28〕

也可見知，唐代西南少數民族對諸葛亮平定蠻夷後敬畏之心的延續。新、舊《唐書》中，也多處可見唐人對於諸葛亮「七擒七縱」與「不置蜀官，夷、漢粗安」的讚譽。如張柬之（西元625～706年）即曾上表云：「劉備據有巴蜀，常以甲兵不充。及備死，諸葛亮五月渡瀘，收其金銀鹽布以益軍儲，使張伯岐選其勁卒搜兵以增武備。故蜀志稱自亮南征之後，國以富饒，甲兵充足。由此言之，則前代置郡，其利頗深。……往者，諸葛亮破南中，使其渠率自相統領，不置漢官，亦不留兵鎮守。人問其故，亮言置官留兵有三不易。大意以置官夷漢雜居，猜嫌必起；留兵運糧，爲患更重；忽若反叛，勞費更多。但粗設紀綱，自然安定。臣竊以亮之此策，妙得羈縻蠻夷之術。……

〔註27〕　《二十四史·隋書》卷五十三「列傳第十八」，頁1354～1355。
〔註28〕　《二十四史·新唐書·南蠻傳上》卷二百二十二上「列傳第一百四十七上」，
　　　　　頁6271。

既無安邊靜寇之心，又無葛亮且縱且擒之伎。……臣竊以諸葛亮稱置官留兵有三不易，其言乃驗。」〔註29〕張氏的此番論說，透露出了唐人相信諸葛亮確有「七擒七縱」的史實，對於近似傳說故事的鋪陳，也產生推波助瀾的效用。

其次，在諸葛亮評論方面的記載，唐代史籍則多半是以君臣對話的方式，來評贊諸葛亮畢生所體現出來的卓越才能與高尚品德。如向來極為重視「以史為鑒」的唐太宗李世民（西元 599～649 年），便曾多次與臣下談論過諸葛亮，並對其政、軍才能的表現，頗為肯定，希望藉由其所遺留下來的歷史經驗與教訓，裨益朝政的治理。《四庫全書》所收《李衛公問對》卷中載云：

> 太宗曰：「諸葛亮言：『有制之兵，無能之將，不可敗也；無制之兵，有能之將，不可勝也。』朕疑此談非極致之論。」靖曰：「武侯有所激而云爾。臣按《孫子》有曰：『教道不明，吏卒無常。』陳兵縱橫曰亂。自古亂軍引勝不可勝紀。夫教道不明者，言教閱無古法也；吏卒無常者，言將臣權任無久職也；亂軍引勝者，言己自潰敗，非敵勝之也。是以武侯言，兵卒有制，雖庸將難敗；若兵卒自亂，雖賢將危之；又何疑焉！」太宗曰：「教閱之法，信不可忽。」靖曰：「教得其道，則士樂為用；教不得法，雖朝督暮責，無益於事矣。臣所以區區古制皆纂以圖者，庶乎成有制之兵也。」太宗曰：「卿為我擇古陣法，悉圖以上。」

由此可見，李世民雖曾對諸葛亮的治軍理論產生過懷疑，但在與李靖（西元 571～649 年）的一番談論後，隨即開悟、釋疑，並取得了一致的共識，而對諸葛亮治軍理論的表現，都持肯定的態度與觀點。也因此，李靖在承襲其母舅韓擒虎〔註30〕（西元 538～592 年）所傳授的諸葛亮八陣圖陣法後，會對唐太宗坦言：「臣嘗教閱，必先此陣。」〔註31〕自是正面肯定諸葛亮軍事才能的具體表現。又如《新唐書·魏徵傳》載云：

〔註29〕 《二十四史·舊唐書·張柬之傳》卷九十一「列傳第四十一」，頁 2939～2941。又《新唐書·張柬之傳》卷一百二十「列傳第四十五」所載傳文，大抵相同，頁 4321～4322。

〔註30〕 據說隋將韓擒虎對於諸葛亮的八陣圖「深明其法」，曾傳予其外甥李靖，使之行兵作戰，無往不利，屢建戰功。

〔註31〕 《李衛公問對》。

它日，宴群臣，帝曰：「貞觀以前，從我定天下，間關草昧，玄齡功也。貞觀之後，納忠諫，正朕違，為國家長利，徵而已。雖古名臣，亦何以加！」親解佩刀，以賜二人。<u>帝嘗問群臣：「徵與諸葛亮孰賢？」岑文本曰：「亮才兼將相，非徵可比。」帝曰：「徵蹈履仁義，以弼朕躬，欲致之堯、舜，雖亮無以抗。」</u>時上封者眾，或不切事，帝厭之，欲加譙黜，徵曰：「古者立謗木，欲聞己過。封事，其謗木之遺乎！陛下思聞得失，當恣其所陳。言而是乎，為朝廷之益；非乎，無損於政。」帝悅，皆勞遣之。〔註32〕

魏徵（西元 580～643 年）因為蹈履仁義、忠勇諍諫，輔弼君王，而深獲唐太宗的信任與賞愛。李世民對於魏徵的貢獻表現，自然感受得最為直接，為誇獎他對自己盡心輔弼的功勞，其便藉機詢問群臣有關「徵與亮孰賢」的意見，在獲得岑文本（西元 596～645 年）「亮才兼將相，非徵可比」的認知觀念後，唐太宗立即予以駁斥、否認，並特意抬舉魏徵的地位，以適時地攏絡臣心。其言下之意，自是希望群臣都能向魏徵效法，好讓自詡為一代明君的李世民，可以龍心大悅，廣獲賢士的效忠、擁戴，共同開創大唐的盛世。

　　因此，李世民之所以會認為「亮無以抗徵」，實屬其個人主觀性的政治宣示動作，或情志感受，並非普遍客觀性的歷史評論，觀其在駁回岑文本的看法時，只但言魏徵的仁義表現對自己的益處，卻未敢仔細評比、剖析徵與亮二人間實際作為的優劣，顯見李氏對於「古之名臣」、「才兼將相」的諸葛亮，確係不曾小覷。否則，其便不會要求群臣得向「甚平直」的諸葛亮多所學習，而有「朕今每慕前代帝王之善者，卿等亦可慕宰相之賢者」的言語吐露〔註33〕；也不會有「昔諸葛孔明小國之相」，「治蜀十年，不赦而蜀大化」的看法表示〔註34〕；更不會有將孔明比作托孤忠臣理想典範的情形發

〔註32〕《二十四史・新唐書・魏徵傳》卷九十七「列傳第二十二」，頁 3876。
〔註33〕《全唐文》卷十〈諸葛亮高熲為相公直論〉載云：「朕比見隋代遺老，咸稱高熲善為相者，遂觀其本傳，可謂公平正直，尤識治體。隋時安危，系其存歿，煬帝無道，枉見誅夷。何嘗不想見其人，廢書獻歎。又漢魏以業，諸葛亮為丞相，亦甚平直。亮嘗表廢廖立、李嚴於南中，立聞亮卒，泣曰：『吾其左衽矣！』嚴聞亮卒，發病而死。故陳壽稱亮之為政，開誠心，布公道。盡忠益時者，雖讎必賞；犯法怠慢者，雖親必罰。卿等豈可不企慕及之。朕今每慕前代帝王之善者，卿等亦可慕宰相之賢者，若如此，則榮名高位，可以長守。」
〔註34〕《四部叢刊》續編本所錄《貞觀政要》載云：「昔諸葛孔明小國之相，猶曰『吾

生〔註35〕。

此外，唐代君臣間以對話的方式，論及到諸葛亮治國優劣的表現，尚有憲宗（西元 778～820 年）與杜黃棠（西元？～？年）。《舊唐書・憲宗本紀》載云：

> 戊戌，謂宰臣曰：「前代帝王，或怠于聽政，或躬決繁務，其道如何？」杜黃裳對曰：「帝王之務，在於修己簡易，擇賢委任，宵旰以求民瘼，捨己從人以厚下，固不宜怠肆安逸。然事有綱領小大，當務知其遠者大者；至如簿書訟獄，百吏能否，本非人主所自任也。昔秦始皇自程決事，見嗤前代；<u>諸葛亮王霸之佐，二十罰以上皆自省之，亦爲敵國所誚，知不久堪</u>；魏明帝欲省尚書擬事，陳矯言其不可；隋文帝日旰聽政，令衛士傳餐，文皇帝亦笑其煩察。爲人主之體固不可代下司職，但擇人委任，責其成效，賞罰必信，誰不盡心。傳稱帝舜之德曰：『夫何爲哉？恭己南面而已！』誠以能舉十六相，去四兇也。豈與勞神疲體自任耳目之主同年而語哉！但人主常勢，患在不能推誠，人臣之弊，患在不能自竭。由是上疑下詐，禮貌或虧，欲求致理，自然難致。苟無此弊，何患不至於理。」上稱善久之。〔註36〕

杜黃棠雖然批評諸葛亮「躬決繁務」太過，爲魏國所譏誚，但仍不否認其乃「王霸之佐」，是個善於治國理政的宰輔。

心如稱，不能爲人作輕重』，況我今理大國乎？」；「昔諸葛孔明小國之相，猶曰『吾心如稱，不能爲人作輕重』，況我今理大國乎？」（公平第十六）；「昔蜀後主昏弱，齊文宣狂悖，然國稱治者，以任諸葛亮、楊遵彥不猜之故也。」（杜讒邪第二十三）；「又蜀先主嘗謂諸葛亮曰：『吾周旋陳元方、鄭康成之間，每見啓告理亂之道備矣，曾不語赦。』故諸葛亮治蜀十年不赦，而蜀大化。」（赦令第三十二）。又《二十四史・舊唐書・太宗本紀》卷二「本紀第二」載云：「昔文王作罰，刑茲無赦。又蜀先主嘗謂諸葛亮曰：『吾周旋陳元方、鄭康成間，每見啓告理亂之道備矣，曾不語赦也。』夫小人者，大人之賊，故朕有天下已來，不甚放赦。今四海安靜，禮義興行，非常之恩，施不可數，將恐愚人常冀僥倖，唯欲犯法，不能改過。」，頁 35。

〔註35〕 《新唐書・褚遂良傳》卷一百五「列傳第三十」載云：「帝寢疾，召遂良、長孫无忌曰：『漢武帝寄霍光，劉備託諸葛亮，朕今委卿矣。太子仁孝，其盡誠輔之。』謂太子曰：『无忌、遂良在，而毋憂。』因命遂良草詔。高宗即位，封河南縣公，進郡公。坐事出爲同州刺史。再歲，召拜吏部尚書、同中書門下三品，監脩國史，兼太子賓客。進拜尚書右僕射。」，頁 4028。

〔註36〕 《二十四史・舊唐書・憲宗本紀》卷十四「本紀十四」，頁 415。

　　在唐代史籍的記載評論中，諸葛亮是個才兼將相、文武兼備、律令嚴明、品德高尚的王霸之佐、古代名臣，因爲其是帝王心目中理想的人臣典範，所以，自然會成爲人臣極力效法的對象，乃至作爲表現特出的官員，便會被他人比作諸葛亮看待，如王叔文（西元 735～806 年）即曾美譽「彊記多聞，善言古成敗王霸大略」的李景儉（西元？～？年）爲諸葛亮〔註 37〕，用以肯定其卓越的才器，可見唐人對於諸葛亮確實頗爲重視。

　　此外，王叡（西元？～？年）認爲「孔明創蜀，決沉機三二策，遂成鼎峙」，乃其「英雄大略，將帥宏規」的才器表現〔註 38〕；李翰（西元？～？年）在〈三名臣論〉中，將孔明評定於樂毅與管仲之間〔註 39〕；嚴從（西元？～？年）辨析「諸葛孔明以傑時之智」，習風后五圖而成八陣圖，並明其有「懷漢之雅志」〔註 40〕等等評論，對於諸葛亮的政、軍才能與歷史功

〔註37〕　《二十四史‧新唐書‧景儉傳》卷八十一「列傳第六」載云：「景儉字寬中。及進士第。彊記多聞，善言古成敗王霸大略，高自負，於士大夫無所屈。王叔文等更譽之，以爲管仲、諸葛亮比。叔文敗，景儉以母喪得不坐。」，頁 3601。

〔註38〕　王叡，生平不詳，著有《炙轂子》三卷，《將略論》爲其中一篇。《全唐文》卷七二五收錄《將略論》載云：「帝王宜開英鑒，審將帥之器量，文武之才，則崇勛大業庶幾可立。夫宰制山河，剗割疆宇，舉大綱則易定，滋苛細則難安。故子房佐漢，畫大謀六七件，遂定天下；孔明創蜀，決沉機三二策，遂成鼎峙；英雄之大略，將帥之宏規也。安危之機，存亡之要，審諸將略，可見徵焉。」

〔註39〕　李翰，字子羽，趙州贊皇（今河北省贊皇）人。第進士，曾任左補闕、翰林學士等職。《全唐文》卷四三一所收〈三名臣論〉，李氏以問答的方式，特別針對管仲、樂毅與諸葛亮三人的才能與功業表現，作成此一優劣順序的評議。其言：「如僕所揣，則管不逮樂，孔明其伯仲之間與！……孔明從容，三顧後起，籌畫必當，締構必成。事屯而業亨，主暗而國治，兵弱而強鄰畏服，功大而本朝不疑，斯亦難矣；然窺其軍令，迹其用法，必俟中原克復然後厚賞寬刑。玄德常〔嘗〕稱馬謖言過其實，不可大用，卒至喪敗，斯所謂濟於事而未全於道，得諸己而未審於人。」

〔註40〕　嚴從，唐代開元初人。《全唐文》卷三〇〇所收《風后握機圖序》載云：「昔諸葛孔明以傑時之智，將求其源而未得也。乃曰『八陣成，可以橫得天下』。然武侯陣法，亦有武翼、翔鳥，足明武侯所習，則風后五圖也。桓溫見蜀將八陣云是『常山蛇勢』，徒妄言耳。常山蛇者，法出《孫子》，謂之率然，蓋直陣也。故桓溫覽《孫子》而有是言，殊無旨哉。然此離合之勢，奇正之術，故曰或離而爲八，或合而爲一；以正合，以奇勝；其要在此矣。孫子，儒者也；至注釋務析精奧而多引空言以誑後人，何哉？」又所收《擬三國名臣贊序》則云：「孔明躬耕南陽，盤桓俟主。吐籌獻策，識鼎峙之形；總眾臨戎，有席捲之望。原其去就，抑亦懷漢之雅志焉。及其撫戎幕，持國鈞，開誠心，布公道，賞不失德，罰不濫刑，又雖古之遺直，不能尚也。昔管仲用法，伯

業表現，雖然未臻至譽，但也相當程度地給予禮讚，尤其是在孔明的軍事才能方面，較之唐代以前，更有特別熱衷與抬舉肯定的傾向發生，似乎已漸擺脫陳壽所評「應變將略，非其所長」桎梏的現象。《舊唐書・薛登傳》載云：

> 臣謹案吳起臨戰，左右進劍，吳子曰：「夫提鼓揮桴，臨難決疑，此將事也。一劍之任，非將事也。」謹案諸葛亮臨戎，不親戎服，頓蜀兵於渭南，宣王持劍，卒不敢當。此豈弓矢之用也！〔註41〕

薛登（西元？～？年）上疏時曾向君王力陳：行兵作戰必須以應變將略為主，至於武藝高低或兵器利鈍則非關鍵所在的道理；並援引諸葛亮以文人的身分用兵，既不穿盔甲，也不持武器，但臨陣決策卻使得司馬懿不能與之對敵，即可作為明證。由此可見，薛氏認為「應變將略」既非諸葛亮之所短；實乃其之所長，顯然已有反駁陳壽評論的觀點產生，而此並非其個人主觀性的看法，乃是唐五代人普遍達成的客觀共識。茲觀《舊唐書・劉仁軌、郝處俊、裴行儉傳》載云：

> 史臣曰：昔晉侯選任將帥，取其說禮樂而敦詩書，良有以也。夫權謀方略，兵家之大經，邦國繫之以存亡，政令因之而強弱，則馮眾怙力，豨勇虎暴者，安可輕言推轂授任哉！故王猛、諸葛亮振起窮巷，驅駕豪傑，左指右顧，廓定霸圖，非他道也，蓋智力權變，適當其用耳。……。而前史譏其謬譎，有涉陳壽短武侯應變之論乎！非通論也。〔註42〕

〔五代後晉〕劉昫（西元887～946年）等人在編纂《唐書》時，已公開地推翻「陳壽短武侯應變之論」；並表明諸葛亮實胸懷「權謀方略」，因其能適當運用智力權變，方可「驅駕豪傑，左指右顧，廓定霸圖」，可見「應變將略」已成為諸葛亮的軍事長才之一，而不再是其短處。也因此，唐代官方才會將諸葛亮給入祀於武廟當中，使之成為與田穰苴（西元前？～？年）、孫武（約西元前535～？年）、吳起（西元前？～381年）、樂毅、白起（西元前？～

氏無怨；子羔刑人，終以見德；孔明之謫李嚴，蓋近之矣。」

〔註41〕 《二十四史・舊唐書・薛登傳》卷一百一「列傳第五十一」，頁3140。《二十四史・新唐書・薛登傳》則云：「昔吳起將戰，左右進劍，吳子辭之，諸葛亮臨陣，不親戎服，蓋不取弓劍之用也。」，頁4170。

〔註42〕 《二十四史・舊唐書・劉仁軌、郝處俊、裴行儉傳》卷八十四「列傳第三十四・史臣曰」，頁2808。

257 年）、韓信（西元前？～196 年）、張良（西元前？～189 年）等歷代著名軍事家並列的十哲之一〔註 43〕。觀三國名將如雲，唯諸葛亮能雀屏中選，且是以官方祭祀的方式給予肯定，其所受到的推崇，實甚榮重。諸此，都顯示了隋唐五代十國時期以來，諸葛亮軍事才能逐漸備受肯定的情形；而官方所作成的歷史定論，對於民間諸葛亮傳說的創作自然也興起了推波助瀾的功效與作用。

綜上所述，可知唐代統治者雖然堅持「帝魏寇蜀」論，但同時對於諸葛亮卻也讚譽有加，且是以文武兼備、治世能臣的地位在給予敬仰、崇拜，其所作成的評論，實充分體現出唐人開明的政治觀念。相較於魏晉南北朝時期，唐人美化諸葛亮軍事才能缺憾的情形，已具體落實於史書評論與官方祭祀的作為上，對後代塑造諸葛亮藝術形象也發揮了直接的影響效用。

二、兩宋時期

西元 797 年，趙匡胤（西元 927～976 年）滅掉了北漢，結束五代十國的紛亂時局後，其所創建的宋王朝，使得中國基本上又恢復到統一的局面〔註 44〕。宋代因為在「重文輕武」的國家政策推行下，文人的地位較之以往普遍提升許多，更由於文治昌明，武功卻欠佳，宋人對於古之名臣諸葛亮便常生感興趣，除了史籍的記載以及陸續有人為其立傳〔註 45〕外，單單北宋文士就有 18 人 46 篇（則），南宋也有 24 人 48 篇（則），以總計 42 人 94 篇（則）的數量，特別針對諸葛亮的才德與功業表現進行過評論，這也使得有關諸葛亮的歷史評論達到了一個前所未有的高峰。

茲觀拙作「諸葛亮的歷史評論資料統計與比率圖表」，可知宋人對於諸葛亮的評價，與其他時期有很明顯的不同，即其褒譽評價的比率（66.0%），實

〔註43〕《二十四史‧新唐書‧卷十五‧志第五‧禮樂五》載云：「上元元年，尊太公為武成王，祭典與文宣王比，以歷代良將為十哲象坐侍。秦武安君白起、漢淮陰侯韓信、蜀丞相諸葛亮、唐尚書右僕射衛國公李靖、司空英國公李勣列於左、漢太子少傅張良、齊大司馬田穰苴、吳將軍孫武、魏西河守吳起、燕昌國君樂毅列於右，以良為配。後罷中祀，遂不祭。」，頁 377。

〔註44〕石敬瑭為報答遼太宗耶律德光的援助，使之能當上後晉的兒皇帝，不惜將燕、雲十六州割讓給契丹。這十六州中，屬於大同地區的有：雲州、寰州、及蔚州大部分。宋朝建立後，大同地區仍屬遼國領土，尚未收復。

〔註45〕繼〔晉〕陳壽為諸葛亮立傳後，直至宋代，才陸續有胡寅、鄭樵、張栻、蕭常等 4 人再為孔明立傳，而這也是歷史上為諸葛亮立傳的記錄中，僅次於清代（有 7 人）的盛況。

遠低於歷代總平均值（77.5%）；且其貶毀評價的次數（13 次），更超過歷代總貶價數（22 次）有半數以上，可見宋人對於諸葛亮歷史地位的看法，可能頗有不同的觀照態度，或許較能正、反立論，宏、微並觀，給予理性的評價。如〔北宋〕唐庚（西元 1071～1121 年）的 9 篇（則）個人評論中，即全採以微觀的視角，分別就諸葛亮的治蜀作為給予細部考核，而作成「古之豪傑」、「王者正法」、「對症下藥」的褒譽評價；「威武不屈」、「蜀有置史」的持平評價；以及「守益失策」、「改元不當」、「伐魏有疑義」、「有負於民」的貶毀評價。另外，〔南宋〕葉適（西元 1150～1223 年）的 8 篇（則）個人評論中，也以類似的觀照視角，分別就諸葛亮的功業表現給予切面論斷，而作成「用人懇惻」、「有三代君子資」的褒譽評價；「本王心行霸政」、「稱官人當詳議」、「才用止於其身」的持平評價；以及「霸政餘務不妥」、「講武伐魏有失」、「仁智不足」的貶毀評價。

　　當然，不同人針對相似論題所作出的評價，因其彼此的立論基礎與思維視角有別，自然未必一致，如關於諸葛亮所採行之道究竟是王道或者霸道，宋人就有三種說法，主張王道者，有程頤（西元 1033～1107 年）、蘇軾（西元 1036～1101 年）、陳亮（西元 1143～1194 年）等人；主張霸道者，有秦觀（西元 1049～1100 年）、葉適（西元 1150～1223 年）等人；其中，蘇軾與葉適二人更別有王、霸相雜的看法。他們或將之比作伊尹、呂尚〔註46〕、周公者流；或視其為管仲、樂毅、蕭何之徒；或認為其殆介於二者之間。由此可見，宋人對於諸葛亮的歷史評論存在著多元觀點的特色，不過，其所評論的議題卻大多是前有所承，雖然或因立場與觀念的不同，以致對諸葛亮貶毀評價的數量較之以往增加不少，但總體上仍難與褒譽評價的主流觀點相抗衡，使得諸葛亮「才德兼備」的忠臣形象依舊持續在加溫中，而這自然地也會影響到其民間造型的活動。然而，宋人對於諸葛亮的歷史評論中，較具特色與影響力的，大概可以司馬光（西元 1019～1086 年）、蘇氏父子、朱熹（西元 1130～1200 年）等人的看法為代表，所以，在顧及主題與篇幅的限制下，茲擬僅就其評論的內容觀點再多作些闡釋，其餘則不便細究。

　　在宋代的史籍中，司馬光費時 19 年所編纂而成的《資治通鑑》，是最能夠看出北宋官方對於諸葛亮歷史評論的觀點。《資治通鑑》是中國第一部的編年體通史，全書共有 294 卷，按時間先後順序貫通了自戰國以迄五代間 1362

〔註46〕伊尹與呂尚的生卒年都無得考證。

年的史實，就彷彿是一面鏡子，反映出歷史的善惡興衰，提供給後人效法與惕勵的參考。《通鑑》所記關於三國與諸葛亮的史事，基本上是直承陳壽《三國志》及裴注，並參考《後漢書》、《晉書》等相關史籍的記載，從而來評論諸葛亮的歷史地位。

北宋與西晉、隋唐的政治形勢頗為相似，都屬於結束分裂後的統一格局，依照前代的慣例，司馬光自是以曹魏為正統，主張「帝魏寇蜀」論者；且其所秉持的史家態度，也極為客觀公正，凡事就事論事，對於諸葛亮的行事作為與功業表現，並無其個人特殊情感色彩的讚賞或批評，大抵上是將之給當作三國時期的一個歷史名人來看待。這可能是因為《通鑑》為一部編年體通史的巨著，體制過於龐大，司馬光自然無暇針對特定的人物作細部深入的考評；加上諸葛亮去宋已遠，又有陳壽《三國志》及裴注的良史可據，並可參考其他史籍的相關記載，所以，《通鑑》中關於諸葛亮的史事與評論，大抵與《三國志》傳注內文的觀點雷同。在《魏紀》裡，其既會有「諸葛亮將八寇，興群下謀之」〔註47〕，以魏國的政治立場發言去看待諸葛亮；也會不避諱地引用陳壽〔註48〕、習鑿齒〔註49〕等人的正面評價，並藉夾註的方式來闡述「亮有明略」〔註50〕、「懿與之棋逢敵手」〔註51〕的客觀實情，適時地肯定諸葛亮。

〔註47〕《資治通鑑·第71卷·魏紀三》（西元228～230年）《烈祖明皇帝上之下》「太和二年」，頁2239。

〔註48〕陳壽評曰：「諸葛亮為政，軍旅數興而赦不妄下，〔數，所角翻；下同。下，遐稼翻。〕不亦卓乎！」見《資治通鑑·第75卷·魏紀七》（西元246～252年）《邵陵厲公中》「正始七年」，頁2367。

〔註49〕習鑿齒論曰：「昔管仲奪伯氏駢邑三百，沒齒而無怨言，聖人以為難。〔見論語。鄭氏曰：小國之下大夫，采地方一成，其定稅三百家故三百戶也。其實大國下大夫亦三百戶，故論語云：管仲奪伯氏駢邑三百。一成所以三百家者，一成九百夫，宮至、塗巷、山澤，三分去一，餘有六百夫，又不易再易，通率一家受二夫之田，是定稅三百家也。〕諸葛亮之使廖立垂泣，李嚴致死，豈徒無怨言而已哉！夫水至平而邪者取法，鑑至明而醜者忘怒；水鑑之所以能窮物而無怨者，以其無私也。水鑑無私，猶以免謗；況大人君子懷樂生之心，〔樂，音洛。〕流矜恕之德，法行於不可不用，刑加乎自犯之罪，爵之而非私，誅之而不怒，天下有不服者乎！」見《資治通鑑·第72卷·魏紀四》（西元231～234年）《烈祖明皇帝中之上》「二年」，頁2299。

〔註50〕《資治通鑑·第71卷·魏紀三》（西元228～230年）《烈祖明皇帝上之下》「太和二年」載云：「初，越巂太守馬謖，才器過人，好論軍計，〔好，呼到翻。〕諸葛亮深加器異；漢昭烈臨終，謂亮曰：『馬謖言過其實，不可大用，君其察之！』亮猶謂不然，以謖為參軍，每引見談論，自晝達夜。〔以孔明之明略，所以待謖者如此，亦足以見其善論軍計矣。觀孔明南征之時，謖陳攻心之論，

又在《漢紀》中，其除載及裴松之所批駁的郭沖「諸葛亮佐備治蜀，頗尚嚴峻，人多怨歎者」之說；更以孔子「政寬則濟之以猛，孔明其知之」〔註52〕，來評價諸葛亮的刑政作爲。

　　司馬光《資治通鑑》對於諸葛亮的歷史評論，大抵上與《三國志》注頗爲相似，都能客觀地肯定孔明相國治蜀的傑出表現，不過，其對於陳壽所評「亮短於應變將略」的說法，卻未曾襲取論述，這或許與東晉南北朝隋唐以來，官方與民間輿論界逐漸提升諸葛亮的軍事才幹有關。繼唐代官方正式將諸葛亮給入祀於武廟十哲後，宋代官方雖然擴編了武廟的組織陣容，除設有主祀（太公）、配享（張良）與十哲外；更增添有七十二將，其中，三國名將還包括：張遼（西元169～222年）、鄧艾（西元197～264年）、關羽、張飛、周瑜、呂蒙、陸遜、陸抗（西元226～274年）、杜預（西元222～285年）、羊祜（西元221～278年）等人，但對於諸葛亮的武功地位卻也因襲不變，仍使其名列十哲之一，並封其爲順興侯〔註53〕；且詔令置守冢三戶，以表其勳

豈悠悠坐談者所能及哉！〕及出軍祁山，亮不用舊將魏延、吳懿等爲先鋒，而以謖督諸軍在前，與張郃戰于街亭。」，頁2241。

〔註51〕《資治通鑑‧第74卷‧魏紀六》（西元238～245年）《烈祖明皇帝下》「景初二年」載云：「淵之將反也，將軍綸直、賈範等苦諫，〔綸，姓；直，名；其先以邑爲姓。淵皆殺之，懿乃封直等之墓，顯其遺嗣，釋淵叔父恭之囚。〔淵因恭事見七十一卷太和二年。〕中國人欲還舊鄉者，恣聽之。遂班師。〔司馬懿與諸葛亮相守閉壁，若無能爲者；及討公孫淵，智計橫出。鄙語有云：『棋逢敵手難藏行』，其是之謂乎！〕〕，頁2337。

〔註52〕《資治通鑑‧第67卷‧漢紀五十九》（西元214～216年）《孝獻皇帝壬》「建安十九年」，頁2131。

〔註53〕《二十四史‧宋史》卷一百五‧志第五十八載云：「宣和五年，禮部言：『武成王廟從祀，除本傳已有封爵者，其未經封爵之人，齊相管仲擬封涿水侯，大司馬田穰苴橫山侯，吳大將軍孫武滬瀆侯，越相范蠡遂武侯，燕將樂毅平虜侯，蜀丞相諸葛亮順興侯，魏西河守吳起封廣宗伯，齊將孫臏武清伯，田單昌平伯，趙將廉頗臨城伯，秦將王翦鎮山伯，漢前將軍李廣懷柔伯，吳將軍周瑜平虜伯。』於是釋奠日，以張良配享殿上，管仲、孫武、樂毅、諸葛亮、李勣並西向；田穰苴、范蠡、韓信、李靖、郭子儀，並東向。東廡，白起、孫臏、廉頗、李牧、曹參、周勃、李廣、霍去病、鄧禹、馮異、吳漢、馬援、皇甫嵩、鄧艾、張飛、呂蒙、陸抗、杜預、陶侃、慕容恪、宇文憲、韋孝寬、楊素、賀若弼、李孝恭、蘇定方、王孝傑、王晙、李光弼，並西向；西廡，吳起、田單、趙奢、王翦、彭越、周亞夫、衛青、趙充國、寇恂、賈復、耿弇、段頵、張遼、關羽、周瑜、陸遜、羊祜、王濬、謝玄、王猛、王鎮惡、斛律光、王僧辯、于謹、吳明徹、韓擒虎、史萬歲、尉遲敬德、裴行儉、張仁亶、郭元振、李晟，並東向。凡七十二將云。」，頁2556。

德功業〔註54〕；更曾因其是古文臣卻爲名將，而有罷武學之議〔註55〕；再加上宋人對於諸葛亮的八陣圖法極感興趣，常常講求鑽研，「以授邊將，使之應變」〔註56〕。諸此，都顯示宋人對於孔明「應變將略」軍事才能的肯定，從而也與其民間藝術形象的塑造產生了關聯，進而彼此相互影響。

　　此外，蘇洵（西元 1006～1066 年）與蘇軾、蘇轍（西元 1039～1112年）父子三人對於諸葛亮的歷史評論，則代表了北宋另一種批判的聲音。首先，蘇洵在〈強弱〉中云：「諸葛孔明一出其兵，乃與魏氏角，其亡宜也。」〔註57〕直陳諸葛亮出師北伐曹魏，實爲不明形勢強弱的不智之舉；又在〈諸葛孔明棄荊州而就西蜀〉中云：「其無能爲也」、「是求不失也，非求富也。」〔註58〕也明白表示孔明於棄、就間決策的失當。老蘇二文都是以微觀的視

〔註54〕 同前註載云：「又詔，前代功臣、烈士，詳其勳業優劣以聞。有司言：『齊孫臏晏嬰、晉程嬰公孫杵臼、燕樂毅、漢曹參陳平韓信周亞夫衛青霍去病霍光、蜀昭烈帝關羽張飛諸葛亮、唐房玄齡長孫無忌魏徵李靖李勣尉遲恭渾瑊段秀實等，皆勳德高邁，爲當時之冠；晉趙簡子、齊孟嘗君、趙趙奢、漢邴吉、唐高士廉唐儉岑文本馬周爲之次；南燕慕容德、唐裴寂、元稹又次之。』詔孫臏等各置守冢三戶，趙簡子等各二戶，慕容德等禁樵采；其有開毀者，皆具棺槨、朝服以葬，掩坎日致祭，長史奉行其事。」，頁 2559。

〔註55〕 《二十四史・宋史》卷一百六十五・志第一百一十八「武學」載云：「慶曆三年，詔置武學于武成王廟，以阮逸爲教授。八月，罷武學，以議者言『古名將如諸葛亮、羊祜、杜預等，豈專學孫、吳』故也。熙寧五年，樞密院言：『古者出師受成於學，文武弛張，其道一也，乞復置武學。』詔于武成王廟置學。元豐官制行，改教授爲博士。紹興十六年，詔修建武學，武博、武諭以兵書、弓馬、武藝誘誨學者。紹興二十六年，詔武學博士、學諭各置一員，內博士於文臣有出身或武舉出身曾預高選充，其學諭差武學人，後又除文臣之有出身者。」，頁 3915。

〔註56〕 《二十四史・宋史》卷一百九十五・志第一百四十八「陣法」載云：「熙寧二年十一月，趙卨乞講求諸葛亮八陣法，以授邊將，使之應變。詔郭逵同卨講求，相度地形，定爲陣圖聞奏。」，頁 4862。又《二十四史・宋史》卷一百九十五・志第一百四十八載云：「誠一等初用李靖六花陣法，……。帝諭近臣曰：黃帝始置八陣法，敗蚩尤於涿鹿。諸葛亮造八陣圖於魚復平沙之上，壘石爲八行。晉桓溫見之曰：『常山蛇勢。』此即九軍陣法也。至隋韓擒虎深明其法，以授其甥李靖。靖以時遇久亂，將臣通曉者頗多，故造六花陣以變九軍之法，使世人不能曉之。……。今可約李靖法爲九軍營陣之制。」，頁 4865。另外，李昭玘、王當、朱熹、蘇蓀等人，對於諸葛亮獨能變化八陣，使陣法變化如神、正奇神密，也都給予褒譽的評價，視其爲孔明應變將略的傑出表現。

〔註57〕 參見《四部叢刊》本《嘉祐集》卷二。
〔註58〕 參同前註，《嘉祐集・項籍篇》。

角，就客觀形勢來論斷諸葛亮的軍事戰略，其所歸結的評價也都是貶抑而無褒譽的，顯然與主流的觀點迥異。其次，蘇軾〈諸葛亮論〉中則云：「仁義、詐力雜用以取天下者，此孔明之所以失也。……孔明既不能全其信義以服天下之心，又不能備其智謀以絕曹氏之手足，宜其屢戰而屢卻哉！」〔註 59〕可見東坡在宏、微並觀的視角考核下，對於諸葛亮王、霸雜用行道，臨機決策的表現，實持非議的態度來看待。蘇轍在〈三國論〉中也認同其父親的說法，而云：「棄天下而入巴蜀，則非地也；用諸葛孔明治國之才而當紛紜征伐之衝，則非將也。」〔註 60〕指陳諸葛亮將略缺失的短處。

諸此，都顯示了蘇氏父子三人對於諸葛亮軍事戰略方面表現的不滿，而這或許與其身為蜀客，既飽讀詩書，又雄才大略，有意擺脫四川封閉性地理形勢的圈圍，期能放眼中原，馳騁政場，大展其一身長才，以得遂經世濟民的襟抱志願，而在評論間自然產生的貶責微情。否則，蘇家既有此議，東坡又何必推翻父子三人的共識觀點，在〈題三國名臣〉時，大為贊揚諸葛亮，而云：「西漢之士多智謀，薄於名義；東京之士尚風節，短於權略；兼之者，三國名臣也。而孔明巍然三代王者之佐，未易以世論也。」〔註 61〕；並在〈諸葛武侯畫像贊〉中，更加歌咏孔明應變將略的特長，而云：「密如神鬼，疾如風雷。進不可當，退不可追。晝不可攻，夜不可襲。多不可敵，少不可欺。前後應會，左右指揮。移五行之性，變四時之令。人也？神也？仙也？吾不知之，真臥龍也！」〔註 62〕茲觀東坡對於孔明畫像的評贊，顯然已糁溶有民間藝術形象的塑造痕跡，在宋人「聖賢化」諸葛亮的歷史地位過程中，對其「神仙化」的現象也逐漸相形明朗可見。

北宋人對於諸葛亮的歷史評價有褒譽及貶毀兩派的看法存在，南宋人亦然，只不過後者的批評聲音顯然要遠弱於前者，除葉適、俞文豹（西元？～？年）二人外，其餘的南宋文士大多是持肯定的態度，來評價諸葛亮的歷史地位，尤其是以朱熹的看法最具有代表性與影響力。

北宋理學家程頤認為：除「取劉璋事」為「計較利害的大不是」外，諸葛亮實已接近王佐，為明哲君子，假若不死，三年當可取魏〔註 63〕。朱熹不

〔註 59〕 參見《四庫全書》本《東坡全集》卷四三。
〔註 60〕 參見《欒城應詔集》卷七《臣事五道》之二。
〔註 61〕 參見《東坡全集》卷一五《史評》。
〔註 62〕 參見《諸葛忠武侯集》卷一〇，文章作於〔北宋〕嘉祐四年（西元 1059 年）。
〔註 63〕 〈諸葛已近王佐〉（外四則），參見《四庫全書》本《二程遺書》卷一九、卷

唯接受前輩的這種觀點看法，更將諸葛亮與禹、湯、顏子、孟子等儒家的聖賢相比〔註64〕，而有：「諸葛孔明天資甚美，氣象宏大。但所學不盡純正，故亦不能盡善」〔註65〕；「孔明也是隱居求志，行義達道者」〔註66〕；「諸葛亮

〔註64〕　二四；〈周公孔明爲明哲君子〉，參見《四庫全書》本《二程粹言》卷下。
　　　　《朱子語類》第93卷「孔孟周程張子」載云：「或問：『顏子比湯如何？』曰：『顏子只據見在事業，未必及湯。使其成就，則湯又不得比顏子。前輩說禹與顏子雖是同道，禹比顏子又粗些。顏子比孟子，則孟子當粗看，磨稜合縫，猶未有盡處；若看諸葛亮，只看他大體正當，細看不得。』」（大雅），頁5。

〔註65〕　《朱子語類》第136卷「歷代三」載云：「諸葛孔明大綱資質好，但病於粗疏。孟子以後人物，只有子房與孔明。子房之學出於黃老；孔明出於申韓，如授後主以《六韜》等書與用法嚴處，可見。若以比王仲淹，則不似其細密。他卻事事理會過來。當時若出來施設一番，亦須可觀。」（木之）「或問孔明。曰：『南軒言其體正大，問學未至。此語也好。但孔明本不知學，全是駁雜了。然卻有儒者氣象，後世誠無他比。』」（升卿）……「諸葛孔明天資甚美，氣象宏大。但所學不盡純正，故亦不能盡善。取劉璋一事，或以爲先主之謀，未必是孔明之意。然在當時多有不可盡曉處。如先主東征之類，不見孔明一語議論。後來壞事，卻追恨法孝直若在，則能制主上東行。孔明得君如此，猶有不能盡言者乎？先主不忍取荊州，不得已而爲劉璋之圖。若取荊州，雖不爲當，然劉表之後，君弱勢孤，必爲他人所取；較之取劉璋，不若得荊州之爲愈也。學者皆知曹氏爲漢賊，而不知孫權之爲漢賊也。若孫權有意興復漢室，自當與先主協力并謀，同正曹氏之罪。如何先主纔整頓得起時，便與壞倒！如襲取關羽之類是也。權自知與操同是竊據漢土之人。若先主事成，必滅曹氏，且復滅吳矣。權之姦謀，蓋不可掩。平時所與先主交通，姑爲自全計爾。或曰『孔明與先主俱留益州，獨令關羽在外，遂爲陸遜所襲。當時只先主在內，孔明在外如何？』曰：『正當經理西向宛洛，孔明如何可出？此特關羽恃才疏鹵，自取其敗。據當時處置如此，若無意外齟齬，曹氏不足平。兩路進兵，何可當也！此亦漢室不可復興，天命不可再續而已，深可惜哉！』」（謨），頁2～5。第96卷「程子之書二」也載云：問：「『諸葛亮有儒者氣象』，如何？」曰：「孔明學不甚正，但資質好，有正大氣象。」問：「取劉璋一事如何？」曰：「此卻不是。」又問：「孔明何故不能一天下？」曰：「人謂曹操父子爲漢賊，以某觀之，孫權眞漢賊耳。先主孔明正做得好時，被孫權來戰兩陣，到這裏便難向前了。權又結托曹氏父子。權之爲人，正如偷去劉氏一物，知劉氏之興，必來取此物，不若結托曹氏，以賊托賊。便曹氏勝，我不害守得一隅；曹氏亡，則吾亦初無利害。」（煇），頁26。

〔註66〕　《朱子語類》第46卷「論語二十八・季氏篇・見善如不及章」載云：問：「『行義以達其道』，莫是所行合宜否？」曰：「志，是守所達之道；道，是行所求之志。隱居以求之，使其道充足。行義，是得時得位，而行其所當爲。臣之事君，行其所當爲而已。行所當爲，以達其所求之志。」又問：「如孔明，可以當此否？」曰：「也是。如『伊尹耕於有莘之野，而樂堯舜之道』，是『隱

臨陣對敵，意思安閑，如不欲戰」、「輸時輸得少」〔註67〕等等，針對人物的道德品格與政軍才略方面的表現，予以宏、微並觀地詳盡檢視、考核與論證，所作成的總體基本上的認識與肯定評價。

朱熹以此態度來看待諸葛亮，視其為才德文武兼備的「忠誠之臣」，如此的思想觀點，恐與南宋偏安的時局有密切的關聯。正因為經過「靖康之難」的恥辱，使得南宋與東晉的政治形勢極為相似；加上宋代士大夫的民族情感與道德意識，在異民族的強伺環繞與壓迫下，又顯得更為明顯，基於此，每論及於三國故事，蜀漢與諸葛亮便成為漢人思想情感所寄託的對象，表現在政治上即是「尊劉反曹」，而主張「帝蜀寇魏」論。朱熹身為南宋的理學大師，尤其特別標榜道德氣節，伸張民族大義，所以，在其《通鑑綱目》中即載云：

> 問《綱目》主意。曰：「主在正統。」問：「何以主在正統？」曰：「三國當以蜀漢為正，而溫公乃云，某年某月『諸葛亮入寇』，是冠履倒置，何以示訓？緣此遂欲起意成書。推此意，修正處極多。若成書，當亦下《通鑑》許多文字。但恐精力不逮，未必能成耳。若度不能成，則須焚之。」（大雅）〔註68〕

朱熹在《綱目》中以蜀漢為正統，並在《語類》中將諸葛亮與禹、湯、顏子（西元前 521～481 年）、孟子等聖賢相比，認為孔明是封建倫常中君臣關係的完善體現者，正因諸葛亮「明哲君子」、「忠誠之臣」形象的內涵特質，與其所倡導的理學思想旨趣相互契合，其自然會援之以作為闡明道義的最佳例

居以求其志』。及幡然而起，『使是君為堯舜之君，使是民為堯舜之民』，是『行義以達其道』。」蜚卿曰：「如漆雕開之未能自信，莫是求其志否？」曰：「所以未能信者，但以『求其志』，未說『行義以達其道』。」又曰：「須是篤信。如讀聖人之書，自朝至暮，及行事無一些是，則曰：『聖人且如此說耳！』這卻是不能篤信。篤信者，見得是如此，便決然如此做。孔子曰：『篤信好學，守死善道。』學者須是篤信。」驤曰：「見若鹵莽，便不能篤信。」曰：「是如此。須是一下頭見得是。然篤信又須好學，若篤信而不好學，是非不辨，其害卻不小。既已好學，然後能守死以善其道。」又問：「如下文所言，莫是篤信之力否？」曰：「既是信得過，危邦便不入，亂邦便不居：天下有道便不隱，天下無道便不見，決然是恁地做。」（驤），頁8。

〔註67〕《朱子語類》第136卷「歷代三」載云：「諸葛亮臨陣對敵，意思安閑，如不欲戰。……用之問『諸葛武侯不死，與司馬仲達相持，終如何？』曰『少間只管算來算去，看那箇錯了便輸。輸贏處也不在多，只是爭些子。』季通云『看諸葛亮不解輸。』曰『若諸葛亮輸時，輸得少；司馬懿輸時，便狼狽。』」（賀孫），頁7～12。

〔註68〕《朱子語類》第105卷「朱子二・論自注書・通鑑綱目」，頁18。

證。朱熹乃是繼孔、孟而後，儒家的另一尊大聖人，其所倡導的理學思想在被朝廷給尊奉為官學後，對南宋、元、明、清各代的知識份子更產生了主宰性的影響力，遂使得在朱子評價定位下接近「完人」形象的諸葛亮，成為後代文士心目中的理想典型，而這股主流觀念的價值思潮，自然地也會影響到羅貫中《三國演義》對諸葛亮藝術形象的塑造。

三、元明清時期

　　金、元兩朝，雖是屬於異族入主中原的時代，對諸葛亮的歷史地位提出評論者，也只有 10 人 14 篇（則），但其所作成：「有伊尹王佐才」、「歸然三代王佐」、「有古聖人公心」、「伊周之未遇」、「德為伊傅流亞」、「賢相功業甚偉」、「雄才大略」、「生孔明懿膽寒」、「時無人才能比」等等正面性的褒譽評價，竟高達有 85.7%；且除胡一桂（西元 1247～？年）〈孔明有王佐之才〉，存在有「王佐才，道未盡」褒貶互見的評價外，其餘則幾乎都未曾聽聞到有任何的貶毀聲音，顯然朱子為諸葛亮歷史定位的評價，已發揮了直接強大的影響效用。

　　元末明初，羅貫中《三國演義》在溶匯了長期以來「聖賢化」與「神仙化」諸葛亮形象的造型趨勢，創作出諸葛亮小說藝術形象的理想典型，從此與朱子的思想觀點遂成為主宰明、清兩代諸葛亮歷史評論的基礎。茲觀拙作「諸葛亮的歷史評論資料統計與比率圖表」中，儘管明代有 54 人 94 篇（則），清代更有 51 人 135 篇（則），累計 105 人 229 篇（則）知識份子針對諸葛亮的歷史作為所提出來的繁富評論，使之繼宋代以後，續創兩層史評高峰，但其所切入的論題與看法，甚至歸結的評價，殆都不出前人的窠臼，正面性的褒譽評價分別高達有 85.1% 與 79.3%；而負面性的貶毀評價則低至 2.2% 以內，且 4 次的貶毀評價，除〔清〕王夫之（西元 1619～1692 年）〈論諸葛兩路出兵〉是批評孔明短於應變將略外，其餘都是集中在孔明揮淚斬馬謖的單一事件上，如〔明〕黃淳耀（西元 1605～1845 年）、〔清〕王鳴盛與劉紹攽（西元？～？年），即可明顯地印見出此種情形。

　　此外，〔清〕毛宗崗（西元 1632～1709 或 1710 年）將諸葛亮給評價為「古今來賢相中第一奇人」，曾云「七擒、八陣，木牛、流馬，既已疑鬼疑神之不測」，並言「比管、樂則過之，比伊、呂則兼之」〔註69〕，可謂推崇備至，其

〔註69〕參見醉耕堂刊本《第一才子書三國志演義》所附《讀三國志法》。作者毛宗崗，

所評點的毛批本《三國演義》更對後世諸葛亮藝術形象典型的傳播，產生推波助瀾的影響力。

再者，例如：〔明〕楊慎（西元 1488～1559 年）〈曹操欲用孔明〉將〔晉〕葛洪（西元 261～341 年）《抱朴子》中所載曹操欲用胡昭（字孔明，西元 161～250 年），誤認為諸葛亮以立論〔註70〕；王維楨（西元 1507～1556 年）〈蕭何孔明為相〉所云「自陣圖立，即江水泛濫而行次不失焉；自牛馬之制出，歷數百歲未有能解其事者，此蓋天地之毓靈孕秀，鬼神之托情異，乃生此隆中之龍耳」〔註71〕；王士騏（西元？～？年）〈諸葛公七縱七擒振古未有〉對陳壽「本傳只以三語盡之」的嘆恨〔註72〕；謝肇淛（西元 1567～1624 年）〈武侯於滇威德最遠〉所載的各種諸葛亮遺迹故址〔註73〕；楊時偉（西元？～？年）〈千古善擇者無如孔明〉所言醜婦傳木牛、流馬法給諸葛亮〔註74〕；吳從先（西元？～？年）〈陳壽史論〉所云「當時孔明受姜維之請，運祭斗之法，欲延一紀以報先主，而其事不果」〔註75〕；沈長卿（西元？～？年）〈登武侯拜風台說〉末語「說者謂武侯曉風角、鳥占、雲祲、孤虛之術以決勝，有之乎？然或不專恃乎此」〔註76〕；〔清〕田雯（西元 1635～1704 年）〈八陣圖〉所載的划車、雞鳴枕與諸葛行鑊之類的神奇事物〔註77〕；〈武鄉侯祠〉所云「蠻俗尚鬼，侯之用兵，疑鬼疑神也；……又何莫非侯之奇踪閟響，有以服南人之心耶」〔註78〕；王縈緒（西元 1713～1784 年）〈祭風論〉以「心誠天地立應」來批駁俗儒下士或道家被髮仗劍、踏罡步斗之說；〈木牛流馬論〉云其「事涉奇怪，實乃聰明天授者」；〈八卦陣論〉有云「後世鄙儒疑鬼疑神，即魚腹石迹亦有附會妄誕之辭，皆齊東野人語也」〔註79〕；吳省欽（西元 1729～1803

字序始，江蘇吳縣人。其與父親毛綸（字聲山），並為清初著名的小說批評家。此文雖是評小說，但所論的諸葛亮，乃是歷史上的諸葛亮。
〔註70〕 參見《升菴集》卷四六。胡昭字孔明，見《三國志・胡昭傳》。
〔註71〕 參見〔明〕嘉靖刊本《王氏存笥稿》卷一六。
〔註72〕 參見〔明〕崇禎戊寅刊本，王士騏編：《諸葛忠武侯全書》卷六《南征》。
〔註73〕 參見《四庫全書》本《滇略》卷五《續略》。
〔註74〕 參見《諸葛忠武書》卷九《遺事》引《襄陽記》所載「諸葛亮娶黃承彥女為妻事」楊氏按語。
〔註75〕 參見〔明〕萬曆刊本《小窗四紀・小窗自記》卷三。
〔註76〕 參見《沔縣忠武祠墓志》卷四《藝文・論》。
〔註77〕 參見《四庫全書》中《古歡堂集》卷二○。
〔註78〕 參同前註，卷三九。
〔註79〕 參見手稿本《諸葛忠武侯集》（不分卷）附錄。

年）〈諸葛武侯南征故道考〉所載南孟橋、武侯城、武侯戰場等傳爲孔明擒服
孟獲的遺迹〔註80〕；李復心（西元？～？年）〈冢墓山川圖說〉〔註81〕、申詳
（西元？～？年）〈定軍山諸葛墓辯〉〔註82〕與李廷瀛（西元？～？年）〈諸
葛武侯墓眞僞辯〉〔註83〕行文辨尋武侯陵寢的芳迹；尹會一（西元1691～1748
年）〈題隆中草廬〉所咏「何如此間，神完性足」〔註84〕等等，對於諸葛亮的
歷史評論，則顯然已與其藝術形象的民間造型，互有密切的流佈與交涉，甚
至有爲其所左右以立論的情形發生，諸此，都可印見諸葛亮藝術形象典型後，
其餘緒廣播浸染的影響狀況。

小　結

　　綜上所述，我們除將《三國志》中所記載的諸葛亮生平事蹟給予分階段
介紹外，並提絜出其人的歷史形象，以及初步地考察了自三國兩晉以迄於明
清時代，千餘年來所累積的有關諸葛亮歷史評論的資料，藉此諸葛亮總體$\overline{AA'}$
的歷史形象（或眞相）；及其$\overrightarrow{Aa}$流程的演變概貌，殆多已朗然可見，料當可
供作本題研究諸葛亮民間藝術形象造型的參照之用。不過，因爲這些資料取
材與立論的基礎，大多是以陳壽《三國志》與裴注的記載爲主，所以，如此
的形象考察就某種意義角度而言，也可謂爲是由陳壽《三國志》與裴注等爲
主的史料所解讀、塑造出來的諸葛亮歷史形象，只是在因應各時代政治立場
的不同時，彼此的評價態度會存有差異的表現，雖其歷程中仍不免有持平或
貶毀的看法與意見，但整體的主流趨勢還是朝著褒譽，甚至要將諸葛亮給予
完美化的方向邁進。

　　《三國志》基本上已將諸葛亮的歷史形象給予定型，成爲其藝術形象的
基型，以供各種民間文藝體類新生命的孕形。因其時代與歷史人物接近，又
爲正史，可信度較高，故可視爲最貼近於其人的客觀眞相，至於是否當眞如
實吻合，則恐怕也只有諸葛亮本人才知，畢竟其人有限生命內涵的創造者，
除了天之外，便唯有生命主體的自由意志明白，所以，若據此角度審思，則

〔註80〕　參見《昭烈忠武陵廟志》卷七。
〔註81〕　參見《沔縣忠武祠墓志》卷一。
〔註82〕　參同前註，卷五。
〔註83〕　參同前註，卷一。
〔註84〕　參見《畿輔叢書》本《健余先生文集》卷九《題跋》。

諸葛亮無疑地也是其自身形象的塑造者。所謂的「天」，乃人力所無能爲之者也。三國蜀漢名相諸葛亮爲人非天，縱使其天賦異稟，作爲與表現特別傑出，但終究會受限於其人性格與才能的偏執，以致仍難免有其客觀事蹟的功過與得失；而其之所以能成爲一代偉人，也絕非僅止於其所積造的歷史功業過大，誠然乃因其人主觀意志的生命姿態與生活情境感人甚深所致。諸葛亮基於生命主體性的價值與意志的自我追求下，在汲取了上天所賦予的美好資材，而與天命相抗爭，終至憂勞成疾病死，其仍然奮鬥不懈，未曾輕言放棄自我所深執的志業，經此所迸發出來的生命力度與光彩，誠實震古鑠今，無怪乎感人肺腑，正所謂「時勢造英雄，英雄造時勢」，二者互爲輝映，並相得益彰。

諸葛亮一生寧靜致遠，謹愼勤勉，雖不得天時，以致壯志未酬，功業凌遲，然其人「知其不可爲而爲之」，並「鞠躬盡瘁，死而後已」，窮其生命智慧的光輝以照耀歷史的態度，實在感人肺腑，終致孕育出了另一生命的開展，亦即諸葛亮藝術形象的永恆生命。後人受其偉大精神生命力的感召，百般地想方設法爲其接續生命，並試圖成就其爲「完人」與「超人」，以抗衡天時與命運，所以，不唯保留其人本具的優良品格與才能外，更進而多方謀籌以彌補與突顯出其人生前的缺憾及智能，以致終有別於其人歷史面貌的藝術層次表現，而此藝術形象的胚胎，無疑地即是諸葛亮本人與客觀史料所根植、孕成的。質言之，史傳中的諸葛亮即其藝術形象的「基型」。下章，我們便開始陳述諸葛亮另一生命的開展，亦即其人藝術形象的生成、演變與發展，在各種文藝體類中表現的情況。

第五章 傳說中的諸葛亮

小 引

在前面的章節論述中，我們已藉由對諸葛亮史傳與相關評論的考證，鉤勒出其人的歷史真相與定位，並進一步樹立起其藝術形象創作的「基型」，以供本題研究諸葛亮民間造型時，作為參照與相互發明之用。從本章起，我們便將開始陳述在這個歷史「基型」的胚胎中，所逐漸孕育形成的另外一種新生命的面貌與姿態。亦即以諸葛亮藝術形象為論述對象，來觀察其生成、演變與發展的進程，在各種文藝體類中所表現出來的造型情況。

在所有諸葛亮藝術形象的造型體類中，就以民間傳說的故事流傳為最早。不唯早在三國時期，有關諸葛亮的生平事蹟，即以口頭傳說的方式流傳開來；並被以遺事軼聞的形式，記載在古籍與稗官野史中；甚至還曾與正史發生些糾葛，而被當作史實給寫進其中。而且，無論後來有多少文藝體類逐漸興起，共同參與了諸葛亮藝術形象的造型工作，民間傳說仍然會不斷地藉由其對於「基型因子」的觸發、聯想、緣飾、附會，而孳乳、展延、繁衍出新的藝術形象內容；並透過口耳相傳的方式，一代又一代地流傳於後世，然後繼續觸發、緣飾與附會；乃至千百年來，風行不輟地被保留在人民的記憶裡，成為民族文化的精神象徵。像這樣生生不息的傳說故事，口耳流傳至今，也已被人以文字的方式大量地採擷下來，並彙編有相當豐富的資料，可供我們觀察當中的諸葛亮藝術形象。

筆者根據〔明〕諸葛羲（西元？～？年）、諸葛倬（西元？～？年）《諸葛孔明全集》、〔清〕張澍《諸葛亮集》、王瑞功主編《諸葛亮研究集成》等書，所輯錄與採擷的諸葛亮傳說故事（包含：遺事、逸聞、遺蹟、祠廟等方

面的傳說），予以整理與分類，嘗試擬作「古籍與稗官野史中『諸葛亮傳說故事』名目彙編」（簡稱「古傳說彙編」）、「古籍與稗官野史中『諸葛亮傳說故事』時代分布總表（843 則）〔註1〕」（簡稱「古傳說時代分布總表」）與「古籍與稗官野史中『諸葛亮傳說故事』與人物生平事蹟的各階段關係分布總表（1047 則）」（簡稱「古傳說事蹟分布總表」）等〔註2〕，從中可知：在「古籍與稗官野史」方面，自三國時期開始，歷代記載有關諸葛亮的傳說故事，就不絕於書，且再經兩晉南北朝、隋、唐、宋、元，乃至明、清兩代，總計已累積有 1047 則以上的數量。

上述這些數以百千計算的故事，雖然多有重覆累計的地方，但卻也不可不謂數量極為可觀，且都是民間以傳說的方式，集體塑造諸葛亮藝術形象的證明。也因此，本章乃依序就各個時期所記載下來的傳說故事，來從事諸葛亮傳說造型在定性分析方面的概述；並配合以上述拙作相關資料的統計圖表，來提供定量分析方面的參照。

第一節　三國魏西晉時期傳說中的諸葛亮

自從諸葛亮步出茅廬，為劉備謀猷劃策，取荊得益，建立蜀漢政權；乃至受遺托孤，輔弼弱主，興邦治國，聯吳制魏；終至積勞成疾，病逝五丈原。綜觀其一生的作為與表現，對於蜀國而言，其所創建的功業，可謂雄偉崇高，不唯是一個才德兼備的偉大領袖，更是全國政治與精神層面最為重要的支柱，因此，備受人民的愛戴；而且其「聲烈震於遐邇」〔註3〕，就魏、吳二國而言，經其所擬定的任何行動、佈局都會隨時牽連整個局勢的發展，所以，也堪稱是當代的英雄豪傑，極受友邦與敵國的重視。

根據拙作「古傳說時代分布總表」的統計可知，三國時期與西晉時期，可堪稱為諸葛亮傳說性質的故事，約略分別有：25 則與 45 則〔註4〕。而其傳說特色，因深受史傳記載的影響，明顯有地域性的差別。底下，茲從中摘選

〔註1〕　〔明〕諸葛羲、諸葛倬：《諸葛孔明全集》所輯 204 則，尚未計入 1047 則中，故僅只有 843 則。

〔註2〕　參見〔附錄三〕。

〔註3〕　為〔西晉〕張輔《名士優劣論》中評語，見〔唐〕歐陽詢（西元 557～641 年）《藝文類聚》卷二十二「人部品藻類」。又《太平御覽》卷四四七也有見引，不過，彼此內文稍有差異。

〔註4〕　當然，扣除相同故事的記載，實際累積的數量會略減。

較具特色或代表性的傳說故事，分別以西蜀、中原與東吳地區，來觀照諸葛亮故事與形象在不同地區的流傳情況。

一、西蜀地區

首先，就西蜀地區來看。在諸葛亮的生平事蹟，瀰漫著英雄式悲喜交替的氛圍底下，蜀國百姓因為欽服與感念其所施予的恩德與遺澤，在其生前自然地便會傾情仰慕；而在其死後更必定會追思懷想，以致有關其人殊事奇蹟的軼聞趣談，或可能早在其生前時即已經悄然孕生，而在其死後更乃傳為口實，產生了許多有關諸葛亮故事的民間傳說。陳壽《三國志・諸葛亮本傳》中〈進諸葛亮集表〉即云：「其秋病卒，黎庶追思，以為口實。至今梁、益之民，咨述亮者，言猶在耳，雖甘棠之詠召公，鄭人之歌子產，無以遠譬也。」而裴松之注引袁準《袁子》則云：「亮死至今數十年，國人歌思，如周人之思召公也，孔子曰：『雍也可使南面』，諸葛亮有焉。」據此可知，早在三國魏西晉時期，由於蜀國民心對其賢相的感念，蜀地已有諸葛亮故事傳說的產生，而其內容無非都是歌頌性質的民間口頭創作（歌謠或傳言）。同時，蜀民這種追思的心理傾向，連帶地也發揮了愛屋及烏的功效，轉嫁到諸葛亮的兒子諸葛瞻身上，使其饒富乃父之風。《三國志・諸葛亮本傳》載云：

> （諸葛）瞻字思遠。……工書畫，彊識念，蜀人追思亮，咸愛其才敏。每朝廷有一善政佳事，雖非瞻所建倡，百姓皆傳相告曰：「葛侯之所為也。」是以美聲溢譽，有過其實。

在這則〈蜀人思亮咸愛瞻〉的故事中，諸葛瞻因為受到諸葛亮的庇蔭，可以享受民間傳說「張冠李戴」的特別優待，使之「美聲溢譽，有過其實」，不過，其這樣的殊榮待遇，若是相較於諸葛亮的歷史形象而言，恐怕也只是「小巫見大巫」，未足可觀。因為諸葛亮在去世之後，長期以來更不斷地被民間各種文藝體類，以無所不用其極的造型手段，塑造成為整個民族「智慧」的化身與「忠貞」的象徵，甚至幾乎已有完全掩蓋掉「其實」的情形發生。諸此，都充分地顯示著諸葛亮生命內蘊的強大力量，足可讓民間啟動藝術移植與渲染的創作活動，藉以沾溉自己與後裔的「溢譽」形象。類如《諸葛氏譜》所載〈孔明之後獨不至〉的故事，恐不免也是在此愛屋及烏的心理傾向上，轉嫁溢譽而來。

此外，這種對賢相善政的感念歌頌與故事創作，隨之也會具體地落實在蜀地相關的敬仰活動中。如《三國志・諸葛亮傳》注引《襄陽記》即載云：

亮初亡，所在各求爲立廟，朝議以禮秩不聽，百姓遂因時節私祭之
於道陌上。言事者或以爲可聽立廟於成都者，後主不從。步兵校尉
習隆、中書郎向充等共上表曰：「臣聞周人懷召伯之德，甘棠爲之不
伐；越王思范蠡之功，鑄金以存其像。自漢興以來，小善小德而圖
形立廟者多矣。況亮德範遐邇，勳蓋季世，王室之不壞，實斯人是
賴，而蒸嘗止於私門，廟像闕而莫立，使百姓巷祭，戎夷野祀，非
所以存德念功，述追在昔者也。今若盡順民心，則瀆而無典，建之
京師，又偪宗廟，此聖懷所以惟疑也。臣愚以爲宜因近其墓，立之
於沔陽，使所親屬以時賜祭，凡其臣故吏欲奉祠者，皆限至廟。斷
其私祀，以崇正禮。」於是始從之。

由此可見，蜀地民間自從諸葛亮去世之後，曾經不顧官方的政府禁令，以其
爲巷祭野祀的對象，虔誠地膜拜有如神明般的偉人。從而，並引發了朝議爲
其立廟，使得諸葛亮的民間信仰也漸趨成形；進而影響到民間各種諸葛亮傳
說故事的創作，使之沾染有「神化」色彩的成份。

二、中原地區

其次，就中原地區來看。三國魏西晉時期，除了蜀地早已有諸葛亮相關
故事的創作與流傳外，以司馬氏集團所統治的中原地區，也流行有諸葛亮的
故事傳說，不過，因爲彼此政治立場的不同，魏、蜀兩地所衍生出來的諸葛
亮故事內容與性質，卻大異其趣。魏、晉二朝的統治者，不唯曾利用官修史
書，如：王沈《魏書》，在撰寫人物傳記的機會，對於諸葛亮採取「逢亮必貶」
的毀謗批評外〔註5〕；更也透過順承司馬氏旨意，而著述的一些野史，如：魚
豢《魏略》、司馬彪《九州春秋》等，來進行編造與散佈詆毀諸葛亮內容的言
論傳說。

經此刻意偏執與抹黑的造假手段，在其所保留或加工過的諸葛亮傳說
裡，自然地人物形象泰半都已遭受到嚴重的誣貶與歪曲。如前文所引魚豢《魏
略》中所載〈諸葛亮諫劉備〉的故事，即因枉顧劉備「三顧茅廬」的史實，
將諸葛亮給描繪成一個伺機尋求政治表現，主動地憑藉游說劉備，以獲得進
身的策士。對此，裴松之在注解《三國志》時，即已指出其與事實不符；陳

〔註5〕王沈本爲魏臣，後賣主求榮得奉司馬，甚爲眾論所非。所撰《魏書》「多爲時
諱，未若陳壽之實錄也。」當中有關誣貶諸葛亮情事，已爲裴注指正，蓋自
誇大之虛記耳，未足採信。

翔華更認為：「魚豢所寫的這則諸葛亮自行求見劉備的故事卻是地道的小說家言，而完全不是歷史事實。」〔註6〕而這個偽造的荒誕故事，同樣也見於司馬彪的《九州春秋》裡，可見其在中原地區倒還頗為流行。司馬彪為司馬懿的從孫，在面對祖先的死對頭時，自然地便會深懷敵意，所以，其順隨著《魏略》所載的相關傳聞，起舞造謠，散播不實的傳言，來中傷諸葛亮，本不足為奇。不僅如此，其更且毫不手軟地將諸葛亮給歪曲成為一個玩弄權術的奸詐者。如其在所撰《戰略》中即云：

> 孟達將蜀兵數百降魏，魏文帝以達為新城太守。太和元年，諸葛亮
> 從成都到漢中，達又欲應亮，遺亮玉玦、織成障汗、蘇合香。亮使
> 郭模詐降，過魏興太守申儀，儀與達有隙，模語儀：亮言玉玦者，
> 事已決；織成者，言謀已成；蘇合香者，言事已合。

在這則〈孟達欲應諸葛亮〉的故事中，孟達因為反覆背叛蜀、魏，終不受信任，最後，被以荒唐可笑的形象塑造，了結其生命，使之不得善終，以儆效尤；而諸葛亮則因故意洩漏情報給敵人知道，相對地被描寫成為缺乏判斷能力，只會玩權使計，因此弄巧成拙的奸詐者。〔註7〕

此外，魚豢《典略》中所載〈馬鈞見亮連弩〉的故事，則云：「馬鈞巧思絕世，見亮連弩，曰：『巧則巧矣，未盡善也。』言作之可令加五倍。」〔註8〕觀其藉由馬鈞「巧思絕世」的工匠眼光，來評比諸葛亮的連弩創制，雖明為讚揚馬鈞的高超技藝，不過，實則也屬於中原地區，對諸葛亮深懷有敵意，而進行貶抑與毀譽的傳說。乃至諸葛亮臨死前後的相關傳說，也大多是在這種氛圍底下，而被傳播開來的，如在《魏略》所載〈諸葛亮病故前後〉的故事中，魚豢寫道：「（諸葛亮病）令延攝行己事，密持喪去」；以及在《魏書》所載〈諸葛亮憂恚歐血卒〉的故事中，王沈寫道：「亮糧盡勢窮，憂恚歐血」〔註9〕。對此，裴松之即分別以「蓋敵國傳聞之言」與「蓋因亮自亡而誇大也」

〔註6〕《三國志・諸葛亮傳》裴注引魚豢《魏略》載有此事，不過，根據陳壽《三國志》與諸葛亮遺文等諸多史料的考辨，即可證明其並非史實。關於此事考辨問題，可參陳翔華《諸葛亮形象史研究》，頁47～49。

〔註7〕《太平御覽》卷三五九兵部引司馬彪《戰略》所載「孟達欲應諸葛亮」故事，根據考察，非但不合史實，也誠有違情理，所以，當為利害關係下所編造出的傳言。對此，詳參陳翔華：《諸葛亮形象史研究》，頁50～51。

〔註8〕《魏書・方技傳》中，裴松之的注文也曾引及〈傅玄序〉所載同樣的故事。

〔註9〕王沈《魏書》中，寫亮乃軍敗嘔血而死。見《三國志・諸葛亮傳》裴注所引載道：「亮糧盡勢窮，憂恚嘔血，一夕燒營遁走，入谷，道發病卒。」

予以駁斥，更可觀見在魏晉治所的中原地區，因其政治立場的敵對關係，而有藉由不實傳聞的捏造與散播，來中傷與詆毀諸葛亮的情形發生。

三、東吳地區

再者，就東吳地區來看。三國魏西晉時期，久爲孫氏治下的東吳地區，是否也流傳有諸葛亮的故事，則因資料比較缺乏，而難以臆斷。不過，根據《三國志‧吳書》與張儼《默記‧公佐篇》對於諸葛亮相關事蹟的歷史評價，可知：若是該區流傳有諸葛亮的故事，則其不免定會受此評價的影響，而呈現出普遍讚譽的聲音才是〔註10〕。例如：〈諸葛兄弟明公私〉、〈諸葛丞相德威遠著〉、〈諸葛亮達見計數〉、〈諸葛亮稱歎嚴畯〉等，用來稱讚諸葛亮是一個名臣賢相的故事，便已經被陳壽《三國志》給收進正史中，而引以爲史實來看待了。相信這些史實故事的記載，在當時應也很有可能會被散播開來，而流傳成說，轉變爲一則則「美化」諸葛亮才智的傳說故事。這樣的推測，我們可以藉由〈一門三方冠蓋世〉的客觀陳述，雖然經過〈瑾面長似驢爲優〉的主觀反駁，最後卻還能夠再演變成爲〈南陽三葛龍虎狗〉的故事記載中，獲得初步明晰的印證。〔吳〕韋曜（昭）（西元204～273年）《吳書》中曾載云：

> 初，瑾爲大將軍，而弟亮爲蜀丞相，二子恪、融，省典戎馬，督領將帥，族弟誕又顯名於魏，一門三方爲冠蓋，天下榮之。瑾才略雖不及弟，而德行尤純。妻死不改娶，有所愛妾生子，不舉，其篤慎皆如此。

這則記載，主要的讚美對象雖是諸葛瑾，言其「篤愼，德行尤純」的品格，但是卻也明言其「才略不及弟」；並也道及族弟諸葛誕「顯名於魏」的情形，眞可謂爲「一門三方冠蓋世」，呈現出時人對於諸葛兄弟間才器名位的客觀認知，隱約表示蜀亮、吳瑾、魏誕的次第，乃爲吳地所公認普傳的事實。對此，〔西晉〕陳壽《吳志》所載：

> 諸葛恪，字元遜，瑾長子也。……恪父瑾面長似驢。孫權大會群臣，使人牽一驢入，長檢其面，題曰「諸葛子瑜」。恪跪曰：「乞請筆益兩字。」因聽與筆。恪續其下曰「之驢」。舉座歡笑，乃以驢賜恪。他日復見，權問恪曰：「卿父與叔父孰賢？」對曰：「臣父爲

〔註10〕 陳翔華先生引〔吳〕張儼《默記‧述佐篇》中對諸葛亮評議的推崇，推測時吳地若有諸葛亮傳說，則當與中原地區不同。參見《諸葛亮形象史研究》，頁52。

優。」權問其故，對曰：「臣父知所事，叔父不知，以是爲優。」權
又大噱。

這則記載，則轉而從諸葛恪與孫權的情感立場出發，以滑稽詼諧的調笑趣味，
來陳述諸葛亮「不事明主」的愚行，頗有「褒瑾貶亮」的意思。不過，到了
〔西晉〕襄陽令郭頒（西元？～？年）的《世語》裡，則又變成爲：

諸葛亮兄瑾、弟誕，並有令名，各在一國，人以爲蜀得其龍，吳得
其虎，魏得其狗。

觀其以蜀龍、吳虎、魏狗的排序，分別來比喻亮、瑾、誕，則顯然可見，此
應是在韋曜〈一門三方冠蓋世〉的史書記載基礎上，更予民間具體形象化後
的結果（傳說故事）。

由此可知，吳地裡所流傳的諸葛亮故事，其內容性質殆多可能與西蜀地
區所流傳者接近，呈現出肯定諸葛亮才智的傳說傾向。而這當然也是基於「吳
蜀同盟」關係的史實記載，自然會衍生出來的產物。至於，張儼《默記》裡
所作「亮優於懿」的評價結論，在這氛圍與過程中，應該也扮演著推波助瀾
的功效，間接地影響了東吳地區諸葛亮傳說故事的形成。

第二節　東晉南北朝時期傳說中的諸葛亮

東晉南北朝時期，由於時代動亂，先後曾因經歷過八王之亂、五胡亂華、
永嘉之亂，乃至西晉覆亡，演變成爲東晉偏安，然後，又持續地南北朝分裂
的局面；而且，無論是在南或北，政治局勢都顯得極爲混亂，戰爭殺伐之事，
更是層出不窮，所在多有；再加上，以漢族爲主的南方統治階級，竟然都還
無視於民族所遭受到的浩劫苦難，終日只會窮奢盡歡，過著縱慾靡爛，紙醉
金迷的生活。

諸此因素，都造成了社會上哀鴻遍野、民不聊生的景象；從而激發了許
多有識之士，因爲對於現實政局的不滿，而普遍渴望能有像諸葛亮般賢明政
治家的降臨，以帶領群眾去消弭亂事，解救生靈於水火；隨之，也促使了諸
葛亮故事傳說的創作，得以活躍發展。如〔東晉〕習鑿齒《襄陽耆舊傳》與
《漢晉春秋》等書中，便保留了許多歌頌諸葛亮的傳說與史料〔註11〕；〔南朝

〔註11〕習鑿齒爲東晉的史學家，其於罷官歸隱襄陽之後，曾寫信給桓秘（桓溫弟）
　　　道：「觸目悲感，略無歡情，痛惻之事，故非書言之所能具也。……西望隆中，
　　　想臥龍之吟；東眺白沙，思鳳雛之聲；……未嘗不徘徊移日，惆悵極多，撫

宋〕裴松之在注解《三國志》時，對於當時的「異聞」，便已深感「每多舛互」，或「紕繆顯然，言不附理」；或「同說一事而辭有乖雜，或出事本異」，究竟是屬於「史實」，或者「傳說」，已「疑不能判」，由此可見，當時的諸葛亮故事，恐怕應已多摻有虛擬創作的成份了。

　　根據拙作「古傳說時代分布總表」的統計可知，東晉時期與南、北朝時期，可堪稱為諸葛亮傳說性質的故事，約略分別有：123 則與 58 則、37 則。而其傳說特色，則因政治局勢的大為改變，使得先前傳說故事具有明顯的地域性差別，或褒或貶，或持平肯定；轉而集中表現為凝聚共識，一致讚揚的看法。並且其人物的形象特點，除了有延續歷史「基型」所鋪陳的概貌，用以刻劃其在「政治方面」，身為「名臣賢相」的特質之外；更也出現了迥異於史實的新特點，即諸葛亮在「軍事方面」，擁有了克敵制勝的非凡才能；以及摻帶有奇譎與怪異的神秘色彩。底下，茲從中摘選出這兩部分較具特色或代表性的傳說故事，來觀照新式的藝術加工，在諸葛亮傳說故事與形象上，所表現出來的造型情況。

一、克敵制勝的軍事才能

　　首先，在克敵制勝的軍事才能方面。若就陳壽《三國志》的歷史評論而言，諸葛亮被以「短於應變將略」一語，來概括其在軍事方面的才能表現，顯然所獲得的評價並不高；不過，隨著時代的演進，這樣的評價觀點，到了東晉時期，卻有了很大的改觀。為因應上述所面臨到的時代課題，許多史學家不唯在歷史評論上，紛紛地轉而肯定諸葛亮的軍事才能；還更以傳說故事的方式，集中地突顯出其人克敵制勝的非凡智謀。如〔東晉〕王隱（西元？～？年）《蜀記》所載〈郭沖條亮五事之三〉中即云：

> 諸葛亮屯於陽平，遣魏延諸軍并兵東下，惟留萬人守城。晉宣帝率二十萬人拒亮，而與延軍錯道，徑至前，當亮六十里所，偵候白宣帝，說亮在城中，兵少力弱。亮亦知宣帝垂至，已與相逼，欲前赴延軍，相去又遠，回跡反追，勢不相及。將士失色，莫知其計。亮意氣自若，勅軍中皆臥旗息鼓，不得妄出菴幔，又令大開四城門，

乘躊躇，慨爾而泣。」（見《晉書》本傳引）；又於《諸葛武侯宅銘》中，極力推崇諸葛亮為「堂堂偉匠」，稱其為「達人有作，振此頹風，……義范蒼生，道格時雍。」（見嚴可均校輯《全晉文》卷一三四）；更於諸著述中首倡「蜀帝寇魏論」，十足反映了當時有識之士的願望。

埽地卻灑。宣帝常謂亮持重，而猥見勢弱，疑其有伏兵，於是引兵
北趣山。明日食時，亮謂參佐，拊手大笑曰：「司馬懿必謂吾怯，將
有彊伏，循山走矣。」候邏還白，如亮所言。宣帝後知，深以爲恨。
　　（裴松之《三國志・諸葛亮傳》注引）

對此，裴松之在注引後，立即多方地引證剖析，予以駁斥，指其「舉引皆虛」，
可見這確實是一則道地的傳說故事無疑，或可能乃是附會趙雲等人的相關事
蹟而來，演變到最後，更成爲了《三國演義》中「空城計」的藍本〔註 12〕。
而在這則諸葛亮臥旗息鼓，以智退司馬懿的傳說故事中，所要極力鋪張與突
顯的，便是諸葛亮具有臨危不亂的無畏氣慨；以及能夠轉危爲安、以弱勝強
的高度智謀。

　　此外，〔東晉〕孫盛在《魏氏春秋》與《晉陽秋》中，所保留的諸葛亮傳
說故事的資料，也大多是藉由司馬懿怖畏諸葛亮的種種行徑與情態，來間接
地突顯出諸葛亮具有難以匹敵的將略本領。如《魏氏春秋》所載〈諸葛亮激
司馬懿〉的故事即云：

諸葛亮屯渭南，糧少，欲速戰。魏勑司馬宣王堅壁挫其鋒。亮屢遺
書，又致巾幗以怒宣王。將戰，辛毗仗節，奉詔勑乃止。巾幗，婦
人喪巾，遺巾幗，言其無勇以掉之。

兩軍對陣，司馬懿被羞辱至如此地步，竟依舊不敢出戰，顯得縮頭縮尾的；
而相對地，卻更加反襯出諸葛亮智勇英略的形象。對此，習鑿齒在《漢晉春
秋》中，則更是肆無忌憚地一再申明司馬懿「畏蜀如虎」與「死諸葛走生仲
達」的說法〔註 13〕，以從事「褒亮貶懿」藝術加工的鋪陳與敷演。如〈諸葛
亮大戰祁山〉所載：

亮圍祁山，……宣王使耀、陵留精兵四千守上邽，餘眾悉出西救祁
山。郃欲分兵駐雍、郿，宣王曰：「料前軍能獨當者，將軍言是
也。若不能當，而分爲前後，此楚之三軍，所以爲黥布禽也。」遂
進，亮分兵留攻，自迎宣王於上邽，郭淮、費耀等徼亮，亮破之，

〔註 12〕此則故事，也正是羅貫中《三國演義》裡，最爲經典的情節之一：「空城計」
　　　　的故事藍本。有關「空城計」真相的考辨等問題，因查無史據，或疑當改編
　　　　自趙雲等人的事蹟，附會而來的。可參陳翔華《諸葛亮形象史研究》，頁 54
　　　　～57。
〔註 13〕根據〔唐〕劉知幾（西元 661～721 年）《史通・直書》的意見：「死諸葛走生
　　　　仲達」的故事，應當是〔東晉〕習鑿齒將之給首載於史籍中的。

因大芟刈其麥。與宣王遇於上邽之東，斂兵依險，軍不得交，亮引
兵而還。宣王尋亮至於鹵城。張郃曰：「彼遠來逆我，我請戰不
得，謂我利在不戰，欲以長計勝之也；且祁山知大軍已在近，人情
自固，可止屯於此，分爲奇兵，示出其後，不宜進前而不敢逼，坐
失民望也。今亮縣軍食少，亦行去矣。」宣王不從，故尋亮，既
至，又登山掘營，不肯戰。賈詡、魏平數請戰，因曰：「<u>公畏蜀如
虎，奈天下笑何！</u>」宣王病之。諸將咸請戰。五月辛巳，乃使張郃
攻無當監何平於南圍，自案中道向亮。亮使魏延、高翔、吳班赴
拒，大破之，獲甲首三千級，玄鎧五千領，角弩三千一百張。宣王
還保營。

茲觀魏、蜀二軍所進行的攻防戰中，司馬懿「斂兵依險」、「不從」張郃奇兵
之計、「登山掘營，不肯戰」，都只是採取保守的避戰策略，以致被賈詡等人
譏爲「畏蜀如虎」。如此刻劃，更爲上述〈諸葛亮激司馬懿〉的故事，作出了
藝術性的張力鋪陳。經此鋪陳、渲染之後，也難怪會再有如〈死諸葛走生仲
達〉故事的流傳：

楊儀等整軍而出，百姓奔告宣王，宣王追焉。姜維令儀反旗鳴鼓，
若將向宣王者，宣王乃退，不敢逼，於是儀結陣而去，入谷然後發
喪。宣王之退也，<u>百姓爲之諺曰：「死諸葛走生仲達。」</u>或以告宣王，
宣王曰：「吾能料生，不便料死也。」

由此可見，在「懿、亮對戰」的過程中，「等待」（諸葛亮的撤退、死亡）似
乎已成了司馬懿（魏國：強大軍事集團的統帥）的唯一選項，別無他法可與
諸葛亮（蜀國：弱小軍事集團的統帥）正面交鋒，就連諸葛亮已經病死了，
這種態勢關係依然不變。如此的表現，簡直已把諸葛亮克敵制勝的軍事才能，
給發揮到了光教司馬懿聞風，即足以喪膽的地步了；而其史實的根據，也只
不過是《三國志・諸葛亮傳》所載：「及軍退，宣王案行其營壘處所，曰：『天
下奇才也！』」簡單的一句讚美話，就足以引發民間傳說如此浪漫的想像塑
造，即見其藝術張力之所在。

　　另外，也有些故事致力於描繪諸葛亮在行兵作戰時，所表現的那種從容
不迫、風流儒雅的神情風度，用以更進一步地裝點出其人自信滿襟的形象特
質，如〔東晉〕裴啓（西元？～？年）《語林》所載〈司馬懿贊諸葛〉的故事
中即云：「諸葛武侯與司馬宣王在渭濱，將戰，宣王戎服蒞事，使人視武侯，

（乘）素輿（著）葛巾、持白毛扇，指麾三軍，皆隨其進止。宣王聞而嘆曰：『可謂名士！』〔註14〕。

　　諸此傳說的鋪陳與刻劃，恐怕也都是在前代〈司馬懿歎諸葛〉〔註 15〕的故事基礎上，更進一步地發揮創作者的浪漫想像，而進行藝術加工，方才塑造出了這個具有非凡卓越的軍事才能；以及雍容瀟灑的名士風度的諸葛亮傳說形象。如此的形象，較之於陳壽《三國志》與王沈《魏書》、魚豢《魏略》、司馬彪《九州春秋》等所寫的諸葛亮，實在是判若二人，大異其趣。

二、奇譎怪異的神秘色彩

　　其次，在奇譎怪異的神秘色彩方面。由於時局動亂，宗教迷信的思想頗為盛行，鬼神志怪之書更是廣為流傳，從而使得諸葛亮的故事傳說，也饒富有奇譎與怪異的神秘色彩。如王隱《蜀記》所載〈郭沖條亮五事之二〉中即云：

> 曹公遣刺客見劉備，方得交接，開論伐魏形勢，甚合備計，稍欲親近。刺者尚未得便會。既而亮入，魏客神色失措，亮因而察之，亦知非常人。須臾，客如廁，備謂亮曰：「向得奇士，足以助君補益。」亮問所在，備曰：「起者其人也。」亮徐歎曰：「觀客色動而神懼，視低而忤數，奸形外漏，邪心內藏，必曹氏刺客也。」追之，已越牆而走。（裴松之《三國志·諸葛亮傳》注引）

在這則諸葛亮識破曹操刺客的故事傳說中，便將諸葛亮給描寫成為一個像是觀相、算命師之流的人物，使其具有善於察言觀色，即能斷知邪正的本領，增添了些許奇異的特質。對此，裴松之在注引後，自然地也以史實的角度，予以駁難非議，不過，若是就傳說創作的角度來看，則更可見出諸葛亮形象的藝術塑造。又如〔南朝宋〕劉義慶（西元 403～444 年）《世說新語·方正篇》所載〈諸葛亮知辛佐治〉中則云：

> 諸葛亮之次渭濱也，關中震動。魏明帝深懼晉宣王戰，乃遣辛毗為軍司馬。宣王既與亮對渭而陣，亮設誘詭譎萬方，宣王果大忿憤，將應以重兵。亮遣間諜覘之，還曰：「有一老夫，毅然杖黃鉞，當軍

〔註14〕　見《太平御覽》卷三○七兵部三八「麾兵」。另外，類似裴啓所寫灑脫自如、指揮若定的諸葛亮形象，在王隱《蜀記》「諸葛臥旗息鼓退仲達」；以及習鑿齒《漢晉春秋》「亮屢擒屢縱孟獲」等故事的記載中，也不難看到。

〔註15〕　〔三國魏〕魚豢《魏略》載云：「司馬懿案行營壘，歎曰：『天下奇才也。』」

門立，軍不得出。」亮曰：「此必辛佐治也。」

茲觀諸葛亮在渭濱「誘詭譎萬方」，並「遣間諜覘之」，即能斷知阻戰之人必為辛毗的故事，透過這樣的鋪陳描寫，也使得諸葛亮成為一個善算能猜的奇譎式人物〔註16〕。乃至如〔東晉〕袁希之（西元？～？年）《漢表傳》〔註17〕所載〈射殺張郃〉中更云：

> 蜀丞相亮出軍圍祁山，始以木牛運糧。魏將司馬宣王命張郃救祁
> 山。夏六月，亮糧盡引去。郃追之，至木門道，亮駐軍削大樹皮，
> 書曰：「張郃死此樹下。」郃軍到，亮豫令軍士夾道而伏，弓弩亂
> 發，中郃而死。

諸葛亮在因「糧盡引去」的撤軍過程中，竟然還能夠削木題字，以定張郃死於木門道，如此的故事描寫，更大大地賦予了諸葛亮有「神算預知」的超人本領，而表現出奇異神秘的色彩〔註18〕。又如〔東晉〕干寶（西元？～336年）《晉紀》所載：

> 諸葛孔明於漢中積石為壘，方可數百步，四郭，又聚石為八行，相
> 去三丈許，謂之八陳圖，於今儼然，常有鼓甲之聲，天陰彌響。

以及〔南朝宋〕盛弘之（西元？～？年）《荊州記》所載：

> 魚復縣西，累細石為壘，方可數百步，壘西聚石為八行，行聚八，
> 聚二間相去二丈，因曰：「八陳既成，自今行師，更不覆敗。八陳及
> 壘皆圖兵勢行藏之權，自後深識者所不能了。桓溫伐蜀，經之，以
> 為常山蛇勢。此蓋意言之。

諸此所記，有關諸葛亮巧佈〈八陣圖〉傳說故事的敘寫，則也多半是靈怪滿佈，而荒誕不經的形容描繪，極富有怪異神秘的色彩〔註19〕。再如〔南朝梁〕陶宏景（西元452～536年）《刀劍錄》所載〈諸葛亮刺山〉也云：「諸葛亮定

〔註16〕 習鑿齒《漢晉春秋》中，雖然已經記載了魏帝使辛毗持節制止的事情，不過，並無諸葛亮派遣間隙偵察與猜測之語，此應當是後來《世說》所增補的。

〔註17〕 《漢表傳》或作《漢末傳》，據陳翔華先生考證，宜誤。因宋本《御覽》引是書凡三處，均作《漢表傳》，而新舊《唐書》所著錄者，亦作《漢表傳》，依此得知。參《諸葛亮形象史研究》，頁61。

〔註18〕 《漢表傳》記文，茲見《太平御覽》卷二九一兵部所引。諸葛亮曾藉有利的地理形勢，預伏強弩以射殺張郃，雖為史實，不過，像在《漢表傳》中所添加的「削木題字，定言死事」的情節，則應當是受到「孫臏弩射龐涓」故事的影響，進而附會得來的結果。

〔註19〕 關於諸葛亮八陣圖的傳說，可見《太平御覽》卷一六七「州郡部」引錄。

黔中，從青石祠過，拔刀刺山，沒刃，不拔而去，行者莫測。」同樣，瀰漫著濃厚的神秘化色彩。

此外，〔南朝宋〕劉敬叔（西年約 390～470 年）《異苑》所載〈諸葛亮瞰火井〉中，更在〔西晉〕張華（西元 232～300 年）《博物志》裡相同故事的內容基礎上，進一步地將諸葛亮的傳說與陰陽五行的觀念，給連繫起來看待，敷衍出了諸葛亮瞰井，火能轉盛的說法，而云：

> 臨邛有火井，漢室之隆，則炎赫彌熾，暨桓、靈之際，火勢漸微，諸葛亮一瞰而更盛。至景耀元年，人以燭投即滅，其年，蜀并於魏。〔註20〕

由於諸葛亮「克敵制勝」的本領所能發揮的作用，已被傳說給大肆地進行渲染、敷衍與誇大，以致其形象本身，也從人類的面貌逐漸被幻化成爲神祇之跡。如孫盛《晉陽秋》中〈星投諸葛營〉所載：「有星赤而芒角，自東北西南流，投於亮營，三投再還，往大還小。俄而亮卒。」以及習鑿齒《漢晉春秋》中〈江州鳥〉所載：「蜀後主建興九年十月，江陽至江州，有鳥從江南飛渡江北，不能達，墮水死者以千數。」皆將天候與動物的奇怪異象，與諸葛亮的人事行爲，兩相比附起來，詮釋其間的密切關聯，用來表示諸葛亮乃天上「將星」的化身；而江州鳥則爲其所帶領北伐中原的蜀軍，實頗有神化諸葛亮的意味。如此「神化」諸葛亮的結果，不唯使其形象帶有凜然無可侵犯的威嚴，連帶地與之相關的遺物故居，也都泛有神奇威力，而不容褻瀆，否則，必定會遭受到天譴懲罰。如習鑿齒《襄陽記》與盛弘之《荊州記》中所載〈孔明故居〉即云：

> 襄陽有孔明故宅，有井，深五丈，廣五尺，曰葛井。堂前有三間屋地，基址極高，云是避暑臺。宅西面山臨水，孔明常登之，鼓瑟爲《梁甫吟》，因名此爲樂山。嗣有董家居此宅，衰殄滅亡，後人不敢復憩焉。（案：盛弘之《荊州記》，避暑作避水，鼓瑟作鼓琴，面山作背山，與《襄陽記》微異。）

董家人只是住進去諸葛亮的隆中故宅，便慘遭「衰殄滅亡」的不幸待遇，更顯見諸葛亮的神威形象，已離凡人愈來愈遠。諸如此類的傳說記載，在殷芸

〔註20〕　〔西晉〕張華《博物志》卷九載云：「臨邛火井一所，從廣五尺，深二三丈。井在縣南百里。昔時人以竹木投以取火，諸葛丞相往視之，後火轉盛熱，以盆蓋井上，煮鹽得鹽，入以家火即滅，訖今不復然也。」雖也有類似的傳說故事，不過，將之給明確地與朝運相連繫者，則始於《異苑》。

（西元 471〜529 年）《小說》、酈道元（西元？〜527 年）《水經注》與鮑至（西元？〜？年）《南雍記》等書中，也都屢見不鮮，更可見當時諸葛亮怪異故事盛傳的情況。

　　綜上所述，可知三國魏西晉時期，諸葛亮故事傳說因尚屬「萌芽階段」，故深受史實的影響，而多為簡短的瑣聞混雜於史籍當中，因此，具有濃厚野史性質與口頭傳說的特點。又由於各個集團間的政治因素，以致其也帶有明顯的地域性差別，遂呈現出西蜀地區的居民普遍歌頌諸葛亮的功業才能；而中原地區則反大肆誣貶其人故實的異趣概貌；乃至東吳地區折衷偏向西蜀的持平表現。逮至東晉南北朝時期，則因為局勢動亂，宗教迷信的思想極為盛行，使得傳說人物的形象普遍受到讚揚，除了賦予其有卓越的軍事才能之外，更糅雜有神秘怪異的色彩；雖然，在這個時期的傳說故事，仍未脫史實的束縛與影響，不過，其卻已逐漸有開啟並加快歷史人物朝向藝術形象與神祇信仰發展演變的跡象。

第三節　隋唐時期傳說中的諸葛亮

　　隋唐時期，由於已經結束南、北朝分裂割據的混亂局面，使中國又復歸於統一盛世，各個民族間經歷過充分的合流與同化，以致各種文藝的發展也溶入了新的生命原素，尤其是在唐代時期，幾經開朝的休養生息之後，經濟大為發達，都市更加繁榮，文教也隨之變得昌明，儒、釋、道三教的思想能夠同時兼容並盛，在此客觀環境的滋養底下，民間的俗講〔註 21〕因而得以勃發興起。其中，多有以歷史故事來宣說者，三國故事自然應該包含在內，如李商隱（西元？813〜858 年）〈驕兒詩〉所云：「或謔張飛胡，或笑鄧艾吃。」魯迅《中國小說史略》即據此，而提出了「似當時已有說三國故事者」的看法；又根據一栗〈談唐代的三國故事〉的考證與研判，更認為：〔唐〕大覺（西元？〜？年）《四分律行事鈔批》與景霄（西元？〜927 年）《四分律行事鈔簡

〔註21〕唐代所謂的「俗講」，乃是以講講唱唱的方式，來宣揚佛經的道理。「俗講」
　　　　若見諸文字，即為「變文」；而「變文」的現場演出，也就是「俗講」。變文
　　　　原本來自於佛經，其目的是作為傳教用途，所以，起初是屬於佛教通俗化的
　　　　宣傳品，後來因為此種體類的表演方式，頗為受到民間聽（觀）眾的歡迎，
　　　　於是，有些作者乃開始用歷史故事來替代佛經故事，以致變文逐漸脫離了佛
　　　　教寺院的圈圍，而變成為一種民間的通俗文學。

正記》等二則資料，其所著成的時代，恐怕應該早於李商隱詩，而其中也都有三國故事的相關記載。因此，隋唐時期應該已有長篇成套，足可供給戲劇與講史敷演的三國故事才是，儘管目前尚未見有諸葛亮變文或相關資料的發現，不過，藉由其他野史雜記與佛教典籍的著述，我們仍可觀照出當時民間所流傳的諸葛亮故事的概貌。

根據拙作「古傳說時代分布總表」的統計可知，隋唐時期，可堪稱為諸葛亮傳說性質的故事，約略有 83 則。而其傳說的特色，除承襲六朝野史雜記的傳說遺風，持續進行神化諸葛亮的藝術形象加工，使之逐漸脫離了史實的束縛之外；而且在前期人物造型的基礎上，更已有鮮明的形象特點產生。底下，茲略分就野史雜記與佛教典籍二方面的記載，從中摘選出較具特色或代表性的傳說故事，來觀察諸葛亮傳說故事與形象，在這段期間裡所表現出來的造型情況。

一、野史雜記方面

首先，在野史雜記方面。這部分資料的記載，大多受到前期諸葛亮神怪傳說的影響，使得諸葛亮的神異事蹟愈來愈多，如〔唐〕魏徵《隋書‧史萬歲傳》中所載〈諸葛亮紀功碑〉的故事即云：

> 史萬歲征南寧夷爨翫，入自蜻蛉川，經弄棟，次小勃弄、大勃弄，至南中，行數百里，見諸葛亮紀功碑，銘其背曰：「萬歲之後，勝我者過此。」萬歲令左右倒其碑，進度西二河，入渠濫川，行千餘里，破三十餘部。諸夷大懼，請降，獻明珠徑寸，於是勒石頌美隋德。

隋將史萬歲在南征爨翫的過程中，曾經遇見「諸葛亮紀功碑」的加持，使其最後終因挾持著諸葛亮的神威，得能順利地弭平南夷的亂事。這則故事，恐怕是史萬歲自己所杜撰偽造，用以欺世盜名的一種技倆。不過，藉此故事形象的塑造，諸葛亮的「預知能力」，卻更進一步地被強化開來，茲較諸前期其削木題字，〈射殺張郃〉的故事，猶尚有邏輯可循的情況，顯然其能預知身後三百七十餘年的事情，真可堪稱為「神人神知」了。又如〔唐〕杜佑（西元735～812 年）《通典》中所載〈諸葛亮識破降計〉也云：

> 司馬宣王使二千餘人，就軍營東南角大聲稱萬歲。亮使問之，答曰：「吳朝有使至，請降。」亮曰：「計吳朝必無降法，卿是六十老翁，何煩詭詐如此！」懿與亮相持百餘日，亮卒於軍。

此則故事，自然地當屬虛擬杜撰之作，不宜以史實的角度來看待。不過，若就傳說的觀點而言，杜佑在該書中，既寫「司馬不料亮死，暗也」；又寫「孔明料吳不降，明矣」，其所要描寫與突出的，正是諸葛亮一眼即能看破司馬懿詭計的「辨識能力」，茲較諸前期〈郭沖條亮五事之二〉中，諸葛亮雖已能察言觀色、識破心懷不軌的刺客，但尚無法斷定是何人所為，明顯地其精確性又更為增添許多，幾乎就快要達到「神識高明」的地步了。再如〔唐〕陳蓋（西元？～？年）在《注胡曾詠史詩〈五丈原〉》中所載〈武侯臨終〉則云：

> 《志》云：武侯諸葛亮將蜀軍曰北伐魏，魏明帝遣司馬仲達拒之。仲達〔拒〕蜀軍於五丈（蜀）原下，營即死地也，遂關城不出戰，武侯患之。居歲，夜有長星墜落於原，武侯病卒而歸。臨終為儀曰：「吾死之後，可以米七粒並水於口中，手把筆並兵書。心前安鏡，□〔足〕下以土，明燈其頭。」坐升而歸。仲達占之云：「未死」。有百姓告云武侯已死，仲達又占之云「未死」，竟不敢趁之，遂全軍歸蜀也。夫諸葛孔明者佐時國，國立事，持名有金石不朽之功，實鐘鼎名勳之望，而又威揚四海，貴盛兩朝，數盡善終，可謂美也。（《新雕注胡曾詠史詩》「四部叢刊三編」之《注詠史詩》卷二）

此則傳說，乃是在習鑿齒〈死諸葛走生仲達〉與大覺〈死諸葛亮怖生仲達〉的故事基礎上，更以延續、修改，而有新的藝術造型特點的發展。茲觀陳蓋所寫諸葛亮臨死遺計以迷惑敵人的方法，乃是要在頭、口、胸、手、足等五處放置七物，用口含米、水，來表示死者尚能飲食；一手把筆另手持兵書，則表示其尚能籌謀劃策。除反映出了人物形象具有智謀的特點外；更帶有濃厚的民間情趣。又陳蓋讓諸葛亮的遺體，隨蜀軍坐升歸國，也存有敬憫蜀相心情的設想，以免其遺體會遭敵人褻瀆。至於，以司馬懿因連續占卜失算，誤認為諸葛亮尚存，乃致終不敢前進觀察的形象描寫，表面上雖讓這則「死諸葛」的故事，顯得既未「怖生仲達」，也無「走生仲達」，似可以用杜佑「司馬不料亮死，暗也」一語來作概括；不過，實質上反更製造出司馬懿懼怖諸葛亮的情境，卻也不失為一次好的藝術修改。

　　諸葛亮雖然已經遠離人世五百多年，不過，民間各地對其感念之心，卻未曾稍減。不唯早在蜀亡前夕，其早已被立廟於沔陽，供世人追思敬仰；到了唐代，其更被官方給正式入祀於武廟中，讓百姓頂禮膜拜，顯得尤為尊崇。民間信仰如此重視諸葛亮的情形，表現在傳說故事中，自然也有相當程

度的反映，特別是在西南地區。如〔隋唐時期〕《圖經》中所載〈夔人重武
侯〉有云：

> 夔府人重諸葛武侯，以人日傾城出八陳磧上，謂之踏磧遊。婦人拾
> 小石之可穿者，貫以采索釵頭，以爲一歲之祥。帥府宴於磧石。

夔州人每當大年初七的「人日」，都會定期舉行「踏磧遊」的民間習俗，用來
感念諸葛亮，這自然是與其南征蠻越時，恩德澤蔭西南地區的少數民族，逐
漸形成的一種民俗傳說。又如〔唐〕令狐德棻（西元 583～666 年）《周書・
陸騰傳》中所載〈陸騰平盤石戌亂〉的故事：

> 資州盤石戌民反，殺郡守，據險自守，州軍不能討。騰率軍討擊，
> 盡破斬之。而蠻僚兵及所在蜂起，山路險阻，難得掩襲，騰遂量山
> 川形勢，隨便開道，姚僚畏威，承風請服。所開之路，多得古名，
> 並是諸葛亮、桓溫舊道。

同樣是涉及到西南地區少數民族的叛亂，陸騰（西元？～？年）「隨便開道」，
冥冥之中，竟能「多得古名」，彷彿是諸葛亮的英靈顯示般，幫助其順利弭平
亂事。另如〔唐〕韋絢（約西元 840 年前後在世）《劉賓客嘉話錄》中所載〈諸
葛棻〉即云：

> （劉禹錫）公曰：「諸葛所止，令兵士獨種蔓菁者何？」絢曰：「莫
> 不是取其才出甲者生啖，一也；葉舒可煮食，二也；久居則隨以
> 滋長，三也；棄去不惜，四也；回則易尋而采之。五也；冬有根可
> 斫食，六也。比諸蔬屬，其利不亦溥乎？曰：「信矣。」三屬〔蜀〕
> 之人，今呼蔓菁爲諸葛菜，江陵亦然。（《說郛》本《劉賓客嘉話
> 錄》）〔註22〕

觀此將諸葛亮當年行軍時，所提倡、推廣種植，以作爲軍食來源的蔓菁，給
稱爲「諸葛菜」，顯然地也是民間出於紀念性質，而散佈開來的一種諸葛亮風
物傳說。類似的傳說，如〔唐〕樊綽（西元？～？年）《雲南記》所載：「雟
州界緣山野間，有菜，大葉而粗莖，其根若大蘿蔔。土人蒸煮其根葉而食之，

〔註22〕　另本則云：「雟州界緣山野間，有菜，大葉而粗莖，其根若大蘿蔔，土人蒸煮
　　　　其葉而食之，可以療饑，名之謂諸葛菜，云武侯南征，用此菜蒔於山中，以
　　　　濟軍食，亦猶廣都縣山櫔林，謂之諸葛木也。諸葛所止，令兵士獨種蔓菁者，
　　　　取其纔出甲者生啗，一也；葉舒可煮食，二也；久居隨以滋長，三也；棄去
　　　　不惜，四也；回則易尋而采之，五；冬有根可劚食，六也。比諸蔬屬，其利
　　　　不亦溥乎？三蜀之人，今呼蔓菁爲諸葛菜，江陵亦然。」文字稍異。

可以療饑，名之爲諸葛菜，云武侯南征用此菜子蒔於山中，以濟軍食，亦猶廣都縣山櫪林謂之諸葛木也。」也是如此。

而且，隨著佛教思想的廣爲盛行，更有把治蜀有功的唐代將帥，給傳說爲再世諸葛亮的情形發生。如〔唐〕張讀（西元 834 或 835～886 年？）《宣室志》所載：

> 唐故劍南節度使太尉兼中書令韋皋，既生一月，其家召群僧會食。有一胡僧，貌甚陋，不召而至。韋氏家童鹹怒之，以弊席坐於庭中。既食，韋氏命乳母出嬰兒，請群僧祝其壽。胡僧所自升階，謂嬰兒曰：「別久無恙乎？」嬰兒若有喜色。眾皆異之。韋氏先君曰：「此子生才一月，吾師何故言別久耶！」胡僧曰：「此非檀越之所知也。」韋氏固問之，胡僧曰：「此子乃諸葛武侯之後身耳。武侯當東漢之季，爲蜀丞相，蜀人受其賜且久。今降生於世，將爲蜀門帥，且受蜀人之福。吾往歲在劍門，與此子友善。今聞降于韋氏，吾固不遠而來。」韋氏異其言，因以武侯字之。後韋氏自少金吾節制劍南軍，累遷太尉兼中書令，在蜀十八年，果契胡僧之語也。

諸葛亮投胎轉世爲韋皋（西元 746～806 年），自是受到佛教思想中「輪迴轉世」觀念的影響，這樣的民間傳說，雖然已經流於神秘難考的無稽之談；不過，卻也顯示了諸葛亮傳說故事對於唐代社會所產生的影響效力，已深植人心，廣受歡迎了。

二、佛教典籍方面

其次，在佛教典籍方面。這部分資料的記載，則是以「死諸葛走生仲達」故事的延續、敷演爲觀察的主要對象。〔唐〕沙門大覺在《四分律行事鈔批》中，曾經引述到〈死諸葛亮怖生仲達〉的故事，以說明〈僧像致敬篇〉中「劉氏重孔明」的旨意，其云：

> 注云「似劉氏重孔明」者，劉備也。意三國時也，謂魏主曹丕都鄴，今相州是也，昔號魏都；吳主孫權都江寧，昔號吳都；劉備都蜀，昔號蜀都；世號三都，鼎足而治。蜀有智將，姓諸葛，名高（亮），字孔明，爲王所重。劉備每言曰：「寡人得孔明，如魚得水」，後乃劉備伐魏，孔明領兵入魏。魏國與蜀戰。諸葛高（亮）於時爲大將軍，善然謀策；魏家唯懼孔明，不敢前進。孔明因致病垂死，語諸人曰：「主弱將強，爲彼所難，若知我死，必建（遭）彼我（伐）。

吾死以後，可將一袋土，置我腳下，取鏡照我面。」言已氣絕。後
依此計，乃將孔明置於營內，於幕圍之，劉家夜中領兵還退歸蜀。
彼魏國有善卜者，意轉判云：「此人未死！」「何以知之？」「踏土照
鏡，故知未死！」遂不敢交戰。劉備退兵還蜀，一月餘日，魏人方
知，尋往看之，唯見死人，軍兵盡散。故得免難者，孔明之策也。
時人言曰：「死諸葛亮怖生仲達。」仲達是魏家之將也，姓司馬名仲
達。亦云：「死諸葛亮走生仲達。」其孔明有志量，時人號爲臥龍，
甚得劉氏敬重。〔註23〕

這一則故事的內容情節幾乎全屬虛構，想像力極爲浪漫與奇特，顯然也是六
朝諸葛亮傳說所進一步添枝加葉，演化而來的，茲觀上述〔東晉〕習鑿齒《漢
晉春秋》中，即見有類似故事的記載。不過，其所塑造的諸葛亮傳說形象，
較諸前代來說，卻有著新的發展。因爲若就故事中敘述者對於人物的形象稱
呼，即可清楚地發現到：諸葛亮已由原先的「名士」（東晉）；轉變成爲「名
將」（北朝），進而至此，已被喚作爲「智將」〔註24〕。

　　以「智」來形容「將」，即可見知：「智謀」乃已成爲這個人物的傳說形
象中，最爲鮮明的造型特徵；而其故事內容所要鋪陳與強調的，自然地便是
集中在這個身爲「將領」的人物，如何在其行兵作戰時扮演好重要性的關鍵
地位，以及發揮出決定性的影響效用。

　　也因此，故事中的內容情節，乃多不受史實的拘束，竟然會把諸葛亮領
兵入魏，給當作是奉了劉備的命令；並且還用「踏土照鏡」的方式，讓病
死的諸葛亮來仿傚、裝扮活人，以欺瞞敵將，而這也使得諸葛亮的藝術形
象，更增添許多神秘性的傳奇色彩，實饒富有民間濃厚的生活氣息與浪漫
情趣。

　　從大覺的《四分律行事鈔批》中，可以看見唐代民間傳說所塑造的諸葛
亮藝術形象，乃是延續著前代的故事脈絡，更以改編、鋪陳與加工表現出來
的結果。如此的傳說造型，乃具有「智將」的特徵，而其智謀與將略的形象
表現，則顯得十分荒誕不經，充滿了民間信仰的習俗氣味。不過，正也因此，

〔註23〕　文見《續藏經》第一輯第六十八套第一冊（上海：涵芬樓影印本，1924年），
　　　　　頁15。
〔註24〕　〔東晉〕裴啟《語林》中諸葛亮已有「名士」之稱；《北齊書》卷三十二中則
　　　　　載有梁將陸法和謂諸葛爲「名將」；至〔唐〕大覺《四分律行事鈔批》更言亮
　　　　　爲蜀之「智將」。

其「流播性」與「變易性」便隨之大為提高，導致傳說在散佈的過程中，會產生故事歧異的情形。

　　例如，上述陳蓋注文所載同樣的傳說故事中，其：對諸葛亮的稱呼（武侯）、臨終遺計的內容（米七粒並水於口中，手把筆並兵書，心前安鏡，□〔足〕下以土，明燈其頭）、遺體處置的方式（坐升而歸）、魏軍應對的態度（司馬懿兩占失算，竟不敢趁之）等等，便都與大覺所載有很大的不同。再如〔唐〕景霄《四分律行事鈔簡正記》卷十六所載：

> 「劉氏重孔明」者，三國時蜀主劉備也。孔明即諸葛亮之字也。襄陽人也，為蜀主所重。自三往召之，方出。次亮為丞相。備嘗云：「寡人得孔明，如魚得水」。後令孔明領兵伐魏，因得病垂死，語諸軍曰：「主弱將強，為彼可難，若知若知（衍二字）吾死，必遭彼伐。可將　盛土，安吾足下，取鏡照吾面。」言訖而終。置相營內，依語為之，至半夜抽軍歸蜀。經月餘日，魏主有將司馬仲達善卜，卜云：「未死！」何以知之？踏土照鏡，故知在也，不敢進兵。至後方委卒。時人曰：「死諸葛怖生仲達」。此舉俗賢，反況於道聖也。

雖然，景霄與大覺所載的故事名稱相同（死諸葛怖生仲達），性質與內容也較為接近，不過，觀其：既刪節文字（三都與不敢前進等敘述），又訂補文字（三往召之），使得故事的主題思想更為突出（俗賢成為道聖），情節也更為集中、較為合理（亮為丞相，仲達善卜）〔註25〕等等，可見也做了相當幅度的修改。

　　諸此可知，這則〈死諸葛走生仲達〉的故事，在其流傳的過程中，總會隨著口傳者（記錄者）、時間、地點、性質、場合、聽（觀）眾的不同需要，而作相應的彈性修改與加工。觀其自六朝演變到唐代，再從大覺、陳蓋、景霄三人記載中的異趣表現，都再再地突顯出了民間傳說的造型特色：只要基於民間情感所需，即能不顧史實，隨意透過其想像力，去從事故事情節的安排與人物形象的塑造。唐代的諸葛亮故事，也正是發揮了民間傳說的這種造型特長，方能廣泛地把諸葛亮「智將」的形象，給散佈於民間各地，使其變得愈來愈神奇怪異了。〔唐〕劉知幾（西元661～721年）《史通》卷五〈採撰〉

〔註25〕結局寫「經月餘日」，方卜其「未死」，以致「不敢進兵」，最後「方委卒」，反倒改得較為不合情理。

曾云：

> 至如曾參殺人、不疑盜嫂、翟義不死、諸葛猶存，此皆得之於行路，
> 傳之於眾口。

觀此「諸葛猶存」的傳說故事，雖然內容不明，以致歷來的注釋家都不得其解〔註 26〕，不過，若是對照起上述〈死諸葛亮怖生仲達〉故事的發展情形來看，則其彼此之間的關係，或恐即是同體衍生的一則故事，在經過民間不斷地流傳、改編與加工之下，終成為唐代最為膾炙人口的諸葛亮故事之一，進而也可能影響了宋、元講史與雜劇的諸葛亮故事及其藝術形象的創作。

　　綜上所述，可知唐代的諸葛亮傳說故事，雖然已經逐漸脫離了史實的束縛，不過，尚屬創作的「醞釀階段」，主要仍是以零星片段的形式面貌，散見於各種野史雜記或佛教典籍中；其故事情節極為簡單；藝術性與魅力並不很高；且經過各方的流傳、加工與改編，故事情節也呈現出紛雜歧異的現象，諸如：同為〈死諸葛亮怖生仲達〉故事的記載，大覺《四分律行事鈔批》與陳蓋注胡曾詠史詩〈五丈原〉文；以及景霄《四分律行事鈔批簡正記》等，彼此之間所描寫與敘述的，都互有參差與異趣。不過，藉由其所傳載的時間與分布的地域來看，卻已足見此類諸葛亮故事在唐代流傳的盛況；及其人物形象的造型概貌了〔註 27〕。

第四節　宋元時期傳說中的諸葛亮

　　隨著諸葛亮故事的不斷醞釀、發展與流傳，早在隋唐時期，就可能已經有用戲劇與說話的方式，來演（講）述有關諸葛亮的三國故事。如：〔隋〕杜寶（西元？～？年）《大業拾遺錄》〔註 28〕、〔唐〕劉知幾（西元 661～721 年）《史通》、大覺《四分律行事鈔批》、李商隱〈驕兒詩〉、陳蓋注胡曾詠史詩〈五丈原〉文、景霄《四分律行事鈔批簡正記》等資料的記載，都可藉以推測出這種可能性。乃至宋代，隨著各種民間技藝的蓬勃發展，三國故事已成為技藝敷演的主要內容，並且出現了像霍四究（西元？～？年）這類擅長講述三

〔註 26〕〔清〕浦起龍《史通通釋》云：「按諸葛猶存，似是成語，俟再詳之。」
〔註 27〕有關唐代諸葛亮傳說故事的歧見與傳播等問題，可詳參陳翔華：《諸葛亮形象史研究》，頁 75～82。
〔註 28〕杜寶《大業拾遺錄》：「煬帝……以三月上巳日會群臣於曲水，以觀水飾。有……《曹瞞浴譙水擊水蛟》、《劉備乘馬渡檀溪》……皆木刻為之。」

國故事的說話藝人；皮影戲與金院本，也都有專門演出三國故事的節目，諸葛亮應該在其演述的故事中，佔有相當的份量才是。藉由：〔宋〕高承（西元？～？年）《事物紀原》、蘇軾《東坡志林》、孟元老（西元？～？年）《東京夢華錄》等資料的記載，殆都能證明如此的看法或假設，應可成立。同時，或也顯示了至遲在宋代時期，諸葛亮故事應已發展有長篇成套的規模，足可供給戲劇與說話來作敷演的客觀實情；否則，現存最早有關諸葛亮故事的話本：《至元新刊全相三分事略》與《至治新刊全相三國志平話》二書，就不可能以「新刊」的方式，在元初即被印行，並廣爲流傳。

宋、元雜劇與說話中諸葛亮故事的敷演與講述，象徵著其故事本身的發展，已經脫離了隋唐時期以零星片段面貌，散佈於民間口頭傳說中的「醞釀階段」，正式步入了大量生產的階段，轉而發展成爲完整系統化的長套故事。同時，發展完成的系統化長套故事，便都會保留在雜劇與說話的載體上，繼續不斷地推陳出新，廣爲傳播、散佈而流傳於民間各地，成爲其故事創作的主要來源。由於這部分諸葛亮藝術形象的造型工作，已分別屬於戲曲與小說體類的論述範圍，茲留待後面章節再作處理，我們還是聚焦在傳說這一體類的創作表現，來觀察宋、元時期的諸葛亮藝術形象造型。

根據拙作「古傳說時代分布總表」的統計可知，北宋、南宋與元代時期，可堪稱爲諸葛亮傳說性質的故事，約略分別有 74 則、36 則與 3 則。而其傳說的特色，就是遺事與逸聞方面的故事創作，有明顯減少的趨勢；至於，遺蹟方面的風物傳說，則持續在增加中；此外，其人物的造型特點，也仍是以神（奇）化諸葛亮形象爲主要的創作目的。底下，茲略分就遺事（包含逸聞）與遺蹟二方面的資料記載，從中摘選出幾則較具特色或代表性的傳說故事，來觀察諸葛亮傳說故事與形象，在這段期間裡所表現出來的造型情況。

一、遺事方面（包含逸聞）

首先，在遺事與逸聞方面。這部分的資料大多與諸葛亮「南征蠻越」的事蹟有關。如〔北宋〕高承《事物紀原》卷二（《四庫全書》本）中所載〈饅頭〉有云：

> 諸葛公之征孟獲，人曰：「蠻地多邪術，須禱於神，假陰兵以助之。然其俗必殺人以其首祭，則神享爲出兵。」公不從，因雜用羊豕肉，而包之以麵，像人頭以祀，神亦享焉，而爲出兵。後人由此爲饅頭。

諸葛亮在南征的過程中，有人建議其可入境隨俗，殺人頭祭禱，以求助神明出兵幫忙。不過，其卻認爲這種方式太過殘忍，更有違其要「以德服人」的「心戰」策略，所以，並不採納（消極性的拒絕）。不僅如此，爲求能移風易俗，徹底改善這種殘害無辜的弊習，其乃順水推舟，爲之變革，教人改用麵粉包肉做成的人形頭，來祭祀神明，同樣也達到了「神亦享焉，而爲出兵」的效果（積極性的改革）。經此變革，使當地風俗便爲之漸趨淳化，減少了無辜的百姓會再度遭受到被濫殺的不幸。這則傳說故事，不但將諸葛亮給塑造成爲一個民胞物與、宅心仁厚的智慧長者，使其形象在「神化」（能感動神明，使神明接受其供品，而爲出兵）的過程中，更保有人性善良的特質存在，實在是難能可貴。也無怪乎羅貫中在創作《三國演義》時，會毫不避諱地加以採納、鋪陳與渲染，從而使其成爲後世麵包業（饅頭與包子）的祖師爺，供人敬仰與膜拜。

　　陳壽《三國志》對於諸葛亮南征事蹟的記載很少，只在〈諸葛亮本傳〉中云：「三年春，亮率眾南征，其秋悉平。軍資所出，國以富饒，乃治戎講武，以俟大舉。」不過，逮及東晉，便出現了大量與之相關的滇西民間傳說，如：常璩《華陽國志》〈諸葛亮南征〉、〈亮平南中置五部〉、〈諸葛亮爲夷作圖譜〉、〈諸葛亮爲哀牢國作圖譜〉、〈諸葛亮用獳蜑兵〉與習鑿齒《漢晉春秋》〈亮七縱七擒孟獲〉、〈亮即其渠率用之〉；《襄陽記》〈亮納馬謖攻心策〉等等，此則〈饅頭〉故事，自然地也是在上述諸葛亮滇西民間傳說中，更進一步地緣飾、附會與繁衍出來的。又如〔北宋〕宋祁（西元 998～1061 年）《新唐書》卷二二二上《南蠻上‧南詔上》中所載〈諸葛亮定南詔〉也云：

> 南詔，或曰鶴拓，曰龍尾，曰苴咩，曰陽劍。本哀牢夷後，烏蠻別種也。夷語王爲「詔」。其先渠帥有六，自號「六詔」，曰蒙雟詔、越析詔、浪穹詔、邆睒詔、施浪詔、蒙舍詔。兵埒，不能相君，蜀諸葛亮討定之。

顯然地，即是在〈亮平南中置五部〉「四姓五子」故事的基礎上，繼續附會、演變與發展的結果。正因爲諸葛亮南征一役，在歷史上取得了良好的勝利成果，不但平定了蠻夷的亂事，並使其都能爲之威服，所以，夷人對其自然地十分感念與畏懼，在當地的習俗當中，便也保留了許多與之相關的民間傳說故事。如〔北宋〕宋祁《新唐書》卷二二二上《南蠻上》中所載〈諸葛石刻〉即云：

尋傳蠻者，俗無絲纊，跣履榛棘不苦也。射豪猪，生食其肉。戰，以竹籠頭如兜鍪。其西有裸蠻，亦曰野蠻，漫散山中，無君長，作檻舍以居。男少女多，無田農，以木皮蔽形，婦或十或五共養一男子。廣德初，鳳迦異築柘東城，諸葛亮石刻故在，文曰：「碑即仆，蠻爲漢奴。」夷畏誓，常以石搘捂。

茲觀蠻人對於相傳爲諸葛亮平蠻時，在石刻上所留下來的遺訓與警告，縱使已經歷了好幾百年的時間，蠻人卻依舊戒慎恐懼，謹記在心，深怕這石碑一旦仆倒之後，刻文誓言必將應驗，所以，便常會「以石搘捂」，期能繼續維持當年所達成的漢、蠻和諧相處的關係。又如〔北宋〕范致明（西元 1100年進士，？～1119 年）《四庫全書》本《岳陽風土記》所載〈江西婦人禮服〉也云：

江西婦人皆習男事，採薪負重，往往力勝男子。設或不能，則陰相詆誚。衣服之上，以帛爲帶，交結胸前；後富者至用錦繡。其實便操作也，而自以爲禮服。其事甚著，皆云武侯擒縱時所結，人畏其威，不敢輒去，因以成俗。巴陵江西華容之民間猶如此，鼎澧亦然。

在婦人的勞動衣服上，用帛帶繫綁在胸前，以便於從事「採薪負重」的工作，只因這是傳說中「武侯擒縱時所結」，江西婦女便都「畏其威，不敢輒去」，從而相沿成習，「自以爲禮服」，遂變成爲當地普遍盛行的一種風俗民情，可見諸葛亮在其人的心眼裡，的確帶有崇高的神威性。再如〔南宋〕程大昌（西元 1123～1195 年）《演繁露》中所載〈爲諸葛亮服白巾〉也云：

世傳《明皇幸蜀圖》，山谷間老叟出望駕，有著白巾者。釋者曰：「爲諸葛武侯服也。」此不知古人不忌白也。

也是類似的傳說故事，把「古人不忌白」的習俗，附會成因是蜀間山民畏服諸葛亮的天威，而爲其服白巾，以追悼與感念其對當地百姓所佈施的莫大恩德。〔南宋〕洪邁（西元 1123～1202 年）《四庫全書》本《容齋隨筆》卷四中所載〈南夷服諸葛〉更云：

蜀劉禪時，南中諸郡叛，諸葛亮征之。孟獲爲夷、漢所服，七戰七擒曰：「公，天威也，南人不復反矣。」《蜀志》所載止於一時之事。國朝淳化中，李順亂蜀。招安使雷有終遣嘉州士人辛怡顯使於南詔。至姚州，其節度使趙公美以書來迎云：「當境有瀘水，昔諸葛武侯戒

　　曰：『非貢獻、征討，不得輒渡此水。若必欲過，須致祭，然後登
　　舟。』今遣本部軍將，齎金龍二條、金錢二千文，並設酒脯，請先
　　祭享而渡。」乃知南夷心服，雖千年如初。嗚呼，可謂賢矣！事見
　　怡顯所作《雲南錄》。

此則故事，發生在諸葛亮南征蠻夷後，將近有千年之久的時間，當地的風俗
依舊謹遵著傳說中諸葛武侯的遺訓：除非是「貢獻」或者「征討」，否則不可
渡過瀘水；且要橫渡前，更必須先祭禱之後，才能夠搭船渡河。諸此，皆可
見其所樹立的威望與信念，影響蠻夷有多麼地深遠，儼然已成為蠻地文化信
仰中近乎神明位階的重要人物。

　　此外，宋元時期也附會有諸葛亮女兒成仙的傳說故事。如〔南宋〕魏了
翁（西元 1178～1237 年）《鶴山集・朝眞觀記》中所載〈武侯女乘雲輕舉〉有
云：

　　出少城西北，爲朝眞觀，觀中左列有聖母仙師乘煙葛女之祠。故老
　　相傳，武侯有女，於宅中乘雲輕舉。〔註29〕

諸葛亮在史傳的記載中，並未見有女兒的出生，更遑論此女日後會成為「乘
雲輕舉」的神仙，很顯然地，這是一則傳說故事，其形成的原因，當也是
在「神仙化」諸葛亮形象的過程中，一種附帶渲染的結果。對此，〔清〕張澍
即云：「忠武侯女名果，見《仙鑑》，以其奉事襄斗之法，後必證仙果，故名
曰果也。鶴山非妄語者，乘雲上升，未可以爲誕矣。」〔註30〕由此可見，就
連知識份子都認爲這則近乎荒誕不經的傳說故事，乃有其事實根據，更反
映出了當時諸葛亮家族因「奉事襄斗之法」，而瀰漫著濃厚的神仙色彩。像
這樣神仙色彩的渲染與附會，自然與當時民間普遍盛行的道教信仰有很大的
關係。

　　民間傳說中最爲常見的一種固定套式，就是利用某些神奇的故事來解釋
智慧型人物——諸葛亮藝術形象的緣由，如〔南宋〕范成大（西元 1126～1193
年）《桂海虞衡志》中所載〈木牛流馬〉云：

　　沔南人相傳：諸葛公居隆中時，有客至，屬妻黃氏具麵，頃之麵具。

〔註29〕引文轉見〔清〕張澍：《諸葛亮集》，頁 160。同書中另有引文，則云：「出少
　　　　城西北爲朝眞觀。觀中左列有聖母仙師乘煙葛女之祠，是侯故宅也。故老相
　　　　傳，侯有女於宅中乘雲輕舉。唐天寶元年，章公始更祠爲觀，奏名乘煙。」，
　　　　頁 223。
〔註30〕同前註，頁 160。

> 侯怪其速，後潛窺之，見數木人斫麥，運磨如飛，遂拜其妻，求傳
>
> 是術，後變其制爲木牛流馬。

便將諸葛亮「木牛流馬」的創制發明，給解釋爲其在偶然的機緣下，發現妻
子黃氏擁有神奇的本領，能使「木人斫麥，運磨如飛」，「頃之麵具」，足可供
給招待客人所需的飲食，遂拜其妻爲師，學習該術，再經變化即創制得來。
這則傳說故事，不唯解釋了諸葛亮智慧巧思「所然」的才能背後，其「所以
然」的道理外；更也將諸葛亮身邊的親人給再度地「神化」塑造，使其藝術
形象更添賦有濃厚的神仙色彩。而這種藝術性的造型心理，無非都顯示了民
間傳說對於諸葛亮的智慧形象，實在充滿著無比的興趣；也正因爲這樣，各
個地區才會興起了許許多多與之相關的風物傳說。

二、遺蹟方面

其次，在遺蹟方面。這部分的資料顯示，無論是如：臥龍山、武侯水、
相公山、周公山、瀘水、儲書峽、平羌江、諸葛泉等等的自然地形；抑或是
如：諸葛井、淯井、諸葛城、諸葛營壘、武侯橋、讀書臺、石筍、武侯祠等
等的人爲建築，舉凡是涉及到諸葛亮生平事蹟，甚至與其原不相關者，殆都
可能會被附會出一則則相關的風物傳說，使之沾染了諸葛亮形象的情感氣
息，供人懷想與紀念。雖然在這部分的資料記載中，大多並無情節內容的相
關描寫，但透過如此豐富的風物傳說的感染下，也可以強烈地體會到諸葛亮
藝術形象所展現出的傳說魅力。其中，有些粗具故事情節者，尤能表現出諸
葛亮民間傳說在風物造型上的特色。如〔北宋〕歐陽忞（西元 1111～1117 年）
《輿地志》〔註31〕中所載〈諸葛泉〉有云：

> 諸葛泉在鶴慶府南，武侯駐師之地。出泉均爲二流，昔人有欲兼利
>
> 之者，引而爲一，雞鳴，其水復分。

諸葛亮所曾駐兵之地，泉水能自地冒出，並都主動分爲二流，縱使遭人以
外力將之合而爲一，等到雞鳴時候，泉水仍舊又恢復到原先二流的狀態，彷
彿可以令人感受得到諸葛亮神威沾溉影響的奇異表現。又如〔南宋〕祝穆
（西元？～？年）《方輿勝覽》（成書於西元 1225～1264 年）中所載〈諸葛井〉
也云：

〔註31〕 歐陽忞所編撰者爲《輿地廣記》，並非《輿地志》，《輿地志》爲〔南朝陳〕顧
野王（西元 519～581 年）所撰。

> 諸葛井在成都府大慈寺西里許，自上窺之，祗見其三邊，不知其際
> 涯也。昔孔明鑿此以通井絡王氣。俗傳有人入井，聞其中有雞聲。

這則諸葛亮鑿井以「通絡王氣」的傳說故事，其內容主旨所要表達的，應該是諸葛亮為求能「興復漢室」所體現的「忠貞」行誼。然而，民間傳說畢竟對於諸葛亮的「智慧」特質最為著迷，且又擅長用「神化」的手段，來塑造主人翁的形象色彩，以致就連忠貞形象的藝術造型，也充斥著神奇怪異的情節描寫。再如〔南宋〕王象之（西元 1163～1230 年）《輿地紀勝》中所載〈淯井〉云：

> 淯井脈有二：一自對谿報恩寺山趾度溪而入，常夜有光如虹，亂流
> 而濟，直至井所；一自寶屏隨山而入，謂之雌雄水。初人未知有井。
> 夷人羅氏、漢人黃姓者，因牧而辨其鹽；僉議刻竹為牌，浮於谿流，
> 約得之者，以井歸之。漢人得牌，聞於官，井遂為漢有。

這則夷人與漢人發現並相爭淯井的傳說故事，最後的結果是由漢人取得勝利，其內容主旨所要彰顯的，應該是諸葛亮南征時，以心戰德服蠻夷，使夷、漢粗安，維持長久和平的局面，可見其人創造功業的偉大。茲觀故事情節的描寫，既淡化了雙方為爭奪的氣氛，轉而強化為天命運氣的歸趨，以維持漢、蠻和諧相處的關係，其立場與出發點可能是站在漢人一方。

　　上述三則諸葛亮的傳說故事，都是與「水、火」有關的風物傳說，或恐也與前文〈諸葛亮瞰火井〉故事的傳說意涵相似，都是以奇譎怪異的情節描寫，糅雜五行的思想觀念，來傳達諸葛亮有益漢室興復的神秘形象。其間的內在聯繫，乃是：漢朝屬火德＝雞（南朱雀）鳴＝天亮＝聞有雞聲＝光明＝鹽井有火＝火井。

　　此外，諸葛亮的民間風物傳說，還常透過與廟宇相關的事蹟來塑造其人的神靈形象。如〔北宋〕樂史（西元 930～1007 年）《太平寰宇記》中所載〈周公山〉有云：

> 周公山在嚴道縣東南畔，山勢屹然，上有龍穴，常多陰雲。耆老傳
> 云：「昔諸葛亮南征，於此山夢見周公，遂為立廟。」州縣常以靈驗
> 聞。偽蜀乾德六年，題曰：「顯聖王之廟」。

這是一則有關周公山的地形傳說，就其簡單的情節內容來看，也可視為一則〈孔明南征夢周公〉的遺事或逸聞傳說故事。描述的是諸葛亮南征期間，行經嚴道縣東南畔時曾夢見周公，因有所感應，便為周公立廟於此山上。傳說

把諸葛亮與周公相爲比附，顯然是在史傳與詩歌等對諸葛亮「聖賢形象」的詠贊下，認爲其乃將德澤生民，施行禮儀教化於南夷，功業堪能與周公媲美，因此，便將二人以「夢」相通感應，使諸葛亮既無孔子「吾不復夢見周公久矣」的慨嘆；又能進一步地美化（聖賢化）其傳說的藝術形象；而且，再加上「有龍穴，常多陰雲」與「以靈驗聞」的描寫，更爲其營造出了一股神奇玄妙的氣氛，增強其傳說顯聖的可信度。又如〔北宋〕鄭樵（西元 1104～1162 年）《通志》中所載〈武侯祠〉有云：

> 夾江武侯祠原在九盤坂，距縣三十里許，鄧艾廟即今祠地，邑令陝西人董繼舒欲撤廟，改祀武侯，投艾像於水。九盤里人夜夢艾云：「明日吾有水厄，爾可乘夜偷吾像。」來人從之。至明日，艾像失矣，董因改祀武侯。

這則故事乃是基於要彌補諸葛亮遺憾的心理需求，用以表達民間對於蜀漢失敗英雄的同情，所以，就連已經神而有靈的鄧艾，在面對董繼舒要撤廟改祀，以懲罰其滅蜀罪過時，也無可奈何，只能向人托夢，請人偷其神像代爲逃之夭夭，以解隔日的水厄。觀此廟宇的一撤一立，尤更可見諸葛亮形象在民間傳說中的迷人魅力。再如〔北宋〕田況（西元 1005～1063 年）《儒林公議》中所載〈武侯祠〉則云：

> 成都先主廟側有武侯祠，前有栢樹，喬柯巨圍，蟠固陵拔。杜甫有歌，段文昌有銘，勒石。唐末漸枯瘁，歷王、孟二僞國，不復生，然亦不敢伐之。宋乾德五年夏五月，枯柯再生，時人異之。至皇祐初，千二百餘年矣，新枝聳雲，枯幹並存，夭矯若虯龍之形。

這則傳說故事，則是藉由成都武侯祠古栢的枯萎與再生的奇異事蹟，來塑造出諸葛亮的神靈形象。茲觀古栢「死而復生」的歷程表現，就彷彿象徵著栢樹背後眞有諸葛亮的神靈護持，方得以使其縱已「漸枯瘁，不復生」，但人「亦不敢伐之」；逮及枯柯再生，新枝更能聳雲，枝幹並存，而夭矯若虯龍之形。像這樣描述諸葛亮在武侯祠中顯靈的傳說故事，還有如《蜀古蹟記》中所載〈武侯祠石碑〉：

> 宋建隆二年，曹彬爲都監，伐蜀，謁武侯祠，視宇第雄觀，頗有不平之色，謂左右曰：「孔明雖忠於漢，然疲竭蜀之軍民，不能復中原之萬一，何得爲武？當因其傾敗者拆去之，止留其中，以祀香火。」左右皆諫不可。俄報中殿摧塌，有石碑出，驚視之，出土尺許，石

> 有刻字，宛若新書，乃孔明親題也。題曰：「測吾心腹事，惟有宋曹
> 彬。」讀訖，下拜，曰：「公，神人也，小子安能測哉！」遂令蜀守
> 新其祠宇，爲文祭之而去。（亦見《聞見錄》）

曹彬（西元 931～999 年），爲北宋名將，曾因在拜謁武侯祠時，口出狂言，
褻瀆神明，認爲諸葛亮不配稱武，所以，下令要將祠堂的大部分建築給拆去。
就在其起心動念，膽大妄爲的囂張行爲後，立即遭到諸葛亮顯靈，使「中殿
摧塌」，現出新刻的石碑題文，來教訓曹彬，令其戒愼恐懼，不敢造次；以曹
氏作爲懲處對象，顯然別有弦外之音，也含有彌補諸葛亮志業未竟的遺憾。
由此，更矗立起了諸葛亮英靈永存、不容侵犯的神威形象，而與隋唐時期〈諸
葛亮紀功碑〉的傳說故事裡，只是「預知」能力的形象表現，已有相當程度
的神化塑造。

　　此外，〔南宋〕《錦繡萬花谷》〔註32〕中所載〈金容坊〉則云：

> 西金容坊有石二株，舊曰石笋，前秦遺址。諸葛孔明掘之，有篆字
> 曰：「蠶叢啓國之碑」。以二石柱橫埋，中連以鐵，一南一北，無所
> 偏倚。有五字：「濁歌燭觸躅」，時人莫曉。後范長生議曰：「亥子
> 歲，濁字可記，主水災；寅卯歲，歌字可記，主饑饉；巳午歲，燭
> 字可記，主火災；辰戌丑未歲，觸字可記，主兵災；申酉歲，躅字
> 可記，主豐稔。」後以年事推之，悉皆符驗。

同樣地，也是透過諸葛亮所掘得的石笋（石柱）傳說故事，來塑造其具有先
見預知與靈驗的智慧形象。

　　綜上所述，可知宋元時期的諸葛亮故事，雖然已經發展有完整系統化的
長套故事，不過，這些完整長套的諸葛亮生平事蹟故事，則大多爲當時新興
的雜劇與說話等藝術體類所汲取與表現，民間只剩下少量的遺事與逸聞傳
說，以及逐漸變多的遺蹟傳說，仍然延續著前期的造型趨勢，以零星片段的
口傳形式面貌，散見於各種野史雜記中與方志或地理書中，其故事情節都極
爲簡單，甚至連情節的描寫都還談不上，藝術性自然地也就非常匱乏，大多
只是藉由神化的造型手段，附會林林總總的奇異現象，來從事人物形象的點
綴裝飾，以反映出民間對於諸葛亮「智慧」面相的廣泛興趣。

〔註32〕　《錦繡萬花谷》，爲南宋淳熙十五年（西元 1188 年）所刊刻發行的大型類書，
　　　　也是現存全世界部頭最大的宋版書。

第五節　明清時期傳說中的諸葛亮

　　諸葛亮故事的演變與發展，到了宋元時期已達到了大量生產的階段，有關其人生平事蹟完整的長套故事，主要也都是藉由雜劇與說話來作敷演或講述，以致表現在傳說方面，除遺蹟類地方風物傳說的創作轉趨活絡外，遺事與逸聞類的傳說故事創作則逐漸式微。逮及元末明初，諸葛亮成熟的藝術形象典型更已被羅貫中《三國演義》給塑造出來，進而影響其他藝術體類的造型活動，如：詩歌、小說、戲曲等。按理推測，民間傳說中的諸葛亮故事，應該可能不免都會受其影響，而由生產階段邁入傳播階段，以致明清時期的諸葛亮傳說形象，會淪爲《演義》小說的翻版流傳而已。不過，其情形卻未必如此，因爲實際上明清時期的諸葛亮傳說故事，仍然處於生產階段，不唯在遺事與逸聞類的傳說故事創作，有媲美六朝隋唐時期的表現；在遺蹟類的地方風物傳說創作，更是繼宋元時期的表現，而有更加豐富可觀的創作量。

　　根據拙作「古傳說時代分布總表」的統計可知，明代與清代時期，可堪稱爲諸葛亮傳說性質的故事，約略分別有 86 則與 198 則。而其傳說的特色，就是在各類型的故事創作上都有相當數量的表現；至於，其人物的造型特點，並不因《演義》藝術形象典型的出現，即弱化其神奇性的形象色彩；反而持續朝向著民間情趣的路線，不斷地緣飾、附會與繁衍，生產出許多零星片段的新傳說。底下，茲分別就遺事逸聞、地形地物、物產特產、習俗信仰四類型的資料記載，從中摘選出幾則較具特色或代表性的傳說故事，來觀察諸葛亮傳說故事與形象，在這段期間裡所表現出來的造型情況。

一、遺事逸聞

　　首先，在遺事與逸聞方面，這部分的資料除了沿襲前代的故事情節，繼續緣飾、附會與發展有關諸葛亮生平事蹟的傳說外；更有新題材內容的溶入，使其形象愈發豐富多姿的表現。如〔明〕謝肇淛《四庫全書》本《滇略》卷一《版略》中所載〈諸葛亮賜姓龍佑那〉云：

> 春秋時，楚叔熊逃難於濮，始屬楚。楚威王遣莊蹻略地至滇，會有秦師，道絕，遂王之。秦通五尺道，置吏焉。漢元狩間，彩雲見於南中，遣使蹟之，雲南之名始此也。……後主建興三年，益州渠帥雍闓殺永昌太守，與孟獲誘扇諸夷以叛，丞相亮討平之。時仁果十

> 五世孫龍佑那者能撫其民，號大白子國。仍以其地封之，賜姓張氏，
> 而以呂凱爲雲南太守。

這則故事與前文所述滇西民間傳說的創作旨趣，大抵相同，都乃爲宣揚諸葛亮南征活動，促成了漢、蠻一家，和諧共處關係的偉大功績。觀其平定亂事後，能採「懷柔和撫」的政策，即其渠帥而用之，從中選擇「能撫其民」的賢明酋長──龍佑那，不以力制（仍以其地封之），而取其心服（賜姓張氏），使得「綱紀粗定，夷漢粗安」，漢人與蠻夷間的關係更形融洽。因爲漢姓氏的賜予與接受，代表著族群間彼此認同感的相互信任，蠻夷歸化爲漢人；而漢人也視蠻夷爲同一族類，突破了不同種族間的隔閡。相同的故事題材，在《滇載紀》中則載云：

> 滇酋有六，各號爲詔，夷語謂王爲詔。其一曰蒙舍詔，其二曰浪施詔，其三曰鄧　詔，其四曰施浪詔，其五曰摩　詔，其六曰蒙舊詔。兵埒，不能相君長。至漢，有仁果者，九龍八族之四世孫也，彊大，居昆彌川。傳十七世，至龍佑那，當蜀漢建興三年，諸葛武侯南征雍闓，師次白崖川，獲闓，斬之〔註33〕，封龍佑那爲酋長，賜姓張氏。割永昌益州地置雲南郡於白崖。諸夷慕侯之德，漸去山林，徙居平地，建城邑，務農桑，諸郡於是始有姓氏。

又更詳細地將龍佑那的身世背景，以及蠻夷因傾慕諸葛亮的大恩大德，而逐漸漢化的情形交代清楚。對照起宋元時期〈諸葛亮定南詔〉的傳說故事，顯然也有新的內容發展。再如〔清〕顧祖禹（西元 1631～1692 年）《方輿紀要》中則載云：

> 《白虎通》，戰國時，楚莊蹻據滇，號爲莊氏。漢武帝立白崖人仁果爲滇王，而蹻嗣絕。仁果傳十五代爲龍佑那。諸葛武侯南征，師次白崖，立爲酋長，賜姓張氏。歷十七傳，當貞觀世，張樂進求以蒙舍酋細農羅彊，遂遜位焉。

仁杲與仁果二者間，雖然必定有一個是錯誤的，不過，正可反映出民間文學傳說訛誤的真實情況。又從後段文字的記載，更可見此則故事隨著時代的不同，而增生有新的情節內容發展。正因爲諸葛亮南征蠻越所創建的歷史功業，對漢、蠻民族而言，其影響力都極爲深遠，甚至幾乎無人可比，所以，只要涉及到西南族群間的問題時，民間自然會將之與諸葛亮的事蹟相互聯想，從

〔註33〕 若根據史實，雍闓當爲高定部曲所殺，並非諸葛亮。

而附會出新的故事傳說。如〔明〕陳耀文（西元？～？年）《天中記》中所載〈孔明石碑〉云：

> 耒陽有孔明石碑。孔明斬雍闓，禽孟獲，經耒陽，立石以紀功。歲
> 久，字不可辨。相傳立石誓云：「後有功在吾上者，宜立石於右。」
> 至宋狄青破儂智高，立碑其右，尋為震雷所擊，今存斷碑，橫臥其
> 側。

這則狄青（西元 1008～1057 年）立碑的故事，顯然即是沿襲〈諸葛亮紀功碑〉（隋將史萬歲南征）與〈武侯祠石碑〉（宋將曹彬伐蜀）的傳說，更以緣飾、附會出來的新故事。觀其情節的設計，都是以一名武將，在參與西南征戰的過程中，因與諸葛亮所立的石碑，相互遭遇，而衍生出怪力亂神的傳說，可知相同母題的傳說故事，對於諸葛亮藝術形象的塑造有更加突顯其神威能力的傾向，由「預知」、「顯靈」、「恐嚇」、「懲罰」的發展脈絡，即可獲得此一印證。又如〔清〕張玉書（西元 1642～1711 年）《明史》卷三○《五行志三・詩妖》中所載〈迴瀾塔古碑〉云：

> 萬曆末年，有道士歌於市曰：「委鬼當頭坐，茄花遍地生。」北人讀
> 客為楷，茄又轉音，為魏忠賢、客氏之兆。又成都東門外鎮江橋迴
> 瀾塔，萬曆中布政余一龍所修也。張獻忠破蜀毀之，穿地取磚，得
> 古碑。上有篆書云：「修塔余一龍，拆塔張獻忠。歲逢甲乙丙，此地
> 血流紅。妖運終川北，毒氣播川東。喙簫不用竹，一箭貫當胸。漢
> 元興元年，丞相諸葛孔明記。」本朝大兵西征，獻忠被射而死，時
> 肅王為將。又有謠曰：「鄴臺復鄴臺，曹操再出來。」賊羅汝才自號
> 曹操，此其兆也。

也是採用類似的設計手法，將時事附會成諸葛亮的傳說故事，以塑造其預知神算的形象特質。其中，「石碑」仍舊是傳達諸葛亮旨意的主要載體，顯然此一物件，與諸葛亮的神識間有極為密切的關聯。此種聯想的觸發原素，或許與其八陣圖的創制有關。如〔清〕穆彰阿（西元 1782～1856 年）《四部叢刊續編》本道光年間所修《大清一統志》卷四六三《柳州府》所載〈巴蠻〉云：

> 巴，在懷遠縣。石陣臨溪，陰風慄冽，人猶聞鬼哭。相傳昔諸葛武
> 侯立營於此，夜令云：枕石者去，枕草者留。中夜撤軍，枕石者不
> 寐，從孔明去；枕草者熟睡，遂留茲土，遺種斯在，尚能操巴音而

歌烏烏。

有關諸葛亮八陣圖的故事，早在魏晉南北朝開始，即以地方風物傳說的方式，散佈流傳於民間，使之瀰漫著濃厚的神奇色彩，如〔東晉〕干寶《晉紀》所載：「諸葛孔明於漢中積石爲壘，方可數百步，四郭，又聚石爲八行，相去三丈許，謂之八陣圖，於今儼然，常有鼓甲之聲，天陰彌響。」〈巴蠻〉這則傳說故事，除是用以解釋漢、蠻族群間，因受諸葛亮當年南征遺民的關係，而達成同融的結果，來表現出其人恩德澤被漢、蠻外；更也塑造出諸葛亮能佈陣施法、枕石撤軍的神奇形象，使得八陣圖的風物傳說，不再只是瀰漫著神秘的氣氛而已，乃有人物故事的情節趣味溶入表現，以致傳說較有可看（聽）性。例如〔清〕李復心《勉縣忠武祠墓志》卷一《拾遺》所載〈定軍山奇聞〉即云：

> 日之夕矣，群牛鬥於定軍山之下，眾牧人以鞭敲散。忽一牛狂奔，隨後追之，飄飄乎如敗葉乘風，身若不能自主者。已而，烟消霧淨，月朗星疏，喘息未定，自覺形神恍惚。乍聞連珠炮響，谷應山鳴，號令將終，繼以簫管笙笛；登高遠望，滿目旌旗飄搖，甲帳參差而隊伍整肅，四面盡平洋、大川。道旁行人之或往、或來、或坐、或立，間有相識者，及近而告以覓牛之故，則蟲吟唧唧，螢光點點，荒草荊棘之外，寂然無物。所見所聞，頃刻化爲幻景，而層巒聳翠，與孤峰挺秀之高可凌霄者，前後左右皆兩兩相對。又聞風送擊柝、人號馬嘶，仰視銀漢，依稀遺韻丁東，頗似搖鈴。近而察之，則城高池深，金鼓森嚴，圍繞幾遍，不得其門而入。自言自語，且止且行，約數十餘里，毫無踪蹟可訪，所慣歷之刈草場、飲水泉、山莊寫戶，杳不知其所之矣。斯時也，金烏將墜，寒氣逼人，兼以饑渴交迫，困乏不堪，遂臥於地。逮至東方既白，如夢初覺，四顧彷徨，則身在亂石堆中，去追牛之所，未及百步。

這則牧人追牛，誤入定軍山下諸葛亮所佈八陣圖的傳說故事，更滲溶六朝志怪小說「仙鄉譚」與唐人傳奇小說「黃粱夢」的情節母題，使之活像是個迷宮般，炫惑牧人的眼目與情思；並將諸葛亮的藝術形象給塑造成爲一種神秘奇幻的存在，故事內容全無史實的根據可言，儼然是一則短篇的筆記小說。再如同書中所載〈樵子剔燈〉云：

> 相傳有樵子迷徑者，遇古衣冠人爲前導，樵子尾之。由石門入，豁

> 然開朗，殿宇宏深，有油甕數十，環列左右。獨中一甕，燈花結
> 蕊，狀如胡桃，勢將滅。古衣冠者曰：「子曷取架上剔燈剪，剪去花
> 蕊乎？剪畢，閉目以手扶吾肩，即歸家矣。」樵子從其言，藏剪於
> 袖，覺耳中微風習習，須臾間不知所在。尋路歸家，遍示里鄰，上
> 有古篆云：「白鏹五錢，謝樵子剔燈之勞！」

此則傳說故事的情節安排，也與上述的創作表現相似，除頗受六朝志怪小說
的影響外；也應有吸收到《演義》陸遜迷八陣，經黃承彥指引迷津後，方才
順利脫困的啟發痕跡。茲觀其中「古衣冠人」，或可能即為諸葛亮的神明化身，
抑或者護法甲丁之類；而請樵夫代為剔燈剪蕊，使燈火能延續昌明，也有傳
達諸葛亮精神永存的象徵意味，著實富有民間特殊的造型情趣。

此外，同書中所載〈武侯遣地脈龍神穿水道〉云：

> 瓦洞溝十岩之半有二水竅，一如條磚鑲成而形方，一如筒瓦合成而
> 形圓。水色稍渾濁，其性冷冽而四時涓滴不斷。云武侯遣地脈龍神
> 穿水道，引四川之水以通脈氣。理之所無，不妨事之所有。

這則傳說故事，與前文所述〈諸葛泉〉、〈諸葛井〉與〈淯井〉等的情節母題
相似，恐是泉、井傳說雜溶緣飾、附會後，衍生出來的故事。觀其「二水竅」
與「出泉均為二流」、「淯井脈有二」等，都是以水流的兩種形式，傳述其奇
異情形的特性；而此一特性，或因「武侯駐師」，或由「孔明鑿井」，乃至「武
侯遣地脈龍神穿水道」等，也都是緣自諸葛亮的行為動作所促成，可見其有
益趨神化形象的造型添加，使之竟還能驅遣地脈龍神穿水道，儼然就是天神
之尊。至於，其內容主旨應該也是著重於諸葛亮為求能「興復漢室」，所體現
出來的「忠貞」行誼；只是民間傳說向來還是慣以神異奇譎的情節，來包裝
人物形象的特點，以致難免使得其原本的立意隱蔽不明，而相形之下，淪為
只是彰顯卓越「智慧」形象的表現。

不過，在諸葛亮傳說故事瀰漫著整遍濃厚怪神亂神的塑造氣氛中，卻也
有少數著重於諸葛亮品格道德特質的新傳說創作，如〔明〕何宇度（西元？
～？年）《益部談資》〈孔明券〉：

> 先主寓荊州，從南陽大姓晁氏貸錢千萬，以為軍需。諸葛孔明作保，
> 券至宋猶存。

劉備當初向老百姓借貸，籌措軍資，由孔明作保，以取信於民，「券至宋猶
存」，主要即是要塑造諸葛亮「誠信」人格的形象特質。同樣題材的傳說故

事，演變到明、清時代，也有新的情節附會，如〔清〕吳偉業（西元 1609～1671 年）《綏寇紀略》載云：「獻賊破荊州時，民家有漢昭烈帝借富民金充軍餉券，武侯押字，紙墨如新。」更以「紙墨如新」，來描繪其人誠信永固的品質（品德特質）保證。

二、地形地物

其次，在地形與地物方面，這部分的傳說資料在地理書與方志中，更是屢見不鮮，蔚為奇觀。舉凡涉及到諸葛亮的生平事蹟，甚至與其原不相關者，無論是山、嶺、峰、岩、岡、坡、坪、石、洞；峽、谷、江、池、泉、井、堰、堤、灘；城、樓、塔、台、壇、營、寨、壘、屯、戍；村、廟、院、宅、室、驛、道、橋、碑、柱等等，各式各樣自然或人文的景觀、建築，殆都紛紛地被附會成一則則與之相關的風物傳說，使之滿佈著諸葛亮南征北討的行跡芳踪，或者神奇怪異的情節故事，而供世人追思、想像與驚歎。如〔清〕《打箭鑪廳志》中所載〈魚通〉云：

> 相傳諸葛武侯渡瀘而西，嘗鑄軍器於魚通之地。郭達一夜打箭三千，
> 稱為神手，遂封為將軍。

基於民間素樸的思想情感中，英雄必須要有類如神人伙伴相助的心理出發，即附會出了這則「一夜打箭三千」的神手郭達（西元？～？年），造箭來幫助諸葛亮南征的傳說故事。同樣的故事，在〔清〕黃廷桂《四川通志》（西元 1729 年）中所載〈打箭鑪〉與〈郭達山〉，更有進一步的說明：

> 昔武侯南征，命郭達造箭於此，其鑪猶存，故名打箭鑪。時有青羊
> 遶山而行，夷人不敢輕至。

神手郭達奉孔明之命，在此（魚通之地）造箭，鑪即能歷經千年猶存；而山更「時有青羊遶山而行」，以致「夷人不敢輕至」，視之如同禁地，更為諸葛亮的傳說形象戴上一層神秘的面紗。再如《屏山志》所載〈十丈空崖〉云：

> 十丈空崖在屏山縣，崖絕壁廣數十丈。相傳武侯南征過此，投三戟
> 於上，仿佛有形。壁間多名賢題詠。

此則傳說故事，乃是將十丈空崖壁上的特殊形狀，給附會成是諸葛亮在南征時，投戟鑿開天險所造成的，藉以刻意渲染其有鬼斧神工的力量。對此，《馬邊志》也曾徵引陳禹謨（西元 1548～1618 年）《石丈篇》序載云：「石丈空者，上題鑿開天險，其崖畔有鐵鎗若干，插置石罅，相傳孔明所藏。」來進一步補充說明，諸葛亮身上賦有「鑿山」的神奇力量。又如《述異錄》所載〈九

隆山〉云：

> 九隆山在永昌軍民府城南。山有九嶺，九隆兄弟遺種，世居此山之
> 下。諸葛孔明南征時，鑿斷山脈，以泄其氣。

此則傳說故事，用諸葛亮鑿山以泄蠻氣的方式，來代替其「七擒七縱孟獲」
或「賜姓龍佑那」的平服南蠻策略，使其形象更加豐富多姿，神秘色彩更加
濃厚；而顯然地，也是〈武侯遣地脈龍神穿水道〉等相關傳說情節的一種輾
轉附會。有關諸葛亮南征蠻夷的地形地物傳說，還有如：

- 南廣小河北流入江處，有巨石生江中，其上有三十七字，云：「開
  禧元年，其日甲午，南谿令與客焦昌廟訪武侯歇馬之石，齒齒橫
  流，真奇絕也，鼓艣弔古而下。」（〈武侯歇馬石〉錄自《慶符縣
  志》）
- 黔中郡南，石崖屹立，旁有石洞數丈，相傳諸葛亮征九谿蠻嘗過
  此，留宿洞中，設一牀，縣粟一握以秣馬，後遂化為石。石牀石
  粟，至今猶存。一云，在平茶洞長官司。（〈石牀〉〈石粟〉錄自《郡
  邑志》）

這二則傳說在造型上的共同特徵，都是藉由諸葛亮南征途中「歇馬」、「留宿」
等簡單的休息動作，將所碰觸到的相關事物，自然地沾染神奇的力量，使之
產生不可思議的石化現象，以突顯出其彷若天神般降臨，隨意點化即可讓凡
物變為神奇的情形。此種「仙跡」類的造型方法，正是民間風物傳說中最為
典型的技倆。

此外，諸葛亮在北伐時，也曾將其神力展現於馴服猛獸身上，如《梓潼
志》中所載〈葛山〉即云：

> 葛山在梓潼縣西南二十里，一名亮山，又名臥龍山。相傳武侯伐魏，
> 駐兵於此，見虎豹蛇蟲勢惡，自臥草中，獸皆俯伏。有古碑，在山
> 之景福院。

諸葛亮自臥草中，即能馴服百獸，彷彿其有通靈之術，可以與世間萬物相溝
通；且其威力更足以震懾兇惡的猛獸，使之自然俯伏，不敢造次。至於，如
《南陽府志》中所載〈臥龍岡〉云：

> 臥龍岡在南陽府西七里，起自嵩山之南，緜亙數百里，至此截然而
> 止，回旋如巢然。草廬在其內，前有井，淵然瀛深，曰諸葛井。青
> 石為牀，有汲綆渠百十道，數不能竭。其下平如掌，即侯躬耕處。

　　　舊爲祠以奉之。元至大中，建書院，嘗有道士居住，夜聞兵聲，懼

　　　而移之。

此則傳說與東晉時〈孔明故居〉的傳說，也有些相似，都認爲諸葛亮死後的英靈永存，其神威是不容隨便侵犯的。觀其將隆中臥龍岡給附會在南陽府，即可見民間傳說在造型時，對於歷史客觀實證考究的輕忽，只爲表明：諸葛亮英靈與神威猶在，死後千年依舊立志要興復漢室。如此簡單的主觀情感與想法，而可隨意敷衍情事的特點。

　　由此可知，與諸葛亮相關的地形地物傳說，大致上都是以「遺物」、「留跡」的型式呈現出來，至於其眞假與否，史傳有無記載等問題，則非傳說故事所關注的焦點，因爲其主要關心的重點，乃在於傳說能否給予這些地形地物一個與諸葛亮有關的來源解釋，以增加其歷史感與趣味感，來塑造諸葛亮神奇的藝術形象。

三、物產特產

　　其三，在物產與特產方面，這部分的資料記載顯示：許多神奇物品的來源，大多是由諸葛亮所創制發明的，尤其是與行軍裝置有關的東西。如〔明〕楊愼《丹鉛錄》所載〈諸葛行鍋〉云：

　　　井研縣有掘地者，得一釜，鐵色光瑩，將來造飯，少頃即熟，一鄉

　　　皆異。有爭之者，不得，白於縣令，命取看，未至堂下，失手落地，

　　　分爲二，中乃夾底，心縣一符，文不可辨；旁有八分書「諸葛行鍋」

　　　四字。又麻城毛柱史鳳詔爲予言：近日平谷縣耕民得一釜，以涼水

　　　沃之，忽自沸；以之炊飯，即熟；釜下有「諸葛行鍋」字。鄉民以

　　　爲中有寶物，乃碎之，其複層中有「水火」二字，即前物也。異哉！

　　　世所傳有划車弩、雞鳴枕，不一而足。〔註34〕

這個「諸葛行鍋」，「以涼水沃之，忽自沸；以之炊飯，即熟」，完全無需燃燒

〔註34〕　〔明〕曹學佺《四庫全書》本《蜀中廣記》卷六八《方物記》第一〇也載云：
　　　　「《丹鉛錄》云：麻城毛柱史鳳詔爲予言，近日平谷縣耕民得一釜，以涼水沃
　　　　之，忽自沸；以之炊飯，即熟；釜下有『諸葛行鍋』字。鄉民以爲中爲寶物，
　　　　乃碎之，其釜複層中有『水、火』二字，異哉！《瑞應圖》曰：『丹甑不炊而
　　　　自熟，玉皋不汲而常滿』，殆此類乎？《遊梁雜記》：井研縣鄉中有掘地者，
　　　　得一釜，鐵色光瑩。將來造飯，少傾即熟，一鄉皆異。有爭之者，不得，共
　　　　舉於縣中，令君命取看，未至堂下，失手落地，分之爲二。中乃夾底，心懸
　　　　一符，文不可辨；旁有八分書『諸葛行鍋』四字，或即此物。」

柴火，即能用來煮飯燒水，其神奇的效力，彷彿鍋具本身即是熱火的來源體，而涼水則是其加溫的觸媒，這不唯遠比傳說中關公的「行軍鍋」（需靠關公的三根鬍鬚燒熱）來得神奇；也比現今的電鍋或悶燒鍋來得特別，眞有如神鍋般，人間罕有。傳說所要突顯的，無非就是諸葛亮神智的形象，可以創發奇珍異寶；而此物又涉及「水、火」，似乎也有以五行觀念來作思考的意蘊，含有以諸葛亮爲興旺火德的象徵載體。對此，〔清〕李復心《勉縣忠武祠墓志》卷一《拾遺》中所載〈諸葛行軍鍋〉也云：

> 定軍山下墾地，農人得一瓦壺。細視之，左鑄「堯」字，右鑄「火」字。貯水，置風中不燃自炊，亦行軍鍋之類，或疑武侯所制也。爭取之，遂損於地。此乾隆四十七年事，武生趙眞明目睹之。

更以趙眞明（西元？～？年）目睹其神奇的變化，來加強「諸葛行鍋」的眞實感。類似的寶物創發，還有如「雞鳴枕」，〔明〕曹學佺（西元 1567～1624年）《四庫全書》本《蜀中廣記》卷六八《方物記》第一〇中所載〈武侯雞鳴枕〉云：

> 《蜀志》：簡雍性簡傲跌宕。見客，自諸葛亮已下則獨擅一榻，頂枕臥語，無所爲屈。《齊諧記》：武岡有幕官，因鑿渠得一瓦枕。枕之，聞其中鳴鼓起擂，一更至五更，鼓聲次第更轉不差。既聞雞鳴，亦至三唱而曉。抵暮復然，其人以爲怪而碎之，見其中設有機局，以應夜氣，乃諸葛武侯雞鳴枕也。

這個雞鳴枕，「其中設有機局」，可「以應夜氣」，來調控報時，使行軍作息井然有序，其神奇的效力，並不輸給公雞報曉，就是拿現代的鬧鐘來與之相比，恐怕也省電不少，更符合環保要求，足見民間傳說浪漫的想像力，無非都是將諸葛亮給視爲智慧的化身，認爲其能化腐朽爲神奇，具有鬼斧神工的創發能力；而又是以「雞」（朱雀＝火德）爲其傳說載體，或恐仍不免也有五行觀念思想的潛植。相同是雞鳴枕的傳說故事，還見於〔明〕謝肇淛《四庫全書》本《滇略》卷一〇《雜略》載〈諸葛亮著《琴經》作雞鳴枕〉云：

> 丞相亮征孟獲入滇。滇人未知琴，亮居南，常操之。土人有願學者，乃爲著《琴經》一卷，述琴之始及七弦十三徽之音意，於是滇人始識鼓琴。又從征者冬暮思歸，各與一磚，曰：臥枕此，即抵家。從之果然，不用命者終莫能歸，因號雞鳴枕。又嘗用炊釜自隨，不炊自熟，以防不時之需。

這則傳說故事，與前文〈巴蠻〉傳說中「枕石者去」的情節，應該有所關涉，可能是故事在輾轉流傳的過程中，加油添醋使然。觀其進一步地將雞鳴枕的神奇效力給發揮到極致，使之彷彿仙物，可以讓征者枕之即抵家，以解其行軍遠役的鄉思之愁。如此寶物的創制，已然超乎邏輯規則可以理解的範圍，使得諸葛亮的形象在人情關懷中，更添神秘的色彩。至於，如〔清〕穆彰阿（西元 1782～1856 年）《四部叢刊續編》本道光年間所修《大清一統志》卷四八七《永昌府》「太保山」條中所載〈武侯磚〉云：

> 太保山在保山縣內，郡之鎮山也。舊志：舊時府城，西倚山麓，洪武中於山之絕巘爲子城，設兵以守。尋辟城之西，羅山於內。《府志》：嵯峨東向，橫亘數里。山巓平衍，可習騎射，林木蒼翠。嘗掘地得巨磚，上有「平好」二字，相傳爲諸葛武侯所遺。

這「武侯磚」的傳說，雖故事內容並不清楚，但應該也與「雞鳴枕」的傳說故事相似，觀其上有「平好」二字，或即表示行軍時士兵用以報安的意思。

　　此外，有些物產與特產的傳說，則是用諸葛亮的創制來鎮壓篡逆造反的惡氣，以防患未然，彰明其興漢的用心。如「定軍鼎」、「銅鼓」：

- 武侯戮王雙還定軍，作一鼎，篆其文曰「定軍鼎」，沈於沔水，以壓王氣。又云軍山有王氣，侯墓截其山脈，公墓後之斬斷堖半系人力截成。當時天下多事，侯恐篡逆再出，不得已截脈而葬此。其衛漢之心，良可悲巳。（〈定軍鼎〉，錄自〔清〕李復心《勉縣忠武祠墓志》卷一《拾遺》）

- 前明萬曆元年，巡撫曾省吾平九絲城，獲諸葛銅鼓。擇其有聲者，分天、地、人三號以獻。銅鼓在蠻中視爲寶器，其有剝蝕而聲響者爲上上，易牛千頭；次易牛七八百頭。得鼓二三面，即可雄視一方。鼓所鑄，皆奇文異狀；僅可辨者，周刻螭鷥，間綴蝦蟆，其數皆四。舊志所載頗詳，要從征伐得之，非自然呈現者也。國朝雍正十年閏五月二十五日，石工吳占祥、目兵廖君亮等采石至黃螂所五馬寺岩洞內，獲銅鼓四，其形圓，高尺許，上寬而中束，下則敞口。面各有四水獸，如蟾蜍形。四周有細花紋，皆剝蝕，作翡翠斑；旁有四耳。置水上，以栖木桴擊之，聲極圓潤；微破者聲愈弘。安阜營都同毛龍甲呈送總督黃廷桂，齎獻內庭。按《武侯集》：銅鼓者，諸葛制以鎮蠻，往往埋置山谷間。有云鼓去則蠻

運終，揆之理數，確實不爽。(〈諸葛銅鼓紀事〉，錄自〔清〕黃廷
桂《四川通志》卷二○《土司》)

茲觀「沈鼎」，以壓王氣；「埋鼓」，以鎮蠻運等傳說的內容，都顯示了民間在
塑造諸葛亮輔弼漢室的「忠貞」形象，而其造型方法，又不免都會結合諸葛
亮「智慧」形象所發揮的奇異情節來作敷衍，更可見「竭智效忠」，實乃諸葛
亮藝術形象的造型規律。

明清時期，各地還盛行有關於諸葛亮「兵書匣」的傳說故事，來渲染其
運籌帷幄，神機妙算的智慧形象，如〔清〕王士禎（西元 1634～1711 年）《龍
威秘書》本《隴蜀餘聞》中所載〈兵書匣〉云：

顧華玉璘曰：「武侯兵書匣在定軍山上。壁立萬仞，非人跡可到。余
兩至其地，初視匣，其色淡紅；後則鮮明，若更新者。」

以兵書匣地處「壁立萬仞」的定軍山上，人跡罕能企及；又經歷千年，其色
澤依然淡紅、鮮明，彷彿有英靈勤於護持與擦拭，來刻劃出諸葛亮壯志猶存、
「竭智效忠」的豪氣雄心。對此，〔清〕李復心《勉縣忠武祠墓志》卷一《拾
遺》也曾載云：「《沔縣志》載：定軍山有諸葛岩，上有兵書匣。其山壁立萬
仞，非人跡可到。又云：顧東橋兩經其地，初視斯匣色淡，經後則鮮明，殆
不可曉。」李氏雖然以「殆不可曉」，來突顯其對「兵書匣」傳聞的疑惑，但
仍然將此則傳說故事給客觀地記錄下來。又〔清〕張澍，對於此則傳說故事，
也曾提出過的疑議，而云：

西岳華山壁立五千仞，高僅四十里；此山高無十里，何云萬仞？所
謂兵書匣，余訪求二十餘年，終無踪跡，因於古蹟中只繪石琴、銅
蒺藜、銅箭鏃、遮箭牌等圖而不及兵書匣。志以傳信，闕遺可也。
或云遮箭牌即兵書匣。又郎公瑛《七修類稿》載廣西全州山上有諸
葛忠武侯兵書匣，歲或一換新板於外。余初聞之未信，今大中丞顧
東橋云親見也。據此，則東橋作官於廣西，至沔與否，無從考核，
姑存之，以俟博雅。又夔府三峽中懸崖上亦有兵書匣，相傳為武侯
藏書處，真壁立萬仞、人跡不可到者。

張氏認為以常理推斷，定軍山高不及華山，當無萬仞峭壁可攀爬，或許傳言
虛誕；為求能證實傳說內容，其更親身尋訪定軍山上的兵書匣，歷經二十餘
年的時間，仍尋之未果，只好言其「志以傳信，闕遺可也」，或者暫以同是諸
葛亮遺制的「遮箭牌」，來權作「兵書匣」傳聞的解釋。更而甚者，張氏還從

明人顧東橋（西元 1476～1545 年）的口述記載中，得知全州確有武侯兵書匣存在的實情；並進而提出夔州三峽懸崖上確當有兵書匣才是，因其正符合傳說中所描述的地理形勢。又〔清〕袁枚（西元 1716～1797 年）／清乾隆間刊本《隨園詩話補遺》卷一中所載〈全州武侯藏兵書處〉云：

> 過廣西全州，見江上山凹有匣，非石非木，頗類棺狀。甲辰再過視之，其匣如故，絲毫無損，相傳武侯藏兵書處。或用千里鏡睨之，的系是木匣，非石也，但其上似無蓋耳。庚戌夏間，偶閱朱國禎《涌幢小品》云：「嘉靖時，上遣南昌姜御史訪求奇書。入全州，張雲梯募健卒探取，乃一棺，中函頭顱其巨，兩牙長尺許，垂口外，如虎豹狀，卒取其骨下山。卒暴死，姜埋其骨而覆奏焉。」余曾戲題石壁云：「萬疊驚濤百尺崖，山凹石匣有誰開？此中畢竟藏何物？枉費行人萬古猜。」爾時未見《涌幢》所載，故用「疑猜」；若見此書，亦無可猜矣。惜武夷山之虹橋板，不得姜御史搭雲梯而一探之。

更將全州武侯兵書匣的傳說，給描繪得神秘幽玄，惹人百思費解，只能疑猜。諸此，都可見出知識份子對於諸葛亮風物傳說的好奇與興趣，從而也反映出諸葛亮在民間傳說中形象造型的神秘特色。

四、習俗信仰

其四，在習俗與信仰方面，這部分的資料記載大多與蠻夷地區的風俗信仰有關。例如：

- 蜀山谷民皆冠帛巾，相傳為諸葛公服，所居深遠者，後遂不除。今蜀人不問有服無服，皆戴孝帽，市井中人，十常八九，謂之戴天孝。余嘗以重午登南城樓，觀競渡戲，兩岸男女，匝水而居，望之如沙城焉。（〈蜀民為亮戴天孝〉，錄自〔明〕朱孟震（西元 1568 年進士）《浣水續談》）
- 蠻酋自謂太保，大抵與山獠相似，但有首領，其人椎髻，以白紙繫之，云，尚為諸葛公制服也。（〈諸葛公制服〉，出處同上）
- 八陳臺在夔州府武侯廟下，下瞰八陳遺跡。夔人重侯，以人日遊磧上。（〈夔人重武侯〉，錄自〔明〕陸應陽（西元 1686 年所著）《廣輿記》）
- 戎、瀘皆有諸葛武侯廟。每歲，蠻人貢馬，相率拜於廟前。慶符

有順應廟，乃祀馬謖者，歲以三月二日致祭。馬湖之夷，歲暮，百十爲群，擊銅鼓，歌舞飲酒，窮晝夜以爲樂。其所儲蓄，弗盡弗已，謂之諸葛窮夷法。（〈諸葛窮夷法〉，錄自〔明〕曹學佺《蜀中廣記》卷五六《風俗》）

• 永昌之俗，三月二十七日，俠少之徒聚於諸葛營前走馬賭勝。有觀騎樓，至日登者如市。今樓毀而俗尚存。（〈永昌之俗〉，錄自〔明〕謝肇淛《四庫全書》本《滇略》卷四《俗略》）

由此可知，無論是蜀山谷民爲諸葛亮戴天孝；或者蠻酋太保爲諸葛亮制服，應當都是沿襲宋代〈爲諸葛亮服白巾〉的傳說故事，持續加溫、附會與散佈而來的。其風俗習慣的成因，也無非是當地居民由於謹遵其祖先的遺訓，在畏服與感念諸葛亮天威與恩德的情感基礎下，發自內心自然產生的一種崇敬信仰。茲觀西南蠻地普遍都蓋有武侯廟，且蠻人每年定期都會舉行各種不同的祭祀儀式與活動，或正月初七（人日）的踏磧遊；或三月二日的祭馬謖；或三月二十七日的走馬聚賭；或歲暮的散盡儲蓄等等，來向諸葛亮的英靈輸誠，以表示蠻人不再復反的千古誓言，足見諸葛亮南征所積造的功業，及其神明的影響力有多麼深遠。

諸葛亮天威神明的形象傳說，不唯深刻地烙印在西南蠻人世代的文化記憶裡，成爲當地民間普遍的習俗信仰；同時，在各地的諸葛亮祠墓中，也都衍生有許多神奇靈異的傳說故事，如《游夢雜鈔》所載〈孔明廟栢〉云：

嘉靖中，建乾清宮，遣少司馬馮清求大材於蜀地，至孔明廟，見栢，謂無出其右，定爲首選，用斧削去其皮，硃書第一號字。俄聚千百人斫伐，忽羣鴉無數，飛遶鳴噪，啄人面目。藩臬諸君皆力諫，遂止，命削去硃書，深入膚理，字畫燦然。

這則馮清（西元？～？年）求伐孔明廟栢的故事，顯然是在宋代〈武侯祠〉古栢傳說的內容基礎上，繼續緣飾、附會而來的，觀其用羣鴉「飛遶鳴噪，啄人面目」；以及硃書「深入膚理，字畫燦然」，來映襯之前古栢縱使枯瘁，人「亦不敢伐之」；且逮及枯柯再生，新枝更聳雲，而天矯若虬龍之形。正顯示著傳說中諸葛亮英靈護持的信仰思維。又如〔清〕李復心《勉縣忠武祠墓志》卷一《拾遺》中所載〈諸葛亮英靈護民〉云：

自嘉慶元年，白蓮教匪由川、楚延及漢南，受害者不可勝記，獨祠墓之附近約三、四十里未受焚戮。四年冬，馬公允剛具詳各大憲，

其略云：每於賊近時，見定軍山上晝則旗幟閃灼，夜則燈燭輝煌，
賊望而遠遁。中丞陸公有仁奏侯之靈異於朝，嘉慶皇帝頒發御書匾
額曰「忠貫雲霄」。八年秋，又御制祭文，欽命工部侍郎初公彭齡以
太牢致祭。

此則傳說故事，更具體地描述諸葛亮曾經顯靈保護生民，使免遭白蓮教眾焚
戮的情節，將其神威慈心塑造出來。再如〔清〕《大清一統志》中所載〈武侯
廟〉云：

龍州武侯廟在宣慰東一百八十里。初，州人以鄧艾嘗經於此，立廟
祀之。宋知州洪咨夔毀其像，更以諸葛，諭其民曰：「毋事仇讐而忘
父母。」

此則傳說故事，顯然乃是宋代〈武侯祠〉董繼舒撤廟改祀傳說的另種內容變
體，觀其彼此間的情節母題頗為雷同，只是將施行者的人物姓名改為洪咨夔
（西元 1176～1236 年），捨棄鄧艾托夢解厄的情節，再增加些封建忠君思想的
對話，可見民間傳說在流傳過程中，為因應時地居民的不同情感需求，會產
生極大的變異性。

　　綜上所述，可知明清時期的諸葛亮傳說故事，無論是在遺事逸聞、地形
地物、物產特產、習俗信仰等四種類型的故事創作上，都持續沿襲著前代的
傳說基因，不斷地緣飾、附會與繁衍，產生出許多饒富民間情趣的新傳說，
而這些傳說所熱衷從事的諸葛亮造型，無疑地，主要還是偏向於其智慧化身
所散發出迷人的神奇色彩。

小　結

　　在本章節的論述中，我們初步地考察了自三國魏晉南北朝以迄於明清時
期，千餘年來民間所散佈流傳下來的傳說故事，藉此諸葛亮傳說形象及其造
型特點，殆多已被提擢出來，從中，除可略見其藝術形象在口頭傳說中演變
的BG流程概貌外；並可供作本題研究其他文藝體類在諸葛亮形象造型時的參
照之用。

　　總體而言，諸葛亮傳說故事乃是結合不同「時間、地域、階級、種族」
的人民，以其集體的「思想、情感、智慧與心血」所共同創造出來的，用以
反映其「政治、社會、經濟、文化、精神」等不同「生活層面」的「藝術形

象」。而這個傳說中諸葛亮的藝術形象，具有強烈的「變異性」，縱使諸葛亮的藝術典型，早在宋元時期，即已經由雜劇、《平話》，而至《演義》等長篇故事的敷演或講述所塑造完成，但民間傳說仍然會不斷地藉由其對於「基型因子」的觸發、聯想、緣飾、附會，而孳乳、展延、繁衍出新的藝術形象內容；並透過口耳相傳的方式，一代又一代地流傳於後世，然後又繼續觸發、緣飾與附會；乃至千百年來，風行不輟地被保留在人民的記憶裡，成為民族文化的精神象徵。

其此種特點，與「歷史」、「詩歌」、「小說」、「戲曲」等的諸葛亮藝術形象都不相同，因為其完全突破了「史官」、「詩人」、「小說家」、「劇作家」等的造型規範，直接訴諸於民間百姓「主觀情感」的需要，根本無視於「史書的定論」與「藝術的講究」，而從事即興附會的故事創造，所以，當中充滿著民間豐富的想像力，並帶有濃厚的浪漫主義色彩。

在「賢相、名士、智將、英靈將、臥龍仙、道士、神明」等等，極為「多變的」傳說形象中，除特別突顯出諸葛亮「超人」的「才智謀略」與「神威力量」，以充分表現各個不同階層的人民對其相同的評價觀感外；更也利用這些形形色色的風物影跡，來傳達各時、地、階層的人民身歷其境，蒙受感召，心生崇敬與讚佩的信仰情思，以尋求人民精神心靈的寄托與慰藉，從而造成一種特殊的「崇智」文化現象。